La última vez que hablamos de amor
Parte 2

La última vez que hablamos de amor
Parte 2

ADRIANA SANTIAGO

La última vez que hablamos de amor
Parte 2

Adriana Santiago
adrianasantiago.ca
digital@adrianasantiago.ca

Sígueme en:
Instagram & Facebook:
@digitalbyadriana

Primera Edición, 2022

Esta es una obra de ficción. Las situaciones, personajes y organizaciones relacionadas en la historia son producto de la imaginación de la autora. Las marcas y productos reales mencionados han sido utilizados solo con propósitos narrativos y no reflejan la opinión de la autora sobre la calidad de los mismos.

Vivo mi vida en los mejores
días. En los peores, escribo.

CONTENIDO

Nota sobre temas sensibles — i

Agradecimientos — iii

11 — Los hombres no lloran — 1

12 — Amistades imperfectas — 25

13 — Una canción de los Rolling Stones — 45

14 — Fuego y cenizas — 73

15 — London calling — 87

16 — Vino a morir a París — 125

17 — Vendetta con «M» — 161

18 — Una eternidad, suena bien — 245

19 — Una canción de Los Beatles — 295

20 — Respuestas de Google — 317

Acerca de la autora — 331

NOTA SOBRE TEMAS SENSIBLES

Esta novela describe situaciones relacionadas con la salud mental, la depresión y la ansiedad, que podrían resultar sensibles para algunos lectores.

Dichas situaciones son representaciones artísticas con propósitos narrativos elaboradas por la autora con base en su investigación, así como su experiencia personal propia y de personas cercanas, y no pretenden dar un concepto médico ni diagnosticar, enmarcar o definir en su totalidad el espectro de las manifestaciones y síntomas de estas condiciones en el resto de las personas que las padecen.

Ninguna información contenida en esta historia sobre diagnósticos, terapias, tratamientos o alusión a medicamentos sustituye la recomendación de los profesionales expertos en el área.

Contiene algunas escenas íntimas con descripciones ligeramente explícitas.
Una escena sugiere maltrato familiar sin mostrarlo explícitamente.

AGRADECIMIENTOS

Mi experiencia laboral en la industria publicitaria le dio forma a la primera parte de esta trilogía. Esta segunda parte ha sido posible gracias al cariño de mis lectoras y lectores, quienes apostaron por mi proyecto y me apoyaron con sus valiosos comentarios.

De una manera especial, quiero agradecer a mis fabulosas lectoras beta por hacer suya esta historia, por exigirme al máximo y demostrarme que la vida de Manuela y Diego ya no me pertenece a mí como autora.

Una vez más, gracias:

Jacqueline Santiago González
Andrea Villalobos Martínez
Karen Sofía Rojas Calderón
Karen Eliana Sánchez Rojas
Milagros Lozano
Sara Vélez
Eliana Alexandra Rengifo Valencia.

A Miriam Jácome y Álvaro Santiago, mis padres y mi mayor inspiración como autora y como madre.
A mi hermana, Daniela, por creer en mí y en mis proyectos, y por prestarme su espíritu emprendedor en esta operación.
A mi hermano, Luis Eduardo, de quien siempre me sentiré orgullosa por lograr todo lo que se ha propuesto.

11

LOS HOMBRES NO LLORAN

DIEGO

—¿Tú… estás seguro… completamente seguro de que te quieres casar conmigo?

La pregunta me hizo perder el aliento. Era demasiado tarde para responderla, pero aún estábamos a tiempo.

—Ya voy para allá —dije resuelto, mientras terminaba de ponerme los zapatos recién lustrados.

—Te hice una pregunta, respóndemela… ya mismo.

—Voy a respondértela de frente, mirándote a los ojos. No por teléfono.

—No estás seguro entonces. Si tienes que mirarme a los ojos es porque no lo estás.

—¿De qué estás hablando? Linda, ¿qué pasa?

—¿Por qué… por qué te quieres casar conmigo?

—¿Es en serio? ¿Qué te dijo mi mamá anoche? Algo tuvo que haber pasado para que estés así.

—No pasó nada y tampoco hablé con ella… esto es entre tú y yo. ¿Por qué te cuesta tanto responderme una simple pregunta?

Muchos nos habían advertido que cualquier cosa podría pasar en un día como aquel, en especial cosas vergonzosas que recordaríamos en el futuro con el abdomen doblado de risa.

Pero esa conversación estaba lejos de ser un chiste.

—*Okey*, me quiero casar contigo porque… te amo —dije, lamentando en el acto mi falta de imaginación para darle una respuesta mejor. En ese punto, mi confusión era tan grande que no me había dado cuenta de que me había calzado los zapatos sin haberme puesto los pantalones.

Corregí la situación de inmediato con la mano que me quedaba libre mientras, con la otra, mantenía presionado el celular contra mi oído. Más que una frase, esperaba con impaciencia el sonido de su voz, pero solo me llegó un gemido. Estaba llorando.

—Ya está. Voy para allá en este instante.

—Yo no traigo nada conmigo para ofrecerte, no he hecho nada con mi vida… nada digno de admirar, tú ¿realmente puedes amar a alguien así? o ¿me amas porque te acostumbraste a decirlo?

—¿Cómo me puedes decir eso?

—Porque no quiero que cometas un error del que te puedas arrepentir después. ¿Cómo se supone que te voy a hacer feliz el resto de la vida sabiendo que ni siquiera yo soy feliz con la mía?

—Tú no tienes que hacerme feliz porque ya lo soy… lo soy, contigo. Y decirte que te amo para mí no es una costumbre, es una necesidad. Tú me llegaste al alma como nadie lo ha hecho, trayendo más de lo que siempre había querido; dime ¿qué otra razón tendría para NO amarte y NO querer compartir el resto de mi vida contigo?

Fue mi mejor intento de hacer poesía, aunque ella sabía de antemano que no me iba muy bien con las figuras literarias.

—Linda, háblame… dime ¿qué es lo que pasa? tú no estás bien. No estamos bien.

—No, yo no estoy bien… pero lo voy a estar pronto, cuando estemos juntos.

—Lo mejor es que vaya hasta allá y hablemos…

—No, no, no… yo… ya estoy lista —insistía y me la imaginaba limpiándose las lágrimas en medio de las pausas—. Dame media hora más… voy a tener que… retocarme el maquillaje. Nos vemos en la iglesia.

—Si tenemos que cancelar esta vaina, la cancelamos…

—Yo llego, no te preocupes. Confía en mí.

Y se suponía que sería el día más feliz de nuestras vidas.

La ceremonia duró exactamente treinta y seis segundos; lo sé porque ese fue el tiempo que tardó en poner un pie en la entrada, arrepentirse y salir corriendo para desconcierto de todos, empezando por su propio padre quien no supo en qué momento se quedó con el brazo estirado para llevarla al altar en donde yo me quedé esperándola.

No fue la mirada consternada de los casi noventa invitados la que me hizo atravesar la iglesia entera y salir corriendo detrás de ella como un imbécil; tampoco fue la rabia, ni la humillación… fue el miedo a perderla. Yo amaba a esa mujer mucho más de lo que podía decir que me amaba a mí mismo; me era imposible en aquella época imaginarme mi vida sin ella.

Confieso que, en un instante breve, pasó por mi mente la idea de dejarlo todo tirado y abandonarme en sus brazos. Irme con ella habría podido ser la mejor de las decisiones... o la peor, no sé. Lo único cierto es que, a pesar de lo valiente que yo mismo creía ser, no fui capaz de montarme al carro. En cambio, me quedé ahí solo, inmovilizado por el desconcierto, apretando entre mis dientes el dolor de verla dejarme.

Y pensar que yo ni siquiera era el tipo de las flores, los chocolates y las canciones con dedicatoria. En mi sencilla forma de ver el mundo, el amor no era más que una excusa para vender felicidad y la felicidad podría ser cualquier cosa que uno quisiera; el lujo de unas vacaciones en la Polinesia, el olor de la cojinería en un carro nuevo, la sensualidad de un escote. Para mí, felicidad era jamás volver a dormir con hambre por las noches, hasta que llegó Manuela y con ella, una nueva definición: no volver a dormir solo.

Cinco años después de la última vez que sostuve su rostro entre mis manos aún podía sentir el suave aliento de su sonrisa. Sí. El arco invertido de su perfecta sonrisa dibujada en esos labios carnosos sabor a cereza que alguna vez pensé que besaría para siempre. Esa sonrisa espontánea y cálida como la caricia del sol sobre la arena del mar, aquella que me atrajo desde el primer día y por culpa de la cual me convertí en esa especie de hombre ingenuo y lamentable, mejor conocido como el *huevón*.

Este mismo *huevón* que, después de haberse dejado plantar en el altar, en cinco años no hizo otra cosa que fantasear con el desquite perfecto muy a pesar de ser un tipo tranquilo que nunca había creído en la ley del Talión.

Alguien a quien tengo que agradecerle, entre otras cosas, el nuevo gusto adquirido de expresar mis sentimientos en voz alta; preocupado por los efectos de mi insomnio prolongado, sugirió poner *el problema* en las diligentes manos del destino que todo lo cobra a su debido tiempo y con un gran sentido del humor. Después de todo es él, el tal destino, el experto en justicia.

La idea sonaba lógica, coherente y civilizada, como todas las ideas que se nos ocurren para arreglar la vida de los demás, excepto la propia. La descarté de plano porque yo no quería hacer justicia; lo que yo quería era reclamar venganza.

Se me hizo muy fácil arreglar el asunto por mi cuenta —mala decisión—, acercarme lo suficiente —tal vez demasiado— para situarla en la mira; y cuando por fin tuve la oportunidad perfecta de hacer realidad mi sueño húmedo de venganza, terminé cambiando el disparo por un perdón que nos liberara a ambos, a ella de la culpa y a mí del resentimiento.

Esa, definitivamente NO era la escena con la que había fantaseado.

Debí haber estado poseído por el genio de la maldad o la idiotez cuando pronuncié la frase infame; porque tendría que ser muy malo para cambiar de estrategia a última hora, distraerla con un perdón fingido y planear a sus espaldas una nueva emboscada; o muy idiota para dejar las cosas así después de la humillación y el dolor profundo que me hizo padecer el día de su partida.

Pero… siendo objetivos, ¿cómo diablos esperaba que saliera bien un plan de venganza armado con tantas equivocaciones juntas?

La primera de ellas, haber aceptado el bendito puesto de director digital en BrandsMedia, la mejor agencia de medios del país, sabiendo de antemano que ella trabajaba allí. Fueron muchas las oportunidades que tuve para retirar a tiempo mi candidatura y seguir adelante con mi vida en Londres, pero me dejé tentar por el prospecto de ser su jefe y cobrarle la factura desde la superioridad de mi nueva y privilegiada posición. Todavía me pregunto ¿qué clase de alucinógeno chimbo estuve consumiendo para salir con semejante idea tan pendeja?

Culpo a la bruma de Londres, a la que estuve expuesto durante esos cinco años de exilio sentimental, por haber atrofiado mi visión de largo alcance y mi capacidad de imaginarme que la mujer que encontraría en esa moderna oficina no sería, ni de lejos, la misma mujer a la que tanto creía odiar y de la cual deseaba vengarme. La mujer real que encontré es ahora una admirable ejecutiva, ponderada por sus clientes, apreciada por sus colegas y amada incondicionalmente por sus amigos; y de ñapa, sigue estando como quiere... una mamacita.

Ahora me pregunto si aquella mujer de la que quise vengarme realmente existió. Mi rabia, mi dolor, mi tristeza, mi deseo de morir… todo eso fue real, lo sé… ¡lo viví! Pero… ¿será posible que la mujer que los causó solo existiera en mi mente? ¿Será posible que la mujer a la que perdoné hace tan solo unas horas siga siendo, en cuerpo y alma, la misma de la que me enamoré?

No contento con tener la cabeza llena de traumas y pesadillas, ahora les hago preguntas. Tal vez por eso estoy aquí pasadas las diez de la noche, sentado en mi carro, parqueado frente a su ventana, buscando… no… mendigando respuestas, sin atreverme a tocar la puerta.

Debería irme al apartamento. No debí haber salido de allí, en primer lugar. Estoy muerto de sueño. Anoche no dormí.

Anoche estuve con ella.

Sí. Resulta que, antes de perdonarla… le hice el amor. Se supone que era parte del dichoso plan de venganza y humillación… solo que… no salió tan vengativo ni humillante como pensaba. Lo hicimos varias veces y en todas ellas volvimos a ser la misma pareja que una vez se amó.

Estoy perdiendo el tiempo. Si lograra hablar con ella, ni siquiera sabría con exactitud qué preguntarle.

Enciendo el carro de mala gana, resignado a volver a mi apartamento con esta sensación asfixiante de seguir incompleto, de no poder verle la cara al fantasma que me impide conciliar el sueño a pesar de haberlo confrontado y exorcizado.

Escucho el timbre de mi celular y cierro los ojos, anticipando el airado reclamo que me espera al otro lado de la línea… y del océano Atlántico. Ximena, mi novia, a quien todavía le debo una explicación por no haberme conectado anoche a la videollamada que acordamos.

«Papito Dios, solo te pido una muerte rápida y sin dolor».

Miro la pantalla del celular y constato con alivio que quien me llama es, nada más y nada menos, que Manuela, la dueña de la mencionada sonrisa cortopunzante que hizo trizas mi corazón y que, sin lógica alguna, sigue siendo mi perdición y mi paraíso.

—*Quiubo*, te hacía en el quinto sueño —le digo y con esto demuestro que soy mi peor enemigo. Me puede más el gusto masoquista y autodestructor de escuchar su voz que mi propio sentido de la dignidad.

—Yo te hacía en el sexto, ¿y esa vaina?, ¿qué haces por aquí?

—«¿Por aquí?» yo estoy en mi apartamento, ¿en dónde estás tú?

Perfecto. Ahora se me dio por jugar a cañarla en vez de admitirle de frente que estoy a escasos metros de su ventana como vil quinceañero a punto de darle serenata.

Manuela guarda silencio y me la puedo imaginar sonriendo maldadosa, suspicaz, hermosa; y la sola imagen de su sonrisa en mi cabeza me hace sonreír a mí también. #Patético.

—Yo estoy en mi casa, viendo lo que parece ser… tu Audi parqueado frente a la puerta. Si no eres tú el que lo trajo, me temo que te lo robaron y me lo dejaron aquí. ¿Quieres que llame a la policía? —me pregunta, reprimiendo la risa.

—No, no es necesario. Me consta que mi carro está en el parqueadero del edificio. Lo estoy viendo a través de la cámara, en este mismo instante.

—¿Y también te estás viendo las orejas por la cámara?

—A ver, dime ¿qué razón tendría para salir de mi apartamento y parquearme frente a tu casa con este frío y en medio de este aguacero? —replico, inclinándome hacia la silla del pasajero en mi actitud valiente de esconderme.

—Hace rato escampó y se me hace muy sospechoso que tengas frío. ¿Se te dañó la calefacción? o ¿los ratones se te comieron las cobijas?

—¿Para eso me llamaste?, ¿para preguntar por mis cobijas? —insisto, y esta es solo una de las razones por las cuales ella me tiene jodido, Manuela me hace reír.

No tengo más remedio que seguir la farsa hasta el final. Si he de morir en el intento, lo haré con el fusil en la mano y las botas puestas, como buen soldado atrapado en la sensual trinchera de su voz y el enigma de sus largos silencios.

—¿Manuela?

—Aquí estoy… y no, no me interesan tus cobijas. Llamé porque pensé que ese era tu carro, pero si tú dices que no es, te creo. *Sorry* por la llamada, espero no haberte despertado.

—No te preocupes, no estaba durmiendo todavía, aunque con el cansancio que tengo, caeré como una piedra.

—Me imagino. Ahora me siento culpable por enredarte esta mañana con el trasteo en mi apartamento. No había necesidad de que te quedaras a ayudar.

—Para eso son los amigos.

—Bueno, *amigo*, muchas gracias por la ayuda… y… ¿qué más hiciste hoy?

—¿Yo? no, nada. Descansé un rato y luego salí a almorzar —-respondo, sin saber con exactitud para dónde va la conversación, aunque sospecho que para ninguna parte que me convenga—. ¿Y tú? ¿No estás cansada, después de todo el ajetreo de hoy y… el de anoche?

—Sí, la verdad estoy bastante cansada.

—¿Ya te vas a dormir?

—Pues sí, con ganas… y ¿tú?

—También.

—Entonces… que descanses —me dice, sospechosamente

complaciente.

—*Okey*, descansa tú también.

—Que sueñes con los angelitos —insiste.

—Lo mismo.

—Vale, chao.

—Chao.

Ambos nos quedamos en silencio y yo, por mi parte, me limito a ver correr los segundos en el celular esperando que ella cuelgue primero. La cuenta asciende a treinta y por lo visto, los dos estamos en el mismo plan. Con lo competitivos que somos, podríamos quedarnos viendo pasar el tiempo toda la noche a ver quién gana.

—Bueno, chao. —Me rindo. Decido colgar antes de que la carcajada que estoy a punto de soltar me delate.

Ahora... atrapado en mi propio invento. Me debe estar mirando desde la ventana; podría incluso apostar que me está grabando, recolectando evidencias para luego extorsionarme con el video a cambio de empanadas y cerveza. Si arranco el carro y huyo del ridículo que acabo de hacer, le estaré dando el placer inmenso de agarrarme infraganti en la mentira, por lo que prefiero quedarme aquí parqueado, inmóvil, aguantando frío, esperando que apague la luz de su habitación y se acueste a dorm...

—Mierda... —exclamo y salgo apresurado al verla bajar por una sábana colgada de la baranda de la azotea—. ¿¿¿Te enloqueciste???

—¡¡¡Shiiiito!!! ¡Mis papás! —me reprende con humor y yo no tengo más remedio que recibirla y dejarla sentarse sobre mis hombros para que se equilibre antes de que suelte la sábana.

—¿Tienes ganas de caerte y partirte una pata? —le reclamo en voz baja—. Por si no te has dado cuenta, tu casa viene configurada con una tecnología avanzada para entrar y salir, se llama «puerta».

—Una puerta que chirría como para despertar al barrio entero.

—¿Tanto me odian ahora tus papás que prefieres arriesgar la vida a que sepan que estás hablando conmigo?

—Mis papás no te odian y no me cambies el tema, ¿qué haces aquí?

Manuela se baja de mi espalda y sus pies tocan tierra firme. Ahora puedo verla de frente, envuelta en un cárdigan ocre hasta la rodilla debajo del cual lleva un camisón blanco con diminutas flores rosadas bordadas, el último grito de la moda de cualquier octogenaria rebelde.

—Mis ojos están aquí arriba —me dice con sorna, cubriéndose con el cárdigan y cruzando los brazos a la altura del pecho.

Está haciendo frío y no tiene brasier, lo sé porque sus... no. No debería detenerme a pensar en esos detalles.

—Me tuve que poner una pijama de mi mamá. Toda mi ropa está en el apartamento —agrega.

—¿Y por qué no estás allá, disfrutando de tu primer día de soltera realizada e independiente?

—Mi dieta empieza mañana. Ahora sí, tu turno.

¡Dios! Esa sonrisa. Es increíble que, después de todo lo que me ha hecho sufrir, esa sonrisa todavía me haga cosquillas en el estómago.

—Pues sí… es mi turno —digo, y carraspeo en un intento por retomar el hilo del discurso mal armado que, gracias a mi propia ineptitud, me veo obligado a improvisar—. Ahorita que fuiste a mi apartamento te diste gusto de hablar todo lo que quisiste y me dejaste a mí con la palabra en la boca.

—*Sorry*. Esta mañana saliste de mi apartamento sin despedirte, pensé que no tenías nada más que decirme.

—*Mea culpa*. Para la próxima, me aseguraré de decir adiós —le digo y sus ojos, que hasta ahora brillaban joviales, se ensombrecen de inmediato—. Es decir, me aseguraré de despedirme.

—¿Viniste a despedirte? —me pregunta y pocas veces la había visto tan decepcionada como en este momento.

—No, no… no vine a despedirme, vine a pedirte algo.

—Y eso ¿qué sería? —me pregunta y la sombra en sus inmensos ojos negros se disuelve en curiosidad. Eso me gusta. Me gusta que, a pesar de todo, sus ojos todavía jueguen conmigo a las adivinanzas—. Espero que no sea plata prestada. De una vez te digo que no tengo.

—¿Ah, no?, ¿y si te dejo *esto* empeñado? —le pregunto, siguiéndole la corriente mientras saco del bolsillo de mi chaqueta el anillo de compromiso con el que una vez intenté ganarme su compañía—. Y de una vez me prometes que, pase lo que pase, este anillo jamás volverá a mis manos.

Al instante, su rostro palidece, su expresión desprevenida y juguetona se transforma en desconcierto. Sus labios se separan ligeramente, dejando escapar un aire de asombro.

—Dios mío... Diego, ¿qué estás haciendo? —dice en medio de su confusión, sin atreverse a separar sus brazos de su propio cuerpo.

—Así no te hayas casado conmigo este anillo sigue siendo tuyo y siempre lo será —insisto, extendiéndole el anillo de dos bandas de oro blanco unidas por un zafiro cuadrado, rodeado por nueve diamantes pequeños; mi mejor intento por detener el tiempo, recreando en una joya la noche en la que nos besamos por primera vez—. Este anillo está hecho a tu medida, tiene las nueve estrellas de tu constelación, solo le falta tu nombre. No tiene ningún sentido que yo me quede con él.

Manuela respira profundo. El peso de la vergüenza la obliga a bajar la mirada, lamentando el futuro que no fuimos.

—Y yo no me lo merezco. Ese anillo representa una promesa que nunca pude cumplirte.

—Pero sí hay una que todavía me puedes cumplir.

—¿Cuál sería?

—Que me digas la verdad.

—Diego… yo… no tengo nada más que decir. Se supone que ya lo habíamos aclarado…

—Si es cierto lo que me dijiste esta mañana, que no te casaste conmigo porque no me amabas lo suficiente, necesito que me lo repitas una vez más antes de que cometa la locura de averiguarlo por mis propios medios.

—¿Cuáles… otros medios? —me pregunta nerviosa.

—Con otro de tus besos.

Manuela intenta una sonrisa que no termina de dibujarse por completo debido a los nervios, o tal vez es el frío que la hace temblar y aferrarse a su cárdigan.

—Un día entenderás que yo quería amarte, no necesitarte. El amor lo puede todo, menos obligar a alguien a sellar un contrato sin estar seguro de poderlo cumplir. Yo sé que eso no justifica lo que te hice, pero es la única respuesta que tengo.

—Solo quiero estar seguro de que no hay algo más detrás.

—Algo más… como ¿qué?

—No sé, Manuela… *algo*. A mí todavía no me cierra la historia de lo que pasó ese día. Lo nuestro era real, lo que sentimos era… real. ¿Cómo es que, en el último minuto, te diste cuenta de que no me amabas?

Los labios de Manuela tiemblan, su mirada se mantiene fija en mí.

—Ya te dije que lo siento, te pedí perdón. Si pudiera repararte esa herida de alguna forma, lo haría, pero no sé ¿qué más quieres que te diga…?

—Está bien, tienes razón, cerremos este capítulo de una vez por todas. No vale la pena seguir regresando a la misma página —me apresuro a decir. Definitivamente es el frío. Los nervios nunca le han hecho temblar la voz y lo último que quiero es obligarla a dar más explicaciones innecesarias. Decido entonces, abrazarla y frotar su espalda para ofrecerle algo de calor con mis manos—. Hagamos una cosa, busquemos otra promesa. Es más, sácame a mí de la ecuación. Piensa en una promesa para ti misma… o un deseo, una meta que quieras cumplir… lo que sea, pero quédate con el anillo. Por favor.

Manuela se separa de mí y su mirada se debate entre la emoción y la cautela. Su indecisión me parece adorable, pero voy a tener que insistirle con firmeza para que lo acepte antes de que me obligue a hacer algo que no quiero, destruir el último recuerdo tangible de lo que hubo entre los dos.

La veo cerrar los ojos y ahora soy yo el que se muere por saber qué clase de promesas estará maquinando en su mente. Seguramente una de ellas es seguir ascendiendo en su carrera, viajar por el mundo, hacer un máster en Estados Unidos o… ¡llegar a la luna! con ella, nunca se sabe.

Cuando por fin abre los ojos, extiende la palma de la mano para que yo coloque sobre ella, el anillo.

—¿No me vas a contar qué te prometiste?

—Cuando lo veas cumplido, lo sabrás —dice, poniéndose el anillo en el dedo anular, convirtiendo el dolor de nuestra fallida historia de amor en la promesa de una nueva historia de amor consigo misma.

—¿Por qué haces esto? Hubieras podido venderlo o fundirlo.

—¿Y perderme el placer de verte en esa pijama? —digo y le saco una de esas sonrisas que me desarman.

—Estoy hablando en serio —dice, recriminándome con humor.

—Lo hago porque… devolverme el anillo no repara el daño que me hiciste, pero sí puede reparar nuestra historia, si lo conservas.

—Por «reparar nuestra historia» quieres decir, que seamos amigos.

—Y seremos los mejores, te lo prometo.

Satisfago así mi deseo de venganza, renunciando a la venganza misma. Ya no la necesito. Su cara no me seguirá despertando por las noches como aquel fantasma al que siempre quise odiar.

—¿Pata de gallina? —le pregunto, señalándole con mis ojos la sábana colgada de la azotea.

Después de un par de intentos, Manuela apoya su pie en mis manos y así, logro impulsarla hasta que agarra la sábana a la que se aferra para subir con una agilidad increíble los tres pisos de la casa hasta conquistar la azotea.

Se despide una vez más de mí con esa sonrisa fresca y espontánea que espero con —ansias— volver a ver el lunes en la oficina.

Justo cuando la veo desaparecer en la azotea, el rostro de Milton, su padre, se asoma a la ventana de su habitación por entre la división de las cortinas, clavando su mirada implacable en mí. Sé que me está juzgando en este momento por desobedecer la orden que me dio esta mañana en el apartamento de Manuela cuando, taladro en mano y con la excusa de ayudarle a instalar unas persianas, prácticamente me acorraló en una esquina.

—No sé a qué volvió después de tanto tiempo, Diego, pero si el plan es desquitarse de mi hija y hacerle daño, se puede devolver por el mismo camino por donde llegó —sentenció con ojos chispeantes de rabia y una voz metálica que no le había conocido antes.

Su hostilidad me hirió. Milton y yo solíamos ser los mejores amigos; me atrevería a decir que fue un padre para mí.

Acto seguido, me entregó una caja un poco más grande que la palma de mi mano y no dudó en usar todos los verbos punzantes en su amplio diccionario para hacerme saber que su única y adorada hija no estaba sola.

No pensaba abrir la caja, pero la curiosidad me ganó. Fue allí donde encontré el estuche de terciopelo negro con el anillo de compromiso que le acabo de devolver a Manuela, junto con una decena de fotografías que le alcanzaron a tomar el día de nuestra boda. En una, le ajustaban la brillante peineta de plata en el tocado de su hermoso cabello negro; en otra, le aplicaban un sutil viento de rubor en sus mejillas y en las últimas, la envolvían en la delicada seda blanca de su vestido de novia.

En todas las fotos se veía hermosa, pero en ninguna sonreía; y tal parece que me iré a la tumba sin saber el verdadero por qué.

La mirada sobreprotectora de Milton desde la ventana me sigue hasta el carro, como si quisiera asegurarse de mi partida.

No lo culpo. Yo ni siquiera tuve la suerte de ganarme el afecto del mío, ¿qué podría esperar del resto?

***

En algún pueblo del Eje Cafetero, 22 años atrás.

—No, no, no ¡¡por favor!! ¡Papá por favor no me haga eso! Me duele, me duele, ¡me duele mucho! —grité a todo pulmón con la boca adormecida por la Xilocaína mientras mi padre, Federico García, armado con un hilo de *nylon* para pescar, jalaba sin piedad el diente de leche atascado en mi encía.

—¡Deje la lloradera, carajete! ¡Quién lo manda a sacarle a su mamá esos dientes tan mal hechos! —espetó, más que molesto, indignado por mis lágrimas—. Agárrese duro de la silla y saque esa guapera que usted es un macho. ¡Hágale pues! a la una, a las dos y a las…

—¡¡No, no, no por favor!! —grité una vez más, con mi rostro bañado en lágrimas, al tiempo que lo agarraba desesperado de los brazos en un intento inútil por detener la tortura a la que me sometía.

—¡¡No me llore, ya le dije!! si no quiere que le saque ese diente de una cachetada bien recostada.

No tuve más remedio que cerrar la boca y presionar los labios para contener el llanto mientras lo veía sacarse la correa de la riata de su pantalón. Ya sabía lo que venía y mi mamá no estaba en la casa para detenerlo. Igual, no era mucho lo que ella podía hacer; siempre que trataba de defenderme, nos iba peor a ambos.

—¿Ah, es que la chilladera en serio? ¡Vea pues! —dijo, agarrándome con firmeza los brazos para amarrarme a la silla con la correa, mientras yo trataba de controlar mis propios estertores.

—Vea, Diego, conmigo le va a tocar estrenar esos cojones y aguantarse porque yo estoy criando a un hombre y ¡LOS HOMBRES NO LLORAN!

***

El grito de mi papá retumba en un eco y me despierta en la madrugada. Aún puedo percibir el insoportable olor a aguardiente en su aliento, veintidós años después.

El reloj en el celular marca las cuatro y media. Demasiado temprano para levantarme a trabajar, demasiado tarde para intentar conciliar el sueño de nuevo. Bajo al gimnasio a correr un par de kilómetros en la bicicleta estática hasta que aclare el día. Es una lástima perder dos horas valiosas de sueño «rejuvenecedor», como los llama mi hermana Emma, pero al menos tengo una nueva canción para agregar a la lista de reproducción con la que voy a quemar unas cuantas calorías en la mañana de hoy, *Boys don't cry* de la banda The Cure.

No es fácil hablar de ti mismo cuando ni siquiera sabes quién eres. Lo más cerca que estuve de abrir la superficie de mi identidad fue con Manuela y cuando ella salió de mi vida, quedé solo en medio del quirófano con la herida abierta, soportando el dolor en la inmovilidad de no saber qué hacer para continuar la cirugía por mis propios medios.

Salvo unos pocos que podría contar con los dedos de las manos —y me sobrarían dedos–, los recuerdos de mi infancia se me hacen borrosos. Me aventuro a decir que uno de los primeros que puedo ver con nitidez, es el de mi mamá tratando de ocultar un morado en su pómulo izquierdo mientras miraba circunspecta la carretera a través de la ventana del bus que la traía desde el corazón del Eje Cafetero hasta la fría e incierta Bogotá; trayendo consigo lo único que le quedaba en la vida: sus documentos y sus hijos.

Le quedaban dos horas para llegar. Dos horas para definir el destino de las cinco vidas que tenía a cargo: la suya, la del par de gemelas idénticas de ocho años que dormían incómodas en su regazo y la del niño de diez con la boca hinchada y el alma temblando, a quien su hermana Eliana, de nueve años, le agarraba la mano en solidaridad.

—Ven y te acomodas aquí —me decía Eliana, haciéndome recostar la cabeza sobre su hombro derecho—. No te preocupes, ya estamos lejos. Nadie más te hará daño de nuevo.

Por suerte, teníamos una tía y no cualquier tía, era la tía Rosario; una mujer alegre y desprendida, amante de los tangos y los reinados de belleza que vivía en un monstruo de ciudad llamada Bogotá. En aquella humilde habitación rentada en el barrio Las Cruces nos recibió a los cinco, dispuesta a compartir la única ración de comida que tenía y el único techo sobre su cabeza. Moriría seis años después como a muchos les gustaría, sin darse cuenta. Sufrió un infarto mientras dormía, dejando nuestro futuro sembrado en ese cariñoso abrazo de bienvenida.

Las Cruces. El nombrecito del barrio le ponía la piel de gallina al *puticas* más altanero. Podía no ser el sector más bonito ni el más seguro de la ciudad, pero era mucho mejor prospecto que la vida que abandonamos en nuestro pueblo, después de lo que pasó con mi papá.

A menudo se dice que los hijos somos el amor de una madre y el orgullo de un padre. Mi mamá se dio el lujo de portar ambas medallas en el mismo uniforme gracias a que mi papá no sirvió ni para darnos el apellido. A mi mamá la veíamos trabajando como secretaria en la escuela y haciendo los oficios en la casa; a mi papá lo veíamos en la calle tomando aguardiente, si era que lo veíamos. Igual, no nos hacía falta; teniéndola a ella, lo teníamos todo.

O... casi todo.

Durante nuestros primeros meses —e incluso años– en Bogotá, mi mamá no se le arrugó a ningún trabajo. Limpió casas, lavó ropa ajena, vendió tamales, hizo cualquier cosa decente para poner comida y libros en la mesa de sus hijos; y eso estaba bien. Tener con qué comer era uno de los muchos favores que le agradecía a la divina providencia cada domingo en la santa misa, camándula en mano.

Algo en su interior le decía, sin embargo, que «sobrevivir» no era la meta. De todas las rutas para escapar, escogió la vía a Bogotá no por necesidad sino por ambición y en su cabeza, la ambición tenía una forma muy concreta: un negocio propio y cuatro hijos profesionales.

No tenía claro a qué santo le rezaría o a cuál demonio le vendería el alma para lograrlo, pero lo que sí tenía escrito en la frente era que ella y sus hijos serían *alguien* en la vida, aunque no se imaginara aún la clase de *alguien* en la que ella misma se convertiría: en la señora Leticia Ospina, la leyenda de la repostería *gourmet* en Colombia.

—Mi amor, mi cielo, yo sé que tienes sueñito, pero yo no me puedo ir sola a la plaza de mercado. Tú me tienes que acompañar —me decía al oído, en una de las tantas madrugadas de las que no quisiera acordarme.

—Llévate a Eliana, ma, está roncando, no me deja dormir —le dije, estirando la sábana hasta cubrirme la cabeza.

—Eliana se va a quedar cuidando a las gemelas con la tía Rosario, amor.

—Yo te ayudo a cuidar a las gemelas, pero porfa déjame dormir. Yo no quiero ir a Corabastos, yo quiero dormir —le contesté, dándole la espalda.

Puedo sentir, como si fuera ayer, sus codos apoyándose en el borde de la cama que yo compartía con mi hermana Eliana. La puedo imaginar haciendo acopio de toda la paciencia y la fortaleza necesarias para hablar sin que le temblara la voz o la ahogaran las lágrimas.

—Diego, mijo. Te prometo que *algún día* vas a dormir hasta tarde todo lo que quieras, en tu propia cama. *Algún día* vas a tener un cuarto, una bicicleta y una infancia propia. Te prometo que te voy a dar todo eso y mucho más de lo que me pidas el día de mañana, pero para eso necesito que me ayudes hoy, mi cielo. Tú eres el hombre de la casa y el único con el que yo cuento para sacarte a ti y a tus hermanas adelante.

Yo era el hombre de la casa. Cuando falta un padre en una familia, nunca se es demasiado joven, ni amanece demasiado temprano para atender un llamado que no puedes declinar cuando es tu mamá quien te lo hace.

La memoria de mi infancia no estuvo marcada por las cosas que me gustaban sino por los deberes que debía cumplir. Fue por eso que, cuando llegué a finales de mis veinte y la supervivencia de mi familia estaba asegurada en una próspera empresa, dejé de tener deberes y sin deberes, no sabía con exactitud qué hacer con mi vida; ni si siquiera sabía quién era o lo que me gustaba. Fue en ese entonces cuando conocí a Manuela y me atreví a soñar con llegar a ser alguien como ella, alguien que sabía exactamente quién era, de dónde venía y a dónde quería llegar.

*****

—Es oficial, Sugarbeat va a licitar agencias. Octavio me acaba de confirmar —dice Manuela, entrando a la oficina de Roberto, el CEO de la agencia y el directo responsable de nuestro reencuentro, aunque él ni siquiera lo sepa.

Y me late que, si supiera la mitad de lo que ha ocurrido entre ella y yo, ambos estaríamos de patitas en la calle, como carne fresca para los buitres.

—¿Y para qué crees que te mandé a llamar?, ¿para mirarte el peinado? —le pregunta Roberto con sarcasmo.

—Si es para vaciarme, de antemano te comunico que no es mi culpa. Sugarbeat sale a licitación cada tres años por regulación interna de la compañía, eso no debería sorprenderte.

—No me sorprendería, ni me preocuparía si no supiera de los movimientos raros que se están dando en esa empresa. La cosa no pinta bien, muchachos.

—¿Qué clase de movimientos? —le pregunto.

—Le están pidiendo la renuncia a todo el que es alguien allá; en especial, si es *alguien* de mercadeo, es decir, el departamento que firma nuestros contratos y aprueba nuestros presupuestos.

Manuela se detiene justo antes de tomarse el primer sorbo de café de su taza, al verme fruncir el ceño con preocupación.

—¿Dónde está Trudy? —me pregunta, sentándose a mi lado en el amplio sofá esquinero de la oficina más apetecida de la agencia.

—Está en una reunión con la asociación de industriales y, técnicamente, Sugarbeat no entra en la categoría de «nuevos negocios», ella no debería estar involucrada —le contesto.

—Pero si la cuestión es así de grave, necesitamos toda la ayuda que podamos reunir, ¿no?

—Nada está dicho hasta que todo esté dicho, muchachos. Esperemos el *brief* oficial a ver qué pasa. Lo que sí quiero es que ambos se preparen porque van a tener que trabajar juntos y trabajar duro. No nos podemos dar el lujo de perder esa cuenta.

—Como quien dice, voy a tener que justificar el ascenso que me dieron y el sueldazo que me puse —concluye Manuela, y hay que ver los cojones que tiene para bromear así con el jefe supremo cuando la mitad de los directores de esta agencia ni siquiera se atreven a mirarlo a los ojos.

En detalles como esos puedo ver con claridad lo mucho que ha cambiado en cinco años, el poder que ha adquirido sobre sí misma para manejar cualquier situación y lo increíblemente lejos que puede llegar con el mero hecho de proponérselo. No tengo idea de cómo habría sido nuestra vida de casados, pero esto es lo más cercano al cielo que me había imaginado y es suficiente para seguir habitando un planeta en el que ella todavía existe.

En la oficina, somos dos compañeros de trabajo comunes y corrientes. Ambos manejamos las riendas del equipo digital en una especie de diarquía en la que yo, como director de medios digitales, busco oportunidades de negocio con los clientes y ella como estratega, las ejecuta.

Cualquier colega inadvertido que nos viera caminar por los pasillos de la agencia y nos escuchara hablar de cumplimientos de campañas, presupuestos y tasas de efectividad; jamás se imaginaría que, cinco años atrás, estuvimos a punto de salir de una iglesia como marido y mujer. Hoy en día, salimos de la oficina de Roberto en dirección al amplio piso de espacios abiertos de BrandsMedia, una poderosa central de medios en cuyas entrañas se mueve el verdadero billete publicitario y las relaciones... peligrosas.

—¿Aló? —pregunta Rafael, el vicepresidente de estrategia y jefe directo de Manuela, después de agarrar a escondidas el teléfono celular de María Paulina, la ejecutiva de compras digitales, fingiendo contestarle una llamada ficticia—. No, ella está en el baño en este momento haciendo popó ¿en qué lo puedo ayudar?

—¿Cuál haciendo pop...? ¡A ti no te enseñaron a respetar las pertenencias ajenas, animal de monte! —alega María Paulina furiosa, rapándole el celular de las manos a Rafael, lo que provoca la risa de todos los que tenemos el lujo de presenciar sus singulares espectáculos matutinos.

—¡Nunca falla! —comenta Manuela, reprimiendo la risa.

—Van a terminar cuadrados —replico.

—Si por cuadrados quieres decir en un *ring* de boxeo, estoy de acuerdo.

—Del odio al amor, hay solo un paso —le digo, mientras llegamos a su cubículo—. ¿Cuándo te mudas a tu nueva oficina?

—Cuando Marco Antonio me la desocupe, si es que se digna. ¿Por qué?

—Para ayudarte con el trasteo.

—No, gracias. Contigo, los trasteos son peligrosos —me contesta con sarcasmo, guiñándome el ojo en referencia directa e inequívoca a los apasionados hechos ocurridos en su apartamento la noche del viernes y que quedarán en mi memoria como el «recorrido inmobiliario» más excitante que he tenido en mi vida.

—Buenos días, se puede saber ¿a cuál de los dos le entrego esto? — nos pregunta Carlos Andrés Ponce, el único ejecutivo de medios digitales que queda en la agencia, después del ascenso de Manuela a directora, y el subalterno más arrogante con quien he tenido el disgusto de trabajar.

—Depende de lo que contenga ese sobre. ¿Es ántrax? O peor, ¿una carta de amor? —le pregunta, a su vez, una sarcástica Manuela.

—No. Es mi renuncia irrevocable. Me largo de este peladero —contesta, con insoportables ínfulas de emperador.

—¿Qué les parece si lo discutimos en mi oficina? Los tres —digo.

—¿Y yo qué pitos toco ahí? El jefe sigues siendo tú —alega Manuela.

—Somos los dos. Por favor, acompáñame —insisto.

Aunque me blanquea los ojos por el fastidio que le provoca Carlos Andrés, Manuela no tiene más remedio que seguirme la corriente, cumpliendo con la cláusula de solidaridad que ambos hemos instituido en esta nueva relación laboral que ahora tiene mayores responsabilidades compartidas.

—¿Eres consciente de lo que esto significa? —me pregunta Manuela, después de haber repasado con Carlos Andrés, en mi oficina, los pormenores de su renuncia y el correspondiente calendario de entrega final.

—Significa que, por fin, vamos a probar las galletas que sobran de los *focus group*, ya que él no va a estar para tragárselas todas.

—No, aunque ese es un buen punto. Me preocupa que haya tanto trabajo para tan pocas manos. Ahora no sé si fue buena idea esto de hacerme ascender a directora de estrategia digital.

—¡Ey! A ti te ascendieron porque te lo mereces y sabes que lo vas a hacer bien, o ¿preferirías que Carlos Andrés se quedara? Todavía estamos a tiempo de hacerle una contraoferta.

—No, tampoco es para tanto. Mi abuela Tita decía que «al que se quiere ir, hay que ayudarle». Es solo que… —dice y deja caer un suspiro—, ¿cómo se supone que voy a ejercer mi nuevo cargo en estas condiciones? Es demasiado trabajo.

—Y es que ¿yo estoy pintado en la pared?

—¿En serio?, ¿te vas a remangar la camisa para hacer planes de medios, reportes y toda esa joda?

—Yo nunca te he dejado botada, no pienso hacerlo ahora —digo y por poco la hago sonrojar. Se limita a bajar la mirada con una sonrisa que le dura lo que tarda mi celular en mostrar un mensaje de texto que viene de muy lejos.

Ximena:
¡Amor, lo logré!

Shoot!

—Bueno, ahora sí me voy. Gracias por levantarme el ánimo —se apresura a decir Manuela, cerrando su computador portátil y levantándose de la silla para salir de mi oficina—. Me cuentas si te llega el *brief* de Sugarbeat.

Me duele que tenga que hacer el esfuerzo de ignorar lo que vio. En el fondo, está tratando de matar las ilusiones que yo sembré en ella sin querer el viernes pasado, cuando nos dejamos llevar por las cervezas y la música, y ella aún no sabía que Ximena existía.

Sin más lugar a lamentaciones, tomo el celular para contestarle a mi novia. Parece que acaba de lograr aquello por lo que tanto se ha esforzado en estos meses.

Diego:
Eres una dura, gatica, ¡te felicito! Y
¿cuál era el ingrediente secreto?

Ximena:
Guayaba. Esa era la clave para
balancear la densidad del queso de
cabra. ¡¿Cómo no se me había
ocurrido antes?!

Diego:
Lo importante es que se te ocurrió.

¿Lo vas a celebrar?

Ximena:

Obvio. Cuando regreses. ♥

Me habría gustado estar ahí en su momento de gloria. Llevaba meses intentando encontrar la fórmula exacta, la textura adecuada y el balance perfecto entre la densidad, el nivel de azúcar y la acidez de los ingredientes para lograr esa obra maestra con la que todo *pastry chef* sueña; el postre que pueden firmar con su nombre, el legado que le dejan a la humanidad.

Ximena llegó a nuestras vidas por azar, huyendo de un hogar conflictivo. Y digo «nuestras vidas» porque, desde el primer momento hizo parte de mi familia, como aquella adolescente rebelde que mi mamá acogió y logró domar a través de la repostería hasta convertirla en su aprendiz y en una de sus hijas. Ximena es una de las responsables, junto con mi mamá y mi hermana Eliana, del éxito de lo que hoy se conoce en el país como la cadena de pastelería *gourmet* Petite Délice. El nombre lo sugirió ella y yo, como director de mercadeo en aquella época, me encargué de posicionar la marca.

Dentro de los incontables postres que Ximena diseñó para nuestra empresa, no hubo uno en particular que pudiera «firmar» con su nombre. Por contrato, todos los postres que ella u otro *pastry chef* creara para nosotros debían llevar el nombre de mi mamá, Leticia Ospina. Por esa razón, este postre que acaba de crear es especial, es *suyo*.

Si todo sale bien, se lo presentará a su jefe Keneth Doyle, chef ejecutivo y copropietario de Barren Land, un prestigioso restaurante que está empezando a atraer las miradas y los paladares más exigentes de toda Inglaterra bajo el concepto minimalista de preparar comida en un hipotético mundo distópico en el que la tierra ha sido arrasada. Allí solo cocinan con los ingredientes que la naturaleza pueda producir según la temporada y las estaciones, es decir, nada de agricultura intensiva ni animales criados en confinamiento. Una palabra de Keneth sería suficiente para que el postre haga parte del menú del restaurante y eso, automáticamente, incluiría el nombre de Ximena en la exclusiva lista de talentos culinarios emergentes de Inglaterra y Europa.

Sobra decir que me siento orgulloso. Y confundido. A Manuela, la mujer de mis sueños, la veo todos los días en la oficina, mientras un océano entero me separa de Ximena, la mujer de mi realidad.

¿Y yo? soy el peor hombre en el planeta, insultando con el mal hábito de la comparación a dos mujeres que no tienen ninguna obligación de quererme ni complacerme. Soy yo el afortunado de ocupar un pequeño espacio en sus vidas.

***

—Les tocó meterse la mano al bolsillo, mis queridos —dice Manuela, acercándose a la mesa del bar con una sonrisa maldadosa—. Mapi y yo vamos a inaugurar la noche de micrófono abierto de este chuzo por una buena causa. La plata que recojamos la vamos a donar a una fundación cultural para que los niños de escasos recursos reciban clases de música. Aceptamos transferencias, tarjetas débito y crédito, pagarés, letras de cambio y cheques post-fechados; no pueden sacar la excusa de que se les acabó el efectivo.

Después de empezar una semana con la noticia de un *pitch* importante, la renuncia de un colega y el ascenso de Manuela a su nuevo cargo como directora, lo justo era salir a celebrar con su grupo de amigos, a quienes ella considera sus «hermanos del alma». En esta ocasión, escogimos Blue Monkey, un bar estilo *pub* irlandés que abrieron hace poco en Chapinero Alto.

—¿Qué van a cantar? Del repertorio depende la cantidad de ceros de mi contribución —comenta Dominique con sarcasmo antes de terminarse su primera cerveza de la noche.

—Por seis ceros, *madame* Dominique, te canto lo que sea —le contesta Manuela.

—Una de Vicente Fernández —responde Sebastián, el director de inteligencia del consumidor de la agencia y el único del trío que no ve con buenos ojos mi cercanía con Manuela. Su mayor temor es que ni ella ni yo seamos capaces de separar lo personal de lo laboral.

—Sean serios, *ombe*. Manu y yo tenemos afán —insiste María Paulina quien, además de fungir como ejecutiva de compras digitales en la agencia, es la mejor amiga de Manuela y la costeña más cachaca que existe en esta ciudad.

—¿Qué tal esa de…? —digo, y me detengo en la mitad de mi sugerencia al notar las miradas sobreprotectoras y poco disimuladas de Dominique y Sebastián. Poco les falta para autodenominarse «da guardia pretoriana» de Manuela.

—¿Cuál? —me pregunta Manuela.

—No, una de Chente está bien —replico.

—Tranquilo, escoge tú. Al parecer, te las sabes todas —insiste

Dominique, la ex de Manuela. Exjefe, valga aclarar. Una francesa con genes colombianos que solía ocupar mi cargo hasta que decidió aceptar la oferta laboral de la competencia con la esperanza de hacernos picadillo.

—Iba a decir… alguna de U2… o de Soda Stereo.

—U2 y Soda Stereo, ¡Ja! ¡No pides nada! —me contesta Manuela mientras se aleja sonriendo, haciéndole señas al barista para que le ayude a bajar una de las guitarras colgadas en la pared, al tiempo que María Paulina se posiciona frente al rústico piano dispuesto en un rincón del pequeño escenario.

Manuela adora tocar la guitarra y cantar, es una impronta de su familia tanto como el apellido Franco y, aunque insiste en que su nivel de técnica vocal no le llega ni a los tobillos al de María Paulina, quien fue entrenada en el Conservatorio de la universidad en donde nos graduamos, para mí tiene lo que cualquiera envidiaría, brillo y personalidad.

Ahora que la vuelvo a ver en un escenario interpretando *De música ligera* de Soda Stereo, no puedo evitar fijarme en el par de tipos que la admiran desde sus respectivas mesas, contagiados de la misma energía que me electrizó a mí la primera vez, hace cinco años.

—La que no muestra la mercancía, no la vende, ¿sí o no? —comenta Dominique, largándome una sonrisa suspicaz que no deseo interpretar.

—Esa es la esencia de nuestro negocio, la publicidad —me limito a decir antes de terminar de un trago, lo que me queda de cerveza.

No puedo evitar preguntarme, ¿a cuántos bobos habrá que recogerles la quijada del piso y trapearles las babas que están botando por ella en este instante? ¿Será que alguno de estos logrará repetir mi hazaña?, ¿llamará su atención de alguna forma y la invitará después de su presentación a hablar en privado para llenarla de todos los halagos que se merece? Y luego… ¿acariciará su mejilla, siguiendo el recorrido por su mandíbula hasta el mentón y besará sus increíblemente suaves labios, tal y como yo lo hice en ese entonces?

La sangre me hierve en las venas y me quedé sin cerveza para enfriarla.

—Diego pagó la ronda anterior, esta me toca a mí —le dice Sebastián a Dominique, sacándome de la nebulosa en la que me perdí por un momento.

—Fresco, Sebas, yo me encargo. Paga tú la picada —responde Dominique, para luego levantarse y preguntarme—: ¿Otra Guinness?

—Sí, dale, gracias.

—Hoy estás de un irlandés único. Te van a salir tréboles por todas partes —comenta divertida, antes de alejarse hacia a la barra.

—Sí, «tréboles», ¡cómo no! —remata Sebastián con sorna y, la verdad, el comentario se siente cargado de munición. Si no fuera porque ya he tenido el infortunio de lidiarlo borracho en una ocasión en la que estuvo a punto de llamar llorando a su exmarido, juraría que está tragado de Manuela.

Por fortuna, Manuela y María Paulina terminan su presentación en medio de aplausos y ovaciones antes de que yo pueda confrontar a Sebastián. A la larga, es mejor dejar resbalar el asunto; yo no estoy obligado a explicarle a nadie la clase de amistad que tenemos Manuela y yo.

—¿Qué tal estuvo? —me pregunta Manuela al regresar a la mesa.

—Mi opinión es la menos confiable. No soy el experto en música y… siempre será un placer verte cantar —le respondo con inusitado entusiasmo, queriendo hacerle saber que, de todos los bobos aquí presentes, soy el alfa y la omega; el primero, el último y el que más la admira.

—Ojo… cuidado se las echo encima —advierte Dominique, abriéndose paso entre la gente para llegar a la mesa con tres cervezas Club Colombia en sus manos. Detrás de ella, viene un mesero con una Guinness para mí y una Murphy's para Manuela.

—¿Se acabó la Guinness? —le pregunta Manuela al mesero, extrañada.

—La Murphy's viene por cortesía del muchacho de la esquina, el de camiseta negra que está jugando en el tablero de dardos.

Los cinco, sin excepción, volteamos la cabeza casi al mismo tiempo para ver –corrijo, escrutar– de arriba abajo al solitario jugador de dardos de pelo largo amarrado en una cola de caballo hasta la mitad de la espalda. Al verse convertido en el centro del masivo interés de este grupo de chismosos, el pobre no tiene más remedio que sonreírle a Manuela y mal-fingir que sigue concentrado en su juego.

«No hay que ser adivino», pienso y me bajo un tercio de la Guinness de un solo trago.

—¿Se la puedes devolver? —le pregunta Manuela al mesero, con respeto, pero sin chistar—. Dile que gracias, pero este es un plan de amigos y, la verdad, no estoy interesada en…

—Ella sí está interesada, solo se está haciendo la tímida —interviene Dominique—. Tranquilo, aquí lo resolvemos. Gracias por ayudarme a traer el resto de las cervezas.

—¿Qué es esa falta de iniciativa, Mani? aprovecha que, por fin, te cayó un bagrecito medio simpático. Está un poquito flaco para tu gusto, pero nada que no se pueda solucionar con unos pataconcitos de guineo verde —comenta María Paulina con su acostumbrado desenfado tropical que me arranca una risa disimulada. Manuela, por su parte, me mira con ganas de dejarme un ojo morado.

—María Paulina tiene razón, Manu. No dejes calentar la cerveza —le dice Dominique.

—El tipo aguanta. Yo, de ti, pasaría a saludar —agrega Sebastián.

—¿Por qué no vas tú y lo saludas? —lo reta Manuela, mientras le pasa la cerveza.

—Porque la cerveza no me la mandó a mí dice Sebastián, devolviéndosela.

—Ahora tienes la mejor excusa —replica Manuela, pasándole nuevamente la cerveza a Sebastián.

—Si no quieres la cerveza, ve tú misma y se la devuelves —insiste Dominique, tomando la cerveza en sus manos y ofreciéndosela a Manuela quien frunce los labios con furiosa impotencia, para luego, mirarme de reojo pidiendo refuerzos, pero yo mismo estoy atrapado bajo la lupa de una implacable mayoría que observa mis movimientos y mide con precisión milimétrica cada una de mis reacciones.

Ellos creen que no me doy cuenta, pero por mucho que intenten disimular sus gestos en clave Morse, deberían saber que no hay sistema criptográfico que se le escape a un hombre que ha crecido en una familia con cuatro mujeres.

—Dominique tiene razón, Manu —digo, en el tono menos trascendental que puedo—. Lo peor que podría pasar es que te caiga bien y termines siguiéndolo en TikTok.

Manuela retribuye mi pobre intento de ser «imparcial sin ser imparcial» con aquella mirada déspota con la que siempre me ha hecho saber lo cara que me saldrá la factura por mi falta de solidaridad. No tengo más remedio que asumir la deuda. Por ahora, lo último que necesito es darle motivos a la «guardia pretoriana» para que me cierren las filas.

Sin darle más vueltas al asunto, Manuela toma la Murphy's y camina decidida hacia el tablero de dardos para corresponder el amable gesto del nuevo prospecto en cuestión. Para fortuna del tipo y mi tortura, la conversación dura más tiempo de lo que hubiera querido y se ve demasiado entretenida para mi gusto.

Y ahora, no sé qué me preocupa más, verla hablar con el bagre mechudo o sentir lo que no se supone, debería sentir.

C.E.L.O.S

¿Realmente la perdoné para liberarme del resentimiento por lo que me hizo y hacer las paces con ella? o, en el fondo ¿la perdoné para darme licencia de desearla?

12
AMISTADES IMPERFECTAS

MANUELA

Piensas que lo has logrado cuando recibes en tus manos las llaves de tu primer apartamento arrendado, pero solo hasta que haces tu primera lista de mercado y ves que te demoras más de quince minutos en el pasillo de detergentes, tratando de escoger el que más lavadas rinda por el menor precio posible, entiendes que has crecido y te has convertido en una persona independiente.

Todavía no me repongo. Si hubiera sabido que mudarme de la casa de mis papás y cumplir el sueño de convertirme en una adulta funcional y autónoma implicaba enterarme de que hay una diferencia entre el trapo de algodón absorbente para secar los platos y el paño de microfibra para limpiar los espejos, me habría quedado en el nido viviendo de hija recostada para siempre.

Y pensar que soy de las pocas que tiene la suerte de convivir con una *roommate* que, además de ser mi mejor amiga, sabe utilizar una olla a presión.

—Tienes que conseguirte un tipo que no se deje morir de hambre porque con tu espíritu de cocinera, el pobre no tiene salvación —me dice María Paulina al evaluar mi último intento de preparar el menú básico de supervivencia humana, arroz blanco y salchicha hervida.

Suena trivial y condescendiente, pero es una preocupación genuina de mi amiga que comparto por motivos muy diferentes. Yo sí me quiero enamorar de alguien especial y si sabe cocinar, ¡mejor! El problema es que aún sigue siendo difícil para mí imaginarme que ese alguien no sea «mi amigo» Diego.

«Amigos». ¡Quién iba a creer que llegaría a fastidiarme tanto esa palabra!

Tal vez sea porque cada vez que pienso en Diego, quisiera deshacerme de mis piernas para resistir el impulso de salir corriendo tras él. Mi amigo tiene novia, eso al menos me hace cojear. Y lo dejé plantado en el altar cinco años atrás; sin duda, un estado de inmovilidad permanente.

No debería pensar tanto en él si quiero tomarme en serio los diez mandamientos de la ley de Dios, en especial ese que dice «no codiciar al *hembro* de la prójima» o cualquiera que sea su equivalente en el lenguaje inclusivo.

Por fortuna, durante el día se me hace fácil porque estoy enfocada en mi trabajo. Mi reciente ascenso a directora de estrategia digital llena mis horas con nuevos retos –sí, así llamo ahora a los problemas, incendios y chicharrones que se presentan cada día sobre mi escritorio–. Ni siquiera me molesta recoger el desorden que Carlos Andrés ha dejado con su renuncia porque me mantiene activa, concentrada, cuerda. Amo mi trabajo más que a Diego, esa es una ventaja.

Mi problema llega con las noches, en especial cuando entro al apartamento sin María Paulina quién, después de haber terminado con su novio Pedro, volvió a reunirse con su grupo de alabanza en la iglesia cristiana y parece que ya conoció a alguien más allí, dejándome a mí otra vez desparchada.

Por lo general, me sirvo cualquier cosa en un plato y me siento en el comedor deseando que Diego estuviera a mi lado para robarme papitas fritas o cambiárselas por un poco más de helado; y luego, una vez tirada en el sofá, quisiera que me abrazara y atrapara mis lágrimas en sus manos después de ver por quinta vez el capítulo de *This is us* en el que Jack muere. (¡Ups! No más *spoilers*).

A eso de las diez u once de la noche, dependiendo de lo cansada que esté, viene la peor parte, la metida debajo de las cobijas. Las malditas están tan frías que debo sentarme acurrucada un rato, sosteniendo el mentón en mis rodillas y abrazando mis piernas para calentar el colchón antes de acostarme a dormir. Si él estuviera aquí, me bastaría con sus brazos comprimiéndome en su pecho para escuchar su corazón y calentarme con sus latidos.

Por culpa de mi pecaminosa imaginación iré directo al infierno, sin duda. Sus besos saben al cielo y revivirlos uno a uno en mis labios, en mi piel, en mi cuerpo, mantiene la sangre caliente circulando en mis venas.

Eso, o la esperanza de que pronto lleguen otros besos ardientes de alguien como él.

A mi «príncipe azul» se le acaba la batería en la mejor parte. Necesito un novio con urgencia. Yo lo sé, mis amigos lo saben, mi papá está de acuerdo.

—Nicolás acaba de terminar su especialización en anestesiología en México y regresa a Colombia la próxima semana. Alfredo y Celmira están que no se cambian por nadie —comentó mi papá durante uno de los almuerzos domingueros que disfrutamos en familia, en la azotea de nuestra casa, en el barrio Bonanza.

—No digas   le respondí, mirando de reojo a mi mamá quien se encogió de hombros, queriéndome decir que le tenga paciencia.

—Deberíamos invitarlos a comer para celebrar. ¿No les parece?

Le reconozco la intención de querer echarle una manito a Cupido, lástima que no pueda volar. Yo misma había llamado a Nicolás dos semanas atrás para felicitarlo por su grado y me agradeció el gesto diciéndome que ya tenía novia. No me resultó muy placentero tachar su nombre de la corta lista de mis prospectos, pero pensándolo bien, a la larga resultó siendo un alivio; él y yo crecimos en el barrio, hay fotos circulando en los álbumes familiares de nosotros dos en pañales, despeinados, jugando a la guerra de agua en la azotea de mi casa. Nicolás y yo hemos visto demasiadas cosas embarazosas de cada uno; una de ellas, la legendaria pelea de gatas que protagonizaron frente a su casa las tres novias simultáneas que tuvo en el bachillerato. Yo nunca había visto tantas manos y piernas juntas en una sola bola de pelos. Dudo que él querría que yo le recordara esa anécdota en alguna de nuestras hipotéticas peleas, de la misma forma que yo no querría que me recordara aquel día que me puso una cánula en la nariz a la fuerza para que mis papás pudieran alimentarme durante aquellos días en los que dejé abandonada en el altar mi voluntad de vivir.

Si por mi barrio Bonanza pierdo las esperanzas, por el lado de mis amigos pierdo la paciencia.

—De todos los papacitos que me podías conseguir en tu iglesia, ¿me tenías que emparejar con Tuto? —le reclamé a María Paulina, después de presentarme al que toca la pandereta en el grupo de alabanza.

—Ay, Mani, Tuto es tierno y tiene un corazón gigante, ¡no jodas tanto!

—Claro, es tierno, pero todavía vive con la mamá y yo no pienso tener un inquilino gratis en nuestro apartamento.

Y en esas voy, esquivando malos cuadres como balas de asalto.

Cuando los integrantes de tu círculo de confianza se interesan más que tú en buscarte pareja, siempre les encuentras un defecto. Los lindos no están disponibles, los que están disponibles, no son compatibles, los compatibles no son tan inteligentes, los que son inteligentes no son tan lindos, y de los lindos, inteligentes que están disponibles y son compatibles… ninguno es Diego.

—Fuiste tú, ¿cierto? —le pregunté en franco y dolido reclamo a Dominique, una noche que fuimos a Blue Monkey, nuestro nuevo bar favorito en Chapinero Alto—. Fuiste tú la que me armó plan con el hueso ese del tablero de dardos.

—Bueno sí, acepto que se me fueron las luces con ese mechudo, pero la cuestión era de emergencia. Ya no me aguantaba ver a Diego tararearte una canción más.

—No me des cuerda, Niq. No se sabe cuál de los dos es peor —agregó Sebastián.

—Manuela es la peor ¡obviamente! —exclamó Dominique levantando mi mano izquierda a la altura de mis ojos, señalándome el anillo de zafiro que Diego me regaló—. Ella parece estar feliz y dichosa en su papel de espantabobas, mientras Diego ni se da por enterado de que…

—¿Espantabobas? ¿Te refieres a *moi*? —la interrumpí entre la indignación y la burla.

—Sí, espantabobas. A él le funciona de maravilla tener a alguien como tú al lado porque le ayudas a espantar a las viejas que le coquetean, pero tú no puedes darte ese lujo, Manu. Tú no eres su repelente natural de grillas, él ya tiene una novia que debería estar haciendo ese trabajo; así que, o lo abres a él de nuestros planes o lo abrimos nosotros.

¡Debería ser yo la que los abra a ellos por atrevidos! Y no lo hago porque… tienen razón. Mis ojos, que deberían estar explorando el terreno, identificando a los especímenes con buen potencial para un noviazgo, prefieren clavarse en los hoyuelos que se le hacen a él en sus mejillas cuando sonríe.

Y él sí que tiene motivos para sonreír: los mensajes de texto que le manda su novia, a quien parece amar y admirar por sus logros. Me alegra por él, de verdad. Debe sentirse bien ser el ex que ha superado la ruptura, el que ha encontrado a alguien que lo hace feliz y con quien puede imaginarse un futuro. No la otra mitad que se quedó con el corazón lleno de amor y los brazos vacíos.

—Manu F., te tengo una noticia buena y una mala, ¿cuál de las dos quieres escuchar primero? —me pregunta Marco Antonio Guerra, uno de los directores de cuentas que acaba de firmar su traslado a la oficina de BrandsMedia en Miami.

—Con la buena, por favor. Marco A. —le contesto, volviendo a la realidad.

—La buena es que ya tienes nueva oficina —dice, entregándome un reluciente juego de llaves—, y la mala es que te voy a quedar debiendo las cervezas para la inauguración. Me voy mañana. Una vez más, felicitaciones por tu ascenso, Manu F. Te deseo lo mejor en esta nueva etapa como directora.

«*Hello*, directora», me digo a mí misma mientras inserto la llave de mi nueva oficina en la rosca del llavero, junto a las del apartamento. Solo faltan las del carro. No tengo novio, pero sí muchos motivos para sonreír.

***

—¿En serio?, ¿me van a ascender? —nos pregunta una desconfiada Yamile, como si la propuesta de reemplazar a Carlos Andrés le sonara a una broma cruel de nuestra parte.

—¿Por qué no nos había dicho que él se le estaba recostando tanto? Usted sabe más de los clientes de Carlos Andrés que él mismo.

Yamile no me responde, pero el tono rosado en sus pómulos confirma mis sospechas y las de Diego, Yamile estaba enamorada de Carlos Andrés y por eso se dejó imponer una carga laboral mayor de la que debía y eso me ofende en lo más profundo de mis ovarios *feminazis*.

Yamile sale feliz de la sala de juntas, agradeciendo la oportunidad, pero Diego y yo nos sentimos peor que miserables. Nosotros debimos habernos dado cuenta desde el principio.

—¿No habrá alguna forma de descontárselo a Carlos Andrés de la liquidación? —le pregunto indignada a Diego, mientras organizo el domicilio de comida china que nos acaba de llegar a la sala de juntas.

—Supéralo y olvídalo, Manu. Deja que el *karma* haga lo suyo.

—¿Qué le pudo ver una viejota como Yamile al *esgalamido acabarropa* ese?

—Antes no bajabas a Yamile de guisa y ahora te parece una viejota. ¿Quién te entiende?

—Lo guisa no le quita lo linda y lo buena trabajadora que es, yo no encuentro inconsistencias en mi lógica; lo que sí veo es mucho prejuicio de tu parte —le respondo, entregándole un plato de *chop suey* y un par de palitos chinos.

—Yo no tengo esa clase de prejuicios, pero tú no estás lista para esa conversación. Y hablando de comida, ¿qué vas a hacer el sábado por la noche?

—Pues… hasta ahora, el único plan que me ha salido es pijamada en casa de mis papás para ayudarles a empacar el trasteo.

—¿Ya compraron casa en Zipaquirá? No me habías contado.

—¿No? pensé que sí. Hace dos semanas. Se mudan en quince días y en un mes entregan la casa en Bonanza.

—Te va a dar duro.

—No me hagas hablar de eso que empiezo a llorar. Al fin, ¿cuál es el plan del sábado?, ¿a qué vas a invitar?

—Cena en mi apartamento, a eso de las siete.

Y el triple salto mortal que acaba de dar mi corazón en el pecho por poco me hace caer de la silla. «Cena» y «apartamento» son dos palabras que un exnovio no debería usar en una misma oración sin un complemento directo que explique con precisión ¡qué diablos quiere decir!

—¡Caramba! ¿Y eso? —respondo, intentando disfrazar mi emoción con el fino traje de la ironía y algo de doble sentido—, ¿empaco pijama y cepillo de dientes?

—Si quieres —dice y me pica el ojo, siguiéndome la corriente—. De una vez te anticipo que el sofá no va a estar disponible, mi amigo Vikram lo acaba de reservar.

—Ahora sí me perdí. ¿Quién es Vikram? —le pregunto, desconcertada.

—Mi amigo de la maestría. Va a aprovechar para darse una pasadita por aquí antes de irse a Río de Janeiro de vacaciones.

—¡Qué envidia! ¿Y Vikram es de la India?

—Nació en Inglaterra, pero los papás son de la India. Llega el viernes y quería aprovechar la ocasión para invitarlos a cenar y prepararles las *dosas* que tanto les he cacareado a ustedes.

—¿Y es que María Paulina también está invitada?

—Y Dominique. Sebas me dijo que tenía planeado viaje a Palomino así que solo vamos a ser nosotros seis.

—¿Nosotros... seis? —pregunto entre sorprendida y decepcionada al ver que la cena que empezó en mi imaginación con luces tenues, música romántica, vino tinto y ropita interior negra de encaje, se convirtió, de un momento a otro, en la olla comunitaria del barrio. Yo y mis locas fantasías animadas.

—Ignacio, el novio de María Paulina, también viene.

—Increíble, Mapi consiguió novio en tiempo récord. Lo que es mala señal para mí porque ella y yo nunca coincidimos. Cuando ella tiene novio, yo estoy sola y viceversa.

—Pero eso está a punto de cambiar, ¿sí o no?

—¿Por qué lo dices?

—Por el bagrecito mechudo que te cayó la vez que fuimos a Blue Monkey.

Prefiero llenarme la boca de lumpias antes que dignificar su comentario con una respuesta. Está bien que solo seamos amigos, pero en cierta medida, me decepciona que use el tema para caer en el mismo plan burlón de María Paulina, Dominique y Sebastián, a quienes mi vida sentimental –o la ausencia crónica de una– les parece un chiste.

—¿Quieres que lo lleve? —le pregunto con ironía.

—Por mí, no habría ningún problema.

¡Eso me pasa por hacer preguntas tontas! Como si necesitara recordar que vivo en el insufrible barrio de la *friend zone*.

***

—¿Son mis ojos los que me engañan o es realmente la nueva directora de estrategia digital de BrandsMedia la que va saliendo con tanto afán? —pregunta el bajo resonante de una voz que reconocería a kilómetros de distancia.

Es Felipe, el cerebro creativo de la agencia McAdams; un roble alto y fornido de gafas de marco cuadrado, barba tupida y bien cuidada. Su cabello es de un color negro intenso salpicado por algunas canas que lo hacen ver experimentado y sexi. Sus labios delgados dibujan una sonrisa jactanciosa en la que una mujer en edad de merecer como yo no debería confiar demasiado, a riesgo de entrar en combustión espontánea.

Todos los músculos que ha formado en su tenaz esfuerzo por convertir su antiguo apodo «El Gordo Felipe» a «El Semental Ucrós» siguen tan firmes como la última vez que los vi, exhibiendo unos espectaculares dragones tatuados en sus brazos que parecen cobrar vida con cada contracción de sus ligamentos. Un prospecto que merece los cinco minutos extra que me tomaré para saludarlo, antes de salir.

—Ha pasado un mes desde ese nombramiento así que el «nueva» ya no me luce; y no debería dirigirte la palabra, estoy muy dolida contigo.

—¿Dolida? Y eso, ¿por qué?

—El día del partido de futbol te desapareciste de la fiesta sin dejar rastro y, en un mes, no me has dedicado ni una llamadita, un mensaje de texto, ni un papelito en el escritorio.

—Yo podría acusarte de lo mismo. No volviste a dar señales de vida. ¿Quién está manejando la cuenta de AGM ahora?

—La sigo manejando yo y si vamos a hablar de asuntos laborales, te solicito que lo hagamos en horario de oficina porque, como puedes ver, voy de salida.

—Eso veo. ¿Para dónde van?

—Para el lanzamiento de la revista *Saló* en Simona. Todavía hay cupo, por si te quieres pegar —le digo, asegurándome de hacer la invitación lo más atractiva posible, con pestañeadita incluida.

—¡Lástima! ya tengo plan de rumba en Galerías, pero mañana estoy disponible.

—¿Mañana sábado? Depende de la hora.

—¿Te gusta la comida italiana o la francesa?

¡Qué mala pata! En condiciones normales elegiría la italiana, pero no combina para nada con las *dosas* de la India que Diego prometió con motivo de la visita de su ilustre mejor amigo.

—¿Me estás… invitando oficialmente a salir?

—¿No te gustaría? —me pregunta, con un aire de coquetería.

—Pues sí, el problema es que... ya me comprometí este sábado con unos amigos.

—¿Y será que esos amigos se ponen bravos si cancelas?

Por un instante me siento tentada, esos dragones pulsantes se hacen cada vez más difíciles de resistir, pero me da embarrada cancelarle a Diego y darle motivos para pensar que soy una faltona que abandona el barco a última hora después de lo bien que se ha portado conmigo, especialmente en mi transición de ejecutiva a directora. Por esta vez, mantendré mis lealtades a su favor.

—¿Qué tal si nos vamos de *brunch*? Si nos rinde el tiempo, alcanzaríamos a ver una película —sugiero.

—Me suena. Te recojo a eso de las diez de la mañana, si te parece.

—Vale, yo te texteo la dirección.

Nos despedimos de un beso en la mejilla que me hace sentir de nuevo el revoloteo de cien mariposas en mi estómago. La emoción es indescriptible. Yo temía que, después de haber dejado plantado al amor de mi vida en el altar, el sentimiento de culpa les hubiera mutilado las alas.

Llegamos al bar Simona y, aunque la rumba aún no está prendida, el ambiente empieza a animarse con los primeros *shots* de tequila, la coreografía de los rayos láser y el *beat* de la música electrónica.

—Estás muy callada, ¿se te olvidó el español o qué? —le pregunto a Dominique que parece haberse quedado pegada en la silla del bar en vez de estar revoloteando por ahí, escogiendo entre los más lindos al afortunado que hará parte de su catálogo de amores de una sola noche.

—Yo también tengo mis propios problemas existenciales, *chérie* —-dice y se le sale un suspiro que me preocupa puesto que ella, simplemente, no suspira; es una roca sólida a quien le he conocido muy pocas tristezas.

—¿Cuáles asuntos? —le pregunto. Dominique intenta mirarme a los ojos, pero se reacomoda en la silla y termina desviándolos hacia la pista de baile.

—En cualquier momento tendré que viajar a París.

—¿A visitar a Manon?

Dominique asiente y levanta su mano izquierda para limpiarse una lágrima en el rabillo del ojo.

—El cáncer regresó. Vino por lo que queda del pulmón derecho.

—No sabes cuánto lo siento —le digo, poniendo mi mano sobre la suya.

—Ayer hablamos. *Maman* no quiere saber nada más de quimio, ni radiación, ni nada. Dice que está lista para irse al más allá; quiere atrapar a mi papá infraganti con Elizabeth Taylor, su amor platónico.

Dominique intenta una broma frente a la que sonrío con nostalgia. Ese es el carácter de Manon, bromear para espantar el dolor.

—Quiero estar con ella el último día de su vida, así como ella estuvo en el primer día de la mía. Lo malo es que, ese día, me quedaré completamente sola en el mundo, *chérie*.

—No vas a estar sola —le digo, aferrándome a su mano—, allí estaré yo. A la hora y en el lugar que me digas, ahí estaré.

Si has de amanecer en los brazos de alguien, que sea en los brazos de tus amigas.

***

En algún lugar de la selva colombiana, 36 años atrás.
Los brazos de Manon se abrieron para recibir a Dominique de la manera más insospechada y sin haberlo planeado. Desde antes de casarse, Cédric y ella habían decidido no tener hijos porque su misión, como biólogos y activistas ambientales, era salvar al planeta.

Lo que no se imaginaban era que el planeta tuviera sus

propios planes para ellos.

Y esos planes incluían un corto viaje de vacaciones a Colombia a conocer el páramo más grande del mundo, el de Sumapaz. La estadía, planeada inicialmente por dos semanas, se prolongó por cuatro meses gracias a un tentador viaje de última hora a Caño Cristales, el río de los siete colores. Los franceses, que tanto sabían de lógica y principios de la razón, ni cuenta se dieron cuando cayeron en la trampa de un lugareño que quiso ganarse una platica extra enviándolos a una desafortunada «pesca milagrosa», una de las tantas formas de financiación de los grupos armados ilegales que operaban en el país, en aquella época.

—*Très bien* —le dijo Manon a su esposo cuando se dio cuenta de que estaban oficialmente secuestrados—, y tú pensando que tomar agua del grifo te iba a causar diarrea.

Caminaron lo intransitable. Aguantaron lluvia, sol y hambre; supieron lo que era la pobreza de verdad, la de los campesinos fumigados con glifosato. En las privaciones entendieron que su bienintencionada rutina hogareña primermundista de separar las latas de aluminio de las cáscaras de los bananos no era suficiente para salvar al planeta. De hecho, el planeta no necesitaba salvarse; éramos los humanos los que necesitábamos salvarnos, pero de nosotros mismos.

Resultaba apenas evidente que su nacionalidad era la única razón para retenerlos, más que sus estados financieros. Sus captores pronto se convencieron de que se habían encartado con una pareja de soñadores de clase media que, en su regular-tirando-a-malo español peninsular, solo hablaban de ciencia, ecología y gases de efecto invernadero, ¡qué plata iban a tener! En esa época, «cuidar el planeta» ni siquiera era un concepto aprehensible; no estaba de moda, no era un *slogan* para vender camisetas o bolsas reutilizables para hacer las compras del mercado. Lo único de valor que podían ofrecer eran clases de francés y un taller para hacer compostaje y abono orgánico con lombrices de tierra. Cuando los captores los vieron poner en marcha su fabuloso proyecto de producir *biogas* a partir de la descomposición controlada de materia fecal humana, decidieron que era hora de soltarlos para que se fueran a descomponerla controladamente a otra parte.

El día menos pensado, uno de «ellos» los hizo caminar cuatro largas horas hasta la trocha más cercana en donde los esperaba una carreta tirada por un caballo. Dos horas después, llegaron a una carretera destapada en donde los recogería —supuestamente– un camión. El camión no llegó, pero la noche sí.

—Vamos por este lado —les dijo el muchacho quien, con la amabilidad de la punta de un fusil, les indicó el camino a seguir.

Sin otra alternativa, emprendieron de nuevo dos horas más de camino a pie y pensaron que ese sería su fin. Si el joven del fusil no los remataba, caerían inconscientes en cualquier momento, ya fuera por la sed, el calor, el hambre, el ataque de los bichos o todas las anteriores.

Llegaron, por fin, a un rancho destartalado, mal iluminado por una antiquísima lámpara de queroseno.

Perdieron la cuenta de los días y las noches que permanecieron ahí, solo recordaban las dos raciones diarias de comida que les traía el muchacho del fusil y las esteras en el piso sobre las que dormían.

Una noche, el muchacho trajo compañía: una joven de no más de veinte años en pleno trabajo de parto y una anciana indígena que la asistía con la habilidad otorgada por milenios acumulados de saber ancestral.

El muchacho acomodó a la parturienta sobre una de las esteras y salió en seguida, cerrando la puerta tras de sí para vigilar desde afuera.

—Viene, viene… una más —le decía la indígena a la muchacha, en un español tan extraño y forzado como el de los franceses.

Siguiendo las instrucciones de la anciana, la joven valiente pujó una vez más, mordiendo un pedazo de madera para no gritar. Dominique nació una noche nublada de *domingo* y llegó directo a los brazos de Manon y Cédric para quedarse en ellos.

—¿Adiós? —le preguntó a la joven madre, una abrumada Manon que no podía creer que tuviera una bebé en sus brazos envuelta en una cobija de lana amarilla. Cédric, por su parte, recibió de la anciana partera una mochila con un par de teteros, un paquete de diez pañales de tela blanca con sus correspondientes ganchos sostenedores y dos tarros de leche formulada para recién nacidos.

La joven madre ocultó sus lágrimas entre sus manos; mitad avergonzada, mitad desgarrada por la despedida. El muchacho asomó la cara al interior y los hizo salir para que la anciana pudiera terminar el trabajo de extraer la placenta y cuidar a la triste madre que jamás volvería a ver a su hija.

Manon entendió la situación durante el camino de regreso. El fusil del muchacho no era para matarlos sino para protegerlos; y la sola idea de que el precio del tiquete de regreso a la tranquilidad de su apartamento en París lo tuvieran que pagar ese par de muchachos desprendiéndose de su hija, le desarmó las piernas.

—Camine señora que nos agarra el día —insistió el muchacho del fusil, alumbrándole la cara a Manon con una linterna. Cédric tomó a Dominique en sus brazos y trató de ayudar a Manon a levantarse del suelo, pero Manon no podía más, lo apartó de un par de manotazos furiosos.

—Vénganse con nosotros. Usted, la muchacha y la niña —-le suplicó Manon al muchacho en medio del desespero para, luego, mirar a su esposo—. Tiene que haber una forma de sacarlos, Cédric, no podemos irnos y dejarlos aquí.

El joven clavó sus ojos verde menta en Manon, quien seguía tirada en el suelo con las piernas sucias, salpicadas de polvo y barro, rayadas por el constante roce de la vegetación e irritadas por sus propias uñas negras, llenas de tierra revuelta con sangre acumulada por rascarse las picaduras de los mosquitos. Manon se frotó las piernas y lloró desconsolada. No era justo. Esos jóvenes estaban viviendo una vida desafortunada que otros afortunados habían escogido para ellos.

Manon le devolvió una mirada suplicante al joven para que lo intentara y, por un momento, creyó ver en esos ojos juveniles el anhelo de un futuro mejor en otra parte, lejos de allí; pero ese anhelo fue opacado rápidamente por la piel curtida y envejecida de una realidad que no podría cambiar por mucho que soñara. La realidad de la guerra miserable a la que los había condenado la ambición de los poderosos, por un lado, y la inmovilidad de los indiferentes por el otro.

Manon sintió en su brazo izquierdo el agarre brusco de esa

mano recia y callosa del joven, haciéndola levantar del suelo de un estrujón y a las malas. El fusil hizo el resto, los obligó a caminar callados.

—Una lágrima por una persona es una lágrima por el mundo entero, Manon —le dijo Cédric con la tristeza que supone ser el realista de la pareja. Por más voluntad que tuvieran, ellos dos no podrían salvar a ese par de jóvenes más de lo que podrían salvarse a sí mismos. Para salvarlos, tendrían que salvar al mundo entero y el mundo entero en esas circunstancias, se reducía a la frágil criatura que acababan de poner en sus brazos.

En el centro médico no tuvieron ningún problema para aceptar la versión de la historia que les dio el muchacho del fusil; la versión en la que Manon ni siquiera sospechaba que estaba embarazada cuando llegó a Colombia y parió en medio de la noche, en un rancho abandonado.

Con el certificado de nacimiento, sacaron el registro civil y con el registro civil, los pasaportes de la nueva integrante colombiana de nacimiento, francesa por adopción, de la familia Sainte-Cœur.

***

Como era de esperarse, la fiesta de *Saló* empieza a las siete de la noche, se convierte en rumba salvaje a eso de las once y *after-party* en el bar El Garaje hasta las cuatro de la mañana. A las cinco, María Paulina y yo llegamos al apartamento.

—Mani —me dice María Paulina después de salir gateando del baño, dejándose caer en el piso de la sala en donde ambas nos echamos como un par de desahuciadas.

—¿Qué? —le pregunto, con los últimos rayos de conciencia que me quedan antes de blanquear los ojos desmayada.

—Bailé tanto que… ya no me siento las piernas…

Hago mi mejor esfuerzo por levantar la cabeza y darle un vistazo por última vez.

—Fresca, desde aquí las veo.

Epitafio

✝

Aquí yacen dos amigas borrachonas que se agarraron de la mano y se quedaron dormidas de risa hasta el amanecer.

Quien diga que la soltería es una vida solitaria, no tiene amigas como las mías.

A juzgar por la intensidad de los rayos del sol que cocinan mis mejillas, parece que es de día, cosa que me sorprende porque tengo la impresión de que no hace ni media hora que abrí la puerta del apartamento y atravesé el umbral a gatas para evitar caerme de frente y romperme los dientes.

—¿Aló? —contesto el celular con la dificultad de reconocer mi propia voz por la ronquera.

—¿Manuela? —me pregunta un hombre del otro lado de la línea y por el tono de su voz, parece que tampoco me reconoce.

—Sí, ¿con quién hablo? —pregunto mientras, en el limitado uso de mis facultades, me echo el brazo izquierdo sobre la cara para tapar el sol que está empeorando mi dolor de cabeza.

—Estoy aquí, frente a tu edificio, ¿puedes bajar porfa?

—¿Felipe? —me levanto en seguida, como impulsada por un resorte—. ¡Ay! vida puerca ¿qué hora es?

—Son las once pasadas, ¿bajas o quieres seguir durmiendo?

—No, ya bajo, dame cinco minuticos… Mapi… ¡Mapi!… ven y te llevo a la habitación.

—*Nombe*, déjame quieta —me dice y se voltea para seguir durmiendo a pierna suelta en el piso.

—¿Felipe? Dame cinco minutos, me cepillo los dientes y bajo.

Cuelgo y como puedo, me levanto, le acerco una almohada a María Paulina, le echo una cobija encima y bajo las cortinas para que el sol no le maltrate la cara.

Cuatro minutos después, salgo del edificio y encuentro a Felipe esperándome en un taxi. El pobre viene igual que yo, vistiendo la deshonrosa armadura de la resaca: gafas oscuras y una combinación de la primera camiseta disponible en el clóset que, si no está limpia, al menos huele a desodorante, y el primer pantalón de sudadera que aparece. El mío va adornado por un roto en la rodilla del que me acabo de dar cuenta. La perfecta cita romántica imperfecta.

—Así que fuiste tú el que acabó con la cantina del pueblo anoche —le digo a Felipe mientras entro al taxi.

—Querrás decir, con lo poco que tú dejaste en pie —me responde, burletero.

—¡Golpe bajo, *man*! ¿Así es como vamos a funcionar tú y yo?

—Tú empezaste, yo termino —me contesta con el mismo espíritu burletero mientras se voltea hacia el taxista para darle instrucciones—. Parce, vamos directo a la sala de urgencias. De una para Caldo Para'o.

—¡Aleluya! A eso es a lo que yo llamo, amar al prójimo como a ti mismo.

—¿Amar al prójimo? Va muy rápido, doña Franco. Esto está muy lejos de ser amor.

—Eso dice el que llegó a recogerme en taxi para curarme el guayabo con el mejor caldo de costilla de todo Bogotá; definitivamente lejos de ser amor —contesto irónica, mientras me acomodo en la silla del carro.

En menos de quince minutos llegamos a la esquina de la Avenida Caracas con calle treinta y nueve, sede del popular desayunadero «Caldo Para'o» que ni siquiera es un restaurante, es una pequeña cocina incrustada en una pared con una especie de «barra» sobre la que dos hábiles cocineras sirven generosos platos de caldo rebosantes de costilla y papa pastusa, adornados con delicioso cilantro y cebollín picado; el manjar de electrolitos perfecto para levantar a este par de luchones de la rumba, casi moribundos.

—¿Aire acondicionado? —me pregunta divertido, escarbando con su dedo índice el roto en mi sudadera, hasta alcanzar mi piel.

—Facilita la ventilación y mantiene la temperatura corporal durante el ejercicio —le contesto con un aire de coquetería.

—Valdría la pena probar haciendo ejercicio… sin ropa —me contesta con la misma coquetería y, a mí, van a tener que empacarme el caldo para llevar porque ahora lo que necesito es una limonada bien fría que me baje esta ráfaga repentina de calor humano.

María Paulina dice que suelo sentirme atraída por los hombres a quienes admiro, pero lo de Felipe raya en la fascinación. En realidad, quisiera abrir ese cráneo, escarbar en ese magnífico cerebro y llegar al meollo de su ingenio para robarle así sea un pedacito. Su trabajo creativo en McAdams, algunas veces lleno de humor y otras de drama, siempre me ha parecido brillante. Con él aprendí que, en este vilipendiado oficio de la publicidad, más que vender productos, contamos la historia de cómo llegan a nuestras vidas para hacerla mejor.

Después de comer, aprovechamos el rarísimo día soleado que está haciendo para caminar por la carrera Séptima hacia el norte, de regreso a mi apartamento que queda sobre la calle cincuenta y seis. Hablamos sin parar de lo divino y lo humano, desde Jane Austen hasta el universo de Marvel. Quedamos en que veríamos juntos su película clásica favorita, *El viento sopla por donde quiere* de Robert Bresson, si es que algún día la encuentra en las oscuras catacumbas de internet. Supongo que esa es su forma sutil de hacerme saber la clase de regalo que le gustaría recibir en su próximo cumpleaños.

A pocos metros de mi edificio, me alisto psicológicamente para el momento cumbre de la cita, el instante esperado, el de las miradas intensas y deseosas, el del beso lento y las mariposas en el estómago…

—Y… ¿Diego y tú, qué?

Corrijo. Llegó el momento de recibir un balonazo en la cara.

—¿Diego? —replico nerviosa, la pregunta me agarró desprogramada.

—Ni siquiera intentes negarlo. Yo he visto todas las *chick flicks* que te puedas imaginar y ustedes dos parecen haber salido de una de esas películas.

—No hay nada entre Diego y yo. Solo somos amigos… si eso es lo que me estás preguntando.

—¿Cuánto lleva Diego trabajando en BrandsMedia? ¿Dos meses? Tres a lo mucho. ¿No es muy poquito tiempo para que sean tan amigos?

—Pues, eso depende. No es poco tiempo si tenemos en cuenta que… —digo y hago una breve pausa para darme tiempo de pensar lo que voy a decir antes de echarlo todo a perder—, Diego y yo fuimos novios... hace muchos años.

—Entonces yo no estaba tan mal ubicado —me dice y sonríe, solo necesitaba escuchar de mi propia voz lo que, en el fondo, ya daba por sentado—. ¿Hace cuántos años?

—¡¡Uff!! Cinco… imagínate, historia patria —le contesto, impostando una broma que se me queda enredada entre los nervios.

—Y… si pudieras definir la relación que tuviste con él en una sola palabra, ¿cuál sería?

¡Ábrete tierra y trágame! ¿En qué clase de trampa vikinga me estoy metiendo? Si digo que fue un bodrio, no me va a creer –porque tampoco lo fue– y si digo que fue divina, pensará que todavía siento algo por Diego, –y tampoco es mentira–. «¡Dios!, ¡¿en dónde dejaste el botón *skip intro*?!»

—¿Tengo que definirla? —le pregunto, sin querer alargar la conversación más de lo debido.

—Solo inténtalo y no te jodo más.

¿En serio?, ¿se justifica ponerme en este predicamento solo por un besito?

A falta de una respuesta inteligente que me saque del apuro, me limito a caminar en silencio.

—Mierda. Fue muy buena o fue terrible —afirma y espero que ese pesimismo que percibo en el tono de su voz sea un efecto colateral de la resaca.

—Fue fantástica. Justo la clase de relación que jamás querrías que se terminara —le respondo sin rodeos porque, a diferencia de él, yo no disfruto el paseo yéndome por las ramas.

—Y si era fantástica, ¿por qué terminaron?

Me detengo frente a la puerta de mi edificio y daría lo que fuera por soltar el suspiro de alivio que llevo reprimiendo por una cuadra entera. Puedo dar por terminado el interrogatorio o, al menos, suspenderlo hasta nuevo aviso, cuando esté mejor preparada para responder esa espinosa pregunta.

—Llegamos a mi humilde morada. Te invitaría a pasar, pero no sé en qué condiciones esté María Paulina; es probable que siga tirada en el piso de la sala.

—No te preocupes, otro día será —me dice, y por la distancia en la que está, que puedo medir extendiendo uno de mis brazos, es evidente que la cita terminó con balance neutro, tirando a negativo. ¡Qué desperdicio de energía, de tiempo, de galán... de todo!

—Solo para saciar tu creciente curiosidad, Diego y yo pasamos la página y estamos bien como amigos. Además, él tiene una novia a la que adora, es una exitosísima *pastry chef* entrenada en París y trabaja en un súper restaurante en Londres, así que...

Felipe resuelve abrazarme y callarme con un beso arrebatado en los labios, un beso cálido, sexi, con sabor a menta. Su barba me hace cosquillas en las mejillas, pero respondo con ansias, apoyando mis manos en su nuca para que sepa que no quiero que se detenga, quiero seguir sintiendo su energía como las ondas de un púlsar resonando en todo mi cuerpo.

—Me alegra que hayas escogido la palabra «fantástica»; yo me estaba imaginando otra mucho peor —dice, devolviéndome el aliento y la conciencia con una caricia en la mejilla.

—¿Otra peor?, ¿cuál podría ser?

—Inolvidable.

***

—Bueno, ¿al fin qué? ¿se cuadraron o no se cuadraron? —me pregunta María Paulina, delineándose los ojos con mano firme en el improvisado salón de belleza en el que hemos convertido la sala del apartamento.

—No sé y no me preguntes más porque, con el rumbo que llevaba la conversación, ese beso no me llegó de sorpresa sino de milagro —-respondo, mientras le aliso el pelo a Dominique con la plancha—. Solo les digo que no fue cualquier beso, fue uno de esos que lo dejan a uno sin aire en los pulmones.

—Entonces, oficialmente sigues tan solterita como cuando tu mamá te trajo al mundo. ¡Qué lástima! yo pensaba que el viejo Feli estaba mejor guisa'o para una relación, Mani —concluye María Paulina.

—Yo tampoco tengo afán; el *man* sí me gusta, pero me gusta más la idea de ir despacio y darme mi tiempo para superar del todo a Diego y de paso, armar mi discurso postraumático.

—¿Cuál discurso postraumático? —me pregunta Dominique con extrañeza.

—Me refiero a lo que voy a decirle a él o, en su defecto, al próximo novio que tenga, si el tema de Diego se presenta.

—Y ¿por qué tendrías que decir algo al respecto? Ese no es asunto de nadie más que de Diego y tú.

—No creas, Felipe está especialmente interesado en la historia y dudo mucho que la brillante estrategia de «hacerme la loca» funcione cuando me vuelva a preguntar por qué terminamos.

—¿Hay algún problema con decirle la verdad? —pregunta María Paulina con la misma naturalidad y frescura con la que se aplica rímel en sus largas y tupidas pestañas.

—Pues sí, ¿cuál es el problema? —digo con todo el sarcasmo del que soy capaz— ¡Ah! Feli, divino, gracias por las flores y… por cierto, se me había olvidado comentarte que, técnicamente, Diego y yo no terminamos, yo lo dejé plantado en el altar. ¡*Tarah*!

—O le puedes decir la misma pendejada que uno siempre dice, que terminaron porque «se dieron cuenta de que sus vidas iban por caminos distintos» o algo así. Desde donde yo lo veo, tú no estás obligada a darle explicaciones a nadie sobre tus relaciones pasadas, mucho menos mencionar la plantada en el altar. Ese rollo es tuyo y de nadie más —-comenta Dominique, quitándose el exceso de labial rojo presionando sus fabulosos labios gruesos y curvilíneos en un cuadrito de papel higiénico—. Ya estoy lista, *mes chéris*, ¿nos vamos?

—No. Tenemos que esperar a Nacho, quedó a recogernos.

—¡Por fin vamos a conocer a Nacholín! —digo, emocionada.

—¡Nada de «Nacholín»! Ignacio para ustedes. Y tú, Manuela, no le pares bolas a Dominique que ese plan cojea por cualquier pata que le mires. Si la relación de ustedes cuaja, en algún momento tendrás que contarle a Felipe.

—Una cosa es decirle la verdad y otra muy distinta es darle explicaciones innecesarias de un pasado que solo le importa a Manuela —increpa Dominique—. Ella es dueña de su prontuario y tiene todo el derecho a escoger qué le quiere contar y qué no, o ¿tú crees que Felipe se va a explayar describiendo los pormenores de sus ex?

—Yo te daría la razón, Niq, si Felipe no conociera a Diego y no supiera que trabaja con Manuela todos los santos días. Yo, en sus zapatos, necesitaría todas las razones y los detalles de la historia para poder confiar —insiste María Paulina.

—En ese caso, Manuela no tendría nada que hacer al lado de un tipo que no confía en ella.

Me siento en un partido de tenis, viendo la pelota de mi relación con Diego pasar de una raqueta a otra sin que ninguna de las dos se atreva a rendirse o a dejarla caer. Ambas jugadoras tienen razón y estoy de acuerdo con los argumentos a cada lado de la cancha, haciendo más difícil para mí definir el resultado del *set*.

¿Cuánta verdad puede manejar una relación? Y ¿cuál es la verdad que le diría a Felipe? ¿Le daría la misma versión fantasiosa que le di a Diego, «que no lo amaba lo suficiente para ser su esposa»? cuando, en realidad, hice el sacrificio más grande que podría hacer por amor: renunciar a él en nombre de una familia que me odia.

13
UNA CANCIÓN DE LOS ROLLING STONES

DIEGO

Hago mi última revisión en los dientes, después de cepillarme. Constato con mis dedos que sigan firmes en mis encías. En días como hoy, me invade el sabor a óxido con el que me desperté aquella vez en brazos de mi hermana Eliana que lloraba aterrada, pidiéndole clemencia a mi papá para que no golpeara a mi mamá mientras yacíamos en el piso de nuestra casa de infancia. La silla estaba volteada sobre las baldosas y, al lado de una de las patas, alcancé a ver el diminuto diente de leche amarrado al hilo de *nylon*.

Mi papá había cumplido su amenaza de sacarme el diente de una cachetada que me dejó inconsciente. Ese día supe lo que era sentir rabia.

«Tal vez debería... afeitarme» pienso, en un intento por espantar esa dolorosa imagen en mi cabeza. Es mejor concentrarme en la que veo en el presente, frente al espejo, no en la del pasado. Mis dientes están completos, es mi barba incipiente la que necesita un retoque.

—*Hey, man!* Espero que no estés haciendo lo que me imagino que estás haciendo allá adentro. En pocos minutos el apartamento estará lleno de gente y no quisiera tener que justificar el aroma a popurrí —dice Vikram, burletero, dando un par de golpes en la puerta.

Se me acabó el tiempo y lo poco que queda solo me alcanza para un retoque rápido y un vistazo al clóset, en donde agarro lo primero que encuentro bien planchado: una camisa azul oscuro con diminutos puntos blancos y un pantalón gris plomo.

—¿El *warmer* está encendido? —le pregunto a Vikram, a quien encuentro en la cocina vertiendo yogur griego en el picadillo de cebollas curadas para preparar la tradicional *raita* india.

—No hay necesidad, *man*, las *dosas* están listas y ya todos llegaron. El portero los acaba de anunciar —me dice y se fija en mi camisa con una sonrisa desconfiada—. *So…* por fin voy a conocer a la tal Manuela.

—«La tal Manuela». ¿Qué se supone que quiere decir eso?

—No sé, *man*, estoy esperando tus instrucciones. No sé qué esperar de ella.

—Esa es la idea, que te formes una opinión propia. Es a mí al que le conviene que seas imparcial.

—¿Imparcial? ¿De verdad crees que existen los amigos imparciales?

—Solo inténtalo.

El timbre de la puerta no le deja otra opción que resolver por sus propios medios y convicciones, el gran interrogante en mi vida que es Manuela.

—Voy a chequear el vino, ¿te ocupas de la puerta? —le digo, obligándolo amablemente a recibir a los invitados y mostrar sus mejores dotes de anfitrión; favor que él acepta sin demasiados pretextos, no sin antes echarme un último vistazo de pies a cabeza.

Estar prevenido con Manuela es un eufemismo para decir que detesta la idea de conocerla. Vikram es uno de los pocos que me ha visto sufrir por ella en el lugar más oscuro de mi despecho. El día que le confesé que me iría a trabajar a BrandsMedia y sería su jefe, estuvo a punto de saltar los controles de seguridad del aeropuerto para agarrarme del cuello y obligarme a permanecer en Londres, así tuviera que encadenarme en una silla y mantenerme a pan y agua hasta que cambiara de decisión.

¿Me preocupa que la animadversión se manifieste y haga estragos entre ellos? Sin duda; sería doloroso e inevitable, pero si no son capaces de convivir en el mismo círculo, uno de los dos tendrá que salir, así me duela perderlos como amigos a cualquiera de los dos… o a ambos.

Escucho saludos y presentaciones desde la cocina y, antes de poder unirme al grupo, un mensaje de texto llega a mi celular.

Emilia:
¿Puedo pasar cinco minutos a saludar
a Vikram? Sé que tienes cena, voy de
entrada por salida, no te preocupes.

Las voces se acercan a la cocina, por lo que contesto el mensaje de texto con un monosílabo sin pensarlo demasiado para poder salir y volcar mi atención en lo único que me importa en este momento, la compañía de los amigos que vienen a visitarme y… la risa de Manuela que escucho como telón de fondo.

—¡Qué grande la tienes! Me refiero a la plantita, por supuesto —me dice Manuela con burla cuando me acerco a saludarla, refiriéndose a la plantita de collar de perlas que ve en lo alto del estante de mis libros. Fue un regalo de desagravio suyo por una discusión que tuvimos hace cinco años, cuando éramos novios aún.

—Yo sé, ¿a qué otra cosa te podrías referir? —comento, siguiéndole la corriente.

—No pensé que la conservaras todavía.

—Mi hermana Emma la adoptó. Veo que no trajiste al bagre mechudo.

—Se quedó nadando en su charca. No quise que el grupo quedara en número impar —dice con un dejo de coquetería.

—En ese caso, vas a tener que presidir la mesa conmigo esta noche —le contesto, retirando con infinito alivio el puesto extra que había alistado en la mesa en caso de que Manuela trajera compañía. En realidad, era a mí al que más le preocupaba ser el número impar de la velada.

Había olvidado lo bien que se siente recibir a mis amigos para cenar, en vez de ser el eterno invitado a las celebraciones ajenas o el sobrio acompañante de Ximena a las inauguraciones de los restaurantes en Londres. Por lo general, todas esas ocasiones se quedan en los negocios y carecen de esa dicha especial que solo se experimenta alrededor de las personas que te importan, que te llaman a preguntarte si llegaste bien a casa o descifran tu estado de ánimo con solo verte poner un pie fuera del ascensor.

Son esas personas, con quienes logras establecer vínculos que se extienden más allá de la superficie de los intereses laborales y económicos, a las que debes invitar a tu casa con frecuencia, cocinar para ellas, servirles el mejor vino y mostrarles que, para ti, representan mucho más que un número en la nómina. Los negocios y los clientes van y vienen con el flujo de las inversiones, pero los amigos, los verdaderos amigos, son los únicos que se quedan.

Luego de superar la prueba de fuego con las *dosas* y los *currys* que preparé con base en las recetas de Vikram, y de aguantar sus constantes críticas por no cumplir a cabalidad con los altos estándares del picante de la cocina india, decidimos continuar la conversación probando los vinos que Dominique e Ignacio, el novio de María Paulina, trajeron para compartir.

Admito que, mientras hago lo posible por mantener viva la conversación, me cuesta ignorar la exquisita figura de Manuela al otro lado de la mesa. Lleva puesta una blusa de pequeñas escamas doradas que revela sus sólidos hombros; lo único que evita que se deslice a lo largo de su pecho es un delgado aro alrededor de su cuello que hace las veces de collar. Las brillantes escamas de la blusa reflejan la luz de la lámpara del comedor, haciéndola rebotar en su cara, glorificando cada rincón de sus facciones y acentuando su mandíbula recta rematada en ese delicioso mentón curvilíneo que tantas veces repasé con mis labios. Sus mejillas bronceadas y contorneadas en perfecta simetría se ven encendidas y alegres, haciéndole juego a sus inmensos ojos, un par de agujeros negros en los que hasta la luz intensa del sol se pierde, y tan expresivos que parecieran hablar con voz propia.

—Ni me pregunten. A mí me han enseñado que es de mala educación hablar de religión o de política frente a una mesa llena de comida —digo en broma, tratando de bajarle el nivel a los controversiales comentarios de Dominique sobre la existencia de Dios.

—En cambio, yo opino que, entre amigos, ningún tema debería estar vetado, ¿o tú qué crees, Ignacio? —pregunta Dominique.

—Pues, yo siempre he dicho «solo en Dios confío. Los demás, que me traigan datos».

—Esa frase está buena para una camiseta, me la voy a robar —comenta Manuela, divertida—. Ayuda mucho tener buen sentido del humor con esta parranda de locos, Ignacio; y en esas me incluyo.

—Sentido del humor y la paciencia de Job. ¡Hay que ver lo que les aguanto! —agrega María Paulina.

—El cielo y el infierno, a mí todavía no me convence esa dualidad. ¿Qué se supone que saca Dios con premiar o castigar el alma de alguien por toda la eternidad? El alma, si es que existe, no se quema ni se congela —comenta Dominique, en el mejor de los ánimos.

—Yo parto de la idea de que el alma existe —responde Vikram—, y si me dan a escoger, me quedo con nuestro esquema de reencarnación. Si te portas bien en esta vida, tu alma reencarna en una mejor. Si te portas mal, te devuelves un par de casillas —concluye, extendiendo su brazo derecho hasta descargarlo sobre el espaldar de la silla de Dominique para acariciarle el hombro disimuladamente. Ella le larga una mirada sutil y sonríe en deseosa aprobación.

—Eso tiene más sentido. ¿Sabes si todavía quedan cupos para inscribirme en ese «esquema»? —le pregunta Dominique a Vikram, mientras acaricia su muslo derecho por debajo de la mesa.

Y por lo visto, no soy el único que se da cuenta de los movimientos; Manuela me mira reprimiendo la risa.

—¿En qué reencarnarías tú, Vikram? si tuvieras la oportunidad de escoger —le pregunta Ignacio, llamándoles la atención con un carraspeo disimulado al par de tórtolos que parecen necesitar una habitación urgente.

—*Well*, esa es una pregunta interesante. Frente a mis abuelos debería decir que quisiera reencarnar en una casta superior, en un *brahman*, o algo así, pero por lo «bien» que me he estado portando, tendré suerte si vuelvo a este mundo convertido en un sapo de pantano.

—Yo sí me pediría reencarnar en una de las Kardashians, para tener la vida de diva y la piel bronceada que merezco —comenta María Paulina, divertida.

—¿Y tú qué, Manuela?, ¿en qué te gustaría reencarnar? —le pregunta Vikram.

—¿Yo? no sé, ¿se vale repetir? —responde, sorprendida por la pregunta.

—¿En serio?, ¿te gustaría repetir la misma vida, cometiendo los mismos errores? —insiste Vikram, con la evidente intención de ponerla en aprietos.

Manuela le sostiene la mirada sin desdibujar su sonrisa.

—Lo ideal sería corregirlos, pero, en general, si me dieran la oportunidad de escoger volvería a la misma vida porque no todo en ella han sido errores, también he tenido muchos aciertos y he hecho muchos sacrificios que han valido la pena —concluye, y me mira.

—*Bien dit, chérie* y ¿sabes qué? —interviene Dominique, quien no duda un segundo en apartar sus manos de Vikram para defender a su amiga—, yo sí celebro lo que eres, una mujer inteligente y bella que no se deja doblar tan fácil. Una persona como tú no se conoce en cualquier esquina y si es verdad que existe alguna otra vida, espero que reencarnemos nuevamente siendo amigas, ¿sí o no, Mapi?

—Tú lo has dicho, *madame*. Mi vida no sería la misma sin ti y sin Manuela —confirma María Paulina—; y con la venia del anfitrión de esta noche, quisiera proponer un brindis —agrega, levantando la copa de vino—. Por nuestras vidas, por quienes nos aman y nos aceptan incluso con nuestros errores, porque ninguno en esta mesa puede decir que es perfecto.

Manuela y yo brindamos desde nuestros respectivos extremos; me castiga levantando una ceja, dedicándome una mirada retadora para hacerme entender que en este primer *round*, ella fue la vencedora.

Y a mí me encanta cuando sus ojos me hablan de esa forma.

Los ánimos se calman, la conversación y la buena vibra siguen. Yo me pillo a mí mismo, un par de veces, mirando embelesado los labios de Manuela posarse en su copa para beber el vino tinto que combina con el color de su labial. Me imagino acariciándolos de nuevo con los míos. Besarla… era mi adicción favorita.

—Bueno y… ¿quién dijo postre? —les pregunto, «reencarnando» en mi papel de anfitrión.

—¿Te ayudo? —me pregunta Manuela, levantándose de la silla.

—No te confíes, Diego. Ella quiere quedarse con el pedazo más grande —dice Dominique, en broma.

Manuela le hace una mueca mientras camina hacia la cocina, dándome a mí el gusto de recorrer con mis ojos el escote que revela la sensualidad de su espalda hasta la cintura en donde la blusa dorada forma una «V» que abraza con delicadeza sus caderas. Sus curvas me provocan, su cuerpo entero es una guitarra que a mis manos se les antoja volver a tocar.

—Por lo visto, Ignacio pasó la prueba con Dominique —comento, mientras abro el congelador en busca de una caja de helado de vainilla que me sirva de excusa para bajar la temperatura corporal a un nivel de amistad aceptable.

—Sí, aunque... yo casi me rajo con Vikram —replica Manuela y la noto un poco incómoda mientras organiza los platos y saca las cucharitas del cajón de los cubiertos.

—Manu, lo siento, espero que no te hayas…

—No te preocupes, no es la primera vez que alguien de tu tribu me pasa al tablero —dice, interrumpiéndome—. Lo tendré en cuenta la próxima vez que me hagas una invitación a comer.

—No digas eso, yo solo intentaba… —intento decirle, pero el timbre de la puerta pisa mis palabras y ahora me preocupo.

—¿Pasa algo? —me pregunta Manuela.

—Nada, es… Emilia, solo viene a saludar a Vikram.

—Y ¿por qué estás nervioso?

—¡Yo me encargo! —nos avisa Vikram desde el comedor y me tranquilizo; con suerte, Emilia no pasará de la puerta.

—No son nervios —digo, mientras saco el *crisp* de manzana del horno—. No quiero que te sientas incómoda, eso es todo.

—Pero tú sí estás incómodo.

—*Hi, Milly bear!* —escucho decir a Vikram, mientras abre la puerta—¡Qué gusto verte de nuevo! *Come on in!*

En ese punto me detengo. Le dijo que entrara. Me siento como si hubiera participado, sin querer, en una emboscada con mi familia que nunca se caracterizó por ser una tribu acogedora para Manuela.

—Ya vengo, no te preocupes, todo está bien —le digo y salgo de la cocina para encontrarme con Emilia que ya llegó al comedor con Vikram.

—¡Ey, *Milly bear*! ¿Cómo vas? —le pregunto mientras le doy mi acostumbrado «abrazo de oso».

Contrario a Eliana, que siempre ha competido conmigo por el primer lugar en todo, mis hermanas menores, Emma y Emilia son mis chiquitas, mis ositos de peluche, las niñas de mis ojos. Por ellas, moriría dos veces seguidas si fuera posible.

—¿Ya comiste?

—Sí, acabamos de salir de un restaurante. Ben me está esperando abajo, en el carro. Solo vine a saludar a este monstruo y a despedirme, me salió un viaje de última hora y no sé si para cuando vuelva, Vikram todavía esté por aquí.

—¿Para dónde vas? —le pregunto.

—Para Nueva York y luego a San Francisco a mendigarle plata a los inversionistas de Silicon Valley para el proyecto de los filtros de agua que estamos desarrollando. Vik, puede que no nos crucemos cuando esté de vuelta, de todas formas, me alegra mucho que hayas venido a vernos. Espero que te guste Colombia —dice y luego me mira amenazante—; y tú, ojo con el aguardiente que le vas a dar, dosifícaselo bien si no quieres cargarlo al hombro por toda La Séptima.

—Él ya sabe, si se emborracha, lo dejo tirado en el andén —digo, intentando una broma.

—Bueno, los dejo. Fue un gusto conocerlos a todos. Me alegra verte de nuevo, María Paulina, te ves muy bien.

—Muchas gracias, Emilia. Lo mismo —contesta María Paulina con amabilidad.

Emilia se voltea y, por un segundo, respiro aliviado porque pienso que su intención es seguir caminando conmigo hacia la puerta. Emilia es de esa clase de personas que hace exactamente lo que dice que va a hacer, es predecible por convicción, no esconde ases bajo la manga; por encima del póker, prefiere el ajedrez.

—¡*Quiubo*, Manuela! yo sí decía que me faltaba alguien por saludar. ¿Cómo vas? —dice en un tono afable, acercándose a la cocina después de hacer una imperceptible desviación en su trayectoria inicial.

—Bien, Emilia y ¿tú? —contesta Manuela, a la defensiva, tratando de mantener la compostura frente al misil que va directo hacia ella.

—Muy bien, gracias. Me alegra verte también —responde Emilia, haciendo una pausa para mirar a Manuela de arriba abajo, sonriendo complacida—. Un día de estos deberíamos salir a tomarnos un café, tenemos que ponernos al día.

—Cuando quieras —le contesta Manuela, sin titubeos.

Emilia sale de la cocina y llega a la puerta en donde la espero desconcertado.

—Me puedes explicar ¿qué fue eso? —le pregunto, inquieto, saliendo con ella al pasillo del edificio.

—Tú ya tienes novia, se supone que eres feliz con Ximena, ¿qué es lo que quieres con Manuela?, ¿repetir la hazaña de hace un mes?

—Yo no te lo conté para que me juzgues y si ese va a ser el plan de ahora en adelante, avísame de una vez...

—Y tú avísame si el plan sigue siendo desquitarte de Manuela porque ya sabes de antemano que, para eso, no me voy a prestar.

—¿Quién te dijo que me voy a desquitar de Manuela? Eso ya quedó resuelto. Ella y yo solo somos amigos, ¿o es que no podemos?

—No sé, dime tú, ¿pueden? —me dice, confrontándome con una mirada afilada que me cuesta sostener.

—Hasta ahora no nos ha ido mal.

—Eso no es suficiente, Diego, una amistad no se construye de la noche a la mañana, mucho menos entre dos personas que todavía se gustan.

—Manuela y yo no nos gustamos...

—¡No, qué va! Y yo me llamo «ricitos de oro» —dice con ironía—. Manuela y tú nunca han sido amigos; pasaron de ser novios a ser exnovios y ahora compañeros de trabajo y, a juzgar por lo que ya pasó entre ustedes, eso no es garantía de nada. Diego, pilas con lo que haces, no te acerques a la llama si no quieres quemarte y, de paso, hacerle daño a Manuela.

Luego de esperar de mi parte una respuesta que no llega, Emilia decide irse.

—Diego, ven, ayúdame. Ignacio y Mapi dicen que se van, ¿cómo la ves? —me dice Manuela, tan pronto me ve regresar al comedor.

—La veo grave porque de aquí no se van hasta que no me dejen esos platos vacíos.

Ignacio y María Paulina se despiden después del postre con un agradecimiento genuino por la cena y las atenciones; al tiempo que Dominique, Vikram y Manuela me ayudan a reorganizar el comedor y a poner los trastes sucios en el lavaplatos eléctrico antes de salir, por fin, a lo que realmente nos convoca, la rumba.

Decidimos por unanimidad ir al bar y restaurante Andrés DC y debo admitir que solo hasta ahora que traigo a un extranjero, puedo apreciar el encanto pintoresco del lugar. El sitio, en realidad, es una extravagante exhibición de la cotidianidad que nos hace colombianos; desde las coloridas imágenes del Sagrado Corazón de Jesús, las icónicas tablillas de las rutas de los buses de antaño, las ollas curtidas y tiznadas colgadas en las paredes, hasta los cucharones y molinillos para batir el chocolate que muchos hemos visto en las cocinas de nuestras abuelas.

Nos ubicamos en una mesa y, luego de probar los primeros cócteles de mandarina y vodka servidos en las tradicionales totumas, invito a Manuela a bailar como una forma sencilla e inocente de recordar los viejos tiempos. Contrario a lo que Emilia teme, yo sí estoy convencido de que Manuela y yo podemos ser amigos.

—¿Cómo no lo voy a interpretar como una amenaza? Me dijo ahí mismo, frente a todos, que un día de estos deberíamos ponernos al día, ¿qué crees que quiso decir?

—Exactamente lo que dijo, ponerse al día. Tú ya conoces a Emilia, con ella todo es literal, no le des más vueltas al asunto.

—Y ¿si le cuenta a tu novia que estuve en tu apartamento?

—Yo mismo le dije a Ximena que los invité a todos a cenar, incluyéndote a ti.

—¿Y no se molestó?

—No saltó de la dicha, pero prefiero decirle la verdad y ser transparente con ella con respecto a mi vida aquí en Bogotá.

—Ustedes se cuentan todo. Se nota el grado de madurez al que han llegado en su relación.

—¿Por qué lo dices?

—Porque es la verdad.

El ritmo de la canción aumenta, por lo que decidimos seguir bailando en silencio y concentrarnos en la música. Manuela parece haber asimilado el asunto de Emilia y el hecho de saber que mantengo a Ximena informada, la tranquiliza. No hay nada de qué preocuparse.

—¿Te puedo hacer una consulta sentimental? —me pregunta.

—La primera es gratis; a partir de la segunda, te cobro por hora.

—Seré breve, entonces. ¿Qué tanto pasado crees que es bueno contarle a alguien?

—Uh-hum, vas a tener que aterrizar mejor las palabras «pasado» y «alguien», si de verdad quieres que te dé una respuesta útil.

Manuela sonríe indecisa y aprovecha las dos vueltas que le doy en la pista para tomarse su tiempo antes de retomar la conversación.

—¿Quién te está preguntando por tu pasado?

—Felipe me preguntó por ti —dice, con un aire de duda en la frase.

—¿Le dijiste que no estoy disponible? —le pregunto, intentando una broma.

—Sí, pero siguió insistiendo. Lo tienes loco —dice Manuela, siguiendo la broma, aunque ya empiezo a intuir de qué se trata el asunto.

Supongo que prefiero que me lo diga ella misma, aquí y ahora, y no que me atropelle un día de estos la tractomula moral de verla salir de la oficina agarrada de la mano con Felipe.

—¿Te cuadraste con Felipe? —le pregunto y esta vez, la traigo hacia mí para seguir bailando unidos. Sus manos se sostienen en mis hombros mientras las mías se aferran a su cintura, haciendo un esfuerzo enorme para mantener los dedos quietos sobre la tela de su pantalón, reprimiendo el fuerte impulso que siento por acariciarle la piel.

—No, no somos novios. Por ahora, solo estamos saliendo —me responde y yo trago grueso mientras hago lo posible por controlar la presión que quieren ejercer mis brazos sobre su cuerpo que ahora se les antoja magnético, todo suyo.

—¿Y qué clase de preguntas te hizo sobre mí?

—Quiere saber por qué terminé contigo.

—¿Le contaste que tú y yo fuimos novios?

La canción se termina y… no quiero soltarla a pesar de no tener una excusa real para retenerla en mis brazos. Una cosa era verla hablando con el bagre mechudo en Blue Monkey, pero Felipe es otro cantar. Felipe le gusta.

—¿Nos sentamos? —me pregunta.

—Bailemos la última —insisto y me aferro a ella—. ¿Qué le contaste?

—No necesitaba contarle, él ya se lo imaginaba. Lo único que hice fue confirmárselo y solo lo hice para aclararle que, entre nosotros, no hay nada.

«Entre nosotros no hay nada». Eso dolió. Más de lo que anticipaba.

—Como quien dice, me estás pidiendo permiso para contarle que me dejaste plantado en el altar. Supongo que con esa respuesta puedes aclarar fácilmente todas sus dudas —le respondo mientras retomamos el baile al ritmo de la canción que empieza.

—Yo tampoco pensaba contarle lo de la plantada en el altar. Solo quería saber tu punto de vista.

Manuela intenta detener el paso, pero no la dejo, la sostengo de la cintura con mis dos manos mientras, en mi mente, la voz de Emilia me alerta que «le voy a hacer daño».

—Lo siento, Manu. Eso no fue lo que quise decir.

—Diego, mírame —insiste—. ¿Te molesta que… esté saliendo con Felipe?

Sí, me molesta, pero ese es un sentimiento que no debería tener cabida en mí. Me estoy dejando llevar por la marea de sensaciones que todavía me inspira su cuerpo y de lo mucho que sigo disfrutando su compañía así *no haya nada entre nosotros.*

—No me molesta, Manu, ¿cómo se te ocurre? De hecho, me alegra que las cosas se estén dando entre ustedes dos.

—Todavía no tengo ninguna relación con él —se apresura a aclararme y se aferra a mí, dejándose llevar por la música y por el ambiente que sigue rebosante de alegría en el lugar.

Me sorprendo a mí mismo correspondiendo a su abrazo. Estoy cediendo a la inmerecida indulgencia de imaginarme que todavía estamos juntos y somos la pareja perfecta.

En los escasos tres minutos que quedan de la canción, quiero dejar que esta sensación de tranquilidad y plenitud repare los tejidos dañados de mi alma con la alegría espontánea de su presencia, el dulce aroma frutal de su perfume y la calidez de su cuerpo entero abrazado al mío. Estoy dejando que, por un instante, la música despeje mi mente mientras caigo en el abismo negro de sus ojos, sabiendo que saldré de ahí sostenido por un arnés que nadie querría poseer en su equipo de seguridad: la memoria del desamor.

Pronto volveré a la realidad de saber que Manuela no me amaba lo suficiente para casarse conmigo, me lo dijo ella misma. Me dijo que no quiso embarcarse en mi vida después de hacerme creer que llegaría al altar para enfrentar, junto a mí, cualquier problema que se atravesase. Manuela faltó a su promesa y faltó a la verdad, y si lo hizo antes, ¿qué le impediría hacerlo de nuevo?

—Dile la verdad, en serio. Puede que yo no sea el experto, ni el mejor ejemplo a seguir, pero sigo pensando que la honestidad es la base de cualquier relación —le digo, al tiempo que termina la canción—. Si eso te sirve para que tu relación con Felipe sea mejor que la que tuviste conmigo, no te preocupes, dile la verdad.

Manuela y yo volvemos a la mesa como si hubiéramos cumplido una misión crucial para lograr la paz mundial; una negociación tensa y cerrada, con muchas concesiones.

—Voy a tomar un poquito de aire en la azotea, ya vuelvo —dice Manuela.

—Te acompaño. Quiero ver la ciudad desde allí —le contesta Vikram, levantándose de la mesa y ahora no sé si preocuparme o… preocuparme, ¿será muy tarde para trasladar el muro de Berlín y ponerlo entre Manuela y él?

—Tranquilo, si lo lanza por el balcón, él mismo se lo buscó —me dice Dominique, en broma, notando el terror en mi cara al verlos alejarse.

—Pues sí, merecido se lo tendrá —le contesto, tratando de cambiar el tema—. ¿Y ustedes qué?

—No te importará que le dé posada a tu amigo esta noche, ¿o sí?

—Él está grandecito, supongo que sabe lo que hace.

—Y tú también sabrás lo que haces —remata con ironía, tomando en sus manos la carta de licores.

—Dominique, yo no me voy a aguantar una amenaza más de tu parte. Aquella vez que compartimos el taxi, lo hice porque apenas nos estábamos conociendo, pero no creas que ser la mejor amiga de Manuela te da inmunidad.

—Yo no te estoy amenazando, tranquilo. Haz de cuenta que soy un semáforo en rojo; yo estoy ahí para prevenir accidentes, no para juzgar a los conductores —dice, repasando la carta de licores.

Después de pedir un litro de aguardiente para continuar la farra, Dominique y yo hablamos de las movidas de cuentas entre agencias este año, de los contrastes entre Londres y París e incluso nos da tiempo de predecir la próxima alineación de países para el mundial de futbol.

Sin embargo, por muy buenos conversadores que intentamos ser, los temas se nos van agotando con el paso del tiempo, sin que ninguno de los dos se atreva a preguntarse qué estará pasando entre Vikram y Manuela, a riesgo de pasar por celosos.

—¿Será que se lo llevó para la sede de Andrés Carne de Res en Chía? —comenta Dominique, divertida.

—Ahí vienen —digo, aliviado, al verlos acercarse.

Intento levantarme de la silla para dejar pasar a Manuela, pero ella decide adelantarse y sentarse al lado de Dominique, dejándome a mí emparejado con Vikram.

—Manu, aquí te estaba guardando el tuyo —dice Dominique, sirviendo un generoso trago de aguardiente que Manuela se toma a fondo blanco, sin pestañear.

—¿Y eso?, ¿por qué se demoraron tanto? —pregunto, sin quitarle los ojos de encima a Manuela que parece distraída, no hace otra cosa que mirar el reloj en su muñeca izquierda.

—Manuela tenía razón, la ciudad se ve muy bonita desde allí —contesta Vikram—, pero me dice que la vista desde el mirador de *La Caldera* es mejor.

—La Calera —le corrijo—. Mañana pasamos por ahí, cuando vayamos a visitar al resto de mi familia.

—¿Qué pasa, Manu? ¿Ya quieres otro? —le pregunta Dominique.

—No. Tengo… cólicos.

Manuela se levanta de la silla con premura, toma su cartera y se dirige al baño.

—Yo tengo tampones aquí.

—Yo también.

Y así, me figuró quedarme en la mesa un rato más como violinista desafinado acompañando a la feliz pareja mientras Manuela regresa.

Aunque… todavía no me convencen esos cólicos repentinos.

Solo espero que Vikram no se haya pasado de la raya con ella.

MANUELA

Subo a la carrera once, tomo el primer bus que veo pasar y me siento en una de las sillas que dan a la ventana. Acerco mis manos a la boca y las soplo con la esperanza de que el poco aliento que me quede sea suficiente para espantar el frío y la decepción.

Vuelve y juega. Aquí voy de nuevo, reencarnando en la misma vida, cometiendo los mismos errores. Solo yo puedo ser tan ilusa de pensar que los movimientos de sus brazos sobre mi cuerpo mientras bailábamos significaban algo más que una simple coreografía, o que sus reacciones al escucharme hablar de Felipe eran celos. «No idiota, no eran celos; era dolor de ego».

Para él no soy más que el viento que lo empujó a un abismo oscuro al que jamás debió caer y la amistad que me ofrece, es solo una forma de recordarse a sí mismo lo cerca que estuvo de perder la cabeza por alguien que, en su opinión, no vale tanto la pena.

¡En qué momento se me dio por subir con Vikram a la azotea!

—¿Qué tal la estás pasando? —le pregunté, y juro que mi hospitalidad era genuina; además de ser un visitante extranjero, era el mejor amigo de Diego, valía la pena hacer el esfuerzo. Eso, por un lado y por el otro, admito que quería echármelo al bolsillo para poder sacarle información antes de volver a la mesa.

—Diego me había dicho que su país era lindo y la gente muy amable, pero se había quedado corto. No esperaba que fuera tan hermoso y que tú fueras tan agradable.

¿Me sorprendió la ironía del comentario? Por supuesto que no, y eso me convenía; Vikram me iba a dar los motivos que necesitaba para desmantelar la farsa de esta amistad incómoda entre Diego y yo.

—Y… ¿qué clase de persona esperabas conocer? —le pregunté.

—La verdad, ni siquiera esperaba conocerte, prefería quedarme con la incógnita. Lo que le hiciste no me daba buenas referencias.

—Tú crees que soy un peligro para Diego; y no solo tú, Emilia también lo cree, por eso llegó al apartamento.

—No puedo hablar por Emilia, pero estoy seguro de que su visita solo fue una coincidencia. En lo que a mí respecta y con lo poco que he podido conocer de ti hasta ahora, puedo decir que no tengo nada en contra tuya. No niego que tenía mis prevenciones antes de conocerte, pero lo único que he encontrado en ti es una mujer a la que puedo respetar.

—Gracias por lo que me corresponde —le respondí con ironía.

—Te lo digo de corazón y quería que lo supieras, por eso insistí en acompañarte hasta acá.

—Vikram, antes de ir a la mesa y ya que, supuestamente, me respetas, ¿me puedes decir la verdad?

—¿Cuál verdad?

—Emilia no solo vino al apartamento a saludarte y tú no viniste solo de paseo por Bogotá. Aunque lo quieran disfrazar de simples coincidencias, yo no me creo ese cuento. Ambos vinieron a echarle un ojo a Diego como si les preocupara que yo fuera a hacerle daño de nuevo y eso lo puedo entender, mi prontuario habla por mí; pero lo que sí me parece increíble es que piensen que Diego es tan débil que crean que necesita vigilancia.

Vikram me observaba intrigado, confirmándome que acababa de dar con la cuerda correcta para bajar la cortina y desmantelar la pantomima de esta noche; solo era cuestión de hacer las preguntas correctas.

Me recosté en una de las columnas de la pérgola de la azotea y crucé con arrogancia los brazos sobre mi pecho, dándole a entender que tenía todo el tiempo del mundo para escuchar su respuesta. Si Vikram quería salir de allí, más le valía darle duro a esa piñata y desparramar todo el confeti en su interior.

—Tienes razón, Diego no es ningún débil. Al contrario, es el hombre más valiente que he conocido. Y ya que estás tan interesada, te voy a contar la historia y espero que, después de esto, te sigan gustando los Rolling Stones.

***

Londres, cinco años atrás.

Algo le llamaba la atención de aquel colombiano con expresión melancólica y hombros caídos con quien empezó la maestría en negocios digitales en la Universidad de Westminster. No se parecía en nada a la imagen del extrovertido y ardiente *latin lover* que el reiterado, por no decir desgastado, estereotipo del hombre suramericano pintaban las películas de Hollywood.

Aun así, ni la más profunda melancolía era capaz de ocultar del todo su ingenio, su gentileza y el sentido del humor que saltaban a la vista de vez en cuando, durante las pocas conversaciones en las que lo escuchaba participar.

Ya habían coincidido varias veces en la biblioteca y en uno que otro *pub* en donde, generalmente, lo encontraba solitario, tomándose una Guinness y leyendo alguna cosa en su iPad.

Vikram no dudó acercarse en una de esas ocasiones. Los cursos de español que hizo como electivas durante su pregrado le ayudaron a completar los créditos para obtener su título en administración de empresas y tampoco le había ido mal con las nenas durante los dieciséis meses de intercambio en España; le parecía que, tal vez, valdría la pena retomar la práctica de la lengua de Cervantes con el colombiano melancólico.

—*Hey, man!* ¿Algún problema si me siento?

—Claro que no, hágale —le contestó Diego, acomodando sus cosas para darle espacio en la mesa.

—¿Algún plan para el Año Nuevo?

—Pensaba pasar la temporada de fiestas con mi hermana en Heidelberg, pero aún no decido.

—¿Heidelberg? Eso es en… ¿Alemania?

Diego asintió, extendiendo su silencio con un trago de cerveza.

—Steph está planeando una fiesta en su apartamento. Todos los de la maestría van a ir.

Diego se limitó a sonreír.

—Eso me dijo, pero prefiero estar solo este año.

—Me imagino. Mis papás dicen que estas épocas son las más difíciles para los que están lejos de su país.

Diego asintió una vez más, dándole la razón con una sonrisa forzada.

—¿Cómo celebran la Navidad y el Año Nuevo en Colombia?

—Pues, la Navidad es para los niños, por la cuestión del Niño Dios y los regalos.

—¿El «Niño Dios»? —preguntó Vikram, sin entender del todo el concepto.

—En Colombia, los regalos no los trae Santa Claus, los trae el «Niño Dios» —le respondió Diego, mientras cerraba el iPad, en vista de que su indiferencia no logró espantar a Vikram, el conversador—. El Año Nuevo sí lo celebramos rumbeando a lo salvaje.

—Toman trago y bailan… supongo.

—Y se quema pólvora como si se fuera a acabar el mundo.

—*Awesome!* Una vez pasé el Año Nuevo en España y allá tienen la costumbre de comer doce uvas cuando llega la medianoche.

—En Colombia también tenemos esa costumbre y otro montón más, todas súper extrañas. Nosotros las llamamos «agüeros». No sé cómo se traduce esa palabra al inglés.

—*Omens? Maybe* —respondió Vikram, al revisar el traductor de Google en su celular.

—*Omens!* Creo que sí. Se supone que uno pide un deseo con cada uva.

—Un deseo por cada mes. Yo tendría más de doce deseos para pedirle a esas uvas. ¿Tú, no?

Diego frunció los labios en una sonrisa obligada y, ante la falta de una alternativa más sutil para terminar la conversación, se tomó un trago de cerveza y bajó la cabeza para seguir leyendo en el iPad.

—A mí se me acabaron los deseos hace un tiempo —-comentó, sin levantar la mirada.

Vikram no necesitaba consultar ningún oráculo o medir el movimiento de los astros para saber que esos ojos apagados no tenían nada que ver con la nostalgia por su país. Esa tristeza la conocía bien, había visto esa silueta en sus propios ojos al mirarse al espejo, incluso podía dibujarla a mano alzada; la inconfundible silueta de una mujer.

Sin agobiarlo, Vikram decidió seguirle el ritmo con charlas cortas y banales, asegurándose de hacerle solo las preguntas necesarias para conocerlo mejor. El tipo le caía bien, era un excelente compañero de estudio y un imán para las viejas, una ventaja indiscutible.

La paciencia de Vikram poco a poco fue recompensada conforme pasaban las semanas. Diego empezaba a abrirse en sus conversaciones, dejándolo asomar a su vida a pedacitos; después de todo, la vida seguía adelante, nada era eterno en el mundo, ni siquiera el dolor. Mucho menos el desamor.

A pesar de los visibles avances, Diego declinó con la cortesía de un caballero la invitación de Vikram a pasar Navidad con él en casa de sus padres. Prefirió quedarse solo en aquella diminuta buhardilla que le rentaba a una pareja de jubilados y acostarse a dormir antes de las once. Hacía mucho tiempo había dejado de esperar regalos de Santa Claus o el Niño Dios.

Vikram temía que el plan se repitiera en el Año Nuevo, pero no quiso insistirle para no molestarlo; ya había aprendido que, con Diego, dos negativas eran suficientes, una tercera quería decir que lo había intentado demasiado.

No imaginó, sin embargo, que lo vería entrar al apartamento de la tal Stephanie en compañía de su hermana Emilia que había llegado de Heidelberg en la mañana.

—Regla número uno: *No touching*. Las hermanas de mis amigos son mis hermanas —le advirtió Diego, en broma, pero en serio.

—*Gotcha*. Estoy de acuerdo, las hermanas son sagradas y me honra que me consideres tu amigo. *Thank you*.

A decir verdad, el agradecido era Diego. Vikram era el

primer amigo que había tenido en su vida y el único de su género a quien le había empezado a confiar pequeños detalles como la ausencia de un padre en su familia, el esfuerzo de su mamá por sacarlos adelante y su devoción por sus hermanas. A Vikram le quedó claro que, antes que niñez o adolescencia, Diego tuvo deberes y prioridades. Diego nunca tuvo tiempo para hacer amigos, desconfiaba de todo el mundo, en especial, de los hombres que se les acercaban a las mujeres de su familia, Ximena incluida.

La tal Stephanie nunca perdió la esperanza de que Diego llegara a su fiesta y la creatividad no le dio más que para alistarle las mentadas doce uvas a su invitado colombiano, en un flaco intento por impresionarlo.

Boba.

A pesar de las uvas, carantoñas y otras estrategias flojas de seducción, la pobre se quedó con las ganas del tan perseguido besito de medianoche que se acostumbra en todas las películas románticas. Aunque tampoco se puede decir que salió derrotada, la negativa de Año Nuevo no fue definitiva, solo fue un simple aplazamiento hasta que él se sintiera más cómodo en su nueva vida londinense; un *raincheck*, como se diría en inglés.

Diego terminó saliendo con ella unas semanas después, alentado por su nuevo amigo Vikram quien, finalmente, logró reconciliarlo con su prometedora nueva vida en Londres.

En un par de meses, Diego consiguió trabajo de medio tiempo en una pequeña agencia digital y salió de la buhardilla a compartir apartamento con Vikram, en vista de que su *roommate* se casaba y se iba de la ciudad. No me quiero imaginar la farra de ese par de solteros buenones en ese apartamento; lo bien que debieron haberla pasado entrando y saliendo en un solo desfile de mujeres y botellas de cerveza.

Seis meses después de su primera charla en el otrora *pub* de la melancolía, Diego se animó a celebrar sus pequeñas victorias junto a su grupo de la maestría. Por fin, las cosas parecían estar funcionando bien; no más tristeza, no más aislamiento, no más soledad.

Cuando iban por la mitad de la tercera ronda de Newcastle —en ese punto ya había cambiado la Guinness por una *brown ale* inglesa, ¡buh!— el sonido de unas particulares notas de piano en una canción de *rock* lo paralizaron.

She's a rainbow, la canción de los Rolling Stones que habíamos elegido para marcar mi entrada a la iglesia y mi camino hacia él en el altar.

—¿Pasa algo? —le preguntó la tal Stephanie al verlo contrariado, acariciándole la muñeca izquierda en donde permanecía el brazalete negro de titanio que yo le había regalado para celebrar nuestro compromiso.

—No —respondió Diego, retirando su mano y apartándose de la tal Stephanie.

Eso bastó para romper el hechizo y devolver a Diego en el tiempo, a ese mismo instante de dolor en el que su vida se partió en dos.

—Me acabo de acordar de que… tengo un compromiso —dijo y se levantó de la mesa para desconcierto de la tal Stephanie y Vikram.

—¿Dije algo malo?, ¿qué pasa? —insistió Stephanie, perdida y sin brújula para navegar la reacción de Diego.

—No pasa nada… después hablamos. *See you guys.*

Vikram salió detrás de él para asegurarse de que no fuera a hacer algo estúpido como botarse a los rieles del tren o peor, llamar a la ex a pedirle que vuelvan. Diego no le había hablado de mí todavía, pero para Vikram, la existencia de una «ex» era un hecho real, verificable y comprobable; no hacía falta preguntarle.

—*Hey, man!* ¿Qué fue eso? —le preguntó cuando logró alcanzarlo—. ¿Estás bien?

—Sí, sí… —respondió Diego, aún afectado, mientras masajeaba su muñeca izquierda como si el brazalete le quemara la piel—. Estoy bien.

«Estoy bien» la frase universal que indica que «todo está mal».

Vikram siguió caminando en silencio a prudente distancia de Diego, dejándolo ventilar su amargura; un león herido seguía siendo peligroso. Sabía que si intentaba seguir el interrogatorio, Diego lo terminaría puteando, por lo que se limitó a seguirlo como una sombra amigable mientras atravesaban a paso apretado casi todo el distrito de Soho, abriéndose camino entre el tumulto de gente movilizándose en todas las direcciones a lo largo del populoso Circo de Piccadilly, iluminado por las gigantes pantallas de vibrantes anuncios publicitarios.

Diego no bajaba el ritmo, seguía derecho hasta abandonar la concurrida rumba en Soho y adentrarse en Trafalgar Square en donde, para alivio de Vikram, empezó a aflojar el paso, cansado de caminar sin rumbo fijo cargando veneno en su alma.

—No puedo seguir así —musitó Diego, mirando el fondo color turquesa de la inmensa fuente de agua que se reflejaba en sus ojos.

—¿Es *ella*, cierto?

—¿Quién? —preguntó Diego en su confusión—. No, no es Steph. Mañana hablo con ella, esto fue un error.

—No me refiero a Steph —dijo Vikram e hizo una pausa, esperando inútilmente que Diego le diera alguna pista—. *C'mon, man*, yo he estado ahí también, no necesitas fingir conmigo. Yo también me he enamorado, *man*, como un idiota. Yo cruzaba la ciudad todos los días para recogerla en la oficina y llevarla hasta su apartamento. Sus padres ni siquiera me querían, nunca fui bienvenido en su casa, pero su mejor «amigo» sí.

Diego asintió con una tristeza que hirió los propios ojos de Vikram.

—Yo me vine a vivir a Londres como si no esperara escuchar a los Rolling Stones —dijo con una sonrisa sarcástica que rayaba en burla hacia sí mismo—. Yo ni siquiera sabía quiénes eran esos tipos, nunca les había prestado atención a sus canciones y ahora… las escucho en todas partes y escucho su voz en todas ellas —agregó, desahogándose en un largo suspiro—. Yo la amé como a nadie, Vikram. La última vez que la vi se veía hermosa y pensé que era el hombre más afortunado del planeta. Se disfrazó de una novia bella y llegó a la iglesia… solo para dejarme plantado.

Y Vikram juraba que la triste historia de su novia infiel era conmovedora. Comparada con la de Diego, le pareció un divertido *show* de payasos. Ese tipo de despecho jugaba en las ligas mayores.

—Lo siento, *man* —intentó decirle, pero Diego lo

interrumpió y, con el dolor de quién se desprende un pedazo de piel de su propio brazo, se quitó el brazalete y le mostró la inscripción en el revés.

—*Check it out* —dijo, señalándole la inscripción, traduciéndola del español al inglés—, «Juntos, hasta los confines del espacio y del tiempo. M+D» ¿Qué tal la mentira? Tuvo el descaro de grabarla en un pedazo de metal para no cumplirla, pero más pendejo yo que me la tragué. —Soltó una sonrisita irónica— ¡¡Cómo la odio!!

Diego guardó silencio apenas sintió las lágrimas represarse en las orillas de sus ojos y le dio la espalda a Vikram. «No voy a llorar. Los hombres no lloran», le escuchó decir entre susurros.

—No quiero volver a ver esa mierda —dijo, entregándole el brazalete a Vikram.

—Quieres que… ¿se lo devuelva? —le preguntó Vikram, mirando confundido el brazalete en sus manos.

—No, no, no, bótalo, arrójalo a la basura o a un caño, lo que sea, pero deshazte de él.

—*Man*, esto es un Tiffany's. Con gusto se lo puedo devolver, solo dime la dirección o… el nombre, yo me las arreglo para encontrarla…

—No, Vikram, yo no quiero saber de esa mujer, ni que ella sepa de mí. Si no puedes hacerme el favor, fresco, yo lo hago.

Diego intentó recuperar el brazalete, pero Vikram se apartó de él.

—¿Qué te parece si lo donamos a… no sé, alguna fundación de caridad? Podrían hacer una subasta y serviría para apoyar una buena causa —replicó Vikram y, más que encartado, estaba nervioso al ver la furia en los ojos de Diego quien volvió a clavar la mirada en la fuente de agua en medio de la plaza, queriendo apagar en ella el fuego crepitante de la rabia que lo quemaba por dentro—. *Man*, en la India amamos las joyas. No me puedes pedir que arroje algo como esto a la basura.

—*You're right, man*. Lo siento. No quise involucrarte en un problema que no tiene nada que ver contigo. Me voy a casa —le dijo Diego, recuperando el brazalete de las manos de Vikram, en un descuido suyo.

Diego caminó hacia la avenida principal y, una vez más, Vikram emprendió la marcha a su lado al mejor estilo de Sancho Panza escoltando a don Quijote, el caballero de la triste figura.

Tal y como suelen ser las noches londinenses a finales de enero, el frío intenso del invierno contrastaba la calidez de las luces que iluminaban el altísimo e imponente Big Ben que, junto al poderoso Palacio de Westminster, mejor conocido como el Edificio del Parlamento, domina con sobria autoridad la orilla norte del Támesis, convirtiéndose no solo en un símbolo de la democracia moderna, sino también en uno de los lugares más fotografiados del mundo.

—Diego, ya que todavía no nos vamos para el apartamento, deberíamos entrar a algún *pub* a bebernos el brazalete en cerveza. Se me está congelando el culo —se quejó Vikram, al ver que iban por la mitad del puente de Westminster sin rumbo definido.

—Dame un momento. Quiero practicar el *swing* para el próximo partido de críquet.

—Sí, pero… esa posición de lanzamiento es de béisbol —-le advirtió Vikram, desconfiado.

—Cierto. Debí haber llamado a mi hermana Eliana, ella era la beisbolista de la familia.

Vikram no alcanzó a reaccionar lo suficientemente rápido para detener a Diego quien, sin pensarlo dos veces, tomó impulso y arrojó el brazalete al río con la fuerza del mejor pelotero de las ligas mundiales.

—*What the… f*ck!!! Man!!* ¡¿Qué hiciste?! —exclamó Vikram, viendo el brazalete desaparecer en el aire. A esa hora de la noche, le fue imposible ver la diminuta joya caer y estrellarse en la superficie inmensa del río.

El mismo Diego no podía creer lo que acababa de hacer. Jamás pensó que tendría los cojones para deshacerse del último recuerdo material que le quedaba de mí. Se inclinó desesperado sobre el muro del puente como si quisiera saltar para recuperarlo.

—Diego, *calm down!* —exclamó Vikram, agarrándolo de la chaqueta, por la espalda.

Diego se llevó las manos al pecho, desesperado; era oficial, había perdido la cabeza.

—Necesito ayuda —dijo y dejó correr las lágrimas libres por su rostro—. Yo no puedo seguir así. Yo la amo, pero necesito olvidarla. Necesito olvidarla… antes que odiarla.

Diego se rindió, no pudo reprimirse más y lloró. Lloró como nunca se lo habían permitido antes los estándares de su familia y su sociedad. Lloró y la causa era una mujer, ¿así o más humillante?

—*It's okey*. Vas a estar bien. Vas a cruzar al otro lado del río, te lo aseguro.

Vikram lo abrazó conmovido y, sobre todo, comprometido. Ayudaría a su amigo, como fuera, a llegar a la otra orilla.

***

—Esa noche no durmió y al día siguiente tuve que llevarlo de urgencias al hospital para que le recetaran medicamentos para conciliar el sueño. Estuvo dos semanas encerrado en la habitación, sin querer levantarse de la cama y llegó al punto de no querer comer. El terapeuta que Emilia y yo le conseguimos nos confirmó que estaba sufriendo de depresión —me dijo Vikram, pero hace rato yo había abandonado la conversación para aislarme en mis propias confusiones—. ¿Estás bien?

—Sí… —respondí, intentando salir de mi abstracción dando tumbos. Mis brazos ya no estaban cruzados con arrogancia sobre mi pecho, estaban más bien abrazados a mi cintura, atados al miedo—. Y… la terapia ¿funcionó?

—Diego la hizo funcionar, es él quien se lleva el crédito. Diego me dijo una vez que ir a terapia era algo así como aprender a hablar consigo mismo en un cuarto oscuro, hasta encontrar el camino hacia la luz. Con ayuda del especialista, Diego encontró su camino y salió de allí, pero no significa que sea definitivo. La depresión no tiene una «cura» como tal; la depresión se enfrenta, se asume y se maneja.

En ese punto, no pude más que bajar la mirada y rendirme; yo también estuve en mi propio agujero oscuro cuando perdí a Diego. Yo supe lo que era estar deprimida, conviviendo día a día con lo peor de mí, con mi propio deseo de evaporarme en el aire y desaparecer. Yo sabía lo que había enfrentado Diego y me dolía ser la causa de su sufrimiento.

—Lo siento, Manuela, no era mi intención hacerte sentir mal.

—Fresco, no tienes que explicarme nada. Yo creo que ya es hora de que volvamos a la mesa… *Shall we?* —dije y empecé a caminar hacia las escaleras que conducían al segundo piso, pero me detuve antes de poner un pie en el primer escalón—. ¿Te puedo pedir un favor?

—Si el favor es ocultarle a Diego que tuvimos esta conversación, ¡olvídalo! Conmigo no cuentes para eso. El solo hecho de estar aquí hablando contigo ya es un problema para mí.

—Sí, tienes razón, cuéntale, en especial lo del brazalete; le va a sentar muy bien saber que yo lo sé. Ya me puedo imaginar lo aliviado que se va a sentir el lunes cuando nos veamos en la oficina —le dije, con ironía.

—Ustedes deberían hablar y aclararlo todo, Manuela. Él no lo hizo a propósito y podría jurarte que sigue arrepentido.

—Por eso mismo te pido que no le digas nada, o por lo menos, no menciones lo del brazalete. Esa pérdida no es nada en comparación al daño que le hice.

Me tomó un par de minutos recomponerme y reprimir las lágrimas antes de volver a la mesa e impostar una sonrisa frente a Dominique y a Diego, quienes nos esperaban impacientes. Me senté al lado de Dominique lamentando estar allí, lamentando el daño que le hice a Diego, lamentando incluso el momento mismo en el que me conoció.

¿Cómo pudo una historia tan bella terminar tan mal y producir tantas lágrimas en tan corto tiempo?

La conversación con Vikram drenó la energía en mis baterías, sentía que no tenía la fuerza ni la voluntad suficiente para seguir en ese sitio y fingir que nada había pasado cuando, en realidad, había pasado de todo. Veía a Diego y no podía evitar sentir que algo en mí había cambiado por completo y que ya no era capaz de mirarlo a los ojos de la misma manera.

Me tomé un trago de aguardiente que Dominique me ofreció con la esperanza de recargarme… o por lo menos, olvidar la historia que acababa de escuchar, pero era inútil; lo único que logró fue extraer las palabras de Vikram y presentármelas en el *loop* de un mal karaoke. El hígado me daba para procesar el alcohol, mas no la hipocresía.

Diego y yo jamás seríamos los mejores amigos que habíamos prometido ser. Era imposible.

—¿Qué pasa, Manu?, ¿ya quieres otro? —me preguntó Dominique al ver que seguía con la cabeza agachada y los ojos clavados en la textura de la madera de la mesa.

Miré el reloj y no eran ni las once, ¿qué excusa podría inventarme para largarme? No quería levantar la cabeza, no quería mirar al frente, no quería ver a Diego.

—No. Tengo… cólicos.

Tomé mi cartera y sin meditarlo demasiado, caminé hacia el baño con los cables de mi cabeza haciendo corto circuito. Quería irme y desahogar la rabia, la tristeza y la sensación de derrota abrazada a mi almohada.

Ni siquiera me detuve al pasar por el baño, seguí derecho al clóset para reclamar mi chaqueta. Salí arrastrando el peso de mi alma a la carrera once en donde tomé el primer bus que me llevara a cualquier parte, dejando al combo tirado en plena rumba de Andrés DC.

✳✳✳

El río Támesis atraviesa a Londres como la carrera Séptima atraviesa a Bogotá y ahora se atraviesa en mi mente como un pensamiento del que no puedo escapar. No debería pegarme de las cosas materiales, pero… ese brazalete fue el único regalo material que pude darle a Diego en una época en la que no tenía ni en dónde caerme muerta y eso lo hacía aún más especial para mí. Puedo entender las motivaciones de Diego, pero me cuesta asimilarlo, ¿cómo es posible que él no haya sido capaz de pensar en eso antes de arrojarlo? Él, que me vio cantar en los buses de Transmilenio a cambio de monedas para pagar ese brazalete. El valor de ese regalo, para mí, no se podía medir con toda la plata del mundo y la sola idea de que su última morada haya sido el suelo fangoso del Támesis, me hiere tanto como saber que allí también quedó sepultado todo lo que él pudo haber sentido por mí.

—Manu, dime la verdad. Vikram ¿te hizo algo?, ¿se pasó contigo? —-me pregunta una alarmada Dominique que, si pudiera, metería la mano virtualmente por el celular, me agarraría del cuello y me ahorcaría por dejarla tirada.

—No, para nada, el tipo es todo un *gentleman*, te lo juro. Luego me cuentas a ver qué tan natural le sale el *Kama Sutra*. Yo tuve que salir corriendo con la chaqueta amarrada a la cintura, marica. Se me regó el jugo de mora bien feo.

—¿Por qué no me dijiste para irme contigo?

—¿Y dañarte el plan con Vik? ¡Cómo se te ocurre! Eso no se le hace a una amiga.

—¡A una amiga tampoco se le deja botada! Más te vale que me estés diciendo la verdad, Manuela Franco, esta no te la voy a perdonar tan fácil.

Dominique me cuelga amorosamente emputada, después de vaciarme un balde de reclamos al oído. Guardo mi celular en la cartera y recuesto mi cabeza rendida en la ventana del bus. Por lo visto, los errores de mi pasado no dejarán de rondarme como fantasmas en una casa embrujada;

yo no necesito un novio, lo que necesito es un exorcismo… o tal vez, reencarnar en otra vida con menos agonías.

Un sapo en su pantano no debe pasarla tan mal, después de todo.

***

Una gota de crema dental se escurre encima de mi chaleco negro de cachemira, augurando un mal comienzo de semana. ¡Cuánto diera por mandar todo p'al carajo y desaparecer!

Pero mi deber es con el equipo digital que depende de mí y los clientes con los que me comprometí. Mi trabajo es sagrado, mi carrera profesional es prioridad, así como la mitad del arriendo y las facturas que faltan por pagar para ser una soltera libre e independiente. Morirme de amor, para mí, simplemente no es una opción.

Vuelvo al clóset mientras me quito el chaleco y el zafiro del anillo de compromiso se me enreda en él, tirando uno de sus hilos. ¡Solo esto me faltaba! ¡Quiero llorar! No tengo más remedio que quitarme el anillo y guardarlo en el estuche de terciopelo negro, el lugar de donde nunca debió salir.

No solo debo cambiarme el chaleco, sino el *outfit* completo, porque la camisa no tiene gracia sin el chaleco y el pantalón negro de flores amarillas solo queda bien con la combinación de los dos anteriores. Es todo o nada. En la vida se combinan los mejores recuerdos con los peores, no hay forma de conservar los unos y deshacerse limpiamente de los otros.

—Mani, ¿y tú qué? nos cogió la noche —me dice María Paulina, asomándose a la puerta de mi habitación.

—Accidente de último minuto. Fresca, no me demoro, o si quieres, adelántate —le digo, mientras me paro frente al clóset en brasier y pantaletas para buscar rápidamente otro atuendo.

—Nos vamos en taxi, no te preocupes. Si no tienes reuniones temprano, no hay afán —me contesta, sentándose sobre mi cama a observar cada uno de mis movimientos—. Le estás dando demasiado crédito al Vikram *careverga* ese. Yo, desde que lo vi, lo santigüé con la izquierda.

—Tú ni siquiera te santiguas, Mapi. Y no le digas *careverga* que el tipo no hizo otra cosa que decirme lo que Diego no se atrevió.

—¿Y tú crees que sea verdad?

—¿Y qué razones tendría Vikram para decirme mentiras? —le pregunto y alargo un suspiro mientras me pongo otra camisa, esta vez, una blanca de líneas grises que combino con una mini pañoleta de rosas rojas amarrada al cuello—. Diego fue la víctima en todo esto, el que sufrió la humillación de haber quedado plantado en el altar, el que creyó en mí y en mis promesas incumplidas.

—Tú también fuiste víctima, Manuela. Víctima de la mamá y de la hermana que te hicieron la vida imposible, y de él mismo que siempre las puso por encima de ti y te ocultó a Ximena.

—Pero fui yo la que salió corriendo de la Iglesia y arruinó todo.

—Tú no le hiciste daño por gusto y eso es algo que él debería saber. Tú deberías hablar con él y contarle la verdad.

Yo sería capaz de hacer muchas cosas por Diego, excepto armarle un problema con su familia, mucho menos ahora que sé que volvió con Ximena. Él está en un buen momento de su vida, Mapi; su mente está llena de buenos propósitos, ha logrado estabilizarse emocionalmente y, me guste o no, está en una relación que se mantiene firme a pesar de la distancia con una mujer a quien quiere; yo no puedo, simplemente, entrar y desbaratar todo lo que él ha construido con tanto esfuerzo solo por el impulso egoísta de querer estar a su lado. Y ¿a cuenta de qué lo haría? Él no siente nada por mí, él ya me superó.

—Pues… habrá superado la plantada, pero a ti, Mani, permíteme dudarlo. Esas miraditas *en la lontananza* que te dedicaba el sábado no eran de ningún amiguito inocente. ¡Olvídate! Diego se sigue sintiendo atraído por ti.

—Al señor que vende arepas en la esquina también se le van los ojos mirándome las *pochecas* cuando salgo a correr; esa no es una razón para creer que siente algo por mí.

—¿Eso es lo que te tiene así? ¿Qué no te ame como antes? O ¿que la ame más a ella?

—No sé —digo, sentándome en la cama—. Yo pensé que el perdón de Diego me iba a liberar del remordimiento que he cargado todo este tiempo como una piedra amarrada al cuello. Pensé que, después de haber pasado esa página con él, me sentiría más confiada de merecer el amor de alguien más e iba a poder ilusionarme con una experiencia nueva; pero con esto y la preguntadera de Felipe por mi pasado con Diego, me doy cuenta de que seguiré cargando ese lastre toda la vida.

—Lo cargas porque quieres, Manuela, porque, con esa excusa de «querer lo mejor para él» te estás dejando ahogar con una culpa que es compartida.

—¡Ay, marica! Pareciera que no me estuvieras escuchando. ¿Qué ganaría yo con eso?

—No pienses en lo que vas a ganar o vas a perder, ahí sí estás siendo egoísta. Piensa en esa verdad como algo con lo que te quedaste, pero no te pertenece. A ti te dio rabia saber que él arrojó el brazalete al río, no porque quisieras que lo conservara para seguirte recordando, sino porque, a la larga, no era suyo. Fue un regalo que tú le diste con mucho sacrificio y si él no lo quería, lo correcto habría sido entregártelo. Lo mismo pasa con la verdad que tú insistes en esconderle, tú tienes que entregársela y que sea él quien decida si quiere armar la trifulca con su familia, dejar a la novia y poner su vida patas arriba o… simplemente dejarlo pasar y darte las gracias. Cualquiera que sea el escenario, la decisión de lo que él haga o no con su vida, no es tuya y esa responsabilidad no debería estar en tus manos.

No sé hasta qué punto María Paulina tiene razón. Pero si no es al brazalete o a la verdad, ¿a qué me estoy apegando, realmente?

14
FUEGO Y CENIZAS

DIEGO

Faltan quince minutos para las ocho de la mañana. Ya es costumbre para mí encender las luces de la agencia; por lo general, soy el primero en llegar.

Abro mi oficina y dejo mis cosas allí para volver al *lobby* del edificio, necesito hablar con Manuela; no quiero empezar el día sin aclarar lo que pasó el sábado en Andrés DC.

La cara de Dominique al regresar del baño con su celular en la mano lo decía todo, quería rostizarnos a Vikram y a mí con la mirada.

—Como lo sospeché, Manuela no está en el baño. Va en un bus, camino a casa de sus papás en Bonanza —nos dijo, para luego concentrarse en Vikram—. Te doy diez segundos para que confieses. ¿Qué le hiciste a Manuela?

—Yo no le hice nada, solo hablamos. *Dammit!* Sabía que me iba a meter en problemas —lamentó Vikram, mientras su piel canela se volvía traslúcida al darnos a Dominique y a mí, las respectivas explicaciones.

No sé en qué momento se le ocurrió a Vikram la grandiosa idea de contarle a Manuela mis miserias en Londres y hablarle de mi depresión, de la terapia psicológica en la que estuve y de mis recaídas, ¿en serio pensó que me estaba haciendo un favor?

Son más de las ocho y media, Manuela ya debería estar aquí. Intento darme cinco minutos más, pero Yamile llega primero y me intercepta casi lagrimeando, con el celular pegado a la oreja; la pobre me ruega para que le ayude con un cliente que la amenaza por teléfono con cancelar una campaña entera que ya está al aire. Sin más remedio, debo regresar al interior de la agencia mientras hablo con el cliente por el celular de Yamile, aunque mi cabeza está en otra parte, en Manuela y en lo mucho que me pesa no haber intervenido a tiempo para evitar aquella infortunada conversación con Vikram.

—¡Véala! Ya llegó —exclama Yamile, al ver a Manuela en su oficina trabajando tranquila, como si nada—. ¿Le cuento lo que pasó con el cliente?

—No, fresca. Yo me encargo. Me avisa si sigue teniendo problemas con él.

Yamile acepta y se sienta en su cubículo para empezar su día. Yo, por mi parte, respiro profundo para enfrentarme al mío.

—No te vi llegar, ¿hace rato estás aquí? —le pregunto a Manuela, al asomarme desde la puerta de su oficina.

—Sí, subí por las escaleras —me responde, sin separar los ojos de la pantalla, al tiempo que tipea en el teclado—. Cuéntame, ¿en qué te puedo ayudar?

—Siento mucho que Vikram se haya tirado la noche del sábado. Él no debió hablarte de mi vida en Londres —le digo, entrando a su oficina y cerrando la puerta.

—Estoy de acuerdo, debiste haber sido tú, así tendría la lista completa de todas las cosas por las cuales debo pedirte perdón. Por lo que veo, es más larga de lo que pensé.

—Yo ya te perdoné. En lo que a mí concierne, no hay más cuentas ni resentimientos pendientes entre los dos y con respecto a mis problemas de depresión, ese es un capítulo aparte.

Manuela deja descansar el peso de su cuerpo en el espaldar de su silla, dejando escapar un largo suspiro de inconformidad antes de retomar la conversación.

—A veces siento que nunca debí haberme cruzado en tu camino. Yo no hice otra cosa que arruinar tu vida —me dice.

—No vuelvas a decir una cosa así. Yo no cambiaría absolutamente nada de lo que pasó entre nosotros y, si pudiera, lo repetiría mil veces aun sabiendo que me dejarías plantado mil veces más —digo y ahora soy yo el que desconoce sus propias palabras que parecen salir de mi boca a su libre albedrío.

«¿De dónde carajos salió eso?»

Manuela me mira confundida y yo no tengo más remedio que actuar como si supiera lo que estoy haciendo.

—Quiero decir… lo que pasó entre nosotros no fue lo único que me causó la depresión. No deberías sentirte culpable por eso.

Salgo de su oficina con el valiente pretexto de hacerle seguimiento al cliente de Yamile para asegurarme de que el problema con la campaña haya quedado resuelto. Ni yo mismo me creo la excusa, pero a falta de una mejor, me conformaré con sostenerla a como dé lugar… hasta que aclare lo que sucede en mi interior.

***

En la sala de juntas nos espera un paquete de cuatro carpetas, cada una con una hoja de vida, una lista de preguntas estándar y una planilla de evaluación de los candidatos que vamos a entrevistar el resto del día para los cargos de coordinador de tráfico y ejecutivo digital.

Manuela debería sentarse junto a mí, pero decide, a último minuto, que marcar la diagonal es mejor, dizque para no intimidar a los entrevistados y no parecer un par de profesores pasando a los alumnos al tablero. En el fondo, lo hace porque teme acercarse a mí. Está tan confundida como yo.

La primera sesión de entrevistas termina justo antes del almuerzo y, aunque Ángela sugiere que salgamos los tres para socializar las primeras impresiones de los entrevistados, Manuela y yo decidimos darnos un espacio e irnos cada uno por separado; la nube de nuestras confusiones se hace tan densa que no deja penetrar las palabras entre nosotros, ni siquiera parecen llegarnos a los oídos.

Sentado en la mesa de una de nuestras sucursales de Petite Délice, sigo revolviendo la lechuga en la ensalada de mi almuerzo como si fuera sopa, repasando una y otra vez la frase que solté en su oficina.

¿Qué tan fortuita fue? ¿O qué tan cierta?

—¿Me dijo media docena o una entera, don Diego? —me pregunta Anita, la asistente de ventas.

—Una docena, Anita. Y le regalo el «don», solo dígame «Diego».

Sí, señor —me responde con una sonrisa amable, mientras me trae a la mesa la caja con los macarrones franceses favoritos de Manuela.

Camino de vuelta a la oficina con la determinación de un colegial bien peinado, listo para presentar un examen, pero esta vez, no tiene que ver con ganar el año pasando alguna materia, sino con aclarar mis sentimientos por Manuela de una buena vez.

Me llegó la hora de aceptarlo, yo no puedo ser su amigo… porque no quiero. Yo quiero besarla, quiero amarla, quiero estar a su lado así me abandone de nuevo. Parece que prefiero vivir con esa incertidumbre y no con la pregunta constante de cómo habría podido terminar nuestra historia si lo hubiésemos intentado una vez más. Algo en mí grita que lo nuestro no ha terminado; puede que esté a punto de empezar, justo ahora, cuando ambos creíamos que se había acabado.

Doblo la esquina a paso firme, con la convicción puesta en el plan a seguir una vez regrese a la oficina... si es que llego, porque desde donde estoy, puedo ver a «la pareja del año» en la entrada del edificio y dudo que la conversación tenga que ver con los anuncios del carro que van a promocionar en la próxima campaña de AGM.

No necesito –ni quiero– escuchar sus palabras desde la distancia para imaginarme cuáles son. La imagen de ambos lo dice todo. Felipe está recostado en la pared con las piernas ligeramente abiertas y dobladas para «bajarse» a la altura de Manuela y poder mirarla directo a los ojos. Manuela, por su parte, sigue de pie frente a él con las manos en los bolsillos y el rostro de medio lado. Sus ojos vivaces lo miran desde el rabillo, acompañados de una brutal sonrisa de medio lado, el gesto universal de la coquetería.

¿Y yo? soy el *huevón* de la caja de macarrones franceses en la mano. Si hay un premio para el idiota más grande de la humanidad, es este. A Manuela le fascinan y podría llenarle la oficina entera de ellos para llamar su atención, pero ese es el punto, a Manuela ya no le interesa escucharme y no sé por qué me sorprende, ella nunca ha querido nada de mí.

Ahora voy a tener que dar la vuelta y hacer un recorrido estúpido e innecesario alrededor del edificio para darles tiempo suficiente a los tórtolos de que se quiten de ahí y, de paso, hacerme un lavado de cerebro que borre las idioteces en las que estuve pensando durante el almuerzo. Manuela ya me superó, tiene sus propios planes y prospectos, ella misma me ha contado todo. ¿No fui yo el que le dijo que «seríamos los mejores amigos» ?, ¿no esperaba, pues, que se lo tomara en serio?

Como si fuera poco, yo tengo novia, Ximena, una mujer maravillosa a la que quiero y que me espera en Londres. Una mujer que siempre ha querido estar conmigo por encima de todos los obstáculos y a pesar de mis errores.

Calma. No hay nada de qué avergonzarse, cualquiera puede soñar despierto. De hecho, cuando uno es consciente de lo que está haciendo, esos sueños son incluso saludables; ayudan a aclarar la mente y a tomar las decisiones correspondientes.

La primera, dejar la docena de macarrones franceses en la cocina como cortesía para el equipo.

La segunda, volver a la sala de juntas y terminar la faena de entrevistas.

La tercera... está por definirse, al final de la tarde.

Entro a la sala de juntas y encuentro a Manuela conversando entre risas con la candidata que vamos a entrevistar. Me alegra por ella, al menos uno de los dos está sonriendo.

—¿Constanza? Mucho gusto, soy Diego. Me disculpo por la tardanza —digo, acompañando el saludo con un profesional apretón de manos.

—No te preocupes, fue Connie la que llegó temprano —dice Manuela, extendiéndome la hoja de vida de Constanza—. ¿Quieres empezar tú? yo ya le saqué un par de datos sin querer.

Le recibo la hoja de vida con una mirada hosca; parece que solo necesitaba una conversación con Felipe para mejorar su estado de ánimo. Y así fue capaz de decirme el sábado que no tenía nada con él.

—*Okey*, Constanza, ¿qué nos puedes contar de tu experiencia en Diarios Nacionales? —pregunto, yendo directo al grano. La cuestión es de afán.

Según la descripción en su hoja de vida y lo que ella misma cuenta, Constanza se graduó hace un par de años y empezó a trabajar como coordinadora de tráfico en uno de los diarios más importantes del país. La lista de responsabilidades en su cargo anterior se alinean muy bien a lo que necesitamos y, como persona, parece muy segura de sí misma; contesta nuestras preguntas con asertividad y carisma... demasiado carisma, diría yo.

—No les voy a negar que necesito el puesto, pero también sería un placer trabajar en una de las mejores agencias del país al lado de gente tan experimentada y reconocida como ustedes —dice, sin quitarme los ojos de encima y agrega—: Yo, con tal de tener esa oportunidad, me le mido a lo que sea.

—Perfecto, gracias —concluye Manuela, para luego mirarme—. ¿Tienes alguna otra pregunta para Connie?

—No, creo que ya cubriste todo. ¿Tú tienes alguna pregunta para nosotros, Constanza?

—¿Será que me puedes decir Connie? Es que Constanza suena a burócrata de algún ministerio del gobierno —dice, mirándome con una sonrisa demasiado amplia para una entrevista de trabajo.

—*Okey*. ¿Alguna otra pregunta? —insisto.

—¿Cuál de los dos va a ser mi jefe? —agrega, acomodándose un mechón de pelo detrás de la oreja. No podría ser más evidente.

—Manuela va a ser tu jefe —digo tajante, ante la mirada desconcertada de Manuela quien apenas tuvo tiempo para abrir la boca e intentar responderle.

Constanza se despide con amabilidad después de la entrevista; aunque me molesta la sobradez con la que sale, como si ya tuviera el puesto asegurado.

—¿No te gustó Connie?

—Me pareció bien, pero creo que deberíamos chequear las referencias que puso en la hoja de vida antes de tomar cualquier decisión —le contesto, mientras firmo la planilla de la entrevista—. ¿Algo más?

Manuela se queda mirándome en silencio; se nota pensativa, confundida… ¿triste? Hoy ha sido un enigma imposible de descifrar para mí.

—Mañana hablo con Angelita, entonces —me responde, con un suspiro resignado.

—Vale, me cuentas si necesitas algo más —digo, levantándome de la mesa para salir.

—¡Diego! Antes de que te vayas… —dice y hace una pausa—, ¿podemos salir a tomarnos un café? Quisiera hablar contigo.

Me va a decir que se cuadró con Felipe… y yo no estoy listo para recibir de frente el impacto de esa noticia; no en el estado irritabilidad en el que estoy.

—Te quitaste el anillo —digo. Ella se mira los dedos de la mano izquierda.

—De eso también quería hablar.

Si en mi vida emocional tuviera la mitad del control que tengo en mi vida profesional, no me metería en los líos en los que me meto.

—Ahora tengo mi reunión semanal con Trudy y me demoro por lo menos una hora.

—Entonces, ¿nos vemos en una hora?

—Serían más de las seis —le advierto, con la esperanza de aplazar la conversación, por lo menos hasta que me calme.

—Yo te espero, si no tienes problema.

Acepto, a pesar de mis objeciones internas. Sigue siendo difícil negarme a cualquier petición que escuche de su voz.

Paso a la oficina de Trudy, la vicepresidente de nuevos negocios y alianzas estratégicas y mi jefe directa, con quien me reúno todos los lunes para revisar el *forecast* del mes y cuadrar la agenda de reuniones con clientes potenciales. La semana apenas empieza y ya me siento cansado.

¿Quién iba a pensar que los sentimientos quemaran tanta energía?

—Yo prefiero que te concentres en el *pitch* de Sugarbeat. Yo sé que Manuela puede con el plan y el contenido de la presentación como tal, pero esta vez veo delicado el negocio. Cambiaron al vicepresidente de mercadeo y a dos directores de marca; la presión arterial del pobre Octavio debe estar en la estratósfera.

—En realidad, cambiaron a los cuatro directores de marca.

—¡No me jodas!, ¿en serio? Y tú ¿cómo sabes? —me pregunta, preocupada.

—Mi hermana Eliana me contó ayer en un almuerzo familiar que tuvimos. Ella conoce a toda la gente de Sugarbeat y me está ayudando a montar el operativo de inteligencia. ¿Para cuándo es el *pitch*?

—Todavía no sabemos. Si recibimos el *brief* está semana, estaríamos presentando en un par de meses. Vamos sin prisa, pero sin pausa.

—Vale, ahí estaremos —concluyo y se me escapa un suspiro—. Trudy, ya que estoy aquí, ¿te puedo pedir un favor? De una vez te advierto que es personal. Si no se puede, me dices, no hay problema, pero me ayudaría mucho si se pudiera.

MANUELA

Estuve todo el día en reuniones y, a pesar de todos los *emails* acumulados en mi bandeja de entrada, no hago otra cosa que pensar en la seda del vestido blanco de aquel día, la peineta de plata en mi cabello, el tul del velo bordado con rosas… todo parecía un sueño. Yo habría podido ser la novia más feliz del mundo y la esposa más afortunada, si hubiera tenido una suegra menos posesiva, una cuñada menos calculadora y la suerte de no escuchar su «charla lúdica» aquella noche.

Ese recuerdo estaba sepultado entre gruesas capas de incontables lágrimas y tristezas acumuladas por años, pero solo le bastó una conversación con María Paulina y una frase de Diego para salir a la superficie con la facilidad de un chasquido.

De milagro le seguí el hilo a las entrevistas del día; mi cuerpo estaba sentado en la sala de juntas, pero mi cabeza viajaba en el tiempo, revisitando uno a uno todos mis errores.

Fui diligente hasta donde pude entrevistando a los candidatos. Durante el receso, respondí los constantes mensajes de texto que me enviaba Yamile, pero hubo uno en particular que se coló y me hizo reconsiderar las prioridades del día.

Felipe:
¿Almorzamos? o ¿ya tienes planes?

En un instante de mediocridad sentimental intenté sacarle el cuerpo con la vieja excusa del exceso de trabajo… que no era mentira, pero no dejaba de ser excusa. Y, por si fuera poco, Diego estaba conmigo en la sala de juntas, no solo llenando mi espacio mental, también el físico, con su presencia.

Pese a la presión creciente y mi limitado espacio de maniobra, fui consciente de la injusticia; Felipe no merecía un trato infantil de mi parte y mis nervios tampoco soportarían un lío emocional más con un compañero de trabajo; así que decidí amarrarme los pantalones de mujer adulta que soy para hablar con él a la hora del almuerzo.

—Me quedé esperando tu llamada ayer. ¿Así de ocupada estuviste en la mudanza de tus papás? —me preguntó Felipe a la salida del edificio, cuando logramos encontrarnos, después de debatir nuestros contradictorios horarios.

—Más o menos. Estuvimos organizando las cajas y entregando los muebles que no se van a llevar. Llegué rendida al apartamento. Y a ti... ¿cómo te fue?

—Bien. Además de limpiar mi apartamento y dibujar un rato, me dediqué a pensarte —me respondió, acercándose con sutil coquetería.

Me halagaron sus avances hacia mí, no lo niego. Me encanta sentirme deseada por alguien a quien admiro, como él; pero me sentí desleal al mismo tiempo, dejándolo ganar terreno solo para desalojarlo después por razones que no tienen nada que ver con él o sus cualidades como ser humano.

—Yo también te pensé mucho, ¿sabes? —le dije, manteniendo la distancia—. Sobre todo por la conversación que tuvimos el sábado sobre mi ex.

Felipe dejó de avanzar y se limitó a observarme con cautela.

—Y... ¿qué pensaste?

—En que... debería comenzar por ser sincera contigo —respondí, y me detuve al ver a Felipe dar un par de pasos hacia atrás y recostarse en la pared del edificio.

—Aquí estoy, soy todo oídos —me dijo.

—En cinco años, yo no he tenido una relación significativa con nadie; la última fue con Diego y no voy a negarte que fue muy especial…

—Si mal no recuerdo, la palabra que usaste el sábado fue «fantástica».

—Sí, fue fantástica e intensa. Empezó desde que nos conocimos, nos ilusionamos como un par de adolescentes y llegamos a creer que éramos el uno para el otro. Lo entregamos todo, como cuando vaciamos el contenido de nuestros bolsillos en las manos de alguien; pero así como empezó, terminó al poco tiempo, de una manera abrupta y terrible para los dos. No voy a aburrirte con los detalles, solo admito que, en ese momento, nos dimos cuenta de que estábamos lejos de ser esa pareja perfecta que quisimos ser.

—¿Te enamoraste de él?

Afirmo con la cabeza, metiendo las manos en los bolsillos de mis pantalones y bajando la mirada hacia mis tacones negros.

—Nos enamoramos y ese fue nuestro problema. Nos callamos muchas cosas para no ahuyentarnos. Había demasiado fuego en la hoguera y... la madera se quemó demasiado rápido. Solo quedaron las cenizas y eso es lo que no quiero que me pase de nuevo; no quiero volver a quedarme con un puñado de cenizas en la mano.

Felipe siguió recostado a la pared, fijándose en el recorrido de mis ojos que, nerviosos, iban del piso hacia la calle, luego a mi izquierda y a mi derecha, hasta que, por fin, decidieron encontrarse con los suyos.

—¿Me estás queriendo decir que quieres que vayamos despacio o que... definitivamente no vayamos a ninguna parte?

—Tú me gustas, Feli y mucho. Contigo me encantaría llegar a muchos lados, tan lejos como sea posible; pero no sé si estoy lista para empezar algo aún.

—Y eso es porque... ¿todavía sientes algo por Diego?

—Dejando a Diego aparte, me gustaría que tú y yo intentáramos conocernos un poco más. Sería chévere que habláramos, que saliéramos a hacer cosas que nos gusten a cada uno, quisiera que empezáramos a extrañarnos antes de meternos de lleno en una relación con todos los fierros. No sé si eso te parezca irracional o... anticuado, tú me dirás, pero es lo que siento que podría funcionar... al menos, por ahora.

—Pues... me parece sensato, aunque la sensatez es precisamente lo opuesto a lo que uno llama «amor», ¿no?

—Sí, es cierto... lo ideal sería que llegáramos al punto de perder la sensatez... precisamente por amor —le dije, y con eso logré sacarle una sonrisa, lo que me devolvió algo de la confianza que pensé que perdería.

—Hagamos eso, entonces. Empecemos a conocernos y en el camino decidimos, ¿te parece?

—Claro que sí.

—Eso también quiere decir que… no hay cláusula de exclusividad todavía.

—¿Cómo así?, ¿de qué «cláusula de exclusividad» me hablas? —le pregunté extrañada, un poco fuera de contexto.

—Esa dice que ambos podemos salir con otras personas hasta que definamos lo que hay —me respondió, como si fuera lo más obvio y natural del mundo.

Y yo hablando de racionalidad y sensatez, se me olvidaba que vivo en un mundo postmodernista, altamente globalizado e inconformista; hasta los sentimientos necesitan cláusulas para definirse en su propia indefinición.

***

Son casi las siete de la noche, Diego ya debería haber salido de su reunión con Trudy. Intento aprovechar el tiempo para adelantar trabajo, pero cada vez que pongo los dedos sobre el teclado me da por levantar la mirada hacia el pasillo con el anhelo de verlo asomarse por ahí.

Quise arrojar a María Paulina por la ventana esta mañana, cuando sugirió que le dijera la verdad a Diego, pero ahora me doy cuenta de que, en su lógica retorcida, tiene razón. Soy yo la que está pagando los platos rotos por una culpa que no es del todo mía. Acepto, eso sí, que fui una cobarde. Las circunstancias fueron superiores a mí y lo único que se me ocurrió a la hora de manejarlas fue salir corriendo de la iglesia en una reacción inconsciente más que por una decisión debidamente pensada.

Y es ahí donde la línea deja de ser blanca o negra, se torna más bien gris.

Dejarlo plantado en el altar fue un impulso justificable, pero haberle escondido la verdad fue una decisión consciente que tomé pensando en lo mejor para él, creyendo que su vínculo familiar era tan fuerte y trascendente que superaba cualquier sentimiento que yo guardara en mi corazón, por profundo y significativo que fuera; pero esa decisión no era mía, no me correspondía tomarla a mí.

A Diego le sigue faltando la verdad y, así como Vikram me hizo el favor a mí de contarme lo que pasó en Londres y abrirme los ojos, Diego merece que yo abra los suyos; él merece saber la historia completa de su sufrimiento y el mío, no tanto por mí, ni por mis insignificantes expectativas de que volvamos a estar juntos –y sólo Dios sabe lo mucho que estoy deseando el abrigo de su compañía en este momento–, sino por el simple hecho de entregarle lo que, por derecho, le pertenece, mi versión de la historia, y que sea él quien decida qué quiere hacer con ella.

Si Diego decide tomar partido en mi contra o a mi favor, lo mínimo que merece es tener pleno conocimiento y consciencia de los hechos.

Saco mi polvo compacto para retocarme rápidamente el color en mis mejillas. El tiempo me da para darle brillo a mis labios con un poco de Chapstick de cereza; por más trascendental que sea el tema, necesito todo el arsenal que tenga a mi disposición y la mejor de las suertes. Por último, acomodo la mini pañoleta en mi cuello antes de que mi corazón empiece a latir desbocado al ver a Diego caminar por el pasillo, hacia mi oficina.

Por fin, viene hacia mí.

—¿Ya vas de salida?

—No, te estaba esperando. ¿Te parece si vamos al Oma que queda a la vuelta? —le pregunto, disimulando con un carraspeo la voz de gallo que se me escapa por los nervios.

—Yo preferiría que habláramos aquí. Necesito cuadrar todo para viajar a Londres lo antes posible y trabajar remotamente desde allá. Si me puedes ayudar con eso, te lo agradecería.

Se devuelve para Londres. La vida nunca me decepciona cuando se trata de aniquilar incluso las más modestas de mis ilusiones.

—Claro que… sí… y ¿cuándo sería «lo antes posible»? —le pregunto, haciendo acopio de todo el aire que queda en mis pulmones.

***

Una semana se fue volando, ni cuenta me di. Eso pasa con las fechas que no quieres que lleguen o los plazos que no quieres que se cumplan, sufrir la anticipación es inevitable.

En contados minutos, Diego saldrá de la oficina rumbo a Londres y desde ya estoy extrañando el aroma de los *bagels* de semilla de amapola con los que suele desayunar cada miércoles en la cocina de la agencia. Ni hablar de la sábana invisible del perfume de tonos cítricos que lo envuelve y lo sigue a todas partes, dejando el rastro de su presencia por donde quiera que camine.

—¿Si te parece? —me pregunta, obligándome a aterrizar de emergencia en el planeta Tierra.

No tengo más remedio que dejar de lado mis fantasías aromáticas para transformarme en la colega eficiente, dispuesta a asumir la dirección completa del equipo en las próximas cuatro semanas que estará por fuera… visitando a su novia.

—Sí, claro, relájate. No será la primera vez que maneje el equipo, ya lo había hecho antes cuando Dominique se iba de vacaciones.

—Pero yo no me estoy yendo de vacaciones. Si tienes alguna duda…

—La resolveré de alguna forma, no te preocupes, no voy a llamar a molestarte —digo, mal-fingiendo una sonrisa jovial.

Escucho diligentemente todas sus instrucciones, concentrándome en la pantalla de su computador en donde me muestra las presentaciones y los documentos que podría necesitar en caso de emergencia. No soy capaz de mirarlo a la cara, me estrellaría con sus hoyuelos, sus ojos color avellana, sus labios; con su dichosa barbita de tres días que detesto… y que igual… extrañaré.

Revisamos una vez más el plan de acción y nos aseguramos de que todas las reuniones virtuales estén en su calendario. Parece más nervioso él de irse que yo en asumir el trabajo extra y la razón es obvia, está emocionado por verla; se le nota en el ligero temblor en sus manos, en la forma de tronarse los dedos antes de tipear algo en el teclado y agregar un nuevo *item* a la lista de pendientes.

—¿Tienes alguna pregunta? —insiste mientras agarra su morral para irse.

—¿Hiciste *check-in*?

—Sí.

—¿Tienes el pasaporte a la mano? ¿Está vigente?

—Sí y… sí, pero me refiero a…

—Eso es todo. Que tengas un buen viaje —le digo y le encimo una mirada calmada, recompuesta, que disimule el temblor en mis piernas.

—*Okey*, gracias —me contesta con resignación y antes de que el instinto lo lleve a inclinarse para despedirse de beso en la mejilla, salgo de su oficina abrazada a mi computador portátil.

—No te preocupes, las paredes de tu oficina seguirán en su sitio —le digo, desde el pasillo.

—Lo sé. De lo que no estoy seguro es de que siga siendo mía para cuando regrese —replica, intentando una broma mientras sale de la oficina y cierra la puerta con llave tras de sí.

—Eso no va a pasar. Seguirá siendo tuya a menos que decidas quedarte allá.

No pude evitarlo. Esa es la clase de comentarios con doble sentido que no caben en esta nueva etapa de nuestra relación laboral cuyo final, parece estar cerca. Ni siquiera esa relación pudo funcionar entre nosotros.

En cuanto me habló del viaje a Londres, me cerré al recuento de los detalles; no quise saber nada del mismo excepto lo básico: la fecha, la hora y el número de días que estaría por fuera. Solo me limité a esas preguntas para hacerme una idea del impacto que tendría en mi carga laboral, de por sí, pesada. Las conjeturas, preferí dejárselas a la imaginación de María Paulina, al sentido común de Dominique y al pesimismo de Sebastián, quienes no dudaron un momento en llegar al apartamento para armar sus propias predicciones, como si se tratara del lanzamiento de la precuela de *Juego de tronos*.

—Yo no creo que Roberto y Trudy acepten que trabaje remoto de por vida; el trabajo de Diego implica demasiadas reuniones con clientes y demasiada vida social, eso no se sostiene a punta de Zoom. Yo lo descarto de una, Manu —dijo Sebastián durante la segunda ronda de aguardiente que nos tomamos esa misma noche del lunes para deconstruir la conversación que había tenido con Diego horas antes.

—Aunque… si María Paulina está en lo cierto y el plan es devolverse, presiento que va a pedir traslado a la sede de BrandsMedia en Londres. Puede que esa haya sido la estrategia desde el principio —concluyó Dominique, sirviéndome el tercer *shot*.

Ellos siguieron armando todas las teorías de conspiración posibles, pero yo solo quería una cosa, huir de la conversación y no pensar en nada más que en el cronograma de entrenamiento para Connie, a quien acababa de llamar para confirmarle que había sido seleccionada como ejecutiva de medios digitales.

La botella de aguardiente se terminó a las once y media; a esa hora Dominique y Sebastián salieron a sus respectivos apartamentos.

Una vez en mi cama, intenté dormir con mucha dificultad. Mi cuerpo estaba tan cansado como mi alma y, aunque mis ojos se mantenían cerrados, mi mente no dejaba de proyectar en la cortina de mis párpados cerrados las imágenes de todos mis desaciertos, empezando por los más tristes, los silencios que me llevaron a perderlo.

Hacía poco, Diego me había devuelto el anillo de compromiso que, se suponía, sería el símbolo de una nueva promesa conmigo misma. Entendí por qué me lo devolvió, era un paso más para deshacerse de los recuerdos de mí que tanto daño le han hecho, mientras yo sigo insistiendo en apegarme a lo poco que me queda de él, al aroma de su perfume, al sonido de su voz y al consuelo de su amistad.

No sé si por audacia o por ingenuidad, la noche que me devolvió el anillo me prometí que las próximas lágrimas que derramaría por amor serían lágrimas de felicidad. Ilusa. Heme aquí. Llorando de tristeza, por él.

De vuelta a la oficina, minutos antes de su partida, llego a la triste conclusión de que el mejor de los escenarios sería que se quedara en Londres al lado de una mujer que encaja perfectamente en su vida, una mujer que no lo ha decepcionado como yo y que lo emociona hasta los nervios con la sola idea de verla. Una mujer a quien seguro… *ama*.

Lo prefiero mil veces así, aunque la idea de no volver a verlo se me atraviese en la garganta como una aguja oxidada. Lo prefiero mil veces lejos antes que verlo regresar con ella y ser feliz aquí, frente a mí.

—Yo sé que tienes todo bajo control y quieres facilitarme las cosas, pero trata de dejarme resolver algo para no sentirme del todo… innecesario —me dice, extendiéndome la llave de su oficina que yo recibo en la palma de mi mano—. Nos vemos en un mes —agrega, antes de salir.

Un mes.

Un mes es más que suficiente para que puedan tomar decisiones y poner en marcha todos sus planes, en especial, si esos planes incluyen campanas de boda. La noticia me destrozará cuando llegue y lo más cercano a un *airbag* emocional que amortigüe el golpe, es una salida el próximo sábado con Felipe, a quien le pedí que lo intentáramos despacio... justo ahora que necesitaba que fuéramos a mil.

15
LONDON CALLING

DIEGO

Aflojo hasta el tope la válvula con la esperanza de que el chorro de aire acondicionado me llegue directo y a presión, ante la imposibilidad de sacar la cabeza por la ventana del avión. Me estoy quedando corto de oxígeno y el solo hecho de mover las manos para sostenerme la frente en ellas se me hace un esfuerzo descomunal. ¿Cómo las puedo tener tan frías si por dentro me siento en un sauna? ¿Quién pidió broccoli al vapor?

Por tercera vez intento concentrarme en Sugarbeat. Lo que se suponía era un *pitch* de protocolo, ha evolucionado y ahora es un pulpo amorfo al que cada semana le sale una extremidad más resbalosa que la anterior, entregándonos un *brief* hecho a la medida de lo imposible.

Perder la cuenta no me preocuparía tanto si no representara más del treinta por ciento de la facturación del área digital de la agencia. Si ellos se van, una de las dos cabezas del equipo estaría en peligro y no sería la de Manuela. Yo jamás lo permitiría, aunque para mí significara volver a empezar de cero, buscar trabajo en otra agencia de publicidad con presupuesto de sobra para un director sobrecalificado con demasiada experiencia en mercadeo; es decir, ninguna.

No sé qué hacer, ni qué pensar. De hecho, pensar es lo único que estoy haciendo y lo que me tiene así, con el corazón a galope. Temo abrir la boca y que salga disparado hacia la primera fila.

Miro el reloj en mi celular, faltan más de dos horas para llegar a

Madrid. La simple noción del tiempo me marea. Cierro el computador portátil y, como puedo, lo pongo sobre el morral que yace a mis pies. Trato de estirar las piernas en este diminuto espacio que parece hacerse más pequeño con cada segundo que pasa. Es casi opresivo.

—Que pena molestarlo, hermano, ¿será que podemos cambiar de puesto? Las piernas se me están durmiendo —le digo a mi compañero de asiento.

—Claro que sí, ¡hágale! A mí me gusta más la ventana, la verdad.

Podría arrodillármele en agradecimiento. Al menos puedo estirar las piernas, aunque las tenga que atravesar en el pasillo del avión.

¿Qué pensará Manuela del *brief*? ¿Estará preocupada como yo? Por lo general, cuando recibimos este tipo de «chicharrones» nos vamos para la sala de entretenimiento de la agencia a volar la piedra y a maldecir a los clientes en una partida de *Foosball*. A la salida, si no tenemos la solución, al menos ya no lo vemos como un problema. Es una lástima no estar en la agencia en este momento… aunque… daría lo mismo. Con las novedades en su vida sentimental al lado de Felipe, supongo que las partidas de *Foosball*, junto con las demás actividades lúdicas que hacíamos, salen de la lista.

Cuando regrese de viaje los encontraré disfrutando las deliciosas mieles de esos primeros meses de una relación en las que los días son color de rosa y las noches de neón. Por más que odie la idea de ver a Felipe pasearse a sus anchas por BrandsMedia y recibir de Manuela todas sus atenciones y sus sonrisas, voy a tener que morderme un codo y acostumbrarme.

¡Y me vale huevo! Mejor si me sacan de BrandsMedia, me libro de la tortura de verlos restregarme su felicidad en la cara todos los días. Me figuró retornar al redil familiar de Petite Délice como el hijo pródigo, con el rabo entre las piernas, listo para repetir el ciclo de insatisfacción y sentido de poca valía que me sacó de allí en primer lugar.

Volvería a la misma rutina de siempre, a trabajar con Eliana que, a veces, no se sabe si es mi hermana o es mi jefe, y con mi mamá que insiste en darme lecciones de cómo vivir mi vida.

Shoot! ¿Eso fue un eructo o… un intento de devolver las papas fritas que me comí antes de abordar? Las sentí en la garganta, ¡qué asco! ¿Qué carajos me está pasando en este viaje?

Me levanto de la silla, siento la rabia acumularse en mi estómago. Apoyo los codos en el espaldar, pongo mi cara directo en la válvula de aire acondicionado. Cualquiera diría que me la voy a comer de un mordisco, pero… de verdad necesito el aire. Si este avión no aterriza en los próximos dos minutos, me voy a vomitar… y el señor que me tocó al lado, que ronca feliz con la cabeza entre su almohada de viaje, no apreciará para nada la nueva decoración en su camiseta de Iron Maiden.

***

Bogotá. Diecisiete años atrás.

«No hay tamal que por bien no venga» reza el dicho que acuñamos los Ospina y que solo circula entre nosotros.

Los cinco detestábamos cada paso del proceso productivo de hacer y vender tamales excepto uno, recibir el pago. Eliana y yo nos peleábamos con uñas y dientes por recibir la plata de los clientes con la que mi mamá cuadraba el mercado de la semana y nos daba un premio cada mes, que consistía en un paseo a La Plaza de Bolívar, en el centro de Bogotá, para corretear a las palomas y darles de comer. Cuando nos iba bien con las ventas, nos llevaba a algún centro comercial.

—Sí, mi amor, venga. Demos otra vueltica mientras nos terminamos esto, ¿no ve que no podemos entrar al almacén comiendo helado? —le decía mi mamá con ternura a Emma, la mayor de las gemelas, cuando se antojaba de alguna muñeca que veía en las vitrinas de los almacenes y que mi mamá no podía comprar.

Comer helado en los centros comerciales era de los pocos placeres que nos dimos cuando no teníamos nada y lo más fino que el Niño Dios nos dejaba al pie del arbolito de Navidad era un tubo de crema dental con sabor a chicle y la cara de Mickey Mouse en el empaque.

Es duro volver a esas épocas. Me parte el alma recordarlas ahora y pensar en las tácticas de supervivencia a las que los padres deben recurrir cuando lo que abunda para sus hijos son las privaciones. Y pensar que por cada familia que tiene la suerte de salir adelante como nosotros, quedan miles y miles atrás.

Durante las mañanas, de lunes a viernes, mi mamá limpiaba apartamentos y oficinas en el norte de la ciudad. Regresaba al sur para recogernos del colegio y seguir con la lavada de ropa por las tardes. En las noches, revisaba nuestras tareas y alistaba los uniformes para empezar de nuevo el ciclo al día siguiente, en una rutina que se fijó con tanta fuerza que parecía que nunca saldríamos de ahí, a menos que mi mamá encontrara la forma de romper el círculo vicioso.

Y la encontró el día menos pensado, cuando estuvo a punto de desmayarse del hambre en uno de los tantos apartamentos que limpiaba cada semana. Ese día había salido sin desayuno de la casa y, para evitar que le robaran la cartera, les entregó a los ladrones los últimos dos mil pesos que le quedaban en el bolsillo de los *jeans* para el «mecato».

Pensó que alcanzaría a limpiar el baño antes del descanso de las nueve y media de la mañana, pero cuando empezó a ver chispitas, se dio cuenta de que debía comer algo si no quería que la dueña del apartamento la encontrara tendida en el piso con un chichón en la cabeza.

Entró a la cocina y quedó impávida, por no decir indignada. No podía creer que una mujer con tantas ollas, aparatos y utensilios para cocinar no tuviera más que lechuga y agua en la nevera.

Intentó probar la leche de soya y le supo a agua de calcetín. Se escandalizó al ver que la muy «ricachona» pagó treinta mil pesos por cuatro onzas de queso que dejó podrir en la nevera. Aprovechó entonces para botar a la basura el tal «queso roquefort» que, además de estar lleno de «hongos azules», olía a pecueca.

«La ignorancia es atrevida y vergonzosa» me diría años después, confesándome su secreto a carcajadas.

La salvó una bombonera de cristal que jugaba con la luz del sol sobre la mesa de centro de la sala y resaltaba el color pastel de unos «merenguitos» que ni siquiera sabía cómo se llamaban. La perfecta redondez de los merenguitos le llamó la atención. Cada uno consistía en dos discos *popochitos* unidos por una capa satinada de crema en la mitad.

Le parecieron demasiado lindos para comérselos, pero tenía tanta hambre que no tuvo más remedio que hincarles el diente antes de que le diera la pálida. El primer mordisco le supo a gloria y el segundo, cambiaría nuestras vidas. Ese día supo que había encontrado su vocación y nuestro futuro en el lujoso y exuberante arte de la pastelería francesa. Un futuro que no fue fácil y al que nunca le tuvo miedo; tal vez porque, generalmente, le tememos más al pasado.

Bombonera en mano, fue al estudio que tantas veces había limpiado y allí encontró los libros de cocina que hablaban de los tales merenguitos. Allí descubrió que eran dulces franceses y se llamaban *macarons*. También descubrió que la dueña del apartamento se llamaba María Juliana Vega y no era un ama de casa o una oficinista como las demás clientas; no estaba casada, ni era mamá. Era una periodista gastronómica, o por lo menos eso era lo que decían las placas de los tres premios que había ganado en años recientes con sus reportajes sobre las tradiciones culinarias en Colombia.

Mi mamá entendió que su primer reto consistía en aprender a hacer lo que la panadería del barrio estaba lejos de ofrecer, aspiraciones; algo que todo el mundo deseaba y por lo que estaban dispuestos a pagar al precio que sea.

Como la mejor de las deportistas, entrenaba cada semana en esa cocina llena de aparatos y utensilios, una receta a la vez... o a veces dos y hasta tres.

Los macarrones fueron los más elusivos, pero mientras los perfeccionaba, siguió con las recetas más fáciles: los flanes, las galletas, las *panna cottas*, los *coulis*, los esponjados y las compotas. Luego se retaría con las tortas de vainilla, las de chocolate, las *red velvet*, las de vino, las de nueces, las de frutas cristalizadas, y así sucesivamente hasta llegar a las tartas, las milhojas y los *cheesecakes*.

Cuando sus creaciones empezaron a parecerse a las de los libros de recetas, decidió que era el momento de sacarles fotos y armar su primer catálogo de productos para ofrecerles a las clientas de los apartamentos que limpiaba y a la gente del barrio que nunca se quedaba corta en celebraciones.

Yo decidí ayudarla aprovechando las clases de computación en el colegio para diseñar sus primeras tarjetas de presentación y sus folletos en Word. Ahí empecé a encontrarle el gusto a la publicidad.

Todas las semanas había, por lo menos, una fiesta, llámese cumpleaños, bautizo, primera comunión, matrimonio, tusa amorosa, reconciliación con serenata de mariachis... lo que fuera. En el país del realismo mágico de Gabriel García Márquez, los milagros ocurren todos los días; nunca hay plata para comer, pero siempre sobran razones para festejar.

Un día, mi mamá llegó al apartamento de la periodista especialmente temprano y terminó la limpieza en tiempo récord para dedicar su atención a un pedido de extrema importancia. Lo que no se imaginaba era que, ese mismo día, la dueña del apartamento también llegaría más temprano de lo usual y esta vez, con dolor de cabeza.

—¡¿Usted qué está haciendo?! —le recriminó la furiosa dueña, al ver su cocina inundada de harina, moldes y cuanto adminículo de pastelería poseyera.

—Señora María Juliana, por favor, por lo que más quiera, déjeme explicarle, no es lo que está pensando —le imploró mi mamá, en medio de la angustia.

—Por supuesto que no es lo que estoy pensando, se supone que la agencia la manda a hacer la limpieza del apartamento, no a… a… —se detuvo al sentir que la cabeza le palpitaba y, antes de perder el equilibrio, se dejó ayudar de mi mamá que corrió a su lado.

—Yo tengo una pastilla de acetaminofén en mi bolso ¿se la traigo?

—No, esto es migraña, a mí solo me sirve el Naproxeno. ¿Me trae un vaso con agua por…? —María Juliana no tuvo necesidad de terminar la pregunta, mi mamá ya traía un vaso de agua en la mano para ofrecerle—. Gracias, señora…

—Leticia.

—Gracias, Leticia. Ahora sí explíqueme ¿qué está haciendo en mi cocina, con mis cosas y mi mercado?

—No, «su mercado» no es. Todo lo comestible que usted ve en el mesón, lo compré yo. Hoy es el cumpleaños de mis hijas y…

—¿De sus hijas? ¿Mellizas o gemelas? —le preguntó María Juliana, pasando con agua la pastilla de Naproxeno—. Yo tengo un hermano mellizo y lo adoro, pero casi no nos vemos.

—Las hijas mías son gemelas idénticas.

María Juliana levantó la mirada para fijarse en las tortas.

—Ni tan idénticas. A una le gusta la vainilla y a la otra el chocolate.

—Es cierto. Por fuera son idénticas, pero cada cabeza es un mundo diferente.

María Juliana se levantó del sillón y caminó hacia la cocina para inspeccionar las tortas que seguían sin decorar. Le llamó la atención el par de libros abiertos que había en una esquina del mesón. El primero era uno de ciencias naturales de quinto grado que mostraba una imagen ilustrada del sistema solar. El segundo, un cuento infantil con un unicornio en la portada.

—Cierto es, cada cabeza es un mundo diferente. ¿Qué piensa hacer para la astronauta?

—La astronauta se llama Emilia y la idea es decorar el exterior con un glaseado azul oscuro salpicado de escarcha comestible y, para los planetas, le voy a poner estas bolitas de chocolate atemperado…

—¿Usted hizo esas esferas? Y no son «bolitas», son esferas.

—Sí, la semana pasada que vine.

—Increíble. Y el glaseado, ¿cómo lo piensa hacer?

—Ya lo hice, está en la nevera. Tiene leche condensada, gelatina sin sabor y...

Mi mamá se detuvo al ver a María Juliana observarla de pies a cabeza con extrañeza y fascinación, como si estuviera frente a una chimpancé que sabía tocar el violín.

—¿De dónde está sacando las recetas? No me diga que de mis libros porque no le creo.

—¿Por qué no me creería?

—Porque todos están en francés y en inglés. Los pocos que hay en español son de cocina criolla.

Ahí le picó el orgullo a la culebra que no era. María Juliana podía ser la dueña del apartamento y una reconocida periodista en el medio, pero eso no la libraba de sus prejuicios. Mi mamá procedió, entonces, a sacar su morral de uno de los cajones de la cocina sin dejar de observar a María Juliana, como si quisiera batirse a duelo con ella.

—¿No será que no me cree porque soy pobre? —le preguntó, poniendo frente a ella un diccionario de francés/español y otro de inglés/español, junto con un cuaderno lleno de recetas traducidas por ella misma, Eliana y yo. No eran perfectas, pero para nosotros, fue la mejor escuela de idiomas.

—Lo siento, Leticia. No fue mi intención asumir que…

—¿Sabe una cosa? usted y yo tenemos la misma edad,

treinta y seis años. La diferencia es que, como yo tengo cuatro hijos, a mí se me nota más el recorrido.

—Y usted ¿cómo sabe que yo tengo treinta y seis años?

Mi mamá sacó una pequeña bolsa blanca de su morral que contenía veinte velitas de cumpleaños ligeramente desgastadas.

—Conté las velitas cuando las encontré en la basura, la semana que usted cumplió años. De aquí, voy a sacar las edades de mis hijas. Diez para cada una —dijo y las volvió a guardar en su morral—. Si yo le pudiera pedir un solo favor, le pediría que no me juzgara a mí como persona por las condiciones en las que estoy porque yo jamás me atrevería a juzgarla a usted por las comodidades de las que usted goza. Seguramente usted ha trabajado duro por lo que tiene y se lo ha ganado con mucho esfuerzo y talento; o puede que se lo deba a la suerte de haber nacido en cuna de oro. Puede que ustedes los ricos tengan el monopolio de las oportunidades, pero no el de las ideas.

María Juliana hizo más que ayudarle a mi mamá a terminar las tortas de cumpleaños de las gemelas ese día, fue ella la que le enseñó en qué consistía el arte y el negocio de la pastelería *gourmet*. Gracias a ella entendimos que no se trataba de vender postres, se trataba de crear una leyenda y con ella, un imperio del que mi mamá sería la cabeza.

***

—Señor, ¿me escucha? —dice el eco de la voz de una mujer, sobre un fondo negro.

Las ráfagas de aire fresco van y vienen al ritmo de un sonido familiar... como el de... un cartón laminado que parece agitarse con rapidez. Abro los ojos, alcanzo a ver el techo de la cabina del avión en penumbra y la silueta borrosa de una de las azafatas sosteniéndome las piernas hacia arriba.

«Mierda... ¿en qué clase de... película porno me acabo de despertar?»

Siento el pecho bajo el peso de un elefante. Tengo los pantalones puestos y... están secos, eso es un alivio.

—Señor, ¿me escucha? —insiste la azafata, a quien puedo enfocar mejor, poco a poco.

—Sí —respondo, arrastrando el monosílabo con pesadez. Mi lengua se acaba de despertar conmigo y recobra sus funciones con lentitud. El señor de la camiseta de Iron Maiden usa la revista de la aerolínea para abanicarme; su almohada de viaje ahora está debajo de mi nuca—. ¿Qué pasó?

—Se desmayó. ¿Sabe en dónde está?

Me tomo mi tiempo para respirar profundo. Siento las manos frías, a pesar del sudor que corre por mi frente. El aire del improvisado abanico me reconforta.

—Estoy en… un vuelo de Iberia, rumbo a Londres… con escala en Madrid.

—Muy bien. ¿Sabe quién es?

—Tanto como… saber quién soy, no… pero juraría que me llamo Diego Ospina Méndez.

***

Siempre me ha parecido más fácil regresar a un lugar que abandonarlo. Debe ser la seguridad que se siente al recorrer las calles de un ambiente conocido, la expectativa de encontrar flores nuevas en los *bouquets* del viejo mercadito de los húngaros y el recibimiento de un beso azucarado que me espera con impaciencia.

No sé si lo hace a propósito o si es un agradable efecto colateral de su profesión, pero los besos de Ximena siempre me saben a algo dulce.

—¿Seguro que no quieres comer nada, gatico? —me pregunta en su delicioso acento paisa que extrañaba escuchar en vivo y en directo.

—No, solo el Chai. Gracias, gatica.

—¿Y qué tal el viaje?

—Bien —le contesto y le encimo una sonrisa que oculte mi vergonzante experiencia de vuelo que sería chistosa si no hubiera sido yo el pasajero que perdió el conocimiento y terminó patas arriba pronunciando su nombre con la lengua enredada—. Estoy cansado, ¿te importa si me voy a dormir?

—¡Ay! gatico, si te acuestas ahora, no duermes por la noche.

—¿Y tú quieres dormir esta noche? —le pregunto y me esfuerzo por que mi voz de viajero cansado que acaba de pasar diez horas en un avión hasta Madrid, dos horas y media hasta Londres y una hora adicional en el Tube desde el aeropuerto hasta su apartamento en Camden, le suene sexi.

—Chelsey está en Dundee visitando a los papás, llega el domingo por la noche —me contesta y se detiene un segundo, acercando sus labios a mi oído derecho—. Tiempo es lo que tenemos para disfrutarnos solitos en este apartamento —agrega, juguetona.

—Uh-hum ¿Y qué tienes planeado que hagamos aquí solitos?

Dos de sus besos suaves como masmelos se derriten en mi cuello y su mirada me sonríe con la emoción de quien ve regresar lo que jamás pensó que volvería. Yo la dejo que me bese, me toque, me huela, me hable, me sienta, que haga conmigo lo que quiera. No tengo fuerzas para moverme, ni ganas de intentarlo; quiero ser suyo, si es lo que desea.

Con mis manos en su cintura, permanezco sentado en una de las sillas altas de la cocina que ahora me parece de juguete en comparación a la de mi apartamento en Bogotá. Ximena se rehúsa a cocinar aquí, prefiere hacerlo en el restaurante donde trabaja, un lugar privilegiado que tiene todos los *gadgets* y la inmensa superficie que cualquier chef profesional de talla internacional como ella podría desear. En esta diminuta cocina de su apartamento se limita a lo básico, a preparar el café y la tostada con la que desayuna a las nueve de la mañana todos los días, antes de irse a trotar; y el agua caliente para el té de medianoche, cuando llega cansada de trabajar.

—Por ahora, te voy a preparar un baño. Vas a quedar como nuevo —-dice, apartando suavemente mis manos de su cuerpo para dejarme en compañía de una taza humeante de Chai y un poco de silencio. Ximena sabe que, de vez en cuando, me gusta combinar las dos cosas, en especial cuando he perdido el sueño… y el rumbo.

La veo entrar al baño y no puedo más que sentirme agradecido de tenerla de nuevo en mi vida. Ninguna mujer en su sano juicio habría vuelto conmigo después de terminarle una relación de casi cuatro años de aquella manera tajante y definitiva, casi cruel; y no contento con terminarla, la llamo cinco meses después para contarle que me caso con otra, con Manuela.

—Quería que lo supieras por mí y no que alguien más te llegara con el chisme.

—En cambio, yo hubiera preferido mil veces que me llegara el chisme y no escuchar tu voz —me respondió aquella vez, antes de colgarme.

A los hombres nunca nos conviene quedar bien, precisamente porque rara vez sabemos lo que nos conviene.

El aroma del Chai me reconforta, revigoriza mis sentidos y por fin, decanta mis pensamientos, dejándolos caer en los respectivos lugares a los que pertenecen. Sabía que lo único que necesitaba para encontrar paz era bajar de las nubes y aterrizar.

***

Londres. Un año atrás.

El sabor penetrante a clavos y cardamomo me transporta a la época de mis últimas terapias; una época llena de plenitud y optimismo que coincidió con las primeras noticias que me llegaban de Ximena por cuenta de su mejor amiga, también conocida como mi hermana Eliana. Fue la época en la que los vientos del Brexit soplaban con mayor fuerza, empujando la salida del Reino Unido de la Unión Europea. Curiosamente, entre más se tensionaban aquellas negociaciones, menos me preocupaban; aún no eran señales de alarma para alguien que salía de la oscuridad de un eclipse y volvía a ver la luz del día.

Eliana:
Ximena va para Londres a hacer unas pruebas, ¿te importaría si le paso tu contacto? En caso de que necesite algo.

Después de aquella última amarga conversación que tuvimos Ximena y yo por teléfono, sentí una alegría extraña al ver su nombre de nuevo en mi celular. Quise textearle apenas recibí el contacto de Eliana, pero fallé en el intento ante la incapacidad de redactar un mensaje coherente que sonara amistoso sin ser confianzudo, casual y respetuoso sin rayar en lo formal, divertido sin pasarme de lambón. No pude. Al final, me decidí por la opción más peligrosa, llamarla esa misma noche. Lo peor que podría pasar era que siguiera odiando el sonido de mi voz y me colgara con otro insulto.

Pero me contestó y no me colgó.

—Sobra decirte que aquí tienes en dónde quedarte —me atreví a insinuarle, después de una hora y media de conversación en la que resumió cuatro años de aventuras en París.

Me habló con entusiasmo de lo bien que le había ido aprendiendo francés, de los reconocimientos que le hicieron en el instituto por sus logros y de la emoción que sintió al recibir la invitación de Keneth Doyle, un talentoso chef irlandés-inglés que conoció a mi mamá en un viaje reciente a Colombia. Keneth estaba buscando, en esa época, un o una *pastry chef* para

Barren Land, el restaurante que abriría con su socio en un par de meses. Más que un contrato con Keneth, a Ximena le alegraba la idea de poner a prueba sus habilidades innatas como *pastry chef*, además de las adquiridas en los últimos cuatro años de formación profesional en el famoso instituto Le Cordon Bleu.

—No te preocupes, una amiga me consiguió hospedaje en casa de una prima. Lo único que me faltaría sería… no sé… coordinar con alguien una salidita a tomarme así sea un tintico.

Por supuesto, no la invité solo a «tomarnos un tintico» como dictaría la noble tradición colombiana. Se trataba de una mujer que conocía desde la adolescencia, con la que prácticamente me crie y con quien construí una relación que luego destruí; un gesto de reparación por haberle roto el corazón era lo mínimo que le debía y no sería un simple café.

Si hablábamos de *tinto*, lo acertado era pedir una botella de Chianti seguida por una cena casual en un restaurante que sabía le gustaría, uno de esos que apuestan por las experiencias multisensoriales para amplificar las sensaciones del paladar.

Por fortuna, el restaurante hizo de la comida un espectáculo digno de elogiar ya que, mientras nos llegaban los platos, el tema más interesante que se nos ocurrió abordar fue el merengón colombiano y sus similitudes con la Pavlova australiana. Así de porno-erótica era la conversación a la que nos forzamos para no dañarnos la velada rememorando nuestra amarga ruptura y los trágicos hechos que acontecieron después.

Salimos del restaurante para dar un paseo por las vitrinas de Oxford Street hasta encontrar una estación de metro que le sirviera. Ximena habló durante todo el trayecto y, en el momento de cruzar la calle, ella se pilló a sí misma agarrando mi brazo derecho.

—Discúlpame. ¡Qué tal esta *manilarga*, pues!

—No te preocupes, después de que tu novio no se ponga celoso, por mí, está bien —le digo medio en chiste, medio en serio.

—¡Qué va! mi novio, por ahora, es Le Cordon Bleu.

Me dejé llevar por el efecto del vino, la temperatura inusualmente cálida de esa noche de mitad de primavera y las luces de la calle que iluminaban su alargada figura en las líneas y curvas correctas. Entrelacé mi brazo con el suyo y nos agarramos de las manos. Mi cerebro parecía demasiado ocupado concentrándose en el movimiento de sus labios al hablar y recordando la composición química exacta del tipo de azúcar que probé en ellos la última vez que los besé, un par de días antes de conocer a Manuela.

—Diego, yo todavía no he dicho que «sí» —me dijo, poniendo los dedos sobre mis labios para apartarme cuando intenté besarla frente a la estación de metro que, se suponía, sería el lugar de nuestra despedida—. Keneth ni siquiera me ha ofrecido trabajo, solo insinuó que me llamaría.

—Lo siento —respondí, un poco avergonzado.

—Yo no le veo mucha salida a ese proyecto de Barren Land. Ese concepto distópico de cocinar con lo que hay en tierra arrasada… no sé, no me convence. Esa gente ve demasiadas películas de ciencia ficción. Y, la verdad, no sé si me guste Londres para vivir. Si no es París, no quiero nada —concluyó con pesimismo, aunque sus ojos delataban su ansiedad. Sus palabras decían que «no», pero el brillo de su mirada y el tono de su voz me contaban que, en todos esos años, había sacado tiempo en sus ajetreados días para extrañarme.

—De todas formas, ya tienes mi número. Apenas te den el resultado me llamas para saber cómo te fue —le dije.

—Claro que sí, yo te llamo. Gracias por la cena y la caminata.

—Gracias a ti por aceptar, Xime. No sabes el gusto que me da volver a verte.

Ximena dio un par de pasos hacia la entrada de la estación y luego tres hacia mí para besarme.

***

Termino el Chai y contemplo una vez más los recuerdos acumulados en el fondo de la taza. «No es el tiempo que ha pasado sino lo que ha pasado en el tiempo» solía decir Manuela cuando trataba de explicar por qué creía que lo nuestro era «especial». Especial o no, aquello se acabó, la mitad de mi vida se derrumbó, pero entre los escombros, sobrevivió intacta Ximena.

—¿Cómo vas? —me pregunta Ximena desde el interior del baño,

despertándome del micro sueño en el que me sumieron el cansancio, el Chai y los recuerdos.

Me levanto de la silla y sigo las instrucciones de su voz que me pide deshacerme, en estricto orden, de mi camiseta, la correa del pantalón, los zapatos, las frustraciones. Abro lentamente la puerta y me asomo al interior iluminado por la llama de una decena de velas. Me envuelve el aroma a vainilla.

Entro al baño, dejando por fuera el pantalón, el bóxer, las preocupaciones. Me acerco a la tina en donde Ximena me espera con su largo cabello castaño recogido en lo alto de su cabeza y asegurado por una pañoleta de satín blanco. El resto de su cuerpo, ansioso de encontrarse con el mío, descansa debajo de la delicada espuma flotando en la superficie del agua. Todo en ella es delicado, desde las largas pestañas que adornan sus ojos miel hasta los deditos largos y delgados de sus pies que se asoman juguetones al borde de la tina para luego esconderse, antes de que yo los atrape.

Ingreso a la tina con ella, el agua es tibia, tranquila, suave como su piel. Dejo caer mi espalda sobre su pecho, asegurándome de no aprisionarla con mi peso.

—Te amo —me susurra al oído.

Giro la cabeza para encontrar sus labios y por fin, le doy un beso decente, intenso y deseoso, el beso del regreso.

—Feliz aniversario —le contesto.

Nos quedamos en silencio un rato y cierro los ojos para quedarme dormido entre sus brazos.

¡Cómo quisiera amarla más!

Como quisiera poder definir mi futuro aquí y ahora, y abrazarlo en este mismo instante con la misma determinación ciega con la que un día abrí mi corazón y dejé entrar a Manuela.

***

El torso de Ximena se erige frente a mí como una columna, alta, delgada, sólida. Mis intentos por agarrarla de las caderas y guiar sus movimientos circulares sobre mi cuerpo son reprimidos por sus manos que agarran las mías y las aseguran en el espaldar de la cama, ella quiere pilotear la nave. Yo me rindo y disfruto cada uno de sus gemidos, muerdo cada una de las veces que su respiración se entrecorta para pronunciar mi nombre, me enloquece en deseo. Me libero de sus ataduras y me siento en la cama para seguir besando sus senos mientras ella envuelve mi cintura con sus piernas y me pide al oído que no me detenga. Nada mejor que empezar el día con el sabor de sus pezones y la descarga de su euforia.

—Parece que alguien durmió bien anoche —me dice, encajando su cabeza entre la curvatura de mi cuello y mi hombro.

—¿Ronqué mucho?

—No sé, yo también caí rendida —contesta en broma, dibujando círculos en mi abdomen con la yema de sus dedos. Ambos seguimos sentados en la cama, abrazados, repasando nuestra piel a punta de besos.

—Tú trasnochas demasiado en el restaurante, Xime.

—Como todos los chefs del mundo.

—¿Los *pastry chefs* también?

—Especialmente los *pastry chefs* que no tenemos subalternos; a mí me toca defenderme solita en esa cocina. ¿Por qué la pregunta?

—Porque en Petite Délice tenías un mejor horario.

—Eso mismo podría decir de ti. En Petite Délice lo tenías todo y lo dejaste por buscar algo más…

—No vamos a empezar con lo mismo, Xime. ¿Quieres desayunar ya? —le pregunto, mientras me acomodo en el borde de la cama para vestirme y levantarme.

—¿Qué me vas a preparar? —me devuelve la pregunta, seductora, recorriendo a besos mi nuca.

—Algo que no se parezca a una tostada —le contesto, volteándome para reclamar uno de esos dulces besos en mi boca.

Mientras ella se arregla, yo preparo los *omelettes* con champiñones y maíz tierno que tanto le gustan, que se note que el novio la atiende y la consiente. Nos sentamos a comer en la isla de la cocina mientras escucho con atención los chismes de sus compañeros de trabajo y las novedades del menú del restaurante. Me entero de la última *foodstagrammer* que reseñó a *Suspiro de Vélez*, su postre; y del último *food blogger* que alabó el ingenio poético de su receta.

En general, no me gusta interrumpirla cuando habla, yo soy de los pocos en su cotidianidad que se detiene a escucharla. Desde que salió de Colombia, siempre se ha quejado de tener «demasiada conversa para tan poca audiencia» cuando se trata de lo que más le gusta, hacer postres. Yo intento seguirle el hilo con paciencia, aunque admito que en algunos segmentos de la diatriba, me desconecto; mi cerebro se distrae contando ovejas, aburrido de un tema que lo ha inundado hasta el empalague por más de dieciocho años.

—Sí, estoy contenta en Londres, ¿por qué te parece tan extraño?

—me pregunta, terminando su café.

—Pensé que te iba a costar más trabajo acostumbrarte a la vida aquí.

—Fue fácil acostumbrarme porque estabas aquí.

—¿Y ahora que no estoy? —le pregunto sin perder de vista sus ojos; a veces, la información que necesitas no viene codificada en las palabras de las personas, sino en el recorrido de su mirada cuando hablan.

—Tú siempre estás aquí conmigo. No hay un lugar en esta ciudad al que no te lleve a mi lado —me responde y yo trago grueso de solo pensar en mi vida en Bogotá y en las muchas veces que he dejado a Manuela ocupar el espacio que debería permanecer reservado con el nombre de Ximena.

—¿Vas a salir a trotar? —le pregunto.

—Con ganas. ¿Vienes conmigo? Si quieres, alístate y yo lavo esto.

—No, ve tú. Tengo ganas de acostarme otro rato. El cambio de horario me está pegando duro.

Aprovecho la salida de Ximena para desempacar la maleta y arreglar mi ropa en el clóset; a duras penas tengo espacio para mis camisas y mis medias, lo que me hace sentir… fuera de lugar.

Es extraño. A juzgar por nuestra conversación durante el desayuno, Ximena parece sentirse realizada en Londres, y Barren Land, lejos de ser el proyecto fallido que ella anticipaba, ha calado en sus afectos como el «sustrato en el que han germinado sus ideas», según sus propias palabras.

Definitivamente, se necesita más que talento para salir adelante. Contra viento y marea, Ximena sobrevive a punta de adaptarse a lo que sea que la vida le ponga en su camino y, sin pretensiones ni expectativas, logra convertir lo que caiga en sus manos en una obra de arte. Hacer mucho con poco, esa ha sido nuestra historia; muy diferente a mi historia con Manuela, una historia en donde no había escasez, en la que Manuela no tenía que esperar las migajas que caían de la mesa porque la vida le dio opciones y una de esas opciones fue no estar conmigo. Tengo que repetirme eso una y otra vez hasta que vuelva a Bogotá para sobrevivir lo que me espera cuando regrese, verla con Felipe.

Todo sería más fácil si Ximena estuviera allá conmigo, si aceptara seguirme, pero cada vez me convenzo de que ese escenario es el menos probable. No sé si sea capaz de arrancarla del lugar en donde su carrera profesional, por fin, ha empezado a echar raíces propias y afianzarse sin tener que alimentarse de la influencia de mi mamá.

Por ahora, solo me queda disfrutar el tiempo que pase con ella, así sea poco.

Las horas del fin de semana no serán suficientes para ponernos al día con todos los besos que dejamos de darnos en estos cuatro meses. Yo no sabía cuánta falta me hacía el aroma a vainilla de su perfume hasta que quise comérmelo en su piel, como a un helado.

Regresar es la mejor parte de estar juntos.

****

—Admito que tus *emails* me tienen pegado al computador hasta tarde y no por las razones correctas. A veces se me olvida que eres mi paciente y que no puedo dejarme llevar por la trama de la historia que me cuentas con tanto detalle —me dice el doctor Crane con humor, apenas me ve entrar a su consultorio.

—Bueno, ya sé que tengo una alternativa como escritor, si lo de publicista no me resulta —le respondo, en broma—. Gracias por acomodarme esta cita, doctor Crane. No se supone que debería estar de vuelta.

—De alguna forma tengo que pagar mis facturas.

Richard Crane es solo un par de años mayor que yo y a pesar de su habitual tono afable y comprensivo, me hizo entender desde el principio que no era mi amigo, ni mi confesor, mucho menos mi paño de lágrimas. Me dejó claro que él era mi terapeuta y que las sesiones eran un viaje a los lugares más oscuros de mi mundo interior, no un simple momento de desahogo.

—Ahora sí cuéntame, ¿vienes a saludarme o necesitas ayuda?

—Vengo por varias cosas y la primera de ellas… las pesadillas. Volvieron, pero esta vez veo a mi papá.

—Eso me imaginé, lo mencionaste en uno de los *emails*. ¿Y la segunda?

—La segunda… tiene nombre propio y creo que lo he repetido más de mil veces en los *emails* que le he mandado.

No es necesario deletreárselo una vez más, él ya sabe de quién es el nombre y cómo se escribe.

Después de mi breve exposición de los hechos, el doctor Crane está de acuerdo con reiniciar las terapias, una sesión de una hora por semana, lo que me tranquiliza porque quiere decir que no estoy tan jodido como creía; hace cinco años empecé con dos sesiones de una hora y media.

Ansiedad, amiga mía. Aquí vamos de nuevo.

—¿Qué tal estuvo? —me pregunta Ximena a la salida del edificio en donde me espera con un *bubble tea* y un sándwich de demasiada lechuga, tomate, remolacha en rodajas, tofu asado y germinados de alfalfa entre un par de tajadas de pan de centeno. Mi novia se toma demasiado en serio el dicho de Hipócrates, «deja que tu comida sea tu medicina y tu medicina sea tu comida».

No tenía hambre al salir del consultorio, pero al ver este sándwich, me están dando ganas de pegarme una perdidita cuando ella se vaya a trabajar para tragarme una pizza bien quesuda y con harto pepperoni.

—Bien y… ¿me tienes aquí, porfa? —le pregunto, devolviéndole el sándwich para agacharme a recoger la tarjeta del Tube que se me acaba de caer.

—¡Ay, no por Dios! ¡¿Qué es esta belleza?! —exclama emocionada.

—¿Qué?, ¿cuál belleza? —le pregunto, levantando la mirada.

Ximena me observa con ojos expectantes, cubriendo su boca con la mano que le queda libre.

—¿Qué pasó, Xime? —insisto, mientras me levanto del suelo y le recibo el sándwich. Ximena me sigue mirando confundida e incluso… podría decir que decepcionada—. ¿Viste a Beckham?

—No, pensé que… habías encontrado… un billete —dice y se recompone—. Al fin, ¿qué te dijo el doctor?

—Me dijo que voy bien y… que estoy en mi día de suerte porque alcancé a tomar el último cupo que le quedaba para la próxima semana —le respondo, tratando de quitarle el peso de la importancia al comentario para que el viento se lo lleve.

—¿Cómo así que… la próxima semana? —me pregunta, y puedo sentir el estallido de la bomba atómica en tres, dos, uno… —. ¿Sacaste otra cita?

—Es de rutina, gatica. Teníamos más de un año de no hablar y… pues…

—¿Y es que, en cuatro meses, te han pasado tantas cosas que necesitas volver a terapia?

Ahí está, el cuestionamiento furioso en su mirada que me acaba de mandar a dormir al sofá esta noche.

—Uno no siempre va a terapia porque le pasan cosas o se deprime, a veces hay que…

—Cuando se inventaron las excusas, todo el mundo empezó a quedar bien —dice, molesta.

—Necesito lo que necesito, Xime. Eso no está en discusión —le contesto y desempaco el sándwich para pegarle un mordisco que me sirva como una de esas brillantes excusas para cortar la conversación.

—Pues sí. Si lo necesitas, lo tienes. Todo sea por tu bien —replica con furiosa resignación—. Por aquí pasa una línea que nos lleva directo al Tate, vamos antes de que cierren.

—¿Al Tate otra vez? ¡No *jodás*! ¿cuántas veces más vamos a ir al…?

—Necesito lo que necesito, Diego. Eso no está en discusión.

En ese punto, no hay respuesta posible que libre a ningún hombre del plan al que lo arrastra la novia so pena de confesar la razón por la cual necesita más de una sesión con su terapeuta. La ex.

No tengo nada en contra del Tate Modern; disfruto el plan de museos y galerías tanto como cualquier mortal que aprecie las artes, lo que no disfruto es apreciarlas a cada rato. Según Ximena, siempre hay una exhibición nueva de la que todo el mundo habla, y por «todo el mundo» quiero decir sus compañeros en el restaurante y el grupo de creativos latinos al que acaba de integrarse para invertir el tiempo que le ha quedado libre en mi ausencia. Evidentemente, no quiere quedarse por fuera de la conversación, en especial si se trata de uno de sus temas favoritos y su mayor fuente de inspiración, el arte contemporáneo.

Y siendo justo, si uno viene a Londres de visita es un pecado capital encerrarse en un apartamento a contemplar el paso del tiempo habiendo tanto para ver y hacer. Una intrascendente visita al Hyde Park a tenderse en el pasto es suficiente para reactivar el ánimo; ver el agua recorrer el sinuoso curso del memorial de la Princesa Diana que evoca los altos y bajos de su vida, es uno de mis sitios preferidos a la hora de meditar.

Aun si uno tuviera los medios económicos o, simplemente, el tiempo, nunca terminaría de abarcarlo todo en esta fantástica ciudad en la que me habría quedado para siempre, si las circunstancias que me trajeron no hubieran sido tan lamentables como huir de la infinita tristeza de haber perdido a la única mujer que he amado en mi vida.

Desde el momento que veo el Tate Modern; ubicado en el centro histórico de la ciudad, cerca de una de las orillas del río Támesis; decido cerrar la boca y contestar con monosílabos cualquier pregunta o comentario que Ximena me haga antes de terminar castigado en alguna otra exhibición artística que lamente. Cumpliré con estoicismo la misión crucial a la que todo novio está destinado en situaciones como esta, servirle a la novia de perchero para colgar la chaqueta y la cartera. La mayor muestra de inteligencia e instinto de supervivencia de un hombre radica en identificar en qué momento conviene más respirar profundo y ceder. Además, el sofá es demasiado pequeño, los pies me quedan colgando, me niego a dormir allí… necesito reivindicarme como sea.

—Detesto los *trap rooms*. No sé qué gracia le ven a eso —me quejo, aunque debo admitir que es la oscuridad completa y absoluta del pasillo que conduce a la exhibición la que me tiene, más que impaciente, incómodo.

—No es un *trap room*, ¡no seas chillón! En la guía de la exhibición dice que la oscuridad del pasillo es un ejercicio para despojarnos de los estímulos del exterior con el fin de que seamos capaces de mirarnos a nosotros mismos, una vez entremos a la obra.

—La exhibición es un cuarto de espejos, ¿se puede saber qué de original tiene eso?

—¡Eh, pero qué cosita! ¿Será que puedo disfrutar la experiencia? Si no quieres entrar, no entres, nadie te está obligando. Bien te puedes quedar en el *lobby* o me esperas en el apartamento. Allá te caigo más tarde —me contesta, y algo me dice que la irritación en su voz no es nueva, es de aquellas que vienen acumuladas en la memoria colectiva de todas las mujeres desde la primera metida de pata de Adán en el paraíso perdido, una manifestación inequívoca de un mensaje subliminal que, para mí, es clarísimo como el agua: «Estoy que me peleo hasta con mi sombra».

—Xime, ¿tú estás rabona porque voy a recomenzar mis terapias?

—¿De dónde sacas eso? Obvio que no —me contesta, como si fuera la idea más ridícula que se me podría ocurrir.

—Entonces ¿por qué estás rabona?

—Yo no estoy rabona. ¿Entramos o no?

Seguimos caminando hacia el interior y mi cerebro se siente asfixiado, ya quiere salir de allí. Todo iba bien hasta que me agaché a recoger la tarjeta del Tube y... mierddd... ella pensó que le iba a proponer matrimonio, ¡si seré tarado! Hoy no voy a dormir en el sofá sino encima de un periódico, en la cochina calle, debajo de un puente.

Resuelvo permanecer callado mientras caminamos lo que queda del dichoso pasillo y no sé qué me molesta más, la oscuridad, la hostilidad de Ximena o el hecho de tener que palpar las paredes para poder avanzar. Detesto, detesto, detesto moverme sin saber hacia dónde voy. Siempre me ha parecido una completa pérdida de tiempo y de energía empezar cualquier cosa, un camino, un proyecto o un simple recorrido en bus sin saber a dónde me conduce. En este caso, la única idea que tengo del final es una diminuta perilla de color amarillo neón. ¡Tanto desgaste para algo tan inocuo!

—¿Qué tienes? Te sudan las manos —me pregunta Ximena cuando, por fin, llegamos a la perilla.

—Estoy incómodo, es todo —le contesto, girando la perilla y abriendo la puerta con la firme intención de entrar a la berraca exhibición antes de que me siga inundando de preguntas que no le voy a poder responder con sinceridad.

Al entrar, encontramos una habitación mediana, completamente negra, a duras penas iluminada por una cuadrícula de diminutos puntos de luz blanca insertados en el techo y que se reflejan en los inmensos espejos que cubren las cuatro paredes en su totalidad. El piso está plagado de barritas de neón amarillas dispuestas en fila, marcando un sendero estrecho, apenas para caminar.

—¿Eso es todo? —pregunta Ximena, poco impresionada, acercando la mano a uno de los espejos y viendo cómo su propio reflejo se repite en la pared opuesta, haciendo un efecto infinito que no me convence del todo.

—No me preguntes a mí, el artista no soy yo —digo, viéndome a mí mismo repetido hasta el infinito en los espejos, haciéndome sentir cada vez más pequeño e insignificante—. ¿Nos vamos?

—Tiene que haber algo más, la exhibición no puede ser solo esto. A mí me habían dicho que… *bla, bla, bla…*

Ximena sigue hablando mientras yo me miro las manos para evitar mirar los espejos; me está costando mantener el equilibrio entre todas estas imágenes de mí mismo repetido una y otra vez sin que pueda hacer nada para evitarlo. Giro a mi lado izquierdo tratando de huir, solo para encontrarme conmigo mismo repetido, en un ángulo diferente.

Me estoy mareando de nuevo, seguro me comí ese sándwich demasiado rápido.

Cierro los ojos, estoy perdiendo el sentido de la orientación. Alguien debió haber succionado el aire de la habitación porque ahora siento que no tengo suficiente para llenar mis pulmones. Es la misma sensación de ahogo en el avión… y la taquicardia. Mi corazón late a galope de nuevo, tanto que puedo sentir los tímpanos de mis oídos latir con él.

«Es solo un cuarto de espejos», pienso. Necesito concentrarme, enfocarme… me sigue faltando el aire.

—¿Gatico?

—¿Qué? —musito, y me rindo a la tentación de abrir los ojos. El infinito repetido, esta vez, al lado de Ximena.

Los dos somos los mismos, cada vez más pequeños. No importa hacia dónde dirija la mirada, me veo y me siento igualmente atrapado entre dos espejos que me confrontan y me devuelven una imagen de mí mismo que me aterra porque no hace otra cosa que multiplicarse.

—Tenías razón, fue más el escándalo de esta gente. Yo me imaginaba algo más original o, por lo menos, interesante —dice Ximena, aunque yo estoy lejos de prestarle atención. Siento la misma pesadez que sentí en el avión, el mismo sudor frío, las piernas me tiemblan y la falta de aire me hace hiperventilar.

—¿Diego?

—Necesito salir de aquí —alcanzo a decirle antes de emprender mi camino a la salida con el desespero de sentir que arrastro un par de pesados grilletes amarrados a mis tobillos. Atravieso el desgraciado pasillo oscuro hasta alcanzar la puerta que conduce, por fin al *lobby* del museo.

—¡¡Diego!! Gatico, ¿qué tienes? —me dice Ximena, angustiada, tratando de sostenerme mientras yo me recuesto en la pared y me escurro hasta quedar sentado en el piso. Mis piernas han quedado convertidas en una gelatina aguada que se desparrama en la superficie.

—Necesito aire, Xime, me voy a desmayar —le digo con desespero, a lo que Ximena responde usando el folleto de la exhibición como abanico.

—Estás pálido, voy a llamar a una ambulancia.

—No, no… solo… necesito aire.

Me repongo al poco tiempo. Regresamos al apartamento en silencio y, aunque ya me siento mejor, Ximena no deja de mirarme como si estuviera al borde del colapso.

—Xime, ya estoy bien, fresca —le digo, dejándome caer en el sofá.

—¿Sería el *bubble tea*? Estaba muy dulce, ¿cierto?

—Solo necesito descansar. Yo diría que fue la exhibición.

—¿La exhibición? —me pregunta extrañada.

—Es demasiado arte para mí. Tú sabes que, conmigo, toca de *Los girasoles* de Van Gogh para abajo, cositas así… sencillitas y digeribles ——concluyo, fingiendo no darle demasiada importancia al asunto para no preocuparla, pero por dentro, mis alarmas ya están encendidas. No puede ser que ahora esté sufriendo ataques de pánico y precisamente… al lado de Ximena.

MANUELA

El reloj no ha marcado las once y ya voy por el octavo bostezo de la noche. Si no me he quedado dormida aquí, en esta mesa del Bogotá Beer Company de Usaquén, es por física desconfianza. Lo único que sé de mis compañeros de tertulia, además de sus nombres, es que son excelentes dibujantes y ver mi cara desparramada sobre la mesa sería, literalmente, darles la oportunidad de oro para adornarla con un hermoso bigote.

Yo lo haría.

No puedo alegar ignorancia. Yo sabía que la salida iba a terminar siendo una aburrida nano versión de ComicCon que me limito a observar como perro viendo televisión, mientras Felipe y su combo hablan extasiados de las últimas interpretaciones de los fanáticos de *Star Wars* sobre cada una de las criaturas interestelares que salen en las películas, más el número indeterminado de nuevas criaturas que los *fans* se inventan cada año y que ahora que sé que existen, me parecen infinitamente menos interesantes.

Felipe se da cuenta de que estoy tomándome la segunda cerveza que pedí a tragos agigantados, al tiempo que elaboro en mi mente una excusa que me permita terminar esta tortura de una manera decente para largarme a descansar lo más pronto posible, por lo que me hace señas para salir un momento del bar.

—¿Se vería muy paila si me voy? No quiero que tus amigos piensen que soy una cula antipática, pero me estoy cayendo del sueño —le digo.

—No te preocupes, ni se van a dar cuenta.

—Ahora, no sé qué es peor, el odio o la indiferencia —alego con ironía.

—Por lo menos aquí, indiferencia, no hay —me dice, acercándose a paso de galán seductor.

—Feli, tranquilo, ya entendí el mensaje, solo quieres que sigamos siendo amigos y pues… a mí no me molesta. A este paso, voy a terminar como la canción de Roberto Carlos, con «un millón de amigos» —agrego, en el más jovial y transparente de los ánimos.

—Tú misma me dijiste que fuéramos despacio, que nos conociéramos primero y estuviste de acuerdo con que saliéramos sin contrato de exclusividad —replica con un dejo de ironía en el comentario—. ¿Cambias de opinión con las fases de la luna o qué?

—*Touché!* Ese comentario no fue muy galante que digamos. Además, ¿tú cuentas esto como «salir»? —le pregunto, reprimiendo una carcajada—. Para hacerte justicia, admito que… de pronto me equivoqué, puede que tengamos ideas diferentes de lo que significa «ir despacio».

—*Okey*, entonces… ¿ahora sí quieres que salgamos en serio?

Esto raya en lo patético. ¿Qué clase de declaración de intenciones amorosas es esta? Sin magia, ni chispa, ni un berraco besito esquineado y con el tipo que está recogiendo la caca de su perro en el andén del frente como paisaje de fondo. Está bien que yo no esté buscando un romance de cuento de hadas, pero un cuadre bonito, digno de enmarcar en la memoria es lo mínimo a lo que cualquiera podría aspirar.

—¿Sabes qué, Feli? Una aprende con el tiempo a reconocer que cuando las cosas no se dan, lo peor es forzarlas.

—¿Forzarlas? Ni siquiera lo estamos intentando. No sé si es que estás desanimada o si de plano, no quieres tener nada conmigo…

—Eso no es cierto, Feli, tú a mí me gustas, eso no ha cambiado. Es solo que… no sé… ¿No te parece que falta algo?

—¿Algo, como qué?

No quiero dejar pasar la oportunidad con él, pero tampoco sé cómo hablarle de lo incómoda que me siento en esta faceta de reclutadora sentimental, buscando el amor con cronogramas a la mano, como si fuera una campaña más que manejo en la oficina.

—La verdad, no sé.

—Estás cansada, Manu, tienes los ojos chiquitos —me dice, acariciándome la mejilla—. Me despido de esta gente y te llevo.

—No, fresco, quédate. Yo tomo un taxi. Gracias por la invitación.

Salir al mercado del usado a buscar novio para olvidar al ex es lo más parecido a buscar restaurante cuando se tiene hambre, cualquier *bistec* parece interesante hasta que abre la boca y dice alguna pendejada o se rasca en el lugar equivocado; y si uno no tiene cuidado, corre el riesgo de intoxicarse con cualquier sopa de menudencias que se atraviese.

Alejandro, un analista financiero que conocí en Tinder, me invitó a comer pizza y quedó en neutro. Buena conversación, un rostro agradable a la vista y convicciones feministas relativamente razonables… tan razonables que, a la hora de pagar, se dio cuenta de que «había dejado la billetera en el carro». Soy creyente y devota de las segundas oportunidades, pero, sobre todo, me muero de la curiosidad por saber con qué excusa saldrá el martes para hacerme pagar las palomitas de maíz o mi propia boleta para entrar a cine. Espero que esté en cartelera la película *No hay tacaño sin gracia*, a ver si es capaz de recuperar el tercer lugar en el podio de mis prospectos.

Leonardo me pareció *cute* cuando lo vi tomar un frasco de alcachofas encurtidas en el pasillo de enlatados del supermercado. Lo tropecé a propósito con el carrito de compras y luego de ofrecerle las correspondientes disculpas, lo invité a tomarnos un café. Ranqueaba bien en la tabla de posiciones hasta que sus ojos azules se aguaron hablándome de su exnovia y lo duro que ha sido superar la terminada ocurrida hace… siete meses. Creo que ya tengo suficiente conmigo misma tratando de superar a mi ex, como para echarme otro encima.

Cristian llegó media hora tarde a nuestra cita en el muro de escalada y se atrevió a decirme que, de todos los géneros musicales que comienzan por la letra «r», el *rock* es el más pretencioso y los cantantes no son más que adictos suicidas o viejos mechudos, pasados de moda, intentando ser *cool*. Estuve a punto de soltar el arnés para verlo caer desde las alturas, pero lo salvó el Brayan que se acercó para ayudarme a zarandearlo en el aire un rato.

El Brayan… [inserte un suspiro aquí]… lo tenía todo. Piel dorada, un cuerpazo esculpido en el gimnasio de la vida, bíceps torneados y un tatuaje de Pikachú en el hombro derecho. Animador 3D de día, rapero de noche y actitud de malote al que le sobra calle. Me fascinaba verle la cicatriz que le atraviesa una ceja por la mitad y me encantaba imaginármelo agarrándose a puño limpio con otro igual de buenón, sin camiseta, mostrando ese pechote cincelado y bañadito en sudor. Me acuerdo de él y no puedo más que cruzar las piernas. El tipo me tenía tramada hasta que dijo la frase temeraria, a las diez y media de la noche, frente a la puerta de mi edificio.

—Sí, el barrio es peligroso, pero a mí ya me conocen.

Cuando a un tipo como Brayan «lo conocen» en las calles del barrio, prefieres no preguntar por qué.

En una ocasión, Dominique me acusó de mantener el estándar demasiado alto con Diego e insistió en que debo bajarme de ahí si el objetivo es conseguir novio en este planeta, preferiblemente de nuestra especie.

Pues bien, analicemos su lógica. Empecé en el nivel «un tipo inteligente, trabajador, de conversa interesante y buen sentido del humor». Ya voy en el nivel «…al menos que tenga buen sentido del humor»; algo más bajo sería «si tiene pelo, que se peine y si tiene dientes… ¡mejor!».

Otra posibilidad sería conseguirme un gato, uno bien arrogante al que le valga jopo los estándares.

Llego al apartamento y desde la puerta, escucho a María Paulina reírse en FaceTime con Ignacio y, aunque trato de no escuchar las frases como tal, me doy permiso para oír la música de su conversación llena de carcajadas, exclamaciones de sorpresa y susurros de coquetería. «Par de cursis», pienso, sin poder contener una sonrisita envidiosa. ¡La cursilería es tan parecida al dinero! su abundancia es de mal gusto solo para quienes los observamos desde lejos.

Sigo a mi habitación en donde me encierro a contemplar en suspiros las luces de la ciudad desde mi ventana. Me rindo. No más citas rebuscadas ni prospectos artificiales a los que les falta imaginación. Vuelvo al sedentarismo emocional de mi trabajo y a las visitas domingueras a la biblioteca Luis Ángel Arango para pedir prestados todos los libros de amor que pueda cargar en mis brazos y disfrutar en mi cama, de las mejores relaciones sexuales que la literatura me pueda proveer.

Siendo honesta conmigo misma, yo no quiero tener a alguien a mi lado solo para sentirme acompañada, yo quiero enamorarme de alguien que haga equipo conmigo y si esa es la meta, ¿no debería relajarme y esperar que suceda? El amor no es un proyecto que se pueda manejar con fechas, calendario de actividades, roles y presupuestos; el amor sucede así no salgas a buscarlo, es ese grito inesperado de alegría que te sale del alma cuando la mejor escena de tu vida te sorprende.

Dominique se equivoca, yo tengo derecho a levantar el estándar de la clase de amor que quiero tan alto como a mí se me dé la gana y si el estándar es Diego, nada ni nadie me impide aspirar a alguien como él o incluso mejor, alguien como yo. Mi estándar del amor verdadero sigo siendo yo misma y quien sea capaz de valorarlo y llegar hasta él, será bienvenido.

Por lo pronto, cambiaré mi búsqueda de hombres por búsqueda de un buen paseo este fin de semana de puente que se avecina; ya me siento traslúcida de tanto encerrarme en la oficina, trabajando por dos y ganando por uno. Con este nivel de sequía extrema en el que ando, me conformo con un viaje al charco del andén de al lado.

—¡Ey, Niq! ¿Qué te parece si nos vamos de retiro espiritual a San Gil este fin de semana? Ofrecería mi carro si no fuera imaginario, pero puedo pagar la gasolina del tuyo. Sebas que ponga la plata de los peajes, María Paulina que empaque el fiambre y tú escoges la música… —le digo, en el primer audio que le mando por el celular, en un repentino ataque de inspiración mientras abro el clóset y hago el inventario preliminar de mis atuendos calentanos—. Las malas lenguas dicen que el pueblito es bacano, hay ríos para hacer *rafting*, cavernas para explorar, podemos pasar al cañón del Chicamocha a ver las montañas; yo sé que te gustan los Alpes, pero los Andes son mejores, *sorry*. Claro que, si no estamos de ánimo para deportes extremos, hay sitios históricos, bares, restaurantes y con suerte, tipos lindos… En fin, llámame mañana y cuadramos. *Je t'aime!*

Reburujo el clóset y trato, por todos los medios, de ignorar la cajita de terciopelo negro escondida en el fondo del cajón de los *shorts*. «Actitud positiva, Manu. A la vida hay que empujarla siempre hacia adelante» solía decir Diego en mis viejas épocas de desempleada recién graduada y sin experiencia que rechazó la única oferta de trabajo que pudo levantarse, la de esposa.

Debería deshacerme del anillo. Debería llevármelo para San Gil y arrojarlo al Cañón del Chicamocha, así estaríamos a mano él y yo. Debería… pero no tengo el valor de deshacerme del último recuerdo que me queda de aquella vez que creí que el amor había llegado a mi vida y se quedaría para siempre. Resisto la tentación de sacar la caja y decido empujarla hasta el fondo. Si no soy capaz de deshacerme de él, tampoco quiero verlo.

Mi celular timbra justo para interrumpir la inminente crisis existencial a medianoche.

—¡Ey! No te llamé porque pensé que estabas dormida…

—No, *chérie*… no estoy dormida. Estoy en París.

DIEGO

El celular vibra a la una y media de la madrugada. Contesto tan rápido como la somnolencia me lo permite para no molestar a Ximena quien se acostó hace media hora, después de llegar del restaurante.

—Trudy, *quiubo*… ¿qué pasó? —pregunto, saliendo de la habitación.

—*Quiubo*, Diego, que pena llamarte a esta hora. No lo intenté antes por física falta de tiempo. El día se nos fue volando, alistando todo antes de que Manuela se fuera.

Esto era lo último que me faltaba, un síncope en la sala del apartamento de mi novia por cuenta de mi ex.

—¿Cómo así?, ¿para dónde se fue Man…? —intento preguntar y me detengo de inmediato para echarle un vistazo rápido a Ximena que sigue durmiendo. Cierro la puerta de la habitación tras de mí—. ¿Para dónde se fue?

—Para París, ya debe estar en el avión. De una vez te advierto que soy malísima para dar esta clase de noticias, tenme paciencia. No es nada grave, pero sí es triste.

Si es lo que me imagino, es lo más triste que le puede pasar a cualquiera y, al mismo tiempo, un alivio culposo para mí; por un momento pensé que Manuela había aprovechado mi viaje para renunciar e irse a trabajar a otra parte.

—No es que seas mala para dar noticias, eres pésima. Dime, ¿tiene que ver con Manon, la mamá de Dominique?

—Sí, ella. ¿Manu te llamó?

—No, ella me había hablado del tema hace algún tiempo.

—Bueno, en vista de que ya te sabes la mitad del cuento, iré directo a lo urgente. Parece que la programaron para estos días y ya te puedes imaginar cómo debe estar la pobre Dominique; no tuve corazón para decirle que no a Manuela.

—Por supuesto, cuenta conmigo. Voy a cambiar de una vez los tiquetes de vuelta a Colombia.

—No, no, no, fresco, tú quédate en donde estás, Manu sólo va por una semana. El plan sigue igual, solo que, por estos días, tenemos que cubrirla, eso es todo. Supongo que no tienes problema con eso.

—No, para nada... ¿segura que no quieres que me devuelva?

—No, fresco. Te voy a reenviar un *email* que me mandó Manuela con algunos pendientes importantes. No sé si necesites que te explique algo en particular, ella me dijo que tú estabas más o menos al tanto de todo.

—No te preocupes, mándamelo que yo le entiendo la letra.

—Te dejo para que vuelvas a la cama y, de nuevo, perdóname la vida por llamarte a esta hora, pero entenderás la urgencia de la situación. Nos hablamos mañana… o mejor dicho… más tarde para ti.

Trudy me cuelga antes de que yo pueda despedirme, dejándome con la palabra en la boca, el teléfono en la mano y el cerebro congelado, tratando de procesar la información en la oscuridad de la sala.

Manuela viene en camino... preciso cuando yo intentaba alejarme.

***

—Vas a perder la cita con el doctor Crane, a pesar de toda la lora que diste para conseguirla —concluye Ximena desde la habitación, en un tono calmado que no es de fiar. A juzgar por el movimiento frenético de sus manos al recogerse el pelo en una moña alta en su cabeza, es evidente que está furiosa. Lo único que me salva de quedar sepultado en la avalancha de sus reclamos es que, según ella misma, es de mal agüero pelear en vísperas de un viaje.

—La cita es el viernes. Tengo tiempo de sobra para ir y volver de París —le contesto desde la comodidad de la silla alta de la isla en la cocina, al tiempo que finalizo la compra de mis tiquetes del Eurostar en el computador y hago el correspondiente *check-in*.

—¡Como si fueras a volver! —exclama con todo el sarcasmo del que es capaz.

—¿Eso qué quiere decir?

—Al menos dame crédito por ser realista, Diego. ¿Manuela en París? ¡Por Dios! eso suena a comedia romántica barata. Tendré suerte si vuelvo a saber de ti.

—Yo no necesito pegarme un viaje a París para ver a Manuela, me basta y me sobra con verla todos los días en la oficina...

—¡Y eso los debe tener aburridísimos! —dice, en una ironía tan grande que le alborota el acento paisa al límite—. Había que inventarse un entierro por aquí cerquita para ponerle picante al asunto, ¿cierto? Porque subir hasta acá sería el colmo del descaro, pues.

—Mamacita, si estás buscando pelea, bien puedes seguirla frente al espejo, aquí no vas a encontrar con quién. Y si te parece que el funeral es un invento, estás cordialmente invitada a acompañarme y verle la cara a la difunta en el ataúd; así de sencillo.

—A tu edad, te quedan muy mal los jueguitos de psicología inversa.

—Es cierto. Para mí, la psicología no es un juego; me ha salvado la vida.

Ximena se queda callada y eso me da mala espina, seguro está planeando otra arremetida en mi contra y si es así, más me vale voltearme en la silla para asegurarme de que no me tome a mansalva por la espalda. Si la muerte me ha de llegar, que lo haga de frente y ojalá... luciendo así de linda.

Contradiciendo mis peores temores, Ximena sigue concentrada aplicándose el rímel en sus largas pestañas y retocándose el brillo en los labios antes de tomar su bolso y guardar sus llaves en él. ¿Por qué será que las mujeres tienden a verse más lindas cuando se enojan? De mil amores le daría motivos más seguido, si no fuera tan peligroso.

Vuelvo la vista a mi computador portátil para apagarlo, sin poder evitar una sonrisa medio pendeja de satisfacción, sintiendo que no cambiaría esa imagen de Ximena admirándose en el espejo por nada en el mundo.

—¿De qué te ríes? —me pregunta.

—De nada. ¿Me acompañas a la estación o no?

—Ni que estuviera tan desocupada. Y ya que estás en la cocina, tráete una bolsa para que empaques las camisetas y las medias que pusiste a secar en el baño —me dice, tomando su chaqueta de cuero para salir.

—¡*Nah!* Solo me voy a llevar dos mudas de ropa; de pronto compre una chaqueta negra antes de abordar el tren, no traje ropa de luto. Con eso es suficiente para los dos días que voy a estar allá.

—Yo de ti me llevaría todo el equipaje de una vez —me dice, con una serenidad que me deja pasmado.

—¿Me estás echando?

—No, te estoy ahorrando la molestia de venir hasta acá en dos días para decirme «adiós» —remata, mientras abre la puerta para salir. Yo me levanto de la silla de inmediato y llego en un par de zancadas en el momento justo para detenerla—. Déjame salir, Diego. Ni creas que voy a llegar tarde al trabajo solo para verte ir.

Me lo dice en serio, esta vez sin sarcasmo, ironías, ni rencores; lo dice declarándose vencida en una guerra que solo está en su cabeza y a la que solo puedo responder con un abrazo desesperado.

—Voy porque me parece importante acompañar a Dominique en este momento difícil, eso es todo. En dos días vuelvo, Xime. Vuelvo contigo, a menos que tú no quieras que regrese.

—Yo puedo tener mucha paciencia, Diego, pero creo que te estás tomando demasiadas libertades con ella —dice, apartándose de mí—. Me aguanté que decidieras volver a Colombia, que siguiéramos en esta relación de lejos, que te vieras con Manuela Franco, que trabajaras con ella y ahora esto. Se supone que viniste a visitarme a mí, no a aprovechar la primera oportunidad para salir corriendo a verla con cualquier excusa.

—¡Está bien! ¡Como quieras! Cancelo mi viaje entonces, si eso te hace sentir más tranquila.

—¡Al contrario! ¡Yo quiero que vayas! Que salgas de ese tren corriendo a sus brazos, como en las películas. Quiero que vivas tu instante idílico con ella en París, frente a la torre Eiffel a falta de algo más cliché. Si después de eso regresas, asegúrate de que no sea para despacharme, porque eso no te lo perdono. ¡Ni te molestes en volver!

Ximena sale decidida, sin que yo me atreva a detenerla.

En el fondo, tiene razón, estoy estirando su paciencia al límite tanto como la resistencia de nuestra relación. Lo que ella no sabe es que… desde el día que fuimos a la exhibición… tengo miedo… y el miedo no es un sentimiento que esté acostumbrado a manejar; un sentimiento que por poco me aplasta en un aparentemente inofensivo cuarto de espejos, obligándome a cuestionar esa sensación de estabilidad que siempre había encontrado en ella y que tanto necesito.

Ahora resulta que esa misma estabilidad que Ximena me ofrece, me causa igual o más ansiedad que la posibilidad de ver el fuego de mis sentimientos por Manuela encenderse de nuevo.

***

Bogotá, barrio Las Cruces. Trece años atrás.

—No, pero usted pide más que «deme», señora Leticia. Ya no la quiere barata si no regalada —le decía Argemiro Luengas a mi mamá, mientras firmaban el contrato de arrendamiento de la panadería de la esquina.

—Regalada me sale cara, no crea. Todavía me debe las gracias por el favor que le estoy haciendo —le contestó mi mamá.

Después de un año de soñar despierta y alentada por María Juliana, su mentora y relacionista pública «no-oficial», mi mamá decidió que había llegado la hora de jugarse nuestro futuro y sus modestos ahorros de cuatro años en la ruleta rusa del emprendimiento. Triunfaríamos a lo grande o fracasaríamos en la miseria, pero nos arriesgaríamos, en eso estábamos todos de acuerdo.

—¿Usted sí cree que le pueda sacar ganancias a esto? Los precios de la harina están por las nubes y para remate, la gente ya no viene aquí a comprar pan, todo lo consiguen en el supermercado así esté lleno de preservativos, conservantes y toda esa joda.

—¿Y a usted quién le dijo que la idea mía era hacer plata vendiendo pan? Con todo respeto, don Argemiro, me está subestimando.

—¡No me diga! entonces ¿cuál es la clave del éxito?, ¿la avena con buñuelo? —preguntó, babeando ironía mientras se detenía a fijarse en Ximena, la sobrina escurridiza que aprovechaba con disimulo cada descuido de su tío Argemiro para moverse un pasito más hacia el borde de la entrada de la panadería, hasta «desaparecer»—. Espéreme un momentico, ya vengo.

Argemiro se levantó de la mesa hacia la entrada de la panadería, desde donde gritó a todo pulmón:

—¡Oiga, Ximena! ¿Usted para dónde cree que va? ¡Se me entra ya mismo, carajo!

Los regaños resultaban inútiles así salieran disparados del

cañón de la garganta de su tío. Como cualquier adolescente, Ximena ignoraba con descarada indiferencia a todo aquel que antagonizara el mínimo de sus caprichos así la acabaran a palo. Le importaban un pito las reglas, a todos nos miraba con desdén y nada la hacía sentirse más orgullosa que demostrar su superioridad con la actitud de una semidiosa que mendiga a gritos la adoración de alguien.

—¡Dios mío, dame paciencia! ¡Quién sabe qué penitencia estaré pagando yo con la *porquería* esa! —refunfuñó Argemiro, volviendo a la mesa en donde mi mamá lo esperaba con los papeles del contrato en la mano y el estómago al punto de la agriera, haciendo acopio de todo su sentido de la diplomacia para evitar entrometerse.

—¿Y por qué no se la manda de nuevo a la mamá?

—¡Ja! Una niña criando a otra niña y con ese padrastro que le puso, no me sorprendería que las dos salieran embarazadas al mismo tiempo. ¡Bonita la raza que sacarían los tres!

—¿Y el papá?

—El papá es otro irresponsable… o *era*, quién sabe si lo habrán dado de baja. Quince años era lo que tenían el par de culicagados cuando engendraron a la muchachita y, mientras pudo, el peor-es-nada ese se le recostó a mi mamá para después largarse a prestar el servicio militar. ¡Lo que hacen algunos con tal de no responder por la obligación! —dijo Argemiro, terminando de firmar los contratos—. Listo, ahí tiene mi autógrafo, doña Leti. Si quiere vamos de una vez a la notaría y lo autenticamos.

—Pues… —intentó responder mi mamá, sin dejar de pensar en la muchachita a la que Argemiro se atrevió a llamar «porquería» en su presencia. Le hervía la sangre hacer negocios con un hombre así, pero ya era tarde para arrepentirse, de eso dependía su proyecto de negocio y nuestro futuro.

Por otro lado, a Ximena ni siquiera la conocía bien; la había visto un par de veces recostada en el marco de la puerta de la panadería y la única opinión que tenía de ella era sobre su estatura; le sorprendía que fuera tan alta para su edad. Ximena no era nadie que pudiera reconocer de lejos ni saludar de cerca; tampoco era su problema, pero le era imposible ser indiferente. Mi mamá sabía lo duro que era criar mujeres en un mundo dominado por hombres y si había algo que le aterrara más que asumir una carga que no le correspondía, era la idea de una peladita de dieciocho años con una barriga de nueve meses.

—Venga, don Argemiro, ¿por qué no me deja a la sobrina suya por un tiempo? ¿Quién quita que se amañe conmigo?

—¿A usted se le corrieron las tejas o qué? Porque uno tendría que estar muy loco para quererse encartar con semejante terremoto.

—No le diga así, de pronto lo que necesite es… una figura materna que le sirva de guía.

—¡O un buen *rienduzo* pa que coja juicio! —exclamó, con la paciencia agotada—. Gracias por el ofrecimiento, señora Leticia, ya quisiera podérselo aceptar, pero no soy capaz de hacerle ese daño a usted que ya tiene tres hijas por quien velar.

—En donde comen cinco comen seis, por eso no se preocupe. La manutención se la puedo descontar del arriendo.

—No me tiente que le cojo la caña y después se arrepiente —le dijo Argemiro, en broma, pero en serio.

—Probemos un mes a ver qué pasa. Si no se amaña, yo misma se la entrego en su casa y nos olvidamos del asunto. Que nos quede el consuelo de que, al menos, lo intentamos.

Argemiro se quedó mirando a mi mamá con desconfianza, esperando que ella soltara la carcajada y se burlara de él por ingenuo, pero eso no fue lo que sucedió. Mi mamá se le plantó de brazos cruzados con la seriedad que exigía la conversación, esperando una respuesta del mismo calibre. No era un negocio para reírse, era la vida de una persona la que estaba en juego.

—¿Sabe qué? Esa muchachita me tiene tan hasta la coronilla que le voy a aceptar el ofrecimiento y solo porque sé que, en menos de dos semanas, la voy a tener de nuevo en la casa dándome lidia.

Al mes siguiente, «Leticia y sus muchachitos», como éramos conocidos en el barrio, tomaban el control de la panadería Las Cruces, situada en el primer piso de una casa esquinera de paredes blancas y pisos en ajedrez. El segundo piso de esa misma casa fue nuestro hogar por algunos años y, gracias a la decisión de mi mamá de acoger a Ximena, tuve el «privilegio» y el disgusto de dormir en el sofacama de la sala, a falta de «la habitación propia» que mi mamá me había prometido, lo que hizo que la historia de Ximena y yo no tuviera un comienzo muy amoroso que digamos.

—No, gracias, a mí no me gustan las habichuelas —dijo Ximena una vez, retirando el plato con disgusto.

—A usted no le gusta nada —respondí de mala gana, muy a pesar del esfuerzo que hacía para morderme la lengua y no contestarle, como me lo había «sugerido» mi mamá.

—Y a usted ¿qué le importa? ¡Ábrase más bien!

—¡Ábrase usted! ¡No sea atrevida!

—¡Diego! —me recriminó mi mamá, y era en esos momentos cuando, en mi pobre interpretación del feminismo, la igualdad de género me sabía a cacho. ¿Cómo era posible que yo no pudiera pelear con esa vieja larguirucha en igualdad de condiciones, mientras ella se daba el lujo de tratarme a mí como se le daba la gana? «En fin, la hipocresía», pensaba para mis adentros.

Mi mamá intentaba una y otra vez, hacerme entender que lo de Ximena no era nada personal, que no me lo tomara a pecho, que era su forma de expresar su rabia contenida por haber crecido en un hogar fragmentado, en el seno de una familia que la maltrataba y que la veía solo como un estorbo, como una «metida de patas» de una noche de calenturas adolescentes.

—Esa excusa la podría sacar cualquiera en este país, ma. Hasta yo —le decía, cuando intentaba inútilmente expresar mis reclamos—. Yo también tengo «rabia contenida», como tú dices, pero no ando por ahí mordiendo la mano que me da de comer, de vestir y una cama para dormir.

—Tú lo dices porque no sabes lo difícil que es ser mujer en este mundo. Tú, con ser hombre, lo tienes todo. Además, las abejas caen más fácil con la miel que con la hiel —me respondió mi mamá con un guiño mientras le cosía un botón a una de mis camisas.

Me seguía chocando que se pusiera del lado de Ximena, pero igual… ella sabía por qué lo decía, aunque yo no la entendiera. Ella sabía que su plan de canalizar, a través de la repostería, la rabia adolescente que consumía a Ximena estaba a punto de dar resultado.

Luego de dos largos años de intentarlo, Ximena no solo se

enamoró del nuevo mundo que descubrió en los postres con la tutoría maternal de mi mamá, en ellos encontró un propósito de vida y los convirtió en la pasión obsesiva que ha definido su carrera y su identidad como persona y como *pastry chef*.

Y el día menos pensado, Ximena fue mi salvación.

—¡Ximena, ayúdeme, porfa! ¡Mi mamá me va a matar! —le supliqué, mostrándole el desastre en el que había convertido una de las tortas que mi mamá había diseñado para un quinceañero.

Ahí estaban sobre la mesa, tres pisos de una elegante torta de vainilla y almendras con capas de mermelada de fresa, decorada con la técnica del *fondant* marmoleado y adornada con incrustaciones de papel dorado comestible que quedaron reducidos, en un segundo de mala suerte, a una grotesca pila de masa blanca con manchas rojas.

—¿Y usted qué aspira que yo haga con este mazacote? —-me preguntó, sin poder reprimir del todo la risa, gozándose mi sufrimiento.

—Lo primero es que no se ría —le respondí tajante, intentando controlar la ansiedad que parecía entumecerme los dedos—. Esa vaina tiene que estar, a más tardar, a las seis de la tarde en el hotel y… ¡me van a matar!

—Ya, cálmese que no es para tanto. Son las once de la mañana, todavía nos queda tiempo para ponerle una velita a la virgen del agarradero…

—¡¡Ximena!!

—¿Diego? ¿Qué haces todavía por aquí?, ¿no se supone que deberías estar en…? —me preguntó mi mamá, entrando a la cocina de la panadería que, para ese tiempo y con un préstamo del Banco de la Mujer Emprendedora, ya había ampliado, rediseñado y reequipado con el propósito de convertirla en el taller creativo del que saldrían los postres que conquistaron el paladar de un país entero—. ¿Qué pasó aquí?

—Mamá, lo siento. Yo estaba arrancando la moto y un taxi me cerró...

—¿Sabes para qué me sirven tus excusas? ¡Pa un carajo! Como si no me hubieras visto trasnochar haciendo esa berraca torta. Ahora voy a tener que pasar por la vergüenza de llamar al cliente a decirle que tengo las manos vacías y que le devuelvo la plata. A ver, ¿qué le digo al cliente que haga con la plata? ¡¿Que se la meta por dónde?!

—Leti, venga, no se ponga así que…

—Ximena, no se meta que este asunto no es suyo.

—Pues… ¿cómo le parece que sí es mío? Diego aquí se las está dando de héroe porque piensa que así le voy a parar bolas, pero, la verdad, fui yo la que dejó caer esa torta. Usted no se preocupe que yo la saco igualita, así sea lo último que haga en la vida. Cualquier cosa con tal de no deberle un favor a este.

—¡Ey! «Este» tiene nombre —le reclamé.

—¿Es que a usted le pareció muy facilita la hechura de eso? —le preguntó mi mamá a Ximena, ignorándome a mí por completo.

—Facilita no, pero ya la hicimos una vez, imposible que la segunda nos vaya a mamar gallo, ¿sí o qué? Ni que no hubiéramos aprendido nada.

Por primera vez, en años, había una remota posibilidad de una tregua en la intensa guerra diaria entre Ximena y yo. Desde ese día, empezamos a cambiar la animosidad por la amistad, la amistad se convirtió en camaradería y con el tiempo, en deseo… y el deseo trajo todo lo demás.

—No, Xime, usted y yo no pegamos —le dije con humor, en una breve pausa que hice entre los muchos besos que le daba mientras veíamos una película en el cine—. A menos que deje de ponerse tacones para que quedemos nivelados.

—Todo en la vida tiene solución. Si le parezco demasiado alta, yo me puedo arrodillar —me dijo con sensual audacia en sus ojos y, aunque sonara a broma, se lo tomó muy en serio, aprovechando la oscuridad del teatro en la solitaria función de matiné.

Al principio, sólo coqueteábamos, nos robábamos algunos besos cuando nadie estaba mirando y, de vez en cuando, nos echábamos una perdidita disimulada por el barrio, temiendo la reacción de mi mamá si se enteraba de las pilatunas en las que andábamos.

No fue sino hasta mediados de nuestros veinte que «salimos del clóset» y para esa época, nuestra panadería se había convertido en Petite Délice, una empresa millonaria y una marca reconocida a nivel nacional.

Los primeros dos años de nuestra relación fueron los mejores; nos liberamos de la presión de escondernos y nuestros básicos impulsos juveniles evolucionaron para convertirse en sentimientos profundos, en la seguridad que da la exclusividad y el hecho de tener un espacio propio en la vida del otro. Además, le dimos a la familia la satisfacción de vernos convertidos en algo más que enemigos. A sus ojos, éramos la nueva generación que tomaría las riendas del negocio para asegurar el legado de mi mamá en el futuro.

Ambos seguimos trabajando juntos en Petite Délice, manteniendo un bajísimo perfil en la empresa. No queríamos que los empleados desconfiaran de nuestras decisiones solo porque teníamos una relación sentimental.

Compartíamos ciertos intereses en común, cada uno tenía su apartamento y su espacio, nuestra sexualidad ya no olía a motel. Sin embargo, con el tiempo dejó de ser tan divertida como al principio, llegó incluso a tener horarios y se estaba llenando de restricciones debido a la presión que Ximena sentía por adaptarse a un nuevo modelo de producción en masa de nuestros postres que le exigía una constante reevaluación de sus recetas.

Nuestra vida personal y la laboral estaban tan ligadas que llegaron al extremo de confundirse. Los problemas que teníamos en una permeaban en la otra; escalaban con tanta facilidad que era difícil saber en dónde comenzaba el uno y terminaba el otro. El éxito de nuestra empresa resultó siendo el declive de nuestra relación.

***

Me siento en una banca de la enorme estación de St. Pancras International a esperar la hora de abordar el tren mientras pienso en todo lo que Ximena y yo hemos sido y no puedo evitar sentirme avergonzado. ¿A qué se supone que voy a París? a buscar a Manuela para encontrar ¿qué? Si algo me ha demostrado la vida en estos últimos cinco años es que mi lugar sigue estando al lado de Ximena.

Tomo mi morral y empiezo a caminar hacia la salida hasta que escucho a la mujer del altavoz anunciando el abordaje del tren a París.

«Manuela en París». Definitivamente suena a una canción de los Beatles.

16
VINO A MORIR A PARÍS

MANUELA

Es curioso cómo el azar te ubica en ciertos lugares que se alinean con tu estado de ánimo.

Viendo La Ciudad Luz a través de la ventana del tren; desde los barrios periféricos llenos de edificios de pequeños apartamentos y modestas casas con huertas orgánicas paralelas al trazado de los rieles; hasta el imponente centro histórico por el que una vez marcharon las tropas de Napoleón y el victorioso Charles de Gaulle; siento que empiezo a disfrutar mi propia versión de *la douleur exquise*, el «dolor exquisito», y se me antoja pensar que hay dos cosas que cualquiera sería feliz de encontrar en París: el amor y la muerte.

—No te dejes engañar, *chérie*, ese es el cliché que nos dejó la Belle Époque. Todos los artistas románticos decían que venían a París a morir de amor, pero, en realidad, se morían de hambre y tuberculosis —me dice una demacrada Manon que, a pesar del cansancio y la cánula que transporta oxígeno hacia el interior de sus fosas nasales, tiene fuerzas suficientes para recibirme con los brazos abiertos y una sonrisa increíble, la sonrisa de quien no le teme a la muerte tanto como a la despedida.

—*Voilà*, la botella quedó en la cocina, te puedes servir más si quieres —me dice Dominique, trayéndome una copa de vino tinto para acompañar la cena que devoro con ansias—. ¿Qué tal el vuelo?

—No me quejo. Me conformo con haber llegado viva.

—Y ¿en qué quedaste con Diego? —me pregunta Manon con la voz entrecortada por una ligera falta de aire.

—Lo siento —me dice Dominique mientras se sienta en el brazo de la inmensa poltrona para acariciarle el pelo a Manon—. El chisme era demasiado bueno para no contárselo.

—Pues, ¿qué te digo, Manon? Tengo entendido que él y Trudy van a cubrirme esta semana en la oficina. De resto, no sé nada y tampoco me interesa. Esperaba que este viaje me sirviera de excusa para hablar de otra cosa que no fuera el trabajo… ni de él.

—Tenemos que presentarle a Víctor —le dice Manon a Dominique, en obscena compinchería. No hace falta que Manon sea la madre biológica de Dominique para que tengan la misma personalidad fría y arrogante, cálida y seductora de París.

—La idea me fascina, *maman*, pero al doctor no le va a gustar que salgas del apartamento.

—¿Y qué es lo peor que me puede pasar?, ¿que me muera? —replica Manon con humor.

—O que te encuentres con tu exnovio —responde Dominique, divertida.

—No me saques excusas, yo necesito verlo, Víctor es el único amigo del que no me he despedido.

—¿Y quién es Víctor? —pregunto, en mi infinita inocencia, para diversión de Dominique y Manon.

Por un momento pensé que el tal Víctor era alguno de esos franchutes lindos, amigo de la casa, que me iban a presentar como último recurso para superar mi vergonzosa sequía amorosa. Y si no era lindo, por lo menos esperaba que fuera de carne y hueso.

Empecé a sospechar algo macabro cuando me hicieron comprar flores antes de entrar al cementerio del Père-Lachaise.

—¡Obviamente el escultor lo hizo a propósito! Se supone que el tipo estaba muerto, ¿cómo iba a tener una erección de ese tamaño? —les comento a Dominique y a Manon, refiriéndome a la estatua de Víctor Noir, un periodista de la era napoleónica que se hizo famoso en vida por sus artículos punzantes en el periódico La Marsellesa y, después de muerto, saltó a la fama como atracción turística por cuenta de la «grandilocuente» interpretación artística de Jules Dalou que captura el momento exacto en el que cayó al suelo, luego de recibir el balazo que le costó la vida.

—¿No has escuchado decir que el sexo es más excitante cuando uno está en peligro? —me responde Dominique, con humor.

—El tipo iba a batirse a duelo con otro tipo, eso no tiene nada de excitante.

—Bueno, se acabó la sección de preguntas y respuestas. Manuela, *allez-y*, menos charla y más acción —dice Manon.

—Chicas, yo las adoro con mi alma, pero… a lo bien, esto ya se pasa de ridículo.

—Como quieras, después no te quejes de que te cayó la maldición de los siete años de mal polvo por despreciar a Víctor —dice Dominique con una convicción firme que me hace dudar.

—¡Siete años! —agrega Manon, siguiéndole la corriente a Dominique.

—¡Que va! ¿Ustedes conocen a alguien que le haya pasado?

—Yo, en tu lugar, no querría ser la primera en averiguarlo —me responde Dominique, maliciosa, acariciándole una mejilla a la estatua.

Cómo serán de complicadas y disfuncionales nuestras relaciones con los hombres que, he aquí a tres mujeres modernas, estudiadas e inteligentes, en el país de la Ilustración, de Voltaire y el *Discurso del método* de Descartes, poniendo sus esperanzas amorosas en una estatua de bronce, tal y como lo hacían las mujeres prehistóricas que, a duras penas, conocían el fuego.

Pienso en negarme una vez más al pedido de Manon, pero luego recuerdo que vine a su funeral. En un par de días, Manon no estará aquí con nosotras y este momento quedará en mi memoria como el día en el que fui incapaz de cumplirle el último deseo a una persona a punto de despedirse; una persona que amó con intensidad a su prójimo al punto de acoger a una completa extraña en su hogar, convertirla en su hija y adorarla más allá de lo que las palabras podrían expresar. Si me pidieran hacer una estatua en honor a la valentía y el amor, mi versión, sin duda, sería la de Manon.

—Pues sí, ni modo, la vida es una sola —digo, resignada—. ¿Qué tengo que hacer?

La tradición manda ponerle flores a Víctor en su sombrero de copa. Escogí las margaritas amarillas, no sé si tengan algún significado especial, me gustó el color. Me siento al lado de la estatua, a la altura de la cintura y observo la expresión serena y apacible en su rostro; se me hace tan real que juraría que lo veo respirar mientras descansa en el sueño de la eternidad.

Le acaricio la frente con la mano derecha y le doy un tierno beso en los labios. Este no era precisamente el tipo de plan turístico que tenía pensado, pero si quería que mi primera visita a París fuera inolvidable, la experiencia sobrepasó con creces mis expectativas.

Tan pronto como separo mis labios de los de Víctor, escucho a Manon explotar en una carcajada contagiosa mientras Dominique termina de tomarme fotos con su celular. Acabo de cumplir mi misión en este planeta el día de hoy, hacer reír a Manon.

—Más les vale que mi próximo novio me haga ver las estrellas —-replico divertida, sosteniendo mi cara entre mis manos para que no se me caiga de vergüenza—. ¿Ahora sí, me pueden llevar a conocer la torre Eiffel?

Desafortunadamente, la torre Eiffel tendrá que esperar. La risa de Manon se convierte en una tos fuerte que la deja agotada.

Una vez en el apartamento y situada en su cama, Manon intenta dormir un poco. La respiración se le dificulta con el paso de las horas, por lo que Dominique llama al médico para que haga presencia tan pronto como le sea posible. Manon ha pedido adelantar el procedimiento.

—Manuela... —me dice Manon, haciendo un gran esfuerzo por hablar sin ahogarse—, *s'il te plait*, cuídame a Dominique. —Yo acepto y nos damos el odiado último abrazo. Antes de que me aparte, ella reúne fuerzas y agrega—: Recuerda… *mangez bien, riez souvent, aimez beaucoup… tu comprends?*

—Come bien, ríe con frecuencia y… ama en abundancia —repito, aferrándome a sus débiles brazos, evocando el viejo adagio francés que me enseñó cuando nos conocimos.

Es una de esas noches en las que sería un crimen dormir. Son las doce y lo único que puedo escuchar son las manecillas de mi reloj contando los segundos. Me acerco de puntitas a la puerta de la habitación de Manon y alcanzo a escuchar a Dominique llorando. Dice algo en francés que un par de días después me traduciría con calma.

—*Maman*, yo nunca voy a perdonarme haberlos abandonado para irme a Colombia a perseguir un fantasma.

—Era parte de tu viaje… por la vida… *ma petite*. Buscar a tus padres… era parte… del viaje.

—Gracias por recibirme en tus brazos y sostenerme en ellos, *maman*.

Me alejo, atrapando las lágrimas en mis manos. Pienso en Dominique, en lo difícil que debe ser perder a la única mamá que conoció, a la última persona que la amó sin condiciones, que no dudó un segundo en recibirla en sus brazos, que no la abandonó en medio de aquella selva húmeda y espesa pudiendo habérsela entregado al primer policía de los muchos que encontraron a su salida de Colombia.

Me dirijo a la cocina por un vaso de agua y trato de guiarme por las paredes del pasillo para evitar encender la luz, se puede respirar la tristeza en la penumbra. Antes de llegar, escucho la puerta de la habitación de Manon abrirse; me volteo y veo a Dominique que se asoma y se recuesta en el marco.

—*Elle est partie* —dice y me apresuro a abrazarla.

Desde la puerta de la habitación, alcanzo a ver a Manon tendida en su cama con ambas manos sobre su vientre, acompañada por el médico que toma las correspondientes notas para el certificado de defunción. Manon se ve plácida y serena, como si estuviera tomando una siesta. Ni siquiera la sombra de la muerte pudo arrebatarle la hermosa sonrisa de su rostro.

***

Maman,

No tengo memoria del momento que me dijiste que era adoptada, esa palabra no tenía significado para mí; pero recuerdo muy bien ese día de escuela en el que nos pidieron dibujar a nuestras familias.

En mi dibujo, me di cuenta de que el color de nuestra piel era distinto, yo no tenía tus cálidos ojos azules, ni tu cabellera rubia, ni tu sonrisa de hada madrina. A punta de observar a otros padres y a otros hijos en los demás dibujos, tuve la sensación de que algo andaba mal… ese día supe que ninguno de mis padres se parecía a mí.

Desde ese día empecé a pedirle a Dios el milagro de amanecer con el color de tus ojos, tu pelo y tu sonrisa. Tenía miedo de que alguien me apartara de tu lado solo porque no me parecía a ti y me aterraba la idea de que alguien dudara, por un segundo, de que me amabas por el hecho de no nacer de ti.

Dejé de creer en Dios porque, al final, tu amor hizo el milagro.

No necesité salir de tu vientre para que me cuidaras con dedicación cuando me enfermaba, me leyeras cuentos cada noche y hornearas todos mis pasteles de cumpleaños.

No me engendraste, pero escogiste ser mi madre y fuiste la mejor.

No tengo tus ojos azules, pero sí tu carácter.

No tengo la piel blanca, pero no hay duda de que, en mi interior, me convertí en algo mejor; en la mujer *alfa* que siempre quise ser porque ese fue tu ejemplo.

Y creo que, de tanto reírnos juntas, se me pegaron las mismas arrugas que se te hacen en la comisura de los labios. Ya tengo tu sonrisa y prometo seguirla usando para verte una vez más en el reflejo de mi espejo, todos los días de mi vida.

Hasta que nos volvamos a ver.

Tu hija,

Dominique.

***

Después de pasar toda la mañana en la cama sin probar bocado, Dominique finalmente me recibe medio plato de sopa y asoma su profunda tristeza a la ventana de su habitación, con la esperanza de espantarla con los rayos del sol.

—Es una lástima tener que forrarnos de negro en un día tan bello —-dice.

La ausencia de su mamá no dejará de doler por un buen tiempo, pero es consciente de que, ni con todas las lágrimas que derrame, conseguirá devolverla a la vida.

El funeral es corto e íntimo, tal y como Manon lo había pedido. Dominique recibe con estoicismo las condolencias de los pocos familiares de Manon que quedan vivos y de los amigos que alcanzaron a enterarse. Solo una docena de ellos nos acompañan en el cementerio.

—Es hora de irnos. No creo que debas quedarte hasta que todo el mundo se vaya —le digo mientras la tomo del brazo y empezamos a caminar.

—Espérate. Hay alguien a quien no le he dado las gracias por venir.

Y ese alguien es Diego, quien había estado en el funeral todo el tiempo, acompañando a Dominique desde la distancia sin que yo me diera cuenta.

Diego se acerca para darle sus condolencias a Dominique y me saluda de beso en la mejilla, para luego despedirse rechazando cortésmente la invitación de Dominique a tomar café en el apartamento, aunque acepta almorzar con nosotras al día siguiente.

Una parte de mí quiere dejarse llevar por la emoción genuina de ver sus ojos de nuevo, ¿qué mujer no se derrite frente a un hombre que muestra consideración por el sufrimiento de sus amigas?

Quisiera alegrarme más de verlo… si no supiera a qué viene.

***

—Esa canción es *cute*. ¿Quién la canta? —le pregunto a Dominique, al escuchar unos acordes suaves de guitarra desde su lista de reproducción en Spotify.

—Carla Bruni.

—¿Carla Bruni? —pregunto extrañada—, ¿la esposa del expresidente Sarkozy?

—La misma. No es de mis favoritas, pero esta, en particular, me gusta. Se llama *Quelq'un m'a dit*, por si algún día se la quieres dedicar a *alguien* por ahí.

—No tengo a quien dedicarle canciones francesas. ¿En dónde vamos a almorzar?

—Podemos pedir pollo asado a domicilio y ponemos a Diego a fritar unas papas o algo así —me dice Dominique sin ningún apuro, dejándose caer con todo y tristeza en la poltrona favorita de Manon, la única herencia de su abuela que ha sobrevivido el paso de las generaciones a punta de múltiples reparaciones y refacciones, en un intento por disfrazar el desgaste del tiempo y espantar el fantasma del olvido.

—Yo puedo fritar unas papas, ese no es el problema. Pensé que querías que saliéramos a comer a algún lado.

—No quiero salir y… para ser sincera, creo que prefiero estar sola hoy —me contesta, bajando la mirada y jugueteando con un pequeño hilo que sobresale de la más reciente capa de tapicería gris de la poltrona.

—¿Cómo así? —le pregunto sorprendida, casi angustiada, sintiéndome como el perrito al que le acaban de anunciar que lo llevan de paseo al veterinario.

—Ya me escuchaste, *chérie*, no pude haber sido más clara —dice y para alivio suyo, el timbre del apartamento suena—. Lo saludas de mi parte, dile que no me estoy sintiendo bien.

—No, Niq… no me hagas esto… Si me ibas a dejar metida con el almuerzo no debiste invitarlo.

¿Y de cuándo acá necesitas chaperona para hablar con Diego?

—¡Tú sabes lo que viene a decirme! Si me acompañas, al menos tengo con quien fingir que estoy feliz por él… por ambos…

—Manu, ayer enterré a mi mamá, ¿tú crees que, en este momento, me importa un pito tu *affaire* con Diego? —me contesta irritada.

Si lo que yo necesitaba era un golpe para salir del apartamento y de mi propio cascarón a batirme contra el mundo, Dominique me acaba de dar uno certero. El timbre del apartamento suena una vez más y sin otra alternativa, tomo mi bolso y la chaqueta para salir.

—Me avisas si necesitas algo —digo, entre resignada y dolida.

—En la consola están mis llaves. No te preocupes, no me voy a tirar por la ventana ni me voy a amarrar una soga al cuello, si es lo que temes —contesta, subiendo los pies en la poltrona y acurrucándose en ella—. No me lo tomes a mal, *chérie*. Hoy quiero estar a solas con el recuerdo de mi mamá. Este es mi último chance.

Agotadas mis inútiles excusas, salgo del apartamento y aprovecho el largo recorrido escaleras abajo para practicar mi discurso congratulatorio, adornado con la mejor de mis sonrisas de felicidad impostada. Me preocupa largarme a llorar, no quiero verme a mí misma derrotada y que él lo sepa; aun así, es lo más probable, mi mamá siempre ha dicho que lo que calla mi boca lo gritan mis ojos.

Me asomo con sigilo al ojo de la gran puerta rústica para echar un vistazo al exterior, antes de salir. Diego está en la mitad de la calle, observando la fachada del edificio de cinco pisos color crema con ventanas café, tratando de adivinar cuál de todos los balcones es el de Dominique.

¡No hay derecho a ser tan malvado! Él sabe que me fascina verlo en camiseta blanca, *jeans* azul oscuro y tenis; y como para rematarme lentamente, encimó sus gafas Ray Ban de aviador, cubriendo sus ojos con una sensual cortina de misterio. ¡Perverso!

No le había visto esa chaqueta de gabardina negra; me gusta, lo hace ver casual y sofisticado sin mucho esfuerzo, como quien no quiere robarse las miradas, pero sí la atención. Hasta para eso sirve tener una novia experta en postres.

Saco mi espejito de la cartera y me chequeo el maquillaje y los dientes; el rímel está en su sitio y los labios siguen hidratados, tampoco desmerezco; prácticamente tenemos la misma pinta, excepto que mi camiseta es rosada clara y tiene a Freddie Mercury estampado en mi pecho.

«C'mon girl! We are the champions!».

—*Quiubo*… Dominique no está de ánimo. Te manda a decir que, por favor, la disculpes —digo, una vez salgo del edificio.

—Me imagino. ¿Cómo sigue? —me pregunta, mientras pone su mano en mi cintura y me clava un beso en la mejilla sin darme el mínimo chance de rehuirle. Me conoce tan bien que anticipa mis movimientos; pero, sobre todo, es su confianza infinita lo que fácilmente desarma la voluntad de la roca más sólida.

—Triste —contesto, haciendo mi mejor esfuerzo por conservarme fresca y despreocupada; aunque, por dentro tiemblo como una hoja seca expuesta al cruel viento del desamor—. Me dijo que quería estar sola, así que voy a aprovechar para dar un paseo por ahí.

—*Okey*. ¿A dónde quieres ir?

Si fueran otras las circunstancias, sería la cita perfecta en París y en esa versión, saldríamos a caminar un rato por la orilla del río Sena a tomarle fotos a los sospechosos de siempre, a la catedral de Notre-Dame, al Louvre y al Museo de Orsay. Atravesaríamos el jardín de las Tullerías agarrados de la mano, hasta llegar a la Avenida de los Campos Elíseos. Luego, iríamos a comer algo delicioso, él acariciaría la comisura de mis labios con sus dedos con la excusa de remover un punto de salsa de chocolate que se escapa «sin querer» de mi helado de vainilla, para luego removerla del todo con un beso aterciopelado frente a la torre Eiffel.

Nope. Esta no es esa clase de cita. Esta se parece más a la escena de *Titanic* en la que los vigilantes se dan cuenta de que el barco va a estrellarse con el bendito *iceberg*.

—Yo pensaba tomar el metro hasta la torre Eiffel y caminar por ahí. Dominique me explicó más o menos la ruta y tengo Google Maps, no hay pierde.

—¿Ya almorzaste?

—No, pero fresco, por ahí me puedo comer un *crêpe*.

—O... puedo ir contigo y almorzamos juntos... si quieres —dice, con las manos en los bolsillos de su chaqueta y mirando al suelo, lo que no es buena señal. Cuando alguien no es capaz de mirarte a la cara, en realidad no quiere decirte la verdad que tú tampoco quieres escuchar; pero la verdad existe y lo mejor es enfrentarla.

—No le des más vueltas al asunto. Dime lo que me tengas que decir, estoy lista.

Diego me mira frunciendo el ceño con extrañeza, sin entender del todo mi frase.

—Que te diga ¿qué? —me pregunta desconcertado y ahí me decepciona, detesto que me subestime.

—No te voy a negar que me va a dar duro, pero créeme que me alegra de corazón por ti...

—Manu, tranquilízate. Yo sé que el *pitch* de Sugarbeat se ve difícil, pero si perdemos ese cliente, tú no tienes nada de qué preocuparte... yo jamás permitiría que te sacaran de BrandsMedia.

¡Virgen del perpetuo AGARRADERO! ¿De qué está hablando este

hombre?

—¿Me… me van a sacar de BrandsMedia? —alcanzo a preguntarle antes de sentir mi mandíbula entumecerse.

—Absolutamente no. Yo veré qué hago con mi vida, pero tú te quedas y sigues adelante con el equipo, eres tú la que mereces…

—¿Roberto ya está hablando de recorte de personal? y si Trudy sabe ¿por qué no me dijo nada? —insisto con desespero. La sola sospecha de quedarme sin trabajo manda la boda de Diego y Ximena de forma automática a la lista de cosas que me valen un soberano pepino.

—No... nadie ha dicho nada todavía, yo solo... —intenta decirme, pero yo no quiero escucharlo. ¡La mezcla de rabia y angustia me llega hasta los ojos!

—¡Claro! Con razón tan complacientes cuando les pedí permiso para venir hasta acá... ¡Ninguno tuvo los cojones de decírmelo en Bogotá así que prefirieron mandarme la noticia a domicilio en París! ¡A eso viniste!

—No, Manuela ¡¡escúchame!! —me dice, levantando la voz y llamando al orden, cosa que me enerva y me fascina en igual medida. ¡La autoridad suena tan deliciosa en sus labios! —. Nadie me mandó para acá a darte ninguna noticia, nadie está hablando de recorte de personal. Es sólo una idea en mi cabeza. Yo, simplemente, lo estoy contemplando en caso de que suceda… pero ya te dije, tú no tienes nada de qué preocuparte, si llega el momento, soy yo el que se va.

Me quedo mirándolo con atención, sin confiar una pizca en lo que me dice.

—¿Me juras que… es solo una idea en tu cabeza?

—Te lo juro... y puede que solo sea paranoia mía... discúlpame, no quise asustarse —contesta, quitándose las gafas y hundiendo la palma de sus manos en sus ojos, buscando aclarar su propia visión de las cosas.

—Y... ¿para dónde te irías? —le pregunto.

—No sé, en últimas... volvería a Petite Délice, si no encuentro algo mejor.

—Pero, tú no quieres volver a Petite Délice.

—No importa, tampoco es el fin del mundo. Pero si no era eso a lo que te referías, ¿a qué era? —me pregunta con curiosidad, mientras limpia las gafas con la orilla de su camiseta antes de ponérselas de nuevo.

—¿Yo? ¿Referirme a qué? —le devuelvo la pregunta, nerviosa, sin saber qué inventarme. Ahora soy yo la que quedó atrapada en el enredo de sus propias conjeturas.

—Me dijiste claramente que yo venía a decirte algo y, por lo visto, estás mejor informada que yo —insiste, dando un par de pasos hacia mí que neutralizo con otro par de pasos que doy hacia atrás para alejarme de él.

—Pues… ¿si ves? del susto que me diste, se me olvidó.

—No seas mentirosa… —dice, mientras camina hacia mí con una actitud de inquisidor casi sensual que me obliga a seguir caminando hacia atrás para huir de él sin perderlo de vista—. Si no me dices, no te llevo a conocer la torre Eiffel.

—¡Como si necesitara que alguien me lleve! Yo puedo llegar solita —le digo, retándolo con temeridad.

—¿Por qué estás caminando así? —pregunta, desplegando los hoyuelos de su fabulosa sonrisa que me aceleran el pulso—, ¿estás huyendo de mí?

—¿Yo? ¡Bah! ¿Huir de qué?

Él acelera el paso amenazante y yo sigo caminando hacia atrás, a duras penas pestañeamos para no perdernos de vista.

—Más te vale que no te dejes atrapar, porque te hago confesar.

Pondero las opciones. Él tiene la ventaja de llevar las manos libres, yo tengo la experiencia de vivir en Bogotá rodeada de toda clase de peligros en la calle, lo que me hace experta en… asegurar bien mi bolso contra mi pecho y… salir corriendo tan rápido como mis pies me lo permiten en mis Converse desgastados. Él tiene la velocidad de unas piernas largas y fornidas; yo quepo en cualquier hueco que me meta y tengo la agilidad de esquivar a los transeúntes sin que noten mi presencia. Cruzo la calle, cambio de acera y corro hacia un parque aledaño con la esperanza de escabullirme entre los arbustos hasta que veo a Diego saltarse una reja y tomar un atajo para alcanzarme, tomarme de la cintura y tumbarnos a ambos sobre el pasto.

—Huir de mí es fútil, Manuela, ya deberías saberlo —dice, haciéndome cosquillas, con sus ojos clavados en los míos—. Ahora sí, ¡confiesa!

Trato de recuperar el aliento, no tanto por la carrera si no por el hecho de estar de nuevo entre sus brazos, sintiendo ese perfume embriagante que había extrañado tanto en estos días.

—¡Déjame quieta! ¡Auxilio! ¡Auxiliéééé! —grito desesperada entre risas.

—Se dice *aidez-moi!* —me corrige, burlándose descaradamente de mi pobre francés mientras trata de controlar mis manos que, en un intento frenético por escapar de las suyas, logran agarrarlo de una oreja y obligarlo a detener las cosquillas— ¡¡Ay!! Ya, ya, ya ¡sana! ¡¡Sana que eso duele!!

Una vez lo libero de mi tortura, Diego se acuesta a mi lado sobre el pasto a descansar y coloca su pierna izquierda encima de las mías al primer intento que hago por emprender la huida de nuevo. Inmovilizada por el anclaje, me limito a respirar profundo mirando al cielo, contemplando en silencio el azul intenso del mediodía salpicado de las incipientes hojas de los árboles que se asoman en las ramas, saludando la primavera. No puedo evitar sonreír.

Diego levanta su mano derecha y roza ligeramente mi mejilla con sus dedos y yo solo puedo pensar en una cosa, el *iceberg* de *Titanic*.

—Viniste a decirme que te vas a casar con Ximena —le digo, en una frase a quemarropa.

—Que yo ¿¿qué?? —me pregunta aterrado, como si él mismo se acabara de enterar de la noticia—. ¿Quién te dijo que yo me iba a casar?

—No es difícil imaginárselo. Tu mejor amigo llega a visitarte y a los dos días armas viaje para Londres a ver a tu novia. Blanco es, la gallina lo pone…

—¿Eso te dijo Vikram en Andrés DC?

—No, no, no, Vikram no me dijo nada de eso, ni siquiera mencionó a Ximena. Son mis propias conjeturas o… tal vez, debería decir mis propias conclusiones —digo, girando mi cabeza para ver la verdad en sus ojos.

Diego me devuelve la mirada casi sin parpadear; sus pupilas escanean mi rostro entre la curiosidad y la expectativa, queriendo adivinar lo que tanto me he esforzado por ocultarle, que sus ojos todavía derriten mis huesos cuando los siento sobre mí, como el sol sobre mi piel.

—Pues, estás mal de conjeturas, Manu —dice, extendiéndome la mano, a lo que respondo sin pensarlo dos veces entrelazando mis dedos con los suyos—. Yo vine a ver a Ximena, eso es cierto; pero, sobre todo… vine a hablar con mi terapeuta. Si tú supieras los enredos que tengo en la cabeza sabrías que, en lo último que estoy pensando en este momento, es en casarme —me dice, y por primera vez, el temblor en sus manos me revela lo que nunca había podido leer en sus ojos antes, *vulnerabilidad*.

Diego está sufriendo por dentro, sufre en silencio y sufre solo.

—¿Te estás sintiendo… deprimido? —le pregunto con cuidado, temiendo que mi ignorancia sobre el tema lo incomode. Diego, en cambio, me acaricia los nudillos en las manos.

—Es ansiedad. Tengo demasiadas cosas en mi cabeza disparando al mismo tiempo; cosas que quisiera poder contarte, pero… es mejor que las trate con un especialista primero.

Me recompongo hasta quedar sentada a su lado, sin perder de vista nuestras manos entrelazadas y lo bien que se siente la cercanía de nuestras almas a través de la piel, aunque no sea correcto.

—¿Tú no pensabas contarme nunca?

—No quería que te sintieras culpable por mis problemas de salud mental, porque no lo eres... al menos no del todo. Lo que me pasó contigo solo fue un detonante para que se manifestaran todos los traumas que llevo acumulando desde niño.

—Te refieres a... ¿la muerte de tu papá?

Diego asiente, bajando la mirada.

—Mi papá no fue un buen hombre, Manu —dice y suspira cansado—-. Cuando mi mamá quedó embarazada de mí, el tipo me negó. Se casó con ella porque le tocaba, pero siguió renegando de mí toda la vida y esa no es una forma bonita de empezar la historia de alguien. Mientras tú fuiste el milagro de tus papás, yo fui la desgracia de los míos y esos detalles persisten en tu inconsciente, aunque creas que no los ves mientras creces.

—Tú jamás serías la desgracia de nadie, Diego, mucho menos de tu mamá. Tú eres el orgullo más grande para ella.

Diego se queda callado, clavando la mirada en sus dedos mientras juegan con el pasto.

—Mi mamá nos sacó adelante con uñas y dientes, es una mujer admirable —dice y hace una pausa—. Pedirle que fuera perfecta, sería demasiado.

—¿Por qué lo dices? —le pregunto, temiendo la respuesta.

—¿Te acuerdas de nuestra primera cita oficial en el Teatro Colón?

—¡Cómo olvidarla! —contesto, sonriendo con nostalgia. Diego me devuelve la sonrisa, sin dejar de acariciar mis nudillos.

—Tú me preguntaste que si yo era el malgeniado, el *nerd*, el juicioso o la oveja negra de mi familia; pero yo no sabía qué decirte porque, en esa época, solo conocía las opciones que mi mamá me había impuesto desde que tuve uso de razón; la del «hijo perfecto», el «hombre de la casa» o el «defensor del honor de mis hermanas». Tú fuiste la primera persona en mi vida que quiso saber quién era Diego y yo no supe qué responder.

Por la forma en que los músculos de su mandíbula se contraen, no es difícil adivinar lo mucho que necesita hablar y lo poco que es escuchado.

Quisiera poder sostenerle la mirada, pero me es imposible, el peso de la vergüenza me agobia.

—Te fallé, Diego. Yo estaba tan ciega en mi propio mundo en aquella época, tan enfocada en mis asuntos, en buscar trabajo y empezar mi carrera que no me fijé en ti, en lo que necesitabas... en lo que estabas buscando... —digo, intentando soltar mi mano de la suya, pero él insiste en asegurarla y, en cambio, se la lleva a su propio pecho.

—Tú no tenías por qué saberlo y tampoco era tu trabajo ofrecerme lo que ni siquiera yo sabía que necesitaba. Si mis hermanas y mi mamá no se dieron cuenta, ¿cómo iba a esperar que tú lo hicieras?

—De todas formas, yo debí haber hecho más por ti. Yo sabía que te sentías confundido, que no estabas seguro de qué hacer con tu carrera, yo pude haberte ayudado mejor a encontrar respuestas.

—Así no funciona, Manu, yo necesitaba ayuda profesional para aprender a encontrar respuestas por mí mismo. Mi mamá intentó darme respuestas siempre, intentó decirme qué hacer con mi vida según lo que *ella* pensaba que «un hombre» debía ser o hacer. Si algo me hizo daño, además de no tener una figura paterna que valiera la pena, es que ella me impusiera un rol de «macho» de la manada para el que nunca estuve preparado, asumiendo que ese era el rol que a mí me correspondía por el solo hecho de haber nacido con un pene. Yo no la culpo, o al menos, estoy tratando de no culparla. Ella tuvo las mejores intenciones, pero en asuntos como estos, las intenciones siempre se quedan cortas porque nadie puede llegar realmente al fondo de un alma que no sea la suya propia.

—Lo siento. En vez de ayudarte, te hice pagar un precio demasiado alto.

—Los dos pagamos el precio, Manu. Lo importante es que cada uno sepa cuál es —dice mientras se levanta, sacudiéndose el pasto seco en sus *jeans*—. Ahora, yo pago el precio que sea por almorzar ya mismo... me estoy muriendo de hambre.

—¿Eso fue lo que viniste a decirme desde tan lejos? —pregunto, mientras acepto la mano que me extiende para apoyarme y levantarme.

—Vine expresamente a pedirte que... —responde, aplicando a propósito una fuerza tal para halarme que quedamos abrazados, a pocos centímetros de darnos un beso— no me vuelvas a hacer lo que hiciste en Andrés DC. No me vuelvas a dejar tirado, Manuela Franco, yo no me lo merezco.

—Diego...

—Yo no te pido que seas mi terapia, ni mi medicina, ni que estés ahí para curarme nada. Yo solo quiero que seamos amigos, quiero estar en tu vida no por las respuestas que me das sino por las preguntas que me haces; pero si el día de mañana decides irte, por favor… no te vayas sin despedirte.

***

Diego me lleva a un restaurantico pequeño en una esquina escondida entre un laberinto de calles, alejado de las atracciones turísticas de la ciudad. Por lo sencillo, es encantador. Al llegar, me explica que no es fácil encontrar comida francesa auténtica en París a menos que uno sepa muy bien lo que está buscando.

—… O que uno tenga una novia chef que haya estudiado en la mejor escuela culinaria de París —comento.

—¿Y qué tal un novio que se ha ganado un premio de creatividad en Cannes? —me responde, sacando con galantería una de las sillas para que yo me siente.

—Yo no tengo nada con Felipe, ya te lo dije.

—¿No? Pero si… se veían bien… —comenta indeciso.

—¿Nos veíamos bien? ¿Cuándo?

—Quiero decir… la cosa se veía bien entre ustedes.

—Algunas reacciones químicas solo funcionan en el tablero. Cuando uno las pone a prueba en el laboratorio, no hacen ni burbujas.

En el modesto espacio de paredes forradas en papel de colgadura color champaña, no caben más de cuatro mesas recostadas a la pared y una flotando en el centro, cada una con una botella de vidrio llena de agua para tomar y un diminuto florero en donde reposa una rosa roja. Por supuesto, no estamos aquí por la decoración, sino por el aroma a tomillo y salvia mezclados en el hojaldre recién horneado que me hace salivar. Siento que, si inhalo lo suficiente, podría levitar y ascender directo al cielo de las abuelas francesas para darme un festín de amor y delicioso pan caliente con mantequilla.

Reviso el menú sin saber qué escoger, cualquier cosa escrita en francés suena apetitosa. Entre tantas opciones, me decido por el *canard confité* servido en una cama de quinua con cilantro y limón, acompañado de vegetales al vapor; la gula se encarga del resto y ahora mi estómago sufre las consecuencias, desafiando la resistencia del elastano en mis *jeans*. Temo que el botón salga disparado y rompa el vidrio de la ventana si no lo desabrocho a tiempo.

—¿Te cabe una *crème brûlée*? La podemos pedir para compartir.

—Estás muy comelón últimamente, ¿te embarazaste o qué?

—No, de hecho… estoy en «esos días» —comenta, devolviéndome la broma—. La comedera es otro efecto secundario de la ansiedad y la depresión, me quita el hambre. ¡Tremenda dieta! —dice y se detiene para fijarse en mí—, pero mira quién habla. A lo bien, ¿te vas a comer ese hueso?

—Yo no sabía que el pato era tan rico —respondo, mientras trato de ruñir hasta el último cartílago.

—Tengo que confesarte algo. Eso no era pato.

—Si me hiciste comer culebra, te ahorco… —le contesto entre ofendida y amenazante, apuntándole con el hueso como si fuera un arma mortal. Diego suelta una carcajada que lo obliga a recostarse al espaldar de la silla para estirarse la panza—. Claro que… para ser una culebra, tenía un pernil delicioso.

—Ya no más, Manu, me voy a atorar de la risa, en serio —dice mientras se lleva una servilleta a la boca para tratar de controlarse.

Yo me quedo callada y bajo la mirada, dejando el hueso en el plato.

—¿Qué pasó? ¿Te molestó lo que dije? —me pregunta, fijándose en mi sonrisa tímida, casi precavida.

—No es eso. Reírme me hace sentir culpable. Ayer enterramos a Manon y… es difícil acostumbrarse a la idea de que el mundo sigue girando sin las personas que se van.

—Ellas no se van si las mantienes vivas en tu memoria.

—Cierto.

—Eras bastante cercana a ella, por lo que veo.

—Después de la muerte de Cédric, Manon vivió unos meses en Colombia, con Dominique. Ella era de esas personas que, en diez minutos de conocerla, te hacía sentir que había estado en tu vida desde siempre.

—Conozco la sensación. Me pasó lo mismo con tus papás —dice con nostalgia mientras termina hasta el último grano de arvejas cocidas que queda en su plato.

—¿Cuándo te vas para Londres?

—Esta noche. Tengo que estar en la estación a las ocho y media.

Tan grande el amor, tan cortos los minutos. El tiempo, como el pasado, no perdona y ninguno de los dos está de mi lado.

Salimos del restaurante y seguimos caminando hasta llegar al río Sena, a la altura del puente Alexander III desde donde se puede ver el Hôtel des Invalides, la última morada de Napoleón.

Diego acepta la tortura de ser mi fotógrafo designado para llenar la memoria de mi celular con todas las imágenes de París que le quepan; así como también quiero saturar mi cabeza de todas las fotos de su rostro que mis ojos puedan capturar en cada minuto a su lado y así recordar lo hermoso que fue mi primer viaje a París, al final de la primavera.

—Bueno, ahora sí, la torre está aquí no más...

—¿Será que por aquí hay algún punto de *wi-fi*? Quiero conectarme para llamar a Dominique a ver cómo sigue y, de paso, preguntarle si ya puedo volver al apartamento o si el exilio es indefinido.

—¿Ya te quieres ir?

—Depende de lo que ella me diga. Además, ya casi son las cinco y tú tienes que alistar tu viaje.

—Por mí no hay problema, solo tengo que recoger el morral en la bodega del hostal y salir a la estación que queda ahí mismo, a menos de cinco minutos.

—Veo que no entendiste el mensaje, tocó a la brava —digo, descargando un suspiro—. Diego, yo no quiero conocer la torre Eiffel contigo.

—¿Cómo así?, ¿por qué? —me pregunta desconcertado.

—Es demasiado romántico para una amistad. Las mejores escenas de mi vida no pueden seguir sucediendo a tu lado —le digo, disimulando con sarcasmo una verdad que me hiere.

Diego me mira fijamente y da un paso hacia mí, a lo que mi instinto responde de inmediato con un paso hacia atrás, pero antes de que pueda escapar de nuevo, Diego me agarra de la cintura con una mano, mientras cubre mis ojos con la otra y me hace girar sobre mi eje, estrechando mi espalda contra su pecho.

—Lo siento. Te prometo que esta, será la última —me dice al oído, justo antes de retirar su mano de mis ojos para dejarme ver la torre Eiffel que se erige en el horizonte, robándome el aliento con su esplendor.

Me rindo. Si Diego no me sostiene entre sus brazos, corro el riesgo de caer desarmada sobre el andén. La torre Eiffel es lo que me imaginaba y más. Es bella. Es arrogante. Es imponente. Es eterna.

No siento mis pies sobre el suelo, solo la calidez de su pecho recorriendo mi espalda y su mentón que roza mi frente para luego bajar poco a poco hasta mi cuello, haciéndome cosquillas con su barba incipiente. No me puedo mover... y tampoco quiero. El aroma a madera y cítricos de su perfume me paraliza, me derrite, me fascina. Ahora son sus labios los que recorren mi cuello hacia arriba, hasta la línea de mi mandíbula, en donde posan un cálido beso y luego otro en la parte baja de mi mejilla... y luego otro en la esquina de mis labios... y otro más. Sus labios avanzan hasta encontrarse con los míos que, ante el peligro del fuego inminente, ni siquiera intentan huir. Por el contrario, se entregan, se encienden y reclaman ansiosos el ardiente sabor a deseo del que nunca dejarán de saciarse.

Me separo brevemente de él para voltearme y hablarle de frente, pero él no me lo permite, en seguida posa sus manos sobre mi cuello para acercar mi cara a la suya y continuar besándome; mis pies, que parecen tener vida propia quedan en punta para asegurarse de que mis labios no se desprendan del sabor a limón que prueban en los suyos. Quisiera arrancárselos con mis dientes. Diego se inclina un poco más hasta que sus brazos rodean mi cintura, me presiona contra su cuerpo y me levanta; en efecto, estoy levitando.

—¿Así te despides de todas tus amigas? —le pregunto al oído, colgada en sus brazos, rodeando su cuello con los míos.

—No, solo me pasa contigo, Manuela. Mi cabeza te olvidó, pero mi cuerpo no quiere darse por enterado.

***

Insisto en volver al apartamento de Dominique, aunque... no con la suficiente convicción. Ya es demasiado tarde para huir.

Si hubiera querido evitar ese beso, lo habría podido hacer con una simple pregunta, «¿qué pensaría tu novia de esto?». Pero yo tampoco me pude contener, deseaba ese beso con todas mis fuerzas, sabiendo que era prohibido, lamentando que fuera el último.

Mis escrúpulos probaron ser insuficientes para blindarme la dignidad. Me sigo muriendo en el ardor de esos labios cuando me hablan, cuando sonríen, incluso cuando callan.

Esos mismos labios me convencen de dar un último paseo por Montmartre para ver girar las aspas rojas del Moulin Rouge y admirar, en los afiches, a sus tentadoras bailarinas de can-can. Luego, me invitan a subir las empinadas escaleras hasta la imponente Basílica del Sagrado Corazón desde donde se ve, en toda su gloria, la inmensidad titilante de La Ciudad Luz.

¿Por qué siempre nos pasa? ¿Por qué cada momento con él se magnifica al punto de hacerme imaginar que la felicidad lleva su nombre?

«Ese beso no significó nada, solo fue un instante de debilidad.

Seguimos siendo amigos» repito una y otra vez en mi mente mientras recorremos, en plan bohemio, las calles de la Belle Époque; calles que, en mi inocencia, imaginaba llenas de artistas vaciados y embriagados a punta de licor de ajenjo en decadentes *cabarets*, como en los días de Toulouse-Lautrec y Van Gogh.

Me pregunto, ¿cómo se verían las pinturas de aquellos dos si recorrieran estas calles hoy en día? Calles comerciales, atiborradas de tiendas de *souvenirs* franceses hechos en China y *sex shops* exhibiendo en sus desenfadadas vitrinas los últimos modelos de la enfermera sexi, la mucama sexi, la colegiala sexi, la lo-que-sea sexi... como decía mi abuelita, ¡que entre el diablo y escoja!

—*Okey*... pero solo un vinito, yo no le puedo llegar borracha a Dominique.

—Nadie ha hablado de emborracharse. ¿Quieres probar los *escargots*?

—¡Nos acabamos de tragar un *crêpe* de Nutella! Es en serio, Diego, vas a tener que poner en cintura esa ansiedad si no quieres terminar luciendo como un sapo empinado.

—¡Cuál sapo empinado! ¿Tú no me respetas? —me reclama, correteándome por los andenes hasta que llegamos al cafecito que inspiró el icónico póster *Tournée du Chat Noir*, una de las piezas publicitarias más populares de la historia.

A primera vista, Le Chat Noir resulta ser todo lo que uno espera de un pequeño café francés, con sus mesitas exteriores cubiertas con manteles a cuadros rojos y blancos, y sillas forradas en cuerina roja. Sin embargo, no puedo evitar fijarme en sus candelabros en el interior, de tenues luces amarillas que dan la sensación de estar viviendo en el color sepia de una época en la que se amaba intensamente, *á la douleur exquise*, el exquisito dolor de lo imposible.

—¿Por qué no me hablaste ese día? —me pregunta, después de pedir una botella de cabernet sauvignon y una ración de los tales *escargots* que tanto insiste que pruebe.

—¿Cuándo?

—Ese día. Tú sabes cuál.

Su mirada me dice con exactitud a qué día se refiere. El último día de los dos meses que permanecí encerrada en mi habitación, después de haberlo dejado plantado en el altar. Ese día, mi papá intentó llamarlo y contarle la verdad frente a mí para forzarme a salir de la depresión.

—¿Cómo supiste que era yo? —le pregunto. Diego se encoge de hombros, no quiere admitir que, en el fondo, estaba esperando esa llamada. Y ahora me odio a mí misma.

—Precisamente porque te quedaste callada.

—No quería escuchar tus insultos —le contesto, sin pensarlo demasiado.

—Si hubiera escuchado tu voz, creo que... habría tomado el primer avión a Bogotá.

—No me digas eso Diego ¿a qué estás jugando?, ¿a torturarme con la culpa de nuevo?

—No, no, no, Manu...—dice y me toma la mano—. No sé por qué lo traje a colación, lo siento. Solo... me dolió que no quisieras hablar conmigo.

—En ese momento, yo no estaba preparada para hablar con nadie, a duras penas iba al baño y me cepillaba los dientes, pero... si te sirve de consuelo, yo sí tenía planeado ir a Londres a buscarte... y lo intenté un año después —digo y Diego se tensiona al escucharme—. Yo había sacado el certificado laboral de BrandsMedia, tenía el permiso de vacaciones firmado por Dominique... obviamente ella no sabía para dónde iba, pero me lo había dado. También tenía los extractos bancarios con mis ahorros, tenía mi pasaporte al día con los sellos de los países que había visitado, lo tenía todo organizado en una carpeta que todavía conservo en una caja.

—Y ¿qué pasó? ¿No los mandaste?

—Sí, pero me negaron la visa —confieso, tragando grueso—. Todos mis papeles decían que era la turista ideal, pero la embajada del Reino Unido no opinó lo mismo y... lo tomé como una señal de que ya era tarde.

El mesero llega con los *escargots* y el vino, y ¡menos mal! porque lo estaba necesitando para tratar de descifrar la dualidad constante en la que vivimos él y yo con nuestros momentos de amor y odio, de rencor y apegamiento, de reconciliación y ruptura.

—Diego, ¿por qué me besaste? —le pregunto, después de mi primer sorbo de vino, y por la forma en la que se mira sus propios dedos sobre la mesa, puedo adivinar que él se está haciendo la misma pregunta.

—Perdóname, fue un impulso. No debí hacerlo.

—Y ¿por qué estás aquí?, ¿eso también fue un impulso?

Diego no me contesta. Los dos nos miramos en silencio a la luz de la vela sobre la mesa cuya llama titila vigorosa, aunque nuestras palabras se hayan estancado.

—No. El viaje hasta acá fue una decisión consciente. Yo quería verte.

Necesitaba verte —dice y hace una pausa para escoger sus palabras—. Manu, yo… no voy a negarte que hay algo de ti que todavía palpita en mí. Cada vez que escucho tu nombre, quiero verte y cada vez que te veo y estoy contigo, es difícil contenerme; yo me sigo sintiendo atraído por ti y eso me hace… decir y hacer cosas que no debería.

—Eso quiere decir que no sientes nada más que atracción física por mí.

—Contigo no podría ser solo atracción física, Manu, pero tampoco es amor; no el mismo amor que sentí por ti antes. Ahora entiendo lo que Emilia quiso advertirme aquella noche.

—¿A qué te refieres?

—Como ya debes imaginarte, ella no fue a mi apartamento, la noche de la cena, solo para saludar a Vikram, pero tampoco fue a intimidarte, tú sabes que ella no es esa clase de persona. Ella fue a advertirme precisamente esto; me dijo que tuviera cuidado porque tú y yo nunca hemos sido amigos y, a menos que definamos los límites de nuestra amistad, sería muy fácil para mí traspasarlos y hacernos daño.

—A eso viniste, entonces; a trazar los límites.

—Creo que sería lo más sano para los dos si queremos que esta amistad funcione.

—Y… ¿por qué tendría que ser una amistad? —le pregunto sin darme a mí misma tiempo para dudar. Las dudas han sido siempre mis peores enemigas. Esta vez no me voy a dejar ganar por las circunstancias, los malentendidos o las interrupciones; de esta mesa me tengo que levantar con una respuesta definitiva—. Si no funcionamos como amigos, puede que no estemos destinados a serlo, pero es evidente que tampoco estamos destinados a ser enemigos...

—¿Qué es lo que me estás tratando de decir? ¿Que deberíamos intentarlo?

—¿Sería demasiado absurdo? —le pregunto, retándolo.

Diego guarda silencio una vez más, calibrado su respuesta con un sorbo de vino.

—Manu, ¿a ti no se te ha ocurrido pensar que… nosotros nos enamoramos más de nuestra historia de amor que de nosotros mismos?

—¿De qué estás hablando? —le pregunto desconcertada—. Ese pudo haber sido nuestro problema hace cinco años, pero no estamos en aquella época, estamos en el presente. Hoy en día somos distintos. ¿Tú, de verdad, crees que somos tan inmaduros como para no saber diferenciar lo que sentimos el uno por el otro?

—No sé, Manu. Es posible que tú lo tengas mucho más claro que yo, pero si he de ser sincero contigo, yo sí creo que idealicé lo que tuvimos, lo que sentí por ti y lo que significaste para mí, y eso mismo se me está convirtiendo en un obstáculo. Yo, en este momento de mi vida, me siento paralizado, incapaz de abrir mi corazón de nuevo y amar porque no estoy seguro de saber si estoy amando a esa persona o a la versión idealizada que tengo de esa persona en mi cabeza.

—¿De cuál persona estás hablando, Diego? Ponle nombre. ¿Estás hablando de Ximena o de mí?

—Manu, sería muy fácil ceder ante el impulso y dejar todo; dejar a Ximena, enemistarme con mi familia y arriesgar lo poco que tenemos ahora por una segunda oportunidad que ni tú ni yo sabemos si va a funcionar.

—Yo sé, pero no estás respondiendo a mi pregunta —insisto— ¿Quién *es* esa persona a la que no te atreves a amar?

Diego baja la mirada brevemente, se repasa la frente con su mano derecha, se nota preocupado.

—A ninguna —dice y me mira, sin dudar—. Hace unas semanas, Ximena y yo cumplimos un año de haber vuelto. Yo la quiero y la admiro, pero no puedo decir que la ame todavía. Aun así, creo que, si hay alguien con quien mi vida podría funcionar, sería con ella. Lo nuestro no es perfecto, todavía hay cosas que mejorar y… estamos lejos, en continentes distintos. De todas maneras, quiero intentarlo… con ella.

Y yo, por mi parte, puedo dar la conversación por terminada y el tema, sellado.

Para siempre.

Miro mi reloj, calibrando mis opciones. Son casi las siete y media de la noche, el tiempo no nos da para terminarnos la botella, por lo que decidimos llevárnosla y salir de Le Chat Noir hacia el hostal, atravesando las callecitas de Montmartre iluminadas por la luz tenue de los faroles eléctricos colgados en los pintorescos edificios que aún evocan ese carácter poético del siglo XIX y que, acompañados de los modernos letreros de neón, me hacen sentir atrapada entre la nostalgia del pasado y el desencanto del presente.

—Diego, bájale a la velocidad antes de que... —me tapo la boca para disimular un eructo—, se me suban los *escargots* y el vino a la cabeza.

—Lo siento. Tenme acá —dice, entregándome la botella de vino para recoger mi pelo en sus manos, dejando el aire circular alrededor de mi cuello.

El roce de sus dedos en mi nuca, combinado con el sonido de los bandoneones, los violines y las trompetas de las viejas baladas francesas que se cuelan a través de las paredes de los bares a nuestro alrededor me devuelven el alma al cuerpo.

—No creo que sea buena idea que te vayas sola para el apartamento de Dominique.

—No te preocupes, debe haber alguna línea en la Gare du Nord que me lleve a la estación Austerlitz. Ahí me ubico.

—Hablas como si vivieras aquí.

—Comparado con Transmilenio en Bogotá, cualquier cosa es fácil.

—Yo estaba pensando pedir que me cambien el tiquete para mañana en la mañana y llevarte hasta el apartamento de Dominique.

—No, Diego. Tú tienes que tomar ese tren —insisto y por increíble que parezca, el vino me ha dado la convicción que la razón no pudo.

Como si el destino no se hubiera divertido lo suficiente arrojándome cuanto cliché romántico se pudiera atravesar en las calles de París, un dueto de jóvenes cantantes callejeros nos sorprende con una dulce interpretación de la canción inmortal *La Vie en Rose*. Los dos nos miramos y ya estando en esas, decidimos detenernos; sería un pecado capital estar en París y no escuchar algo de Edith Piaf.

—Siento haber cruzado el límite y haber sembrado falsas esperanzas en ti —me dice.

—No te preocupes. Lo importante es que todo quede aclarado —le respondo, seca.

—Me preocupa dejarte por ahí desamparada.

—Yo no estoy desamparada y me puedo cuidar sola.

Nuestra discusión se suspende con la dulce voz de la cantante, las cálidas notas de su guitarra y la brillante trompeta de su compañero de presentación; solo faltarían las luciérnagas para terminar de pintar uno de los momentos más románticos que he vivido al lado del único hombre que he amado y con quien no puedo estar.

—Si perdemos Sugarbeat, eres tú el que debe quedarse en BrandsMedia. Ellos van a necesitar clientes para compensarlo y tú eres el único que puede conseguirlos.

—Yo no voy a dejarte sin trabajo.

—No me estarías dejando sin trabajo; al contrario, estarías salvando el de ambos. Si tú consigues los clientes que se necesitan para balancear de nuevo el presupuesto, me podrían volver a contratar y todo volvería a ser como antes.

—¿Y… si no consigo esos clientes?

—Entonces, yo consigo otro trabajo, eso ya no me asusta —insisto—. No tienes que ser el caballero de la pesada armadura para salvar a nadie. Tú no tienes que sacrificar lo que quieres por nadie, mucho menos por mí. Piensa en ti, en lo que quieres; concéntrate en recuperarte, en aliviar tus cargas, en manejar tu ansiedad y en lo que te haga feliz. En caso de dudas, escoge siempre lo que te haga feliz. Yo me las arreglaré por mi lado para lograr lo que quiera, por eso no te preocupes.

Nos despedimos de beso en la mejilla en la Gare du Nord y, aunque prometí seguir directo a la calzada por donde pasa la línea que me lleva a la estación Austerlitz, decido terminar la botella de vino recorriendo una vez más las calles de Montmartre, a la salud de su partida.

Aprovecho un momento de quietud para sentarme en una banca en la placita de Jean Rictus y, desde allí, contemplar el hermoso muro en el que está escrita en letras blancas, sobre brillantes azulejos y en todos los idiomas conocidos, la frase más famosa del mundo: «Te amo».

Una frase que para mí, vino a morir a París.

***

Mi último día en París no ha estado lleno de nostalgia por la partida, sino de propósitos a mi regreso a Bogotá. Si algo he aprendido de la muerte de Manon, es que mi presente sigue estando lleno de gente maravillosa para querer y cosas interesantes por descubrir. El pasado me tiene que servir como mapa de navegación, no como ancla.

Mientras Dominique se ocupa de algunos asuntos con su familia más cercana, decido continuar sola mi recorrido turístico por París, recogiendo con la cámara de mi celular, nuevas memorias de la ciudad para llevarme conmigo a casa. Quiero acumular otros recuerdos de París en los que él no esté presente, necesito convencerme de que la película de mi vida es igual de hermosa, aunque él no la protagonice conmigo.

Empiezo, pues, mi nuevo recorrido por la prisión de la reina María Antonieta antes de su ejecución, La Conciergerie y, para ser sincera, la representación de su celda no me impresiona tanto como la arquitectura del interior del palacio que, con sus gruesas columnas ascendiendo al cielo, me recuerdan lo pequeños que seguimos siendo nosotros, los mortales.

Mi absoluta favorita es la Sainte-Chapelle, que queda al lado. El azul índigo de su techo plagado de pequeñas estrellas doradas, alineadas en una cuadrícula que pareciera diluirse en las imponéntes columnas góticas, es atrapante. Y luego, el colorido de los más de mil vitrales en sus ventanas, inmortalizando con la mística de sus juegos de luz, las muchas historias de la Biblia. «El Instagram de la Iglesia católica medieval» pienso y casi sonrío con picardía imaginando el regaño que me daría mi mamá si me escuchara, condenando la banalidad de mi comentario.

Camino unos cuantos metros para visitar la catedral de Notre-Dame, o al menos verla desde el exterior, en vista de que el incendio de hace un par de años hizo cenizas, literalmente, la posibilidad de conocerla por dentro y recorrer las estrechas escaleras de sus famosas torres, hasta llegar a las enormes campanas que tocaba Quasimodo con tanta destreza. ¡Qué lástima! Siento como si hubiera perdido una gran oportunidad de las muchas que he sacrificado sin saber a ciencia cierta si ha valido la pena.

Las oportunidades no tomadas son también los momentos no vividos y la historia no contada. Lo que existe es lo que permanece en el presente; el cielo y sus estrellas, las ciudades y sus monumentos, las personas y sus historias.

Y la historia de mi regreso a Bogotá comienza con las quejas de María Paulina por la llave del lavaplatos que empezó a gotear agua, las nuevas campañas digitales para planear en la agencia, las llamadas insistentes de mi mamá para preguntarme qué le traje del viaje y un mensaje bastante peculiar en mi perfil en Linkedin, de uno de los nuevos gerentes de marca de nuestro cliente Sugarbeat.

DIEGO

El amanecer me sorprende recorriendo con la yema de mis dedos la espalda desnuda de Ximena que duerme de medio lado. Su piel blanca y satinada se mueve ligeramente, percibiendo el roce de mis falanges.

—Déjame dormir, gatico, porfa —me dice, cansada, mientras se voltea para acurrucarse entre mis brazos y posar su cabeza sobre mi pecho. Le beso la frente y me quedo inmóvil en la cama, contemplando el débil resplandor de la mañana que empieza a asomarse por la ventana.

Cierro los ojos e intento conciliar el sueño de nuevo. Respiro profundo, una y otra… y otra vez. Se supone que nuestra cabeza se aclara si reducimos nuestros pensamientos a lo básico, a respirar. Lo estoy aprendiendo en el programa virtual de *Mindfulness* en el que me acaba de registrar Ximena.

Ximena, mi novia; la de los besos dulces y piel sabor a vainilla.

Despertarme y tener a alguien como Ximena entre mis brazos es quizá, la imagen perfecta de todos los amaneceres.

Anoche se sorprendió cuando asomé la cara a través de la puerta de la cocina, en el restaurante; ella daba por sentado que no regresaría de París. Se limitó a sonreír nerviosa y a mandarme un beso mientras decoraba un *mousse* de maracuyá que debía estar en la mesa de algún comensal en menos de dos minutos. Me senté en el bar a esperarla y aproveché para tomarme un *whisky* que me ofreció Keneth, por cuenta de la casa. Ximena terminó su turno a la una de la madrugada.

Los horarios de Ximena me matan. Al principio de este viaje parecía que funcionaban bien porque podíamos compartir la mañana juntos y dedicarnos a trabajar en la tarde, cada uno en lo suyo, pero el hecho de que llegue en la madrugada es tenaz; es un desgaste tanto físico como mental para ella y a mí, me patea el insomnio. Yo no me puedo acostar tranquilo pensando que le va a pasar algo estando por fuera.

Fallo en mi intento por dormir. Me muevo lentamente hacia el lado de Ximena para acomodarla y poder salir de allí. Si voy a dar vueltas, que sea trotando alrededor del barrio y no en la cama, perturbando su sueño.

De regreso, traigo pan de centeno y huevos para el desayuno. Ella sigue dormida, sin dar señales de querer despertarse pronto. Voy a tener que salir sin despedirme si quiero llegar a tiempo a mi cita con el doctor Crane.

—De verdad quiero que funcione. Quiero ver a Ximena más seguido en mi cama, en mi rutina diaria, en mi mente y… en mi corazón. Quiero que sea ella la que ocupe todos esos rincones que una vez ocupó Manuela.

—¿Y qué te lo impide? Si dices que ya no sientes por Manuela algo más que deseo físico —me pregunta el doctor Crane.

—No sé, a veces me da por pensar que... no es tanto lo que yo sienta por Manuela sino lo que *no* siento por Ximena. Siento que lo único que nos mantiene unidos es el pasado y el recuerdo de lo que fuimos. Por alguna razón, me cuesta pensar en *nosotros* a futuro.

—Claramente, la distancia es un factor —concluye en tono calmado.

—Es el único factor; nos separa un océano entero. En mi mundo ideal, Ximena se vendría conmigo para Bogotá y montaría su propio restaurante, pero cada día me convenzo de que esa posibilidad está aún más lejos. Su vida parece funcionar bien aquí y, aunque trabaja durísimo en ese restaurante, parece que allí ha encontrado por fin, una identidad propia como *pastry chef* sin que la influencia de mi mamá la opaque y eso es muy importante en su carrera. Ella necesita crear su propia marca sin depender de mi mamá.

—Esa es una parte, pero yo no me refería solo a la distancia física que hay entre ustedes, sino a la emocional.

Eso es lo que más me agobia de las terapias y de mi vida en general, sentir que otra persona me conoce mejor de lo que yo me conozco a mí mismo. No me va bien sentirme expuesto, sentir que me pueden controlar; el control es lo que más me cuesta ceder.

—Detengámonos en algunos detalles de tu historia —dice el doctor Crane, cruzando las piernas y recostándose en su sillón, en una actitud de soberano que me intimida—. La primera vez que me hablaste de Ximena, me dijiste que la conoces desde la adolescencia y que es, prácticamente, parte de tu familia. Si mal no recuerdo, dijiste que Ximena es… y me atrevo a citar tus palabras exactas, «como una hija para tu mamá». ¿Es así o me equivoco?

—No, no se equivoca —le respondo y empiezo a preocuparme, esta es otra dimensión de mis conflictos internos que no anticipaba—. ¿Usted me está queriendo decir que veo más a Ximena como a una hermana que como pareja?

—No he dicho nada hasta ahora, ¿tú crees que la ves como a una hermana?

—Pues, yo adoro a mis hermanas, pero reconozco muy bien la diferencia entre lo que siento por ellas y lo que siento por Ximena.

—Y ¿en lo que respecta a tu mamá?

—¿Mi mamá? No entiendo, doctor.

—Ximena es una hija para tu mamá, ha sido su aprendiz, su alumna aventajada… un espejo en el que se ve reflejada. Tu mamá ha tenido tal influencia en Ximena que fue capaz de cambiar su comportamiento y, de alguna manera, darle un norte a su vida. ¿Voy bien?

—Creo que sí —respondo con reticencia.

—Ahora, hablemos de los dos episodios que experimentaste hace poco.

—¿Los ataques de pánico?

—Quiero ser cauteloso en eso. Cuando regreses a Colombia debes hacerte los respectivos exámenes para descartar cualquier otra anomalía física. Por ahora, vamos a suponer que son ataques de pánico. En ambos casos, me llama la atención las circunstancias específicas, los has tenido con relación a tu mamá y a Ximena.

—¿Le puedo decir la verdad, doctor? No me gusta para nada el rumbo que está tomando esta conversación. Espero que solo hayan sido bajonazos de azúcar —le digo incómodo, frotando las palmas de mis manos sobre mis muslos.

—¿Me estás pagando para que te diga lo que quieres escuchar o lo que necesitas escuchar? —insiste y es mi señal para que me quede callado, deje mis prevenciones a un lado y escuche atento—. Tú todavía tienes conflictos no resueltos con la mujer más importante de tu vida, tu mamá. Sigues resintiendo el hecho de que te haya impuesto una serie de roles para los que no estabas preparado, que haya insistido toda la vida en ignorar tus propias necesidades y tus deseos de una identidad propia en favor de «la manada», como tú llamas a tu familia. En el fondo sientes que, mientras tus hermanas crecieron desarrollando su propia personalidad y su propio mundo, tú te quedaste encasillado en ese personaje de «hombre de la casa» y «proveedor de la familia» sin que ella reconociera en ti un rostro propio, una persona en tu propio derecho de ser.

—Yo sé y he tratado mil veces de convencerla de ir a terapia conmigo, pero es inútil, no quiere saber nada de psicólogos porque piensa que mi único propósito es reclamarle y echarle la culpa de todos mis problemas, incluso de lo que pasó con Manuela.

—Vale la pena que lo sigas intentando, preferiblemente con ayuda profesional, porque el hecho de que Ximena y ella sean tan cercanas hace que quieras distanciarte de ambas, física y emocionalmente. En tu inconsciente flota la posibilidad de que Ximena repita los mismos patrones de tu mamá en su relación contigo, que te siga asignando un rol que tú no quieres para ti. Tú no quieres repetir la historia y repetirte a ti mismo hacia el infinito en una identidad y una idea anacrónica de la masculinidad con la que no te sientes identificado, haciéndote cada vez más pequeño hasta desaparecer, tal y como te viste reflejado en los espejos del Tate.

Después de haber estado sentado por una hora en ese sillón recibiendo una a una sus sentencias, siento las piernas acalambradas, como si acabara de correr una maratón.

Bajo al Tube y entro al vagón por básica inercia. Llego a la estación del Circo de Picadilly y camino desde allí hasta el puente de Westminster, pasando por Trafalgar Square, queriendo recoger mis pasos y cancelar en mi mente, de un brochazo, la suma de todos mis errores; pero es inútil, los errores son transacciones en el tiempo que no se pueden reversar.

Una vez allí, ante la imponente presencia del Big Ben, me planto por un buen rato a observar el río Támesis, pensando en todo lo mío que la corriente se ha llevado consigo y que anhelaría recuperar.

—*Hey, there!* —dice Vikram, a quien escucho a lo lejos—. Vine tan pronto como pude. ¿Hace rato estás aquí?

—No, todo bien —digo y me sorprendo al verlo—. *Wow!* ¡Pero miren quién llegó con bronceado carioca!

—*Man,* Brasil es lo máximo, no me quería devolver.

—Con esas garotas allá y este frío aquí, le creo —digo, recostándome en el bordillo del puente—. ¿Y en la agencia qué?, ¿todo bien?

—*No problema.* Allan me ha confiado un par de clientes más, mi posición sigue firme. Tranquilo, no te voy a hacer quedar mal. ¿Por qué la pregunta?

No sé si es la vergüenza o la necesidad de ubicarme en el espacio, pero prefiero mirar hacia los carros y a los peatones que transitan el puente antes que darle la cara a mi propio amigo que me conoce tan bien como el doctor Crane. Aun así, me alegra que haya podido salir de la oficina para venir a hablar conmigo. Después de lo que escuché en el consultorio, creo que necesito hacerle terapia a mi terapia.

—*What's up, man?* —insiste Vikram.

—Ahora que lo pienso bien, mi vida aquí en Londres no fue tan mala que digamos... ¿sí o qué?

—*Shoot!* ¿Qué pasó? ¿Estás pesando en volver?

—Pensé que no querías que me fuera, en primer lugar.

—Muchas cosas han cambiado desde entonces. Para comenzar, ¿cómo sacarías los documentos? Las políticas de inmigración siguen complicadas aquí; de milagro nos llegan aceitunas de España —dice Vikram y yo no tardo en responderle con una mirada obvia que él interpreta de inmediato, con horror—. ¿Le propusiste a Ximena?

—No, pero por alguna parte debo empezar. Lo nuestro no va a funcionar de lejos, Vik... yo no puedo sacar papeles y vivir aquí por mis propios medios y Ximena no quiere volver a Bogotá a menos que...

—*Wawawait! man, let's take it down a notch!* ¿Eso te dijo el terapeuta?, ¿qué corrieras a Tiffany's a agarrar el primer diamante que encontraras?

—No sé qué hacer, Vik. Esta es la última oportunidad que tengo para hacer las cosas bien con Ximena.

—Diego, ¿qué pasó en París? —me pregunta directo y a rajatabla. Aunque él no me está juzgando, yo mismo lo estoy haciendo—. Por la cara que tienes, debió haber pasado de todo.

—No pasó nada de lo que te estás imaginando. O... mejor dicho... no todo lo que te estás imaginando.

—*Man...*

—*Okey*, sí, la besé… frente a la torre Eiffel. *Shit!* No sé qué me pasa. Con ella no me puedo controlar; y después de ese beso, en lo único que pienso es en los días que me faltan para regresar a Bogotá y verla de nuevo —me apresuro a responder.

—Definitivamente eres un peligro al volante cuando se trata de Manuela, *man*. No te tortures más, si lo que realmente quieres es estar con ella, nadie te lo impide. Habla con Ximena…

—¡No! no, no, yo no puedo hacerle eso a Ximena y tampoco quiero estar con Manuela. El momento de amarla para mí se acabó hace cinco años cuando me abandonó y lo que siento ahora… es solo deseo, por muy superficial que suene. Me fascina su cuerpo, su cara, me encanta su aroma, pero no es amor, no puede ser amor y la prueba es que fui capaz de decírselo en París, eso ya es un avance para mí.

—¿Qué le dijiste, exactamente?

—Lo que escuchaste. Quedamos en que seguiríamos siendo amigos y respetaríamos los límites… o mejor dicho, me comprometí a respetar los límites, porque siempre he sido yo el que los traspasa. Pero eso no es lo que me preocupa, sino lo que me dijo el doctor Crane en la sesión de hoy.

—Me hubieras avisado para traer un par de sillas y *popcorn*. ¿Qué te dijo el *doc*?

—Él dice que estoy proyectando en Ximena el resentimiento que tengo con mi mamá y eso me impide conectarme emocionalmente con ella como quisiera. Ahora resulta que el complejo de Edipo que tengo me alcanza para repartir entre mi mamá y Ximena. Según él, imaginarme un futuro con Ximena me da pánico, en el sentido literal de la palabra. Me estoy quedando sin ideas Vik, cada vez que doy un paso hacia la solución, se me atraviesa un problema nuevo.

—Desde donde yo lo veo, tienes los cables cruzados… estás tratando de forzarte a sentir por Ximena justo aquello que tratas de contener con Manuela, y si quieres que te diga la verdad, no entiendo ¿qué sacas con eso? Piensa en el frasco de agua con arena, si lo que quieres es aclarar el agua, no lo agites; al contrario, déjalo quieto y olvídate del asunto por un tiempo hasta que la arena se decante.

—¿Fuiste a Brasil de vacaciones o a un simposio de ontología?

—Te estoy hablando en serio, *man*. Tú no puedes tomar decisiones del calibre de casarte y migrar a otro país si no estás seguro de que es eso lo que quieres. Toda la vida te la has pasado cumpliendo con tu deber y ya va siendo hora de que pienses primero en ti y hagas lo que tú quieres, no lo que tus hermanas, ni tu mamá, ni Ximena, ni la sociedad esperan de ti. Eso no tiene por qué darte miedo, ni es algo por lo que debas sentirte avergonzado.

—Increíble. Manuela me dijo exactamente lo mismo antes de despedirse, que pensara primero en mí y escogiera lo que me hiciera feliz.

—¿En serio? Yo pensaba que la iba a odiar toda la vida y ahora me cae bien. Si algo debo reconocerle a Manuela, a pesar de haberte herido a ti, es que nunca renunció a sí misma.

Terminamos la conversación con una broma que, en el fondo me duele al darme cuenta de que sigo teniendo la misma idea estrecha y arrogante del amor: la idea de que el amor trae la felicidad, cuando en realidad, parece que es al contrario. Es la felicidad de ser nosotros mismos con nuestros deseos, aspiraciones y prioridades, la que trae consigo, el amor.

***

El frasco de agua con arena del que hablaba Vikram empieza a decantarse cuando regreso al apartamento, justo antes de que Ximena salga para el restaurante. Alcanzo a despedirme con un beso corto en la boca que no parezca demasiado trascendental, romántico o lujurioso; ella habría sospechado que algo me traía entre manos y a las mujeres, es mejor despertarles la ira que la sospecha.

Me decido por uno de esos besos sencillos, pero con ganas, de esos que alimentan el afecto cotidiano con la esperanza de que la suma de todos ellos se convierta en el amor que aspiro que construyamos juntos de ahora en adelante. Nuestra historia no tendrá los momentos sublimes o los gestos poéticos que plagaron mi historia con Manuela, pero le sobra el encanto de los pequeños detalles que se tejen poco a poco en el telar de la convivencia.

En cada uno de estos días que me quedan, le preparo un desayuno balanceado para agregar algo nutritivo y delicioso al menú mañanero; de vez en cuando, le pego un *Post-it* en la tarjeta del Tube con algún piropo obsceno que la haga sentir deseada y cada día le cuento una anécdota de la oficina, en especial una que la haga reír, no tanto para que entienda el negocio sino para que asimile mejor la dinámica real de mi trabajo con Manuela.

Ya veré qué hago con mi mamá cuando regrese a Bogotá; por ahora, quiero concentrarme en aprovechar los días que me quedan en Londres para llenarme por completo de Ximena y absorber el sabor de su piel con mis labios, al tiempo que me esfuerzo por crear en nuestra corta vida en común algún hábito que me ayude a ver con ilusión mi posible futuro con ella.

—Bueno, *mor* y ¿para cuándo la próxima visita? ¿Te suena Dubrovnik en agosto? —me pregunta, mientras nos tomamos unos cócteles en un bar frente a Covent Garden, esperando que deje de llover para irnos al apartamento.

—¡Ah, es que la señora no piensa ir a Bogotá a visitarme! —digo, desafiándola con una broma antes de acercarme para darle un beso; éste sí, suave y romántico, queriendo probar de su boca las notas de *whisky*, vermú y limón en el *manhattan* que se toma a sorbos cortos y pausados.

—Tú lo que quieres es que me vaya a vivir allá —concluye y, aunque su intuición no se equivoca, yo tampoco esperaba sacar el tema a relucir siendo consciente de sus prevenciones y sabiendo de antemano, sus respuestas.

—Xime, yo no te voy a negar que me gustaría que estuvieras allá, pero esa decisión es tuya. Yo no quiero presionarte con algo que pueda afectar tu carrera.

—Sí y con lo conveniente que es para ti tenerme por acá lejos.

—¡Ay! no, Xime ¿en serio?, ¿me vas a armar la torta otra vez?

—¿Quién está armando la torta, pues? Solo quise decir que me parece mucho más fácil que te quedes aquí conmigo.

—Tú sabes que no puedo quedarme. Yo no puedo trabajar aquí sin papeles.

—Pero… yo sí tengo papeles.

—¿Por qué estamos hablando de esto precisamente ahora? Este tema ya lo habíamos discutido antes.

—Porque no quiero que te vayas, ¿no es obvio? Yo quiero que te quedes aquí conmigo. Quiero que… —Ximena intenta una frase más y se interrumpe, frustrada.

—¿Que me case contigo por papeles?

—¿Y esa sería la única razón para casarte conmigo?

—No, pero yo siempre he sido claro contigo, gatica. Yo no estoy listo para tomar esa decisión todavía. Desde que volvimos me he sentido feliz de estar a tu lado y he hecho el esfuerzo por darme la oportunidad de enamorarme de nuevo…

—«Estás haciendo el esfuerzo» ¡Lo escucho y no lo creo! Después de todo lo que hemos vivido juntos y lo que significamos el uno para el otro, ¿me vas a salir con que te parece muy difícil amarme y comprometerte conmigo?

—No es eso, Xime…

—¿Quieres saber de esfuerzos enormes? El que yo estoy haciendo por no involucrar a la vieja esa en esto a pesar de ser ella, la única culpable. Esfuerzo es el que yo hago para creerte cuando me dices que no sientes nada por Manuela, pero el día menos pensado sales corriendo a verte con ella en París. ¡O yo soy muy idiota o te volviste bipolar!

Ahora soy yo el que la escucha y no lo puede creer. Hubiera preferido que me siguiera reclamando el viaje a París a que utilizara mi condición mental en mi contra para justificar sus insatisfacciones.

—¡Ay! Gatico, lo siento… no quise decir eso… se me salió sin querer —se apresura a responder.

—Ese… fue un golpe demasiado bajo, Xime —le digo, respirando profundo y tragándome las ganas de gritar la decepción que me va subiendo como la espuma en un vaso de cerveza—. Y para evitarte el «esfuerzo» de seguir culpando a Manuela de todo lo que me pasa, te aclaro que yo estaba a punto de quebrarme psicológicamente mucho antes de conocerla y de eso nunca se dieron cuenta ni tú, ni mi mamá, ni mis hermanas.

—Lo sé, gatico, perdóname, no quise decirlo… es que —dice tomando mi mano entre las suyas, lamentando sus propias palabras con el rubor en sus mejillas—, todos estos días han sido maravillosos; por primera vez convivimos en el mismo espacio como una pareja y... dime ¿por qué no puede ser así siempre? ¿Por qué te cuesta tanto asimilar la idea de que construyamos un hogar juntos?

—Eso es precisamente lo que estoy haciendo, pero tú…

—¿Por qué no te quedas, entonces? —dice con un hilo de súplica en su voz—. Si de verdad quieres que esto funcione, ¿por qué no te quedas de una vez? ¿Por qué, en cambio, prefieres que yo me vaya para Bogotá? Allá sigue estando el tormento de Manuela y de ñapa, no hay nada para mí.

—Aquí tampoco hay nada para mí, excepto tú. Te juro que intenté verme a mí mismo aquí de vuelta, hablé con Vikram para que averigüe qué posibilidades hay de que la agencia me patrocine, pero... simplemente, no puedo. Lo único que me trajo aquí fue el despecho, la tristeza, el desamor... y el clima es horrible, Londres para mí es un capítulo cerrado.

—¿Y qué tal si empezamos uno nuevo tú y yo, en Barcelona?

—¿Barcelona? ¿Tienes posibilidades allá?

—Algunas… y muy buenas. Ya he salido en algunas revistas con el postre que preparé para Barren Land, eso me ha dado estatus y estoy trabajando en otro que sé, me va a consagrar. Si me pongo las pilas a mover contactos con Ken, estoy segura de que podría conseguir un internado en algún restaurante allá. Al principio, solo me pagarían por techo y comida, pero si es lo que necesitamos, yo me le mido… y si vienes conmigo, sería mucho más fácil.

—Gatica, de nuevo, yo no quiero que pongas tu vida al revés solo pensando en mí. Por experiencia sé que eso no funciona. Si quieres irte para Barcelona, hazlo por ti, porque es lo que le conviene a tu carrera y si las cosas se dan... yo consideraría la posibilidad de irme, siempre y cuando me prometas que no vas a poner el peso de esa decisión sobre mis hombros. Yo ya no estoy dispuesto a que me sigan recostando una carga más para después culparme cuando las cosas salgan mal.

—Esa es una promesa fácil de hacer para mí porque, contigo o sin ti, mi próximo paso es Barcelona... o algún lugar de España. Yo también estoy cansada de Londres y todo lo que representa para los dos.

Ximena termina su frase con un sorbo largo del *manhattan* y, aunque en la superficie parece haber recuperado la calma, sus labios fruncidos y el temblor en sus manos me dice que la tormenta sigue arreciando en lo profundo de sus frustraciones. Conozco esa actitud sobria, tranquila y recompuesta; confiaría en ella si no supiera con certeza que, en el fondo, no consiguió lo que quería, la famosa propuesta de matrimonio.

Diría que estuvo a punto de proponérmelo ella misma, pero se dio cuenta de que sería un error apresurado que nos habría podido costar la relación. Mi meta es proponerle algún día, ojalá pronto, de eso estoy convencido, pero esa propuesta tiene que fluir con los sentimientos, tiene que ser dictada por el amor que sienta por ella, no por un listado de trámites para conseguir un permiso de trabajo u otro interés que no sea la genuina certeza de querer estar a su lado hasta que la muerte nos separe.

Volvemos al apartamento a medianoche. La puerta de la habitación de Chelsey, la *roommate* de Ximena, está cerrada; solo se nota un hilo de luz en la parte inferior que nos alerta de su presencia. Abrazo a Ximena por la cintura, dándole pequeños besitos en el cuello con los que ella se relaja al tiempo que caminamos rumbo a la habitación y hacemos el amor... o, al menos así quisiera llamar a esto que está sucediendo entre nosotros en la cama.

Los besos están bien, pero las caricias se sienten frías y los movimientos, mecánicos; Ximena cambia de posición para quedar debajo de mí, quiere terminar rápido y yo, a falta de inspiración, cierro los ojos para concentrarme en el repertorio más sensual en mi memoria que me haga llegar así sea obligado.

Ximena se acomoda sobre mi pecho mostrando un cansancio que no me convence, ¿en serio, cree que no me di cuenta de que acaba de fingir un orgasmo?

Me limito a acariciar su pelo mientras observo la superficie blanca del cielo raso, intentando trazar en él las correspondientes sumas y restas de nuestra confusa conversación en el bar llena de reclamos y decepciones, de planes y esperanzas en su nueva «tierra prometida», Barcelona.

¿De cuándo acá Barcelona?, ¿no había dicho que París o nada? ¿Y qué pasó con el entusiasmo inicial de seguir viviendo en Londres, una ciudad que, según ella, le había abierto las puertas y la estaba posicionando?

Las cuentas no me dan, la ecuación está mal despejada. Esos reclamos de mi viaje a París no tienen nada que ver con Manuela.

En realidad, tienen más que ver con… la actitud de nerviosa sorpresa con la que me recibió en Barren Land a mi regreso… y los golpecitos amistosos en la espalda que su jefe me dio para invitarme a esperarla en la barra...

… Y los dos *whiskys* que me tomé esa noche «por cuenta de la casa».

… Y la forma cómo evitaban mirarse de frente mientras hablaban del menú del día siguiente.

… Y los contactos que le está ayudando a mover en Barcelona porque «está convencido del gran potencial que tiene».

F..C.K*

—Ximena.

Me contesta con un murmullo. Sostengo su cabeza con mis dos manos y la levanto de mi pecho para que me mire a los ojos. Está nerviosa.

—¿Qué pasó con Keneth?

17
VENDETTA CON «M»

Llevo una hora y tres atuendos descartados en mi –no tan noble– intento por escoger el que resuma las tres cualidades con las que toda ejecutiva quiere presentarse a una insospechada reunión de trabajo: segura, elocuente y… bella.

La última la incluyo como necesaria ya que el encuentro no será en su oficina, sino en uno de los exclusivos restaurantes de la Zona Rosa. ¿La razón? No la tengo muy clara, para ser honesta. Mis precarias dotes de adivina me llevan a pensar que la idea es mantener la reunión en un bajo perfil para evitar algún tipo de conflicto con las demás agencias licitantes que nos quieren arrebatar la cuenta.

—No hay duda de que tu universo es digital. Hablas en pixeles y no en centímetros cuadrados —me dice con humor Gabriel Vallejo, uno de los cuatro nuevos gerentes de marca de Sugarbeat. Además de elegante y amable, tiene unos ojos azules abso-luta-mente fantásticos. Es difícil mirarlo sin imaginarme nadando en el color turquesa del mar Caribe.

No todo es digital en mi vida, de vez en cuando voy a la biblioteca en el mundo real a hacer cardio —le contesto en broma mientras empiezo el solomillo asado en salsa de higos que me acaban de servir—. ¿Hace cuánto empezaste en Subarbeat?

—Firmé contrato hace poco más de cuatro meses, pero efectivamente, empecé hace tres semanas.

—¿Y qué tal te ha parecido el cambio después de trabajar en el sector de comidas rápidas por tanto tiempo? Debe ser muy distinto.

—Distinto, pero interesante. Sugarbeat es una empresa con procesos definidos y un sentido muy arraigado de la identidad nacional que me gusta mucho. Esa fue la razón más importante para aceptar la oferta que me hicieron.

—Es cierto. Ese es el primer parámetro que nosotros evaluamos a la hora de armar el *mix* de medios en las campañas de Sugarbeat. Siempre tratamos de reflejar el gran sentido de pertenencia que tiene la empresa con el país y con las comunidades. Eso no cambiaría si deciden quedarse en la agencia. Yo, como directora de estrategia digital, me aseguraré de eso.

—Te estás adelantando al *pitch* y eso que todavía no hemos definido fecha de presentación —me responde sonriendo.

—Nunca es demasiado temprano para tomar la decisión correcta. Si la cuestión es de presupuestos, nosotros podemos renegociar tarifas especiales en los mejores espacios que tengan los medios para Sugarbeat. Esa es la clase de poder de negociación que tenemos en BrandsMedia.

—¿Y tú estás contenta en BrandsMedia?

—¿Cómo así que… si estoy contenta? —le pregunto, fuera de base.

—Tal y como lo escuchaste. ¿Has encontrado en BrandsMedia todo lo que buscas como profesional? Piensa muy bien la respuesta que me vas a dar porque si me dices que «sí», empezaré a dudarlo.

Estaba preparada para responderle cualquier pregunta relacionada con las campañas exitosas que hemos hecho para Sugarbeat –incluso traje mi iPad mini en el bolso para mostrarle los reportes en caso de que se pusiera pesado… porque esa es la clase de ñoña que soy cuando se trata de un cliente–, pero esta conversación no estaba en mis notas.

—Pues… sí. BrandsMedia es la mejor agencia de medios de este país y siempre quise trabajar ahí.

—Pero supongo que tampoco te cerrarías a la idea de explorar otras oportunidades de crecimiento profesional. En Sugarbeat las encontrarías todas.

—Perdóname… ¿tú me estás… ofreciendo trabajo?

—Con tu experiencia, tu actitud y tus ideas, creo que serías una excelente gerente de mercadeo digital para Sugarbeat.

—La verdad, no sé qué decirte. Cuando hablaste de oportunidades en Sugarbeat, pensé que te referías al *pitch* que estamos preparando para presentarles.

—Tu lealtad hacia BrandsMedia me parece admirable y habla muy bien de ti, Manuela; tómalo como un cumplido, pero ¿preferirías participar en un *pitch* para retener una cuenta en vez de perseguir una oportunidad mejor?

—Pero yo nunca he trabajado en mercadeo, yo siempre he hecho publicidad digital. Tú sabes muy bien que hay una gran diferencia entre esos dos conceptos, aunque la gente los confunda.

—Tú tienes precisamente lo que a nosotros nos hace falta, la visión digital. Piensa que, más que una empresa de bebidas gaseosas, Sugarbeat es un estilo de vida, una actitud ante el mundo y la mejor forma de conectarse con la audiencia hoy en día para transmitir ese mensaje es a través de los medios digitales. Nosotros necesitamos a alguien que entienda al detalle el mundo digital, que hable el idioma y maneje esos medios y, después de ver tu perfil, a mí no me cabe la menor duda de que tú eres la persona indicada para ello.

—Gabriel, te va a tocar bajarle un poco a los halagos si no quieres que mi ego explote en confeti aquí mismo. ¿Tú realmente crees que mi perfil es el adecuado para trabajar en Sugarbeat?

—Desde donde yo lo veo, no solo traerías un bagaje inmenso a Sugarbeat; tú misma te estarías dando la oportunidad de formar parte de una organización moderna y dinámica que te permitiría darle rienda suelta a tus ideas y crecer profesionalmente. ¿No es eso lo que siempre has querido?

Plop!

No sé si fue exceso de modestia de mi parte pensar que el tipo me había contactado para hablar sobre el *pitch* y, de alguna forma, darle la oportunidad a BrandsMedia de sumar puntos para impedir que la cuenta se fuera a otra agencia. Ni en mis sueños más salvajes se me había ocurrido que Gabriel pondría sobre la mesa una propuesta de trabajo de esta envergadura. Cuando oportunidades así aparecen, me decepciono de mí misma al darme cuenta de lo pequeña que se ha quedado mi imaginación para pensar en grande.

Gerente de mercadeo digital en Sugarbeat. Esa sí que sería una gran aventura. Tendría un equipo trabajo completo para continuar desarrollando la marca en digital, manejaría el presupuesto y los recursos del departamento e incluso podría aspirar a ganar un sueldo más alto con el que podría pagar las cuotas de mi propio apartamento en vez de regalar la plata en un arriendo mensual. Me alcanzaría para comprarme el carro que quiero, podría llevar a mis papás a conocer Tierra Santa o Turquía y cumpliríamos, los tres, el sueño de volar en globo sobre Capadocia.

La que está volando soy yo sentada en mi cama, terminando de actualizar mi hoja de vida en el computador para enviársela a Gabriel mientras juego con su tarjeta de presentación en mis dedos.

Es una de esas tarjetas sofisticadas de textura suave con letras en alto relieve; sonrío al imaginar mi nombre escrito en una igual. No puedo evitar la tentación de acercarla a mi nariz, quién sabe cuánto tiempo llevaría en el bolsillo de su chaqueta, aún está impregnada de su perfume.

Y hablando de perfumes, algo huele raro.

Mi papá, como cualquier bogotano promedio, me ha repetido incontables veces que desconfíe de las cosas buenas que aterrizan de repente en mis manos porque de eso no suelen dar tanto, mucho menos gratis. Vuelvo a su perfil de Linkedin. Todo se ve normal excepto un detalle, en la lista de sus contactos veo a… una vieja a la que voy a zarandear mañana a primera hora.

—¿Manuela? ¡Qué alegría verla por aquí! —me saluda entre sorprendida e intrigada, Esmeralda, una de las secretarias de la empresa en la que jamás pensé volver a poner un pie.

—Alegría la mía de ver que todavía se acuerda de mí. Cuénteme, ¿cambió de jefe o sigue con la misma?

—No, mi jefe sigue siendo la misma.

—Perfecto. No le voy a quitar mucho tiempo, yo sé que usted vive ocupada. Hágame el favor y le dice a su jefe que la espero esta noche sin falta a las siete en punto en el lugar que ella escoja —le digo mientras pongo en sus manos la tarjeta de presentación de Gabriel unida con una grapa a la mía, en la que se puede leer en mayúsculas mi nombre y mi cargo al lado del logo de BrandsMedia, la agencia para la que orgullosamente trabajo—. Ahí le dejo mi teléfono para que me mande las coordenadas. Dígale que si me deja esperando, el problema ya no lo tendrá conmigo, sino con el hermano.

La dirección del restaurante me llega a las cinco y media de la tarde, momento exacto en el que decido apagar el computador y salir de la oficina.

—Mani, cálmate, te va a dar un *yeyo* —me dice María Paulina al entrar conmigo al ascensor de la oficina—. ¡Lástima no tener un pañito de cloroformo para ponerte en esa nariz y dormirte con tal de que no vayas a esa cita!

—No hay cloroformo ni poder humano que me detenga, Mapi. Esta no se la pienso dejar pasar a esa gente.

—No te desgastes con ellas, *ombe*. En estas cuestiones, uno habla directamente con el protagonista de la película, no con el que vende las crispetas en el teatro. Es con Diego con quien deberías hablar, ¿para qué te quieres meter a la cueva de la víbora esa?

—¿Quién te dijo que esto tiene que ver con Diego? Él puede hacer con su vida y con su Ximena lo que se le dé la gana; por mí, que se los coma el marrano. Es a Eliana a la que le voy a dar su tatequieto por atrevida, ella no tenía por qué meterse conmigo, mucho menos con mis aspiraciones profesionales, esa no se la perdono. Yo siempre pensé, como la idiota que soy, que yo no quería que Diego se enfrentara a su familia ni armara un problema por culpa mía; vamos a ver que, debí haber sido yo la que se enfrentara a ellas desde el principio para defenderme a mí misma y dejarles en claro quién soy. Lo único que he logrado callándome la verdad y cubriéndoles la espalda es quedar como una cobarde a la que le pueden hacer cagadas como esta impunemente y todo ¿por qué?, ¿por un tipo que ni siquiera quiere estar conmigo? ¡No, qué va! Hasta aquí les llegó la cobarde. ¡Me importa un carajo y que se arme el pedo que se tenga que armar! Esta vez, fueron ellas las que se metieron en mi cueva y hoy, la víbora, soy yo.

El tráfico vespertino me deja solo diez minutos para retocarme el maquillaje y revisarme los dientes en el espejo de mi polvo compacto antes de entrar al tradicional restaurante Casa Vieja, ubicado en las inmediaciones del centro histórico de la ciudad. Allí, soy conducida por el *host* hacia la mesa reservada con anticipación por la mismísima Eliana Ospina.

Me las doy de elegante y pido una copa de vino tinto, aunque el voltaje de la ocasión ameritaría un par de aguardientes. Mis manos siguen frías y el corazón me late a mil de la rabia, haciendo las cuentas mentales de todas las facturas emocionales que esa mujer me debe, desde el día que la conocí, la vez que me echó de su empresa, hasta la noche anterior a mi boda con Diego. Todas se las tengo anotadas, en especial esta:

—Y ¿qué tal que él todavía esté sintiendo cosas por Ximena?, ¿a usted no le parece que uno sí debe meterse antes de que le echen la soga al cuello?

—¡Que no! Eliana de por Dios, ¿qué es lo que le está pasando? ¿usted sí se está escuchando las locuras que está diciendo? Yo no tengo por qué saber qué es lo que él siente realmente por Ximena, ese es asunto de él y si se casa con Manuela queriendo a Ximena, ese problema es de él.

Ese par de frases retumban en mi memoria como un martillo desde entonces.

El mero recuerdo de esa desastrosa conversación que jamás debí haber escuchado entre Eliana y Leticia me quita el aire, produciendo el mismo dolor que entumeció mis manos mientras salía corriendo de esa casa, sin saber qué hacer.

Se suponía que esa noche celebraría mi despedida de soltera y terminó siendo la despedida de mis sueños de una vida al lado de Diego.

Pero esto va más allá de mis sueños sentimentales. Ni siquiera se trata de Diego; esta vez, el asunto es entre Eliana y yo.

—Manuela, ¡cuánto tiempo sin verte! ¿Cómo vas? —me saluda la muy irónica, mirándome de arriba abajo antes de sentarse a la mesa, frente a mí, con una actitud desparpajada que ofende mis pupilas—. Siento llegar tarde. El trancón en la autopista estuvo épico, como siempre. ¿Ya pediste algo de comer o me estabas esperando?

—La verdad, no tengo hambre, pero ya que estamos hablando de comer, dime, ¿cuántos mordiscos le habías pegado al postrecito de Gabriel antes de mandármelo en bandeja de plata?

—Ay, Manuela, no te aguantas un chiste —me dice con descaro—. Pero, hablando en serio, Gabriel quedó muy impresionado contigo. ¿Le mandaste la hoja de vida? Sigo creyendo que es una excelente oportunidad para ti.

—Tú, definitivamente, eres muy desocupada, ¿o Leticia te está ayudando? No me sorprendería que estuviera participando a consciencia de esta niñería —replico mientras el mesero llega con una copa de vino para Eliana.

—Con mi mamá, no te metas.

—Ella ya está metida en todo esto.

—¿Les traigo el menú o paso en unos minutos? —nos pregunta el mesero, temiendo nuestra reacción. Ambas estamos a punto de agarrarnos a mordiscos.

—No sé, ¿qué quieres hacer, Manuela?, ¿nos quedamos o te vas?

La sangre me hierve, quisiera voltear la mesa y largarme, pero irme sería darle la satisfacción de sacarme a sombrerazos y ese placer no se lo pienso dar, ni ella ni Leticia me intimidan ya; todo lo contrario, la presencia de Eliana solo puede significar una cosa, para ellas, sigo siendo un peligro.

Me acomodo en la silla cruzando las piernas y la miro de frente; Helena de Troya necesitó menos que esto para enviar mil barcos a la guerra más famosa de la antigüedad.

—Me quedo, pero no quiero nada. Gracias.

Eliana le hace señas al mesero para que se aleje, no vaya a ser qué termine salpicado de sangre en la pelea de gatas que está a punto de armarse.

—¿Tanto les intimida a todas ustedes verme al lado de Diego que son capaces de palanquearme un puestazo en Sugarbeat?

—Tú lo has dicho, es un puestazo por el que cualquiera mataría y te vendría muy bien.

—El día que quiera una oportunidad de esas, me la trabajo yo solita. Yo no me vendo al mejor postor.

—Lo hice con la mejor de las intenciones, aunque no lo creas. Soy de las que piensa que las mujeres llegamos más alto si nos levantamos a hombros las unas a las otras y esta sociedad necesita con urgencia más mujeres en puestos de liderazgo. Pero bueno, feminismos aparte, ahora sí cuéntame, ¿qué es eso tan importante que querías hablar conmigo?

—Contigo y con tu mamá. En serio, ¿Leticia no piensa venir a darme la cara?

—¿Y qué te hace pensar que mi mamá tiene que darte la cara? Eres tú la que nos debe una explicación por haber humillado a mi hermano, dejándolo plantado en el altar.

—Yo no les debo nada a ustedes. Al único que le debía explicaciones era a Diego y ya se las di… aunque a medias, porque la parte de la historia en la que ustedes figuran está por contarse.

—¿Nosotras? No sé de qué estás hablando.

—Sí lo sabes, de lo contrario no estarías aquí.

Eliana se recompone en su silla y cruza las piernas. Hasta bonitas las tiene y usa el mismo tipo de tacones altos que yo. Leticia tenía razón aquella vez cuando dijo que Eliana y yo nos parecíamos más de lo que pensábamos y en otras circunstancias, nos caeríamos bien. ¡Las ironías de la vida! Eliana y yo somos del mismo tipo de personas que, en el mundo corporativo, se conocen como las *high achievers*, para quienes la carrera y los reconocimientos profesionales son lo más importante a la hora de reforzar nuestro sentido de identidad.

—Estoy aquí por simple curiosidad. ¿Qué era lo que le ibas a contar a Diego si yo no venía a esta cita?

—El descaro de ustedes no tiene límite. Ustedes han visto sufrir a Diego todo este tiempo y, en cinco años, no han sido capaces de contarle lo que hablaron la noche anterior a nuestra boda.

—¿Nos escuchaste hablando esa noche? ¡Qué falta de tacto! Por no hablar de básico respeto por la privacidad de los demás.

—A veces me da por pensar que ustedes lo hicieron a propósito para que yo llegara en ese preciso instante y las escuchara.

—Vas a tener que ser más específica en tus afirmaciones porque, aunque tengo toda la intención de escucharte, lo que no tengo es tiempo ni paciencia para jugar a las telenovelas. ¿Qué fue exactamente eso tan «terrible» que escuchaste como para dejar a Diego plantado en el altar?

Si el descaro tuviera rostro, definitivamente sería el de Eliana Ospina. Parece increíble que una persona pueda tener tal capacidad de mantenerse fría e inamovible sabiendo el daño que causa a su paso. Es evidente que ella no viene a escuchar argumentos y a reflexionar sobre el asunto como seguramente hubiera podido hacer Leticia. Eliana viene a discutir para ganar, así sea sacrificando el bienestar de dos personas que se aman.

—Tú no reservaste muchos escrúpulos para expresar lo mucho que te disgustaba la idea de verme casada con tu hermano. Te parecía terrible que Diego «metiera la pata» con alguien como yo cuya única habilidad, según tú, era atrapar a un hombre con plata. Si mal no recuerdo, dijiste que me había ganado la lotería —digo y no puedo evitar detenerme a contemplar la serenidad con la que Eliana disfruta un sorbo de vino, como si nada de lo que yo le estuviera diciendo la afectara en lo mínimo—. Eso te puede parecer menospreciable, pero era suficiente para desestabilizar a una mujer que, en esa época, atravesaba una situación laboral complicada y tenía los nervios de punta por un matrimonio que no parecía alegrarle a nadie.

—¡Pobrecita! Me imagino —dice, sin disimular un gramo de sarcasmo, dejando la copa de vino sobre la mesa—. Pero yo no tengo la culpa de que no tuvieras una piel más gruesa para soportar mis opiniones y, a todas estas, ¿desde cuándo te importaban tanto? Yo no me acuerdo haber fingido nunca que me caías bien. Desde que nos conocimos, tú sabías que yo no era tu fanática número uno y si no lo intuías por tu propia cuenta, Diego debió habértelo dicho porque él también lo sabía, yo nunca se lo oculté ni a él, ni a ti, ¿por qué te sentiste tan ofendida?

—A mí me valía cinco que me odiaras, pero me preocupaba que fueras capaz de hacer lo que fuera con tal de sacarme de la vida de Diego ¡y eso fue lo que hiciste! Empezaste por sacarme de tu empresa aun sabiendo lo mucho que le estaba ayudando a él.

—Yo no te saqué de Petite Délice, tú cometiste un error que nos costó plata. Además, estabas causando problemas en el equipo y tuve que tomar decisiones al respecto; eso es lo que hacemos los gerentes en las empresas, tomar decisiones y resolver problemas.

—¡Eso no es cierto! Tú te amangualaste con Fabián para sacarme.

—Y si lo hubiera hecho ¿qué? Esa no era una razón para dejar plantado a Diego en el altar.

—Era suficiente para saber con qué clase de familia me estaba metiendo. Leticia tampoco quería que Diego y yo nos casáramos y aun así se empeñó en…

—¡Perfecto! como no puedes conmigo ahora le vas a echar la culpa a mí mamá que ni siquiera está aquí para defenderse. ¿Eso es lo que te dices a ti misma para conciliar el sueño por las noches?, ¿que le rompiste el corazón a un hombre bueno por culpa de tu cuñada y tu suegra? Perdóname por mi falta de sensibilidad, pero a mí no me suena a otra cosa que a puras excusas para esconder la verdad: ¡tú no amabas a mi hermano tanto como pregonabas! Tú lo que querías era vivir en la comodidad del sofá que él te podía ofrecer, pero te diste cuenta a última hora de que no ibas a poder sostener la farsa porque nosotras no te lo íbamos a permitir.

—¡Yo no me estaba casando por plata! Yo jamás les demostré ser esa clase de mujer y me parece el colmo que me hayan declarado una guerra injusta solo porque no estaban de acuerdo con una decisión que Diego estaba en todo su derecho de tomar.

—Yo no te declaré ninguna guerra y lo siento si lo que escuchaste esa noche te hizo sentir mal y te «desestabilizó», pero ese no es mi problema. Ahora, si esa es la parte de la historia que dices que Diego necesita saber para redondear tus explicaciones y justificar el hecho de haberle dado la espalda el día más importante de su vida, eres libre de contársela, yo no veo ningún problema. ¡Es más! pagaría lo que fuera por ver cómo te las arreglas para contarle todo eso sin quedar como una ridícula frente a él.

—¿Te importaría entonces que le dijera que fue por ustedes que me enteré de la existencia de Ximena? —pregunto con serenidad y parece que, por fin toqué la cuerda que era. Eliana se queda mirándome sin mostrar una mínima expresión en su rostro, estudiando en su mente las palabras que intenta pronunciar para defenderse, pero esta vez seré yo la que empate el partido y tome la delantera—. Me gustaría contarle, en especial, la parte en la que afirmabas que Diego se estaba casando conmigo sintiendo «cosas» por ella. ¿Tienes algún problema con que le pregunte a Diego de qué clase de «cosas» hablabas en aquella época?

—Es eso, entonces. Tú dejaste a Diego plantado en el altar porque te enteraste de que había otra mujer en su vida.

—¿Ella estaba aún en su vida? Vea pues, voy a tener que comparar versiones con él —le respondo con ironía.

—Él no te puso los cuernos con Ximena, si eso es lo que estás insinuando. Esa relación se había acabado cuando ustedes empezaron a salir, pero Diego sí tuvo sus dudas con respecto a su boda contigo y lo sé porque se lo dijo a mi mamá el día que te encontró cantando en los buses de Transmilenio. Él dijo que tú te empeñabas en ocultarle cosas que, como tu prometido, debía saber y esa era la peor forma de empezar a construir una relación que, se suponía, estaba basada en la confianza.

Incluso sabiendo que Eliana está manipulando la información, sus palabras suenan extrañamente familiares, casi que podría escucharlas de los labios del propio Diego.

—Aun así, no tenías ningún derecho a hablar de los sentimientos de Diego hacia Ximena o hacia mí, por muy segura que estuvieras de conocerlos.

—Eso es cierto. La que debió conocerlos desde el principio eras tú. Él debió haberte hablado de Ximena y de lo importante que ella era, no solo en su vida, también en la nuestra, en vez de empeñarse en ocultártela y obligarnos a todas nosotras a no hablar de ella ni a mencionar su nombre como si fuera un espíritu maligno.

—Ni él ni yo estábamos interesados en hablar de nuestro pasado sentimental, fue un acuerdo entre ambos, pero eso es algo que no tengo por qué explicarte.

—Ni a mí me interesa conocer porque, en todo caso, yo no estaba tan alejada de la realidad. En el fondo, Diego sí sentía algo por Ximena y la prueba es que volvieron. Contra viento y marea, ellos siguen juntos y ahora están mejor que nunca.

—Ella está viviendo en Londres y él aquí en Bogotá, yo no los veo tan juntos como dices —replico a la defensiva, en un intento por conservar la poca dignidad que me queda en esta conversación bizarra que jamás debí haber incentivado.

—No deberías dejarte engañar por las apariencias, Manuela —dice y si algo debo admitir es que, sacando la parte en la que me llamó «ridícula», Eliana está dando una pelea digna, limpia y calmada; y eso me enfurece.

—Eso solo lo saben Ximena y Diego. Yo ya dije lo que tenía que decir. Sigo lamentando que Leticia no haya venido y en todo caso…

—¡No, espérate! ¿Cómo así que te vas? Yo te di la oportunidad de hablar y reclamarme lo que me quisiste reclamar; ahora es mi turno de hacer las preguntas.

—¿Y qué carajos querrías saber de mí?

—No mucho sinceramente, aunque sigo con la curiosidad de saber… ¿en serio pensabas que tenías algún remoto chance de recuperar a Diego inventándote una historia loca en la que nosotras éramos las brujas malvadas a las que podías culpar por un error que solo tú cometiste?

—Yo no tengo por qué contestarte esa pregunta.

—Si tu plan es recuperar a Diego, no lo intentes porque lo único que vas a conseguir es decepcionarte. Diego y Ximena se aman y nada de lo que hagas va a cambiar esa realidad.

—Esa es solo otra de tus opiniones que no me interesan en lo absoluto.

—Aunque no lo creas, yo también tengo mi corazoncito y solo por eso voy a intentar ser ecuánime con lo que te voy a decir. De pronto lo de ustedes fue especial, no tengo cómo saberlo, pero asumo que lo fue. Contigo, Diego habrá vivido momentos bonitos, dignos de recordar; en ti habrá encontrado detalles chéveres para compartir, tendrán ciertos gustos en común y una fuente inagotable de temas para hablar en su profesión, por no mencionar tus fabulosas cualidades porque nadie niega que eres inteligente, linda, tocas guitarra eléctrica y puede que hasta seas un polvo increíble; pero es con Ximena con quien Diego ha construido una relación.

» Ellos han estado juntos desde que se conocieron y siempre han tenido un proyecto en común. Fue con Ximena con quien él tuvo la idea de crear el concepto de nuestra empresa, con ella buscó el local en el norte de Bogotá para montar nuestra primera *boutique* de pastelería *gourmet*. Con ella diseñó el logo, escogió los colores de la marca, los muebles, las lámparas, las vitrinas, los cubiertos y hasta las servilletas. Ambos se inventaron el nombre de la empresa y armaron juntos el menú. Ximena y él han estado en las buenas y en las malas, han solucionado problemas realmente complicados y han superado todos los obstáculos, incluyéndote a ti… y contigo ¿qué hizo Diego? ir a terapia.

Por poco me gana el impulso de echarle el vino en la cara con todo y copa. Su discurso fue un camión estrellándose contra las gruesas paredes de mi alma que, aunque debidamente reforzadas por mi voluntad de resistir, no pudieron evitar del todo agrietarse con el impacto.

—Primero que todo, Diego está en terapia porque es un hombre valiente, porque se dio cuenta de que necesitaba ayuda para navegar sus traumas de infancia y si te tomaras el tiempo de hablar con él de otra cosa que no fuera el negocio, lo entenderías. Y segundo, para ti ¿qué es «construir una relación»?, ¿fundar una empresa de la que tú eres la gerente general? Yo pensaba que me odiabas por básica lealtad hacia tu mejor amiga y eso me hacía, si no admirarte, al menos respetarte; pero ahora me doy cuenta de que no se trata de ninguna lealtad, ni siquiera de amistad o fraternidad; en realidad, tú no ves a Ximena como tu mejor amiga ni a Diego como tu hermano; para ti ellos son dos activos de la empresa que tú tienes el privilegio de gerenciar. Tú no estás sentada aquí defendiendo sus sentimientos ni su relación sino tus propios intereses; estás tan desesperada por sostener tu posición de líder infalible que harías cualquier cosa con tal de mantenerlos juntos y, ojalá, trabajando contigo en Petite Délice para completar la santísima trinidad del negocio.

—¿De dónde sacas tantas estupideces? ¿Cómo te atreves a decirme eso? —replica ofendida.

—Me atrevo porque quiero. Ya era hora de que alguien te dijera la verdad en la cara —le respondo sin titubeos mientras me levanto de la mesa y saco la billetera de mi bolso——. Si te hablas con Gabriel, dile que no me interesa la oferta, pero que le tengo al candidato perfecto, tu hermano Diego Ospina. Es a él al que deberías palanquear en ese cargo si quieres alejarlo de mí, yo no tengo por qué irme para ninguna parte.

Dejo un billete de veinte mil pesos sobre la mesa para pagar la copa de vino que no me tomé y, aunque me llevo mi dignidad intacta, no puedo decir que me sepa a victoria. Saber que Ximena existe, que sea inteligente, linda y talentosa es una cosa; pero otra muy distinta y detestable es escuchar el recuento de sus hazañas al lado de Diego como si ambos fueran la encarnación palpitante del amor verdadero que lo conquista todo.

Eso no fue lo que Diego me dijo en París.

Entro al apartamento con el ánimo por el piso y la cabeza ardiendo en rabia. La única motivación de Eliana era herirme, lo sé y, aun así, no puedo evitar preguntarme si sus palabras administradas con veneno no esconderán algo de verdad.

Me pongo la pijama y empiezo a desmaquillarme frente a las mil preguntas que me hago frente al espejo. De todas ellas, solo una resuena: Diego quiere que seamos solo amigos, pero ¿qué es lo que yo quiero de él? Esa es la verdadera pregunta que debería responderme. No es cuestión de desgastarme adivinando lo que él sienta o no por mí sino lo que yo estoy dispuesta a hacer con lo que siento por él. Un amor no correspondido no es el fin del mundo, no es una razón para morir, pero sí es una para olvidar.

¿Seré capaz realmente de compactar todo lo que Diego me inspira, todo lo que siento por él y hacerlo pasar por una amistad cuando lo que quiero es latir en su pecho, habitar en su mente y tatuarme en su cuerpo?

Esa respuesta sería… mil veces «no». Mientras yo lo ame, no puedo, ni quiero ser «la amiga».

Lo intenté hasta donde pude, quise convencerme… o quizá engañarme con la idea de abrirle un espacio en mi vida para participar en ella de la manera más neutral posible; pero una cosa es sentir empatía y solidaridad por alguien, una cosa es que desee lo mejor para él y que esté dispuesta a ayudarlo en lo que pueda y otra muy distinta es actuar como la sustituta de la novia ausente para espantar su soledad y calentarle la silla —sino la cama— mientras ella está lejos. Esa no es precisamente mi visión de una relación sana con él ni con nadie.

No necesito una amistad que más parece un premio de consolación que nunca pedí en retribución por mis sentimientos. Yo necesito y quiero ser correspondida con la misma medida del amor que estoy dispuesta a entregar.

DIEGO

Después de trece horas de viaje y una hora de taxi desde el Aeropuerto Internacional El Dorado de Bogotá hasta mi apartamento, nada me hace más feliz que descargar todo mi peso sobre la cama y sentir el aroma a naranja del detergente en mis sábanas blancas recién lavadas. Me puedo estirar en toda la extensión del colchón a plenitud. Por fin, estoy en casa.

Podría morir de cansancio aquí mismo, sonriendo al mejor estilo del idiota durmiente, pero son apenas las nueve de la mañana. Ese es el problema de viajar entre husos horarios, me siento un extraño de visita en mi propio cuerpo, un espíritu recién instalado que trata de controlar dos pares de extremidades y una cabeza que no le pertenecen.

Me levanto como si fuera operado a control remoto por alguien más. Cruzo la sala hacia la cocina que huele a desinfectante con aroma a canela combinado con blanqueador. Mi mamá estuvo aquí, se nota en la nevera llena de todo lo que me gusta… excepto el queso roquefort; lo odio, pero adoro el chiste secreto entre los dos y la nota que me dejó pegada al queso.

«Se llama Patricia Helena Lopera, es psicóloga de la Universidad Javeriana. Estoy lista para intentarlo».

Pongo la tetera llena de agua en la estufa para prepararme un Chai, aunque esta vez, no podré compartirlo con el silencio. Todavía creo escuchar los reclamos y las lágrimas de Ximena derramarse rabiosas sobre las sábanas, sobre mi pecho y mi conciencia.

—¿Tú, de verdad, me crees pendejo o qué? ¡Es obvio que lo hiciste porque el tipo te gusta! —exclamé, ciego de rabia.

—¡Ojalá me gustara! ¡Lo habría disfrutado más!

—Entonces ¿lo hiciste para desquitarte de mí? ¡Eso sería el colmo, Ximena!

—Eso es lo que tú quisieras que te dijera para acabar con esto, ¡pero ese gusto no te lo voy a dar! Tú tampoco estás libre de pecado como para levantar la primera piedra. ¡Júrame aquí mismo que tú no hiciste lo mismo con Manuela en París!

—¿Quieres saber qué fue lo que hice en París? ¡Despedirme definitivamente de la idea de estar con ella para poder estar contigo! ¡Eso fue lo que hice!

Enciendo el computador portátil y empiezo a revisar, uno a uno, los treinta y dos mensajes en la bandeja de entrada de mi correo electrónico, con la esperanza de acallar sus gritos en mi cabeza. Se supone que fui a Londres a reafianzar mi relación con Ximena y quedó peor.

Un error, tras otro, tras otro.

Reviso mi correo electrónico y me tranquilizo al ver mi calendario lleno de reuniones y eventos con clientes a partir de la próxima semana. Eso quiere decir que no estoy en la cuerda floja como pensaba al inicio del viaje.

Sin embargo, un *email* enviado a las siete y cuarenta y tres de la mañana me llama la atención; el asunto lleva la palabra «urgente» en mayúscula y lo que leo de ahí para abajo no me gusta para nada, la cuestión amerita una llamada.

—¿No deberías estar durmiendo? —me pregunta Manuela al otro lado de la línea—. Por mi madre que eso es lo que yo haría después de un viaje de esos.

—No puedo dormir y ahora menos con estos *emails* de AGM. *Briféame*, de una a diez, ¿qué tan grande es la embarrada que hizo la *influencer* esta?

—Como de veinticinco libras y media —me contesta, con sorna—, pero fresco, no tienes nada de qué preocuparte, todos aquí estamos al pie del cañón. De hecho, vine a hablar con Felipe a ver qué se nos ocurre.

—¡Pff! Él puede ser un director muy creativo, pero no es al único al que se le ocurren buenas ideas —le digo, burletero.

—No podría estar más de acuerdo —contesta la voz grave de Felipe al tiempo que el agua hierve en la tetera, haciéndola chillar—. ¿Qué más, Diego? ¿Cómo le fue en el viaje?

—Bien y… ¿usted, qué?, ¿cómo va? —replico, apagando la estufa y retirando la tetera de la hornilla. Yo y mi bocota.

—Lo siento, se me olvidó anunciar que estábamos en altavoz. Mapi, habla, a ver si Diego te escucha.

—Sí, ¿buenas? Aquí la duquesa de Hazard reportándose. Cuéntame, ¿qué me trajiste de Londres?

—Diría que una maleta llena de ropa para lavar, si el comentario no fuera sexista.

—Tú, tranqui que la lavadora no se ofende por eso. Bueno, mi gente linda, mi gente bella, apuren el burro que estoy en plena semana de reconciliación de facturas y, como dice el cacique Diomedes, «la demora me perjudica».

—Bueno, yo empiezo dándoles un parte de tranquilidad. Acabo de colgar con Érica y ya está más calmada. La pobre estaba al borde del soponcio con ese *post* de Sonya Madrid en Instagram —dice Manuela.

—¿Y qué fue lo que hizo la tal... Sonya con «i» griega? —pregunta Felipe, en burla.

—Sí, «Sonya con "i" griega» —continúa Manuela y me extraña que le celebre a Felipe semejante chiste tan flojo—. A la vieja se le dio por *postear* anoche en su Instagram una foto con su bebé de seis meses en el carro de AGM que le prestamos para la campaña y, obviamente, los *haters* y los *trolls* se dieron gusto inundando la caja de comentarios con toda clase de insultos, diciendo que la vieja estaba manejando con el bebé en las piernas y que era una bruta. Érica y Jaime se dieron cuenta de la polémica esta mañana porque los *trolls* empezaron a *taguear* la cuenta de AGM en los comentarios, quejándose de que estuviera patrocinando la irresponsabilidad de esta vieja al volante.

—Las famosas bodegas de redes sociales en acción, seguro la competencia sucia les pagó para aprovechar el papayazo que dimos —digo, mientras veo las capturas de pantalla que Érica alcanzó a compartir con nosotros antes de infartarse y resucitar para enviarnos el angustiado *email*—. Se puede saber, ¿quién le dio permiso a Sonya para *postear* esa foto?

—Yo llamé a *puyengue* a Hashtag Viral, la agencia de influenciadores con la que contratamos la campaña, y ellos confirmaron que fue un error de Sonya, que lo lamentan mucho y que ya están tomando los correctivos necesarios —dice María Paulina.

—¿Quién es *puyengue*? —pregunta Felipe, confundido.

—«Llamar a *puyengue*», en español costeño, significa «reclamarle a alguien, llamarlo a pedirle cuentas, pasarlo al papayo» —aclara Manuela con humor.

—Y supongo que nos van a compensar por eso, ¿cierto, Maps? —-pregunto para ir al grano, al tiempo que preparo el Chai y me lo tomo de pie en un intento por mantenerme despierto; podría dormirme en una cama de puntillas si encuentro un mínimo de comodidad.

—Ajá y ¿tú pa qué crees que me pagan aquí?, ya estoy negociando con ellos el respectivo descuento y los valores agregados.

—También confirmaron que habían hablado con el resto de *influencers* para reforzar el proceso y asegurarse de que algo así no vuelva a pasar —-agrega Manuela.

—*Okey*, Felipe, medios está cubierto, ¿cómo la ve usted por su lado? —pregunto.

—Para nosotros el problema sigue siendo grave. Vamos a tener que pensar en un nuevo concepto creativo para ejecutar el resto de la campaña. ¿Cuál va a ser? No tengo ni idea, lo único que les puedo decir es que le echaré cabeza el fin de semana y, probablemente, el lunes les mande algo que tenga que ver con la seguridad de los niños en el carro.

—Venga, Felipe y ¿qué tal si hacemos una alianza con otro anunciante? De pronto un fabricante o un comercializador de sillas de carros para niños. Yo creo que podríamos darle la vuelta por ese lado —-comento mientras reviso mi agenda de contactos en el celular.

—Sería la solución perfecta. ¿Usted conoce a alguien?

—Pregunte por lo que no vea, mijo, aquí se le tiene.

—Listo. Me avisan tan pronto tengan algo concreto para saber qué dirección tomar. Por el momento, estoy en blanco.

Cuelgo la llamada y sin darme tiempo para pensarlo dos veces, le marco a Isabella Buendía, una de mis excompañeras de universidad que ahora es la gerente de mercadeo de la cadena de almacenes Baby Fígaro y quien acepta reunirse conmigo en la tarde para hablar del problema en cuestión.

—No debería sorprenderme, pero como siempre, me quito el sombrero, maestro —dice Manuela luego de contestarme la llamada telefónica y confirmarme que está de vuelta en su oficina.

—Deberías acompañarme a la reunión con Isa para echarle cabeza a la estrategia. ¿Tienes tiempo?

—Sí, dale, mándame la invitación al calendario. Se supone que tenías el día libre, ¿estás seguro de que quieres ir a la reunión? Yo podría ir y hablar con ella; por los aplausos, no te preocupes, yo los recojo y te los mando en un sobre.

—Yo sé que eres capaz de encargarte solita del asunto, pero es precisamente por eso que necesito hacer acto de presencia, para que no me quites el puesto y me dejes sin trabajo y sin ropa mendigando en la calle.

—Como si eso fuera posible.

—Y… ¿qué más me cuentas?, ¿cómo va todo con…?

—¿Sugarbeat? —dice, interrumpiéndome—. Roberto no ha dicho nada sobre nuestra propuesta de hacer un *pitch* exclusivo para digital. ¿Tú crees que ese chisme de que van a comprar el canal Señal3 sea cierto?

—No es un chisme, Manu, es un hecho. ¿De qué otra forma se explica la grosería de *brief* que nos mandaron? Ellos quieren hacernos perder el *pitch* a propósito para asumir la compra de medios dentro de la empresa y dejar de depender de las agencias.

—Pues, sería lo lógico, si ya son dueños de la mitad de las estaciones de radio del país.

—Exacto, el único punto débil que tendrían es digital y esa debilidad es nuestra única esperanza de salvar algo de la cuenta.

—Veo. Ahora entiendo todo.

—¿Entiendes qué? exactamente.

—No, nada… es decir, el movimiento completo. Al que no le va a gustar la idea es a Octavio, dirá que lo dejamos por fuera.

—Una pelea a la vez, Manu. ¿Entonces qué?, ¿nos vemos en la oficina de Isa o quieres que pase por ti a la agencia?

—No, fresco, nos encontramos donde Isabella. Mándame la dirección por el *chat*.

Me despido y cuelgo, ilusionado ante la expectativa de verla. De verdad, la extrañaba. Extrañaba mi vida aquí en Bogotá.

En sus sueños, Ximena nos ve juntos a orillas del mar Mediterráneo; en los míos, yo me veo aquí, en el lugar de mis profundos afectos.

Despacho un par de *emails* más y acepto las correspondientes invitaciones a los eventos y reuniones pendientes en mi calendario. Me estiro y doy una vuelta a mi apartamento, resistiendo la invitación pecaminosa de mi cama que parece guiñarme el ojo para que me le tire encima, de nuevo.

Decido entonces, poner en el microondas una de las sopas de ajiaco que mi mamá me dejó en el congelador, antes de entrar al baño a ducharme.

—Siri, acuérdame de comprar mañana crema de afeitar y un juego de cuchillas —le digo a mi celular mientras me bajo por completo la barba con la *trimmer* y remato a punta de jabón de manos y cuchilla de afeitar manual. Parezco un culicagado de quinto de primaria.

—Listo, te lo recordaré.

Siri es una bacana.

Pensé con valentía –e ingenuidad, lo admito– que el duchazo me ayudaría a mantenerme despierto. Error. Acabo de cabecear frente al computador, señal clara de que debo rendirme y acostarme si no quiero dejar mi nariz pegada sobre el mármol blanco de la isla de la cocina.

—Siri, despiértame a las dos de la tarde.

Cortinas hasta el piso, cobijas en el mentón. Fundido a negro.

***

No sé cuánto tiempo ha pasado, solo siento que el hambre me acosa de nuevo. Ni siquiera sé si tengo los ojos abiertos o siguen cerrados; por alguna razón, la oscuridad en mi habitación se ha hecho tan densa que a duras penas me puedo ver las manos agarrando el celular.

—*F*ck!* —exclamo y me levanto como un resorte de la cama. En el celular veo dos llamadas perdidas de Manuela y un mensaje de texto y… son las ¡¡seis y media de la tarde!! ¡La reunión era a las cuatro! *¡vida gran hijuep…!*

—¡¡¡Siri!!! ¡¿Qué pasó, vieja?! ¡Pensé que lo nuestro era en serio!

En realidad, la culpa es mía. Siri programó la alarma, fui yo el que cayó en un coma profundo y no la escuché. Debí haberla autorizado para que me despertara a cachetadas.

—Con Isabella me fue bien, te mandó saludos —me dice Manuela tan pronto me contesta el celular—. Dice que tienen que verse para actualizarse porque… ¡Ja! si estás de pie, siéntate antes de que te desbarates de la risa… ella pensaba que nos habíamos casado y me preguntó cuántos hijos teníamos.

—¿Cuántos le dijiste que teníamos?

—Seis —dice y suelta la risa. Yo siento que me derrito por dentro, siempre habíamos hablado de tener uno; máximo, dos.

—¿En dónde estás? Escucho música en vivo.

—Estoy en Blue Monkey, hoy es viernes de micrófono abierto.

—Cierto, todavía es viernes. Y ¿con quién estás?

—Pues… aquí hay unos cuatro gatos, incluyéndome ¿Quieres que vaya mesa por mesa y les pregunte el nombre?

—¿Cuántas te has tomado?

—No las suficientes —me dice entre risas—. No, mentira, acabé de llegar y pedí lo de siempre.

—Una Guinness… y ¿cómo así que acabaste de llegar? ¿Estás sola?

—No es tan deprimente como suena, pero sí, estoy sola —dice y ambos nos quedamos en silencio—. Ya puedes irte a descansar tranquilo, todo quedó arreglado. Felipe ya tiene la información que necesita para el nuevo concepto; quedamos en que el lunes lo presenta y si Érica y Jaime aprueban, nos pasan el material para distribuir con los influenciadores de Hashtag Viral tan pronto como puedan —agrega y puedo notar con claridad el hilo de seriedad en el tono de su voz, por no hablar de la parquedad en sus palabras que siento caer como un martillazo en el pecho. Esa no es la misma Manuela que, en condiciones normales, habría sacado algún comentario de doble sentido o un chiste para reírnos.

—Me alegra que todo haya salido bien.

—Vale, entonces que descan…

—Y… ¿no te da jartera quedarte en Blue Monkey sola? —le pregunto con disimulo, queriendo estirar la conversación.

—No. ¿Por qué?, ¿qué tiene de malo estar sola?

—No, nada.

Volvemos a quedarnos en silencio. Manuela está rara. Hay algo que no me cuadra y no creo que sea resentimiento por no haber ido a la reunión con Isabella.

—Nos vemos el lunes. Cuídate y trata de descansar —me dice, y además… ¡me cuelga! Ni siquiera me da chance de despedirme.

Voy a la cocina a prepararme un sándwich para paliar el hambre mientras deconstruyo, una vez más, la conversación en mi cabeza. No es lo que dijimos sino la distancia que estamos empezando a marcar entre nosotros. En realidad, no somos aquellos amigos que queremos ser sino los compañeros de trabajo que deberíamos ser… y eso nos sale súper mal, se siente rancio, forzado, sin vida. Esa no es la clase de «Manuela y Diego» que somos.

Heme aquí. Veinte minutos después, en la entrada de Blue Monkey.

Doy un vistazo general, intentando reconocerla en alguna de las mesas, la mayoría ocupadas por grupos de jóvenes de nuestra edad que acaban de salir de la oficina y uno que otro «adulto mayor» de cuarenta que disfrutan sus cervezas al calor de una animada conversación. En la pequeña tarima, un tipo de unos veinte-y-algo de edad, toca una canción inédita en su guitarra y algo me dice que, ante el deprimente espectáculo y con lo cansada que debía estar, Manuela decidió pedir un vaso desechable para llevarse el resto de la cerveza e irse a dormir temprano.

Me acerco a la barra al tiempo que reviso el celular en un último intento por ubicarla, hasta que la imagen de unos botines altos de charol negro al tobillo que se mueven al ritmo de la música me llama la atención. Mis ojos recorren con deleite de abajo arriba, esas piernas torneadas que reconocerían a kilómetros de distancia, la derecha cruzada sobre la izquierda, envueltas en un fino par de medias veladas negras semitransparentes que se esconden debajo de una falda corta de cuero negro que abraza las sinuosas curvas de sus caderas y su cintura, rematada en una camisa manga larga blanca con líneas negras.

Manuela se ve tranquila y plena disfrutando del momento para sí misma, concentrada en los dedos del guitarrista cuyos movimientos ella podría juzgar mejor que nadie en este chuzo. Ahora temo arruinarle el rato con mi presencia, pero ya estando aquí, lo mínimo sería... saludarla.

Diego:
Ya vas a decir que le estás mirando «la
guitarra» al tipo 😈

Manuela baja la cabeza hacia su celular alertada por el mensaje de texto que lee con el ceño fruncido. Un par de segundos después levanta la cabeza y me busca con la mirada.

—Una Póker, por favor —le digo al barista al acercarme a Manuela—. No sabía que venías a tirar anzuelo. ¿Por eso querías estar sola?

—Ya me dañaste el plan, ni modo —me dice, un tanto nerviosa de verme aparecer cuando menos se lo esperaba—. La barba se te quedó pegada en la cobija y tienes un pliegue en toda la cara —agrega, posando uno de sus dedos en mi mejilla izquierda.

—El cansancio y la diferencia horaria —le digo, tomando su mano entre la mía para retenerla en mi cara. Por un segundo siento el impulso de besarle la palma, pero lo reprimo al ver que ella misma la aparta de mí y la pone encima de su rodilla.

—¿Cómo quedó Ximena? Triste, me imagino.

Afirmo con la cabeza mientras disimulo con un trago de cerveza. Manuela me mira desprender la etiqueta de la botella, esperando el momento en el que yo intente pegársela en la frente para detener mi mano y jugar conmigo a no dejarse. Después de un par de forcejeos amistosos, la etiqueta termina pegada en mi propia mejilla.

—¿Pasó algo? —me pregunta.

—Se acostó con el jefe mientras estuve en París —confieso, quitándome la etiqueta de la mejilla y haciendo con ella una bola compacta que dejo sobre la barra—. ¿Jugamos una partida? —le pregunto, señalando la solitaria mesa de billar en la sección de juegos.

—Una ronda y me voy. Estoy cansada —dice, después de dudarlo por un instante.

—¿Y a ti, qué te pasa? —le pregunto, una vez llegamos a la mesa de billar.

—¿A mí? Nada. Y… ¿en qué quedaron?

—En que hablábamos cuando estuviéramos más calmados —le respondo, sin querer ahondar en las explicaciones—. Americano, ¿a la ocho o a la nueve?

—A la ocho —dice mientras entiza la tapilla de los tacos y yo alineo las bolas de billar en el triángulo para empezar el juego—. Eso es lo mejor, el colmo sería que la juzgaras. Ni tú, ni yo podemos posar de inocentes y castos.

—No se compara. Ella se acostó con Keneth por rabia, por despecho, quería vengarse de mí. Yo no me acosté contigo por nada de eso.

—¿Y se supone que eso te da la ventaja de la superioridad moral? —me pregunta irónica, tirando una moneda al aire y ocultando el resultado en la palma de su mano—. ¿Cara o sello?

—Sello. No tengo la ventaja moral, pero sí la comparativa. Me enteré porque me di cuenta, no porque ella me lo haya confesado —le respondo mientras reorganizo la bola ocho en la mitad y la uno en la punta del triángulo.

—¿No será que… en el fondo, te sientes culpable? si no hubieras ido a París, nada de *eso* habría pasado —concluye y revela la moneda con el resultado—. Cara, empiezo yo.

—Cuando no ganas, empatas —digo, acercándome lo suficiente para quedar hombro con hombro—. Está bien. Confieso que me siento culpable por haber ido a París, pero… tenía que hacerlo.

Manuela levanta la mirada y, de nuevo, caigo en la atracción del abismo en sus ojos y el aroma de su perfume. Manuela se aleja de mí para ubicarse en una esquina de la mesa y apuntar el taco hacia la bola blanca, en dirección al triángulo que acabo de formar. Yo desvío la mirada para evitar fijarme en lo bien que se le marca la perfecta redondez de su cola en esa falda.

¿Por qué no me quedé en el apartamento? ¡¿Por qué me torturo de esta manera?!

—Lo importante es que busquen soluciones en vez de desgastarse peleando —concluye, dándole un golpe certero a la bola blanca que se estrella en el punto que había calculado, dispersando las demás hasta embocar la número seis—. Nadie dijo que una relación de pareja era fácil, en especial si ambos están lejos —agrega, apuntando a la bola cinco, pero no logra embocar.

—Te pusiste trascendental y no has terminado la primera cerveza —-comento, mientras golpeo la bola con el efecto «adelante y retroceso» que me ayuda a embocar doble—. ¿Qué tienes? Si se puede saber.

—Metiste dos bolas seguidas. Los próximos dos movimientos son tuyos —me dice, rehuyéndome la mirada mientras me recuesto en la pared, a su lado.

—Respóndeme lo que te pregunto.

—No, no tengo nada. Llegué de París con muchos planes que no salieron, así que… me tocó reinventarme, como dicen por ahí.

—No sabes lo mucho que envidio tu capacidad de reconfigurarte. Tú dejas que la vida te transforme, te adaptas fácil. Yo, en este momento, estoy dudando de mi capacidad de tomar las decisiones correctas. Me he equivocado con tantas cosas importantes que ahora… tengo miedo.

—Miedo ¿a qué?

—A seguirme equivocando. Odio sentirme así.

—Por algo será. No te juzgues tan duro, el miedo es un mecanismo de defensa, tanto como el hambre, la tristeza, la empatía… o la decepción. ¿Quién dice que uno debe negarse a sentir algo tan básico? A veces, sentir miedo es un síntoma de que ha llegado la hora de resolver algo crucial que has estado aplazando por mucho tiempo; demasiado, diría yo. Algo que podría cambiar tu vida… y solo de ti depende que el cambio sea bueno.

Manuela termina la frase con un suspiro preocupado que me confirma, una vez más, mis presentimientos. Algo en ella no anda bien.

—¿Y qué es eso tan crucial que debes resolver, Manu?

—No me prestes atención… —dice, respirando profundo y abanicándose con la palma de la mano para darse aire en la cara—. Me acaloré, necesito ir al baño —agrega, entregándome su taco de billar.

—La última vez que fuiste al baño me dejaste esperando. ¿Segura que vas a volver? —le pregunto, en broma.

—¿Quieres venir conmigo y constatar? —me dice, intentando una broma que no le sale muy convincente que digamos, por lo que le sostengo una mirada seria—. Te dejo empeñada mi chaqueta y mi cartera por si no me crees; me les echas un ojito, porfa —agrega para seguir caminando hacia el baño, sacando a flote de nuevo todo lo que me encanta de ella, desde la dignidad con la que conduce su cuerpo esbelto, hasta las frases que salen de su boca.

Me aferro a mi taco de billar e intento concentrarme en las jugadas que me corresponden para no soltarle las riendas a mi imaginación… ni a mis bajos instintos. Manuela y yo solo somos amigos; y no puedo hacerle esto a Ximena, mucho menos por despecho.

El primer disparo no me sale. Ni el segundo. Miro a mi alrededor, al resto de la gente en el bar que sigue conversando, escuchando música y tomando cerveza sin importarles si Manuela y yo existimos.

Y para mí, no existe nadie más… que ella.

Dejo los tacos en su lugar y, resuelto, tomo la chaqueta y la cartera de Manuela. En menos de lo que me doy cuenta me veo girando la perilla de la puerta del baño… Manuela la dejó sin seguro… sabía que vendría por ella.

Abro la puerta y la encuentro sosteniéndose el cabello en lo alto de su cabeza mientras se pone una mano húmeda en la nuca para refrescarse y con esa imagen, yo mismo pierdo el control. Mis brazos llegan directo a su cintura, mis labios a los suyos, mi cuerpo contra el suyo. Mis manos recorren su espalda para clavarse en su cuello, se enredan en su pelo; mi cadera se estrella en la suya, aprisionándola contra la pared.

Nos besamos con locura, con el ardor acumulado en cada segundo que tuvimos que esperar para volver a vernos. Los besos de Manuela arden con delicia, se esparcen insaciables como el fuego, abarcan todos los rincones de mi boca, calientan la sangre en mis venas.

Mis manos no dan espera y con el permiso de las suyas, se meten debajo de su falda de cuero, acarician sus glúteos subiendo hacia el borde de sus medias veladas para colarse entre su ropa interior. Manuela gime deseosa y deja de besarme un breve instante para introducir sus dedos mojados en mi boca, me fascina, quiero explotar, me los quiero comer. Sus manos desabrochan con habilidad increíble mi correa, allanan el cierre de mis *jeans*, buscan decididas entre mi bóxer, agitando mi deseo.

Bajo sus medias veladas hasta el tobillo con un solo movimiento rápido para disfrutar lentamente y a mi antojo, el recorrido de subida que hacen mis manos por sus fabulosas piernas mientras mi lengua se distrae dibujando líneas y círculos en la parte interior de sus muslos y su sexo, guiada por la intensidad de su respiración y el ritmo de sus gemidos.

Sus dedos llegan a la base de mi nuca, se entrelazan en mi pelo, reclaman la presencia de mis labios en los suyos, no sin antes dirigir mi recorrido por su abdomen exquisito, su pecho anhelante, sus senos complacientes.

No hay un centímetro en ella que no quisiera poseer. Ni un centímetro en mí que no quisiera ser suyo.

MANUELA

El rostro de Diego descansa relajado sobre mi pecho, su cuerpo yace entre mis frágiles brazos que, si bien hábiles, lucen insignificantes comparados con la larga extensión de su espalda.

Es mi tercera vez en su moderno apartamento de soltero, la primera vez en su habitación.

Diego duerme profundamente. De vez en cuando se le escapa un ronquido, señal de que está en el mejor de los sueños. Recuerdo que eso pasaba en nuestra época de novios cuando se acostaba demasiado cansado por el ejercicio o demasiado estresado por el trabajo. No quiero moverme por temor a despertarlo, sé lo importante que es el descanso para él, para su estabilidad emocional y su salud mental...

Pero yo no llegué hasta acá solo para verlo dormir.

Con cuidado, deslizo mi brazo izquierdo capturado entre su cuello y las sábanas para moverme, poco a poco, hacia la orilla de la cama… y otro poco hasta poner el pie derecho en el suelo… y luego el izquierdo. Con el sigilo y la habilidad de una espía ninja logro salir sin mayores sobresaltos.

Entro a la cocina vistiendo la camiseta azul oscuro que él llevaba puesta la noche anterior, impregnada del aroma con el que desearía despertarme cada día.

Eso está por verse.

Frente a la cafetera tengo un dilema. Después de haberle oprimido el botón «ON», ya debería estar funcionando, si mi nivel de alfabetismo no me falla.

Por alguna razón, el icono de una taza en la pantalla sigue titilando sin explicar por qué. Los granos de café están en el compartimento correcto, el contenedor del agua está lleno, ¿será que la «amiga» estará esperando que le dé los buenos días y le pida el favor? ¿Y en qué idioma exactamente querrá que le hable? Veo palabras en italiano y en alemán. ¿Por qué será que a Diego le fascina encartarse con estos aparatos hiperinteligentes que solo sirven para hacerlo sentir a uno un hiperbruto?

Después de probar todas las opciones en la pantalla, me doy cuenta de que lo único que necesitaba era confirmarle si mi intención era hacer una sola taza o la garrafa entera. Escojo la garrafa y ahora que logré hacerla funcionar, me arrepiento; el ruido que hace esa vaina al moler los granos de café es insufrible. Tal vez estoy yendo demasiado lejos.

Me asomo a la habitación para echarle un ojo a Diego. Sigue acostado de lado, durmiendo a sus anchas.

Tengo tiempo de hacer lo demás: picar un pedazo de papaya mientras espero que la tostadora haga su magia con un *bagel* de semilla de amapola. Cocinar no es tan complicado. ¡Lo orgullosas que estarían mi mamá y María Paulina si me vieran en estas! Ellas sabían que algún día y con el estímulo adecuado, mis atrofiadas dotes de mujer hogareña se rehabilitarían. #Sarcasmo.

Sirvo el desayuno en el comedor desde donde se ve la sala y la cocina en su amplio apartamento de espacios abiertos, estilo «*bachelor*». Las paredes blancas siguen tan limpias como la primera vez que entré, sin cuadros ni objetos decorativos. La pesada maleta que trajo de Londres sigue parqueada cerca de la puerta, con los *tags* del viaje pegados a la manija. Me llama la atención eso sí, una mesita redonda color pino situada en una esquina, al lado del sofá gris, sobre la cual reposa una lámpara, un par de libros grandes de fotografía de viajes y un pequeño cactus en una macetita blanca junto a un dado dorado del tamaño de un puño. Me alegra que siga agregándole pequeñas piezas de decoración a su apartamento; es señal de que su intención es quedarse y plantarse aquí. La pregunta sería… ¿con quién?

Me sirvo una taza de café. Vuelvo a la habitación y me siento a esperarlo en el abullonado sillón azul oscuro en la esquina, diagonal a su cama. Un presentimiento frío recorre mi espalda. Mi dedicado esfuerzo por preparar un simple desayuno raya en la cursilería de una ceremonia nupcial para celebrar ¿qué? una noche de sexo… que fue fantástico, aun en la arrogancia de sus movimientos, cuya fuerza y ritmo cada vez más acelerados me decían que quería castigarme por la humillación a la que lo sometí el día que le di la espalda en la iglesia y salí corriendo en mi vestido de novia. Podía ver con claridad esas imágenes proyectadas en la pupila de sus ojos que no se despegaban de los míos.

Sí, delicioso, insuperable, apasionante, embriagante, intenso… caben todos los adjetivos, pero no deja de ser solo… sexo; y eso estaba claro para mí desde el primer beso.

Son casi las nueve y media y Diego sigue «durmiendo». Eso no es normal. Diego es de los que se levanta temprano, aun si ha trasnochado. Es de los que aprovecha las primeras horas del día para abrir la ventana y respirar el aire puro de la mañana. Es de los que se despierta sobresaltado con el sonido de la caída de un alfiler y podría jurar que puteó mentalmente el molino de la cafetera en funcionamiento.

Porque tuvo que haberlo escuchado.

Diego no está durmiendo, está *haciéndose el dormido* para no mirarme a la cara y avergonzarse aún más por lo que pasó anoche… y yo debería estarlo también. Me aproveché del estado de fragilidad de la relación con su novia para desquitarme, a mi manera, de la conversación que tuve con Eliana. Quería sentir la energía de su cuerpo atravesando el mío, desbaratándolo con sus caricias, volviéndolo a armar con sus besos.

Termino mi café y me levanto de la silla. Me quito la camiseta y la arrojo en su cara para ponerme el brasier.

—Se dice buenos días —musita adormilado, retirando la camiseta de su rostro, dejándome ver una sonrisa.

—Te dejé el desayuno servido en el comedor —le contesto, terminando de ponerme las medias veladas.

Diego sigue mis movimientos con la mirada, desconcertado. Me acerco a su cama para recoger mi falda que sigue tirada en el piso.

—¿Ya desayunaste? —me pregunta, levantándose de improviso, estirando su brazo y usándolo como gancho para atraparme por la cintura.

Diego termina la frase mientras sus labios recorren mi cuello para, luego, dejar la punta de su lengua aventurarse libre a lo largo de mi clavícula, lo que empieza a causar discordias entre mi necesidad vital de respirar y mis ganas de perder el aire en sus besos.

—En París me pediste que no me fuera sin despedirme. Espero que esto cumpla a cabalidad con tus expectativas.

Diego se aparta de mí y más que desconcierto, su actitud es defensiva, desde ya intuye la embestida que le espera.

—¿De qué carajos estás hablando? —me pregunta, o debería decir, me reclama.

—Yo debí habértelo dicho antes de que te subieras al tren, pero aprovecho para decírtelo ahora. Yo te amo, nunca he dejado de amarte. Por amor he hecho cosas injustificables; cosas como esta en las que no me reconozco. Por amor, llegué incluso a pensar erróneamente que podría sostener una amistad contigo y hasta el día de ayer estuve dispuesta a que fuéramos, al menos compañeros de trabajo, pero con lo de anoche quedó demostrado que nosotros no podemos tener ninguna relación que no implique quitarnos la ropa y eso, a mí, no me sirve y tampoco me interesa. Yo no soy tu *fuck buddy*, ni tu arrocito en bajo, ni tu amiga con beneficios. Si la solución es alejarme de ti, yo prefiero mil veces irme de BrandsMedia, buscar otro trabajo y salir de tu vida que seguir preguntándome a cada rato en qué momento vas a besarme para decirme después que, por mí, no sientes nada más que ganas de llevarme a la cama.

Diego se levanta en furioso silencio y, mientras se pone la sudadera, yo aprovecho para terminar de abotonarme la camisa y ponerme los botines. Ambos nos seguimos mirando con recelo. No es el simple acto de vestirnos, nos estamos armando hasta los dientes para salir a la batalla.

—Si tú lo que quieres es que te diga que te amo y que me sigo muriendo por ti… pues sí, así es. Te amo, Manuela. Lo que siento por ti es lujuria, es ternura, es admiración, es amistad, es ansiedad por ti, es amor, con todas sus letras; pero es un amor extraño porque, aunque lo siento correr como la sangre en mis venas, no me alcanza para cerrar la herida que me abriste. Yo no sé por qué la gente dice que el amor lo vence todo si yo no siento que haya vencido mi desconfianza ni mis temores de que me vuelvas a hacer daño. Yo no sé con qué clase de sentimiento me estoy engañando, pero si en algo coincido contigo es en que no podemos seguir así.

—Ese cuento no te lo crees ni tú mismo. Si dices que me amas ¿por qué te parece tan difícil que nos demos una segunda oportunidad? Yo no soy la misma insegura de hace cinco años que no sabía qué rumbo darle a su vida. Ahora tengo una carrera, tengo mi propia identidad, tengo aspiraciones concretas; hoy en día tengo algo qué ofrecerte, ¿qué otra cosa me podrías pedir?

—Lo único que no me puedes dar, la garantía de que el día de mañana no vas a dejarme tirado a medio camino. La seguridad de que, pase lo que pase, no vas a salir corriendo a esconderte como siempre lo haces.

—¿¡Cómo siempre lo hago!? —le reclamo ofendida.

—¿Quieres que te haga la lista? No solo saliste corriendo el día de nuestra boda, también lo hiciste cuando nos reencontramos en BrandsMedia; repetiste en Andrés DC e ¡intentaste huir de mí dos veces en París! La única diferencia es que allá sí te agarré, pero yo no puedo pasarme el resto de la vida corriendo detrás de ti, Manuela. Simplemente, no puedo.

—Yo nunca te he pedido que corras detrás de mí. Yo no te mandé a traer de Londres, tú aceptaste trabajar en BrandsMedia y volviste a mi vida porque quisiste. Tú llegaste por tus propios medios a París, yo no te llamé y ¡fuiste tú con tus propios pies el que llegó anoche a Blue Monkey! ¡Fueron *tus* manos las que abrieron la puerta del baño, el cierre de mi falda y los botones de mi blusa! Si tanto temes que te haga daño, ¿cómo es posible entonces que siempre llegues a buscarme a donde quiera que yo esté?

—¡Porque soy un imbécil! pero el imbécil se acabó. De ahora en adelante puedes ir a donde quieras y tan lejos como se te dé la gana con la tranquilidad de saber que yo no voy a estar ahí para molestarte. ¡Soy yo el que se larga de la agencia y de tu vida de una buena vez!

—¡Pues, mira quién habla de salir corriendo y huir! No creas que me engañas, Diego; en realidad, no te estarías yendo para dejarme en paz; te irías para regresar directo a los brazos de Ximena, porque esto era lo que necesitabas para bajarle a la rabia, superar tu despecho y quedar a mano con ella, una revolcadita más con la idiota de Manuela.

—¡No me hables así! Esa no es la clase de hombre que yo he demostrado ser contigo —increpa con furia.

—¡Admítelo! Por una vez admite que sí lo hiciste por despecho.

—Yo no voy a admitir nada que no es verdad y si no me crees, ese problema es tuyo porque yo no tengo nada qué demostrarte. Yo estaba dispuesto a amarte y a compartir contigo una vida entera, fuiste tú la que me rechazó y me abandonó desde el principio.

—¡Lo hice por ti! Y, a diferencia tuya, yo sí tengo cómo demostrarte lo que he sido capaz de hacer en nombre del amor que siento por ti.

—¿Ah, sí? —me pregunta con ironía, enfureciéndome aún más de lo que estoy—, y se puede saber ¿qué es eso tan grande que has hecho por mí?

—¡Haberme callado la verdadera razón por la que te dejé plantado! Yo me pensaba ir a la tumba con esa verdad, pero te la voy a decir solo para que dejes de embolatar a Ximena con el cuento de que eres «incapaz de amarla» por mi culpa y, de paso, recuperes los doscientos cincuenta millones de pesos que pagaste por las acciones de Petite Délice que tuviste que comprarle cuando terminaste con ella.

Diego queda de una sola pieza. Sus ojos se abren como platos, sus hombros rectos y sólidos se descuelgan ligeramente en desconcierto.

—Tú… ¿cómo sabes eso? —me pregunta, nervioso.

—El nombre de Ximena yo lo había escuchado muchísimo tiempo antes de que tú lo mencionaras. Cinco años, para ser exacta. Ese nombre lo escuché la noche anterior a nuestra boda de labios de tu hermana Eliana cuando le hablaba a tu mamá de la «deuda pendeja» en la que te habías metido con la empresa para pagarle a Ximena, de tu propio bolsillo, las acciones. Lo que nunca supe fue por qué le parecía tan «pendeja» esa deuda. Ella no especificó en la conversación si era porque habías terminado a Ximena para cuadrarte con una mujer insignificante como yo, o porque tenía la esperanza de que volvieras con ella para reversar la transacción. Ella estaba convencida de te ibas a casar conmigo sintiendo «cosas» por Ximena y que, en algún momento o de alguna manera, me dejarías y terminarían juntos de nuevo... y, por lo que veo, ella no estaba del todo equivocada.

—¡Estaba totalmente equivocada! —exclama en voz alta.

Diego palidece y por un instante, temo que esté teniendo uno de esos ataques de pánico de los que me ha hablado. Se limita a sentarse en la cama y a respirar profundo, supongo que para calmarse—. ¿Tú me estás diciendo que... mi hermana Eliana y mi mamá son las responsables de que me hayas dejado plantado en el altar?

—Tu mamá lamentó mucho que tu futura esposa no fuera Ximena, pero eso no lo retengo en su contra porque... acepto que yo tampoco fui la nuera ideal; yo nunca me porté como la hija que ella quería que fuera. La hija que Ximena sí fue para ella.

—Es increíble, Manuela. ¿Cómo puede ser posible que ellas se hayan tirado nuestra vida en una sola conversación? —dice Diego, pasándose las manos temblorosas por su cabello negro—. Pero esto no se queda así —amenaza, poniéndose de pie y dirigiéndose al clóset, de donde saca una chaqueta.

—¿Qué estás haciendo? —le pregunto desconcertada—. ¿Para dónde vas?

—¡Esta no se las voy a perdonar! —exclama e intenta salir de la habitación, decidido.

—¡No, ni se te ocurra! Diego, por favor, escúchame primero —le digo, atravesándome en la puerta de la habitación para cortarle el paso—-. Yo no debí haberme quedado en el pasillo a escuchar, en primer lugar. Por simple educación, debí haberlas interrumpido o... debí haberme largado de ahí, pero no pude evitarlo. El nombre de Ximena nunca lo había escuchado de ti y para mí fue abrumador saber que hubo alguien tan importante para ti y para tu familia como para que me la ocultaras.

—Yo no te hablé de ella porque no quería que te compararas. Yo no le quería agregar un motivo más a tus inseguridades, ni que te sintieras presionada a cumplir con el estándar de nadie... tú, para mí, eras la única —dice—. Ahora sí, déjame salir.

—De aquí no sales sin hablar conmigo primero —insisto—. Dime, ¿qué tan cierto era eso de que sentías algo por Ximena, en aquella época?

—Yo te amaba a ti, Manuela. Lo que yo sentía por ella no se comparaba con lo que sentía por ti.

—Pero sí sentías algo.

—Ximena había sido mi novia oficial por casi cuatro años, nos criamos juntos, obvio que sí sentía algo por ella. Sentía un cariño inmenso, sentía agradecimiento por todo lo que hizo por nosotros y, sí... no te voy a negar que, antes de conocerte yo la quise mucho por todo lo que habíamos construido juntos. Aun después de haber terminado, seguía sintiendo un deber moral con ella de asegurarme de que estuviera bien, por eso le compré las acciones; pero de ahí a decir que me casaba contigo amándola, es absurdo —dice y se deja caer de espaldas sobre la cama, con las manos en la cara, ocultándome sus ojos.

—¿Estás bien? —le pregunto, preocupada.

—No, no estoy bien, Manuela —me responde y se vuelve a sentar en la cama para mirarme—. ¿Por qué no me lo dijiste antes? ¿Por qué te callaste una verdad tan grande durante tanto tiempo? ¡Tú y yo llevamos cinco años separados sin tener la culpa! ¿Cómo pudiste?

—¿Y tú crees que para mí fue fácil? Yo también pagué mi cuota de sufrimiento en todo esto, la cuota de la culpa y la vergüenza. A mí también me costó lágrimas y sangre levantarme de la caída y dar un paso adelante; yo no podía, simplemente salir corriendo a decirte lo que había pasado…

—Eso era lo único que necesitabas para rescatarnos a ambos.

—No lo hice porque no quería ser la causa de un problema con tu familia…

—Ese problema era mío con ellas, no contigo.

—¡Pero yo no quería eso! Yo no soy más que una aparecida en tu vida, en cambio con tu mamá y tu hermana tienes un vínculo de sangre. ¿Y en qué momento te lo iba a decir? ¿Después de saber que te habías ido para Londres odiándome? Yo viví dos meses encerrada en mi habitación, deprimida, tú sabes muy bien lo que es eso. Después de salir de la depresión, lo único que podía hacer era recuperarme y encontrar algo que le diera sentido a mi vida y ese algo fue mi trabajo en BrandsMedia.

—Cuando planeaste ir a Londres, ¿ibas a decírmelo?

—Supongo que sí… no sé, yo solo quería verte de nuevo. No sé si habría sido capaz de acercarme y hablar contigo o simplemente… iba a terminar sentándome en el andén de la universidad todo un día para verte pasar por ahí; si te hubiera visto, probablemente habría salido corriendo… como siempre lo hago, según tú. Igual, la visa no me salió y ese viaje no resultó, así que, para mí fue fácil asumir que ese era el fin.

—Pero no fue el fin, Manuela, yo regresé; llevamos cinco meses trabajando juntos y, en estos cinco meses, la única razón que me diste para dejarme plantado era que no me amabas lo suficiente para casarte conmigo y… ahora resulta que esa no era la verdad.

Te lo dije porque ya estabas en una relación seria en la que eras feliz; o por lo menos eso era lo que yo pensaba, que eras feliz con Ximena, la mujer que tu familia quería para ti. ¿Qué otra cosa podía hacer en esa situación?, ¿interferir entre ustedes dos y destruir esa relación? Dime, ¿tú habrías hecho lo mismo si hubiera sido al revés? Es muy fácil juzgarme desde la otra orilla, viendo la película en diferido y sabiendo cómo termina.

Diego hunde la cara entre sus manos, como si los daños y las pérdidas de nuestra separación fueran incuantificables e irrecuperables. Y puede que lo sean.

—Siento mucho haberme quedado con una verdad que te pertenecía y con la que, de seguro, habrías tomado otras decisiones en tu vida que te hicieran feliz.

Diego suspira y retira sus manos de la cara para confrontarme una vez más.

—Como estar contigo. Esa decisión me habría hecho feliz —dice y exhala profundo—. Supongo que… debería darte las gracias por habérmelo dicho y quitarme, por fin, la careta de imbécil que he llevado todos estos años por no darme cuenta de la verdad a tiempo, teniéndola prácticamente en mis narices.

—¿Me estás reclamando a mí de no decirte la verdad cuando tú mismo me ocultaste a Ximena? Al menos tú te estás enterando de esto por mí; yo, en cambio, tuve que escucharlo de la fuente menos confiable de tu familia, Éliana, a quien no le interesaba para nada tenerme de cuñada —le respondo, aún de pie, esperando su veredicto.

No estoy en una posición muy glamurosa que digamos, pero este es el precio que me corresponde asumir. Fui yo la que aplazó este momento por las razones equivocadas, la que pensó que podía contener sus sentimientos en un frasco sellado con una etiqueta de «amistad» que no le cabía y con la que se estaba engañando a sí misma y a él. No tengo otra alternativa que asumir las consecuencias. A final de cuentas, esta era la liberación que ambos buscábamos para definir cada uno, su camino. Con esto, puedo tener la tranquilidad de emprender el mío sabiendo que, de aquí en adelante, la decisión que él tome con el suyo caerá en su conciencia, no en la mía.

—Esto cambia muchas cosas, pero… no estoy seguro en qué dirección —dice—. Yo necesito pensar, necesito procesar lo que acaba de pasar. Se supone que inicio terapia esta semana con mi mamá y después de esto, ni siquiera sé si la pueda mirar a la cara sin explotar. Y a Eliana… no la quiero ni ver.

—Diego, por favor, por lo que más quieras, tómalo con calma. Sea lo que sea, ellas son tu familia; Leticia es la mujer que te trajo al mundo, la que ha luchado por ti y los ha sacado adelante a los cuatro; y Eliana, sigue siendo tu hermana, la persona con quien has compartido una infancia y con quien has trabajado duro para llegar tan lejos como has llegado.

—Según eso, yo tendría que aguantarme que sigan interfiriendo en mi vida y en mis decisiones mientras le hacen daño a las personas que amo.

—Puede que tengas razón, yo no soy nadie para decirte cómo lo debes asumir, pero desde donde yo lo veo, no se trata de cortar los lazos familiares sino de reforzar el tejido por donde se hayan roto. Piensa, además, que ellas ya tienen suficientes motivos para odiarme, lo último que quisiera es darles uno más.

—Yo no quiero que te odien, pero no puedo dejar las cosas así. Me enfurece que se hayan metido contigo.

—¿No eres tú el que dice que deje al *karma* hacer lo suyo?

—Vikram es el que dice eso —replica, sin poder evitar una sonrisa nostálgica—, y le haría caso si no fuera porque, a veces, me parece que el *karma* se demora demasiado en actuar.

Diego permanece sentado en la cama, apoyando los codos sobre sus muslos, mirando al suelo. Yo no puedo más que agacharme frente a él para llegar a la altura de sus ojos.

—Diego, yo espero que esta verdad te sirva para que tomes la mejor decisión en tu vida y escojas el camino que te haga feliz, sea el que sea. Si Ximena es la persona que te va a acompañar en ese camino, yo lo aceptaré, pero no me pidas que participe en tu vida, ni que seamos amigos, ni que llene el espacio vacío mientras ella está lejos. No sería justo conmigo, ni con ella.

Diego me mira a los ojos como si quisiera meterse en ellos y llegar a mi alma para escarbar alguna respuesta que defina este instante o su vida entera. Yo, por mi parte, me quedo en los suyos anhelando un beso que inaugure mi regreso a esa vida y marque un nuevo comienzo entre los dos.

Pero es un beso que no llega.

—Nos vemos el lunes en la oficina —digo, mientras me levanto y tomo mi bolso para salir de la habitación.

Cruzo la sala en dirección a la puerta, amarrándome el pelo en una cola de caballo que disimule el despeine en el que voy. No quiero permanecer demasiado tiempo junto a él e influenciar ninguna de las decisiones que necesita tomar ahora que sabe la verdad; en especial, si esas decisiones no me incluyen a mí en su vida.

—Manuela —dice, saliendo de la habitación, detrás de mí—, ¿cómo es posible que te quede alguna duda de cuál es mi decisión, *linda*?

«Linda», así me decía hace cinco años, cuando éramos novios.

—Sería muy arrogante de mi parte presumir que la sé; y por más que quiera estar contigo, tú mismo me dijiste que querías intentarlo con Ximena.

Diego se acerca y toma mis manos entre las suyas, me atrae con cautela hacia él, midiendo los límites que mis ojos y mi voluntad quieran imponerle.

—Te dije eso en París porque no sabía la verdad que me acabas de contar. Y, en cuanto a intentarlo con Ximena, eso hice, lo intenté y no funcionó, no tanto por lo que pasó entre ella y el jefe sino porque, a la larga, yo solo estaba reprimiendo lo que siempre he sentido por ti. Manuela, mi amor, yo quiero que volvamos a intentarlo, que recuperemos el tiempo perdido, quiero que salgamos de aquí juntos, como novios y si las cosas se dan…

—Tú todavía tienes sentimientos por Ximena, no intentes negármelo. Si no fuera así, no estarías con ella, ni sería tu novia. Y yo, la verdad, no me siento muy halagada que digamos siendo una opción entre dos en el menú.

—Tú no eres una opción en ningún menú, para mí, tú eres la única.

—La única a la que siempre le has dicho, de todas las formas posibles, que solo quieres una amistad. Yo entiendo que me dijeras eso porque no sabías la verdad y asumo esa responsabilidad, pero no puedo negarte que también estoy confundida; yo también tengo mis dudas de si aprendimos o no la lección.

—Solo hay una manera de saberlo, Manu, y es dándonos la

oportunidad; esta vez siendo conscientes de los errores que cometimos y trabajando juntos para corregirlos.

—Eso no te lo discuto. Igual… vale la pena que te tomes tu tiempo y pienses muy bien lo que vas a hacer. Habla con Ximena lo que tengas que hablar y decide lo que tengas que decidir…

—Y mientras tanto tú ¿qué vas a hacer?

—Seguir viviendo mi vida, ¿qué otra cosa crees que voy a hacer?

—Al menos prométeme que no vas a renunciar el lunes. Tú no puedes irte de BrandsMedia por mi culpa.

—No sería tu culpa, sería mi decisión. El día que me vaya de BrandsMedia, lo haré porque es lo mejor para mí, tú no tienes por qué interferir en eso. Por ahora, no te preocupes, no voy a renunciar; por lo menos hasta que no consiga algo mejor.

—Eso no me tranquiliza para nada…

—Esa es la idea, que no estés tranquilo —le digo con un dejo de coquetería—. Te dije que te amaba, no que me tenías asegurada.

—¿Me estás retando? —me pregunta, acercándose lo suficiente para besarme.

—Como dice Roberto, nada está definido hasta que todo esté definido —le contesto alejándome de él, resistiendo el beso. Diego no puede más que sonreír.

—Manuela, ven acá —me dice, halándome una vez más hacia él con suavidad—. Por favor, espérame, es lo único que te pido. Dame tiempo para hablar con Ximena y cerrar mi capítulo con ella. Después de todo lo que he tenido que pasar para llegar a este punto, es lo mínimo que merezco.

—¿Y qué vas a hacer con tu mamá y con Eliana?

—Una cosa al tiempo, linda. Yo no puedo prometerte que lo voy a manejar con calma, pero sí te prometo que, esta vez, estoy de tu lado. Siempre lo estaré.

—En aquella época, ellas no sabían que yo las había escuchado, no tenían por qué saberlo.

—Ellas sabían lo más importante, sabían que te amaba y era feliz contigo. Herirte a ti era herirme a mí también y eso… no creo que pueda perdonarlo fácilmente.

—Si me perdonaste a mí, podrás perdonarlas a ellas, créeme. Ahora sí, me voy, ya debería estar en Zipaquirá pasando el fin de semana con mis papás.

—Te llevo y de paso, los saludo. Yo tengo una conversación

pendiente con Milton.

—No. Tú te quedas, desayunas, descansas y piensas bien lo que quieres hacer; ya con eso tienes bastante para entretenerte. No vamos a llegar a ninguna parte tomando decisiones a la loca. Esta vez, hagámoslo bien.

La intención era besarnos, pero lo dejamos en un intenso abrazo que abarcó nuestros rincones y nos llenó de aquello que tanto extrañábamos desde el instante en que nos separamos la primera vez, la esperanza de ser felices juntos.

***

Solo lo hicimos el viernes, pero a juzgar por los dolores de espalda, muslos y caderas que sigo sintiendo hoy lunes, podría decir que ejercité músculos que ni siquiera sabía que tenía y alcancé niveles de placer a los que nunca pensé que llegaría, solo comparables con la satisfacción de verlo de regreso en su oficina y sentir en la cocina de la agencia, el olor de sus *bagels* de semilla de amapola y el aroma de su perfume circulando en los pasillos.

Roberto esperó a Diego para reunirnos a todos y hacer el anuncio en la sala de juntas: el cliente Sugarbeat aceptó nuestra propuesta de hacer un *pitch* exclusivo para digital, tras darse a conocer la noticia de la compra del canal de televisión Señal3 y la posterior movida de la planificación de medios tradicionales como televisión, prensa y publicidad exterior para manejarla internamente desde sus departamentos de mercadeo. Ahora depende de Diego y de mí que la cuenta se quede en nuestra unidad digital. ¡Ja! ¡Nadita! Sin presiones.

En medio del anuncio, Diego y yo cruzamos un par de miradas muy poco disimuladas, haciendo planes en silencio desde la distancia. Sin embargo, aun en la euforia y el ambiente celebratorio por la noticia de una segunda oportunidad con Sugarbeat, una persona se retira de la sala de juntas y vuelve a su oficina en un intento por digerir lo que, para él, es una aplastante derrota. Se trata de Octavio Quiroz, el director de cuentas que había llevado las riendas de la planificación de medios tradicionales de Sugarbeat por más de diecisiete años continuos y quien ahora mira con desconsuelo los dos premios nacionales que ganó por sus campañas.

No es difícil imaginarse lo que debe estar pasando por su cabeza, la impotencia de ver cómo, de un plumazo, una decisión ejecutiva se lleva por delante el trabajo de toda una vida sin que él pudiera evitarlo. Una decisión que además de enrarecer su panorama laboral, pone en entredicho su propio valor profesional.

—Es un nuevo comienzo, Tavio. Ahora es cuando más lo vamos a necesitar a usted —le digo desde el umbral de la puerta de su oficina.

Octavio me responde con una sonrisa e inclina la cabeza como invitación para que le haga compañía mientras tipea algo en el teclado de su computador.

—Es la ley de la vida, Manu; tarde o temprano a todos nos llega la hora de pasarle la antorcha a la nueva generación; o en mi caso, la escoba, si es que queda algo por barrer.

Me quedo unos minutos hablando con él sobre la compra del canal Señal3 y las implicaciones de que grandes grupos económicos como Sugarbeat no solo acumulen riqueza sino influencia en los medios de comunicación y en el ámbito político. Sus reflexiones me hacen estremecer de muchas maneras con respecto a la democracia de nuestro país, ¡y yo que pensaba que lo único que a él le preocupaba era perder el empleo!

Habría podido quedarme hablando con él por horas sobre sus prospectos en la agencia sin Sugarbeat, pero pronto percibo que mis buenas intenciones cruzan la delgada línea de la conmiseración y a su edad y con su experiencia, eso es lo último que él necesita.

—¿Tú crees que lo van a llamar de Señal3 para trabajar con ellos? —le pregunto a Diego mientras terminamos de jugar un partido de voleibol en el parque El Lago, ubicado sobre la Avenida Calle sesenta y tres, popularmente conocido como el Parque de los Novios. ¡Valga la ironía!

Como si no fuera suficiente trabajar juntos todo el día entre semana, sacando adelante las campañas de la agencia, decidimos dedicarnos juiciosamente a diseñar la estrategia y la presentación de Sugarbeat en el único espacio que nos coincide, las noches. En el resto de nuestro tiempo libre, intentamos despegarnos de las preocupaciones de la jornada laboral haciendo ejercicio u otro plan que nos permita recuperar algo de lo que perdimos en estos cinco años de separación y que, además, ayude a Diego a relajarse y aclarar sus ideas antes de confrontar a su familia.

En el exterior, seguimos siendo amigos; nada de besos, nada de caricias, ni miradas morbosas. Somos dos monjes enclaustrados. Bueno… dos monjes fogosos… enclaustrados. No vemos la hora de recuperar nuestra relación oficial y gritar la noticia a los cuatro vientos desde los tejados de la ciudad.

—¿Quieres saber lo que creo que va a pasar o lo que espero que pase con Octavio? —me pregunta, tendiéndose sobre el pasto para descansar a mi lado.

—Lo que sea más esperanzador.

—Lo más probable es que Roberto le asigne otro grupo de trabajo con otras cuentas. Octavio, mejor que cualquiera, sabe que si hay algo constante en este negocio es el cambio.

—Debe ser tenaz para él entregar una cuenta en la que ha trabajado toda la vida.

—No lo dudo, pero… si mal no recuerdo, habíamos quedado en que, en nuestro tiempo libre, no íbamos a hablar de la agencia y sus chicharrones —me dice, acariciándome el pelo—. ¿O es que me soñé esa conversación?

—No te la soñaste, tienes razón. *Mea culpa.* Y también quedamos en que… —le contesto, alejándome—, nada va a pasar hasta que no hables con Ximena.

—Como quien dice, ¡no te puedo tocar ni un pelo, pues! —me dice sonriendo, exagerando lo que le queda de su cantadito paisa propio del Eje Cafetero, su tierra natal.

—Literalmente.

—Mañana regresa a Londres. De esta semana no pasa.

—¿Le estará yendo bien en las pruebas que le iban a hacer en ese restaurante, en Barcelona?

—Me imagino que sí. Xime es muy pila.

«Xime es muy pila». ¡Agh! Me arrepiento de haberle preguntado. No me gusta que me hable de ella como si le importara. Y soy la peor, porque está bien que a él le importe el futuro de alguien como Ximena. En mi mejor intento de ser objetiva en ese aspecto, Ximena nunca me ha hecho nada a mí y si algo debiese sentir yo por ella es consideración. La vieja es una dura en lo que hace, es una artista abriéndose camino ella solita en un continente aventajado como Europa y en una industria competitiva como la gastronomía y la alta cocina. Lo que ella está haciendo en ese restaurante en Barcelona es admirable y esa oportunidad tampoco se la pelea cualquier gata callejera con una peinilla en el bolsillo. En el fondo, detesto enfrentarme a una mujer así, valiente y admirable; el tipo de mujer de las que me complacería rodearme si fueran otras las circunstancias. #Esdelasmías. #Aunquemeduela.

—No te pongas así, tú me hiciste una pregunta y yo te respondí —me dice Diego, intuyendo mis conflictos internos.

—Yo sé y lo que voy a decir va a sonar maquiavélico, pero antes de juzgarme, dame el beneficio de la duda. De verdad, espero que le vaya bien y que logre lo que se ha propuesto con esa oportunidad.

—No suena maquiavélico, pero sí a que quieres un premio de consolación para ella.

—¡Me dañaste el mantra! —le digo en broma, mirando el reloj en mi celular—. Se me está haciendo tarde para encontrarme con las chicas. ¿Vas a nadar al Complejo Acuático?

—No sé, ¿qué tal si vamos a mi apartamento y nos arrunchamos a ver algo en *streaming*?

—No, gracias. No quiero correr el riesgo de terminar *haciendo streaming* contigo. Además, las reglas son las reglas, mi *mani-pedi* y mi tiempo con mis chicas son sagrados; más te vale que te vayas acostumbrando —digo, levantándome del suelo—. Acompáñame a tomar un taxi.

—Dame un besito, al menos. Uno chiquito.

Diego se me acerca intentando robarme un beso, pero yo me desquito y en contraprestación, me doy un beso en la palma de la mano para plantárselo en sus labios.

—Nos vemos mañana en la oficina.

***

Por culpa de aquel beso artificial, por primera vez voy tarde a mi cita con mis chicas en nuestro lugar favorito de peregrinación los fines de semana, los salones de belleza baratos por los lados de la Universidad Javeriana.

—¿Cómo así que empezaron sin mí? ¡Diablas! —les digo, saludándolas de beso en la mejilla mientras disfrutan como reinas de sus respectivos masajes en los pies.

—Pensamos que te ibas a quedar *entrepiernada* con Diego —me responde Dominique.

—Bueno, ahora sí, ¡¡cuenta ya!! ¿Diego terminó con Ximena?, ¿ya son novios oficiales?, ¿quiénes van a ser los pajecitos de la boda esta vez?

—¿Te estás burlando de mí, Mapi? *Not cool.*

—¿Tengo cara de que me estoy burlando?

—Ignórala… Aunque, yo también me estaba haciendo las mismas preguntas, pero en diferente orden. La primera que yo tenía en mi lista era, ¿en qué capítulo del *Kama Sutra* quedaron?

La manicurista que me está raspando los callos de los pies, a duras penas disimula una risita tonta. Al darse cuenta de la cara de desaprobación que le hago a Dominique, decide secarme los pies con una toalla blanca y llevarse el balde de agua para dejarnos a solas.

—Si quisiera que todo el mundo se enterara, pondría una valla aquí mismo en la Séptima o lo postearía en Twitter. Y las respuestas a todas sus preguntas son: No, no, no se sabe y… ninguno.

—*What the phoques!* —exclama Dominique, desconcertada.

—¿Cómo así? ¿En toda la semana Diego no ha hecho nada? —increpa María Paulina.

—¿Necesitas el dato para incluirlo en el reporte de *in*cumplimientos de campaña? Terminar una relación no es fácil, ni siquiera en el mejor de los escenarios; y si a eso le sumas la distancia y el hecho de que la novia en cuestión está presentando pruebas en un restaurante con no-sé-cuántas estrellas Michelin para hacer un internado, la cosa se complica exponencialmente. Yo estoy que le mando una promesa al Señor Caído de Monserrate para que le salga ese internado, de pronto eso atenúe el golpe de la terminada.

—¿Y qué le vas a prometer a ese señor? ¿Tu hijo primogénito? —me pregunta Dominique con sorna, a lo que yo solo respondo con una amistosa torcida de ojos.

—Yo sé que no es fácil, Mani, pero ajá… parece que estoy más afanada yo que ustedes. ¿Y la mamá y la hermana qué? ¿Esa mechoneada también está en remojo?

—Diego puede tener mucha rabia, pero jamás se atrevería a tocarles un pelo. Y por ese lado, soy yo la que está tratando de bajarle la llama a esa caldera. No se imaginan lo que me costó convencerlo la semana pasada de que aplazara la sesión con la psicóloga para que no se viera con Leticia. Estaba que la mandaba al infierno y pues… a la mamá, ni con el pétalo de una rosa.

—Pero la hermana sí te puede valer cinco. Déjalo que la confronte y le diga sus tres vainazos pa que aprenda a respetar, la muy bruja esa —dice María Paulina.

—Nada más con que le cuentes de la cita a ciegas que te armó con el Gabrielito, sería suficiente —comenta Dominique.

—Suficiente para que me monte el *show* de celos a mí. No, chicas, una cosa al tiempo. Pero bueno, ya di mi reporte, Mapi, tu turno. ¿Por qué terminaste con Ignacio?

—¿Cómo así que terminaron? ¡Si acababan de empezar! —reacciona Dominique, confundida.

—¡No me torturen! —exclama, mortificada—. Yo metí la pata hasta el fondo y ahora no sé cómo sacarla.

***

Bogotá, hace menos de un mes.

Hubo una época en la que María Paulina no levantaba ni un mal pensamiento del suelo. Todo prospecto de novio que la conocía decía que tenía una voz muy bonita, que los impresionaba su habilidad sobrenatural, casi divina para tocar el piano y la guitarra, y que les parecía muy «buena gente».

Se reía cada vez que se lo decían.

—«Buena gente» le dicen a uno cuando no está en el menú. Ese es el equivalente al infame «te mereces a alguien mejor que yo» —me dijo con sarcasmo, en una ocasión.

Siendo, ante todo, una mujer de fe, nacida y criada en una familia de profundas convicciones cristianas, su estrategia siempre había sido dejar en manos de Dios sus mayores temores, sus inseguridades, sus anhelos y todo aquello que humanamente no pudiera resolver por sus propios medios; pero esto de encontrarle pareja a su fiel devota, algo que se consideraría un mandado de todos los días para un ser superior, parecía haberle quedado grande.

Una noche se quedó dormida sufriendo con cada foto nueva que veía en Instagram de la boda de alguna de sus amigas. Casi todas las de su círculo del colegio estaban casadas y las que no, ya tenían hijos; y la que no tuviera marido o hijos, como mínimo, tenía novio. En sueños se vio a sí misma preguntándole a su mejor amigo celestial por su futuro, si era que nadie iba a quererla algún día y si debía prepararse para una vejez llena de sobrinos en vez de nietos.

Lo más cerca que estuvo de hacer realidad el sueño de conformar un hogar fue con Pedro, con quien convivió por un breve periodo de tiempo. Mi boda fallida fue el comienzo de su relación con ese hombre maravilloso que, hasta cierto punto, complementaba su vida, la llenaba de música y alegría. Incluso, en el mismo instante en el que su camino empezó a bifurcarse como consecuencia del viaje de Pedro a Canadá, el amor llegó a ser tan grande que les alcanzó para decirse «adiós» y desearse suerte.

—«Solterona» no es un estado civil, señorita María Paulina —le dijo la agente inmobiliaria al leer el formulario que firmamos para solicitar el arriendo del apartamento que ambas compartimos actualmente.

—Y ustedes no deberían preguntar eso en un formulario de estos. Después de que uno tenga con qué pagar el arriendo, ¿qué les importa si uno tiene marido o no?

—Yo me encargo del formulario, no se preocupe. ¿De casualidad le sobra uno en limpio? —le pregunté a la agente con la mayor discreción posible, temiendo que nos echara a patadas.

En ese momento, María Paulina acababa de terminar con Pedro y por más intentos que hiciera por cambiar sus frustraciones por optimismo, no estaba de humor para lidiar con un mundo bipolar que propende por la liberación femenina, mientras insiste en la idea de que las mujeres necesitamos un estado civil para definir nuestra identidad tanto en la arena privada como en la pública.

Nope. Ese día no estaba de humor.

Diana rezaba el Santo Rosario cada vez que escuchaba la noticia del fallecimiento de algún conocido. Iba a misa todos los domingos a las nueve de la mañana en punto con o sin su marido; dictaba la catequesis de las primeras comuniones en diciembre e iba a todas las procesiones de Semana Santa. En su tocador tenía una estatuita de la Santísima Trinidad –Padre, Hijo y Espíritu Santo– al lado de su botella de perfume Chanel No 5. Una estampita de la misma Trinidad permanecía visible en el escritorio de su oficina en el Bienestar Familiar, en donde laboraba como trabajadora social.

Diana daba gracias todos los días por lo más preciado, su madre, sus tíos, sus primos, su familia cercana y lejana. Rezaba por la salud de su esposo y su hija Valentina. Ponía en las manos de Dios a todos los niños y jóvenes que conocía en su trabajo y que buscaban un hogar; incluía a sus colegas, a sus amigos, a sus vecinos, en especial a los que no soportaba.

Por supuesto, ella sabía que no era perfecta, solo anhelaba ser una persona mejor. Pedía perdón por sus faltas y sabiduría para transformar sus defectos; fuera de eso, pocas veces se acordaba de pedir algo más para ella misma. Lo consideraba arrogante. Quién sabe si por esa razón, de voluntaria pasó a ser sacrificada, aquella noche de fiesta de fin de año en la que se ofreció como conductora elegida para que sus compañeros de trabajo pudieran tomarse unos traguitos.

Manejaba mucho mejor que su marido, siempre respetaba los límites de velocidad, pero esa noche había llovido; la Autopista Norte estaba llena de charcos y un trío de niñitos ricos irresponsables hacían piques en sus motos deportivas de alto cilindraje, a pesar del frío de la madrugada. Uno de ellos se acercó demasiado al carro, obligándola a desviarse de repente a uno de los charcos en donde el carro planeó. Diana perdió el control, luego la vida, pero salvó la de los cuatro ocupantes que confiaron la suya en sus hábiles manos y en la fuerza de sus oraciones.

El día que viajé a París, María Paulina se despidió de mí en el aeropuerto pensando en Manon, y por alguna razón, recordó la muerte de Diana, ocurrida cuatro años atrás.

—Definitivamente… para morirse, uno solo necesita estar vivo —me decía, absorta en sus propias reflexiones; profundamente triste por no haber podido ir conmigo y, al mismo tiempo, agradecida por la fortuna de recordar a Manon de la misma forma que la conoció, viva y sonriendo.

La confirmación de la muerte de Manon le llegó a María Paulina en un mensaje que le mandé por Whatsapp, mientras su almuerzo daba vueltas en el microondas de la agencia, tal y como los pensamientos en su cabeza. Oró en silencio por Dominique, reteniendo las lágrimas.

Estando yo en París, Diego en Londres y Sebastián en una reunión con un cliente, María Paulina llamó a la única persona que podría entender el dolor que estaba sintiendo en ese momento.

Ignacio no dudó en dejar sus tareas pendientes en la oficina del banco para encontrarse con ella en el Parque de la 93 y ofrecerle su apoyo de la forma que mejor sabía, hablándole del privilegio de dejar el mundo terrenal para ser llamados ante la presencia del Altísimo. María Paulina lo escuchaba con atención, casi sin parpadear; después de todo, eso fue lo que la atrajo de él cuando lo conoció en la iglesia cristiana a la que volvió poco después de terminar con Pedro.

Su facilidad para interpretar la palabra de Dios, la elocuencia y la pertinencia de sus reflexiones, la fortaleza con la que defendía sus principios, todo eso le fascinaba en él. Y lo más importante, Ignacio estaba tan enamorado como ella de la idea de casarse y formar una familia algún día. Para ella, él era el hombre diez.

Versículo tras versículo y a pesar de sus mejores esfuerzos por prestarle atención, María Paulina seguía sintiéndose desconectada, inquieta, triste.

—¿Qué pasa, mi cielo? —le preguntó Ignacio, genuinamente preocupado por la parquedad de sus monosílabos.

—No sé, sigo pensando... ¿por qué le pasan cosas malas a la gente buena?

—Eso depende de qué clase de «cosas malas» y de «gente buena» estemos hablando.

—¿Cómo así? —le preguntó María Paulina, extrañada.

—Yo no conocí a la señora que se murió, pero tu amiga Dominique, pues, ¿qué te digo? Atea, promiscua y para remate, bisexual. No es lo que yo llamaría, un modelo de virtud. ¿Tú, de verdad, esperas que del cielo le lluevan bendiciones?

—¿Tú me estás queriendo decir que… Dominique se merece lo que le está pasando?

—Solo Dios sabe qué tipo de pruebas nos pone para que reflexionemos y cambiemos el rumbo, mi amor. Para Dios, nunca es demasiado tarde y no hay pecado tan grande que no pueda perdonarse.

María Paulina no salía de su asombro, ¿quién carajos le había dado el derecho de expresarse así de Dominique? ¿Quién se creía él para juzgar a la amiga que había estado con ella en las buenas y en las malas, actuando en consecuencia? ¿En dónde estuvo él cuando ella necesitó ayuda?

Fue Dominique la primera persona en abrirle las puertas de su apartamento para hospedarla cuando terminó con Pedro y se quedó sin techo. Dominique tendió sus brazos para consolarla en el momento más difícil de su vida sentimental; esos milagros no los hacen los santos, ni los ángeles, los hacen los verdaderos amigos. Para María Paulina, los brazos de Dominique, en aquel momento de dolor intenso, fueron los brazos de Dios.

Después de ese comentario, el gran Ignacio pareció haberse empequeñecido en un minuto. El admirable hombre diez que una vez vio en él se transformó en un mamarracho, así que hizo lo que debía, según el dictamen de su corazón: se puso de pie.

—No te molestes en llamarme de nuevo porque aquí, se acabó quien te quería.

—¿Cómo así?, ¿me estás terminando? —le preguntó Ignacio, desconcertado.

—Tal cual. Dios me acaba de mostrar la clase de hombre que *no* quiero a mi lado; uno que juzgue a mis amigas, como lo acabas de hacer tú.

Más allá de espantar la decepción que arrastraba, la desahogada le sirvió para volver a la oficina con su frente de «solterona» en alto. Nunca se había sentido tan feliz de ser una mujer libre y amada, no por un hombre sino por sus amigas.

A las cuatro de la tarde aún le quedaba mucho trabajo por hacer, pero se le hizo difícil concentrarse. Decidió montar un par de órdenes de compra que tenía pendientes y salir temprano.

De camino a la salida, se detuvo frente a la oficina de su archienemigo Rafael, a quien sorprendió persignándose con una camándula en la mano derecha, la «batiseñal» católica e inequívoca de que estaba rezando.

—Cómo se nota que no tenés con quién chismosear, que preferís venir hasta acá a buscarme pelea —le dijo Rafael, intentando deshacerse de ella con una de las tantas bromas pesadas que acostumbran a hacerse a diario.

—Veo que te enteraste —le contestó María Paulina en un inusual tono conciliador, entrando a la oficina y sentándose frente a él.

—Acabé de hablar con Manuela. No he podido darle el pésame a Dominique, no ha querido hablar con nadie.

María Paulina lo observó conmovida mientras él intentaba guardar disimuladamente la camándula en el bolsillo de su chaqueta. «¡Quién lo ve! un hombre tan estudiado y centrado, con sus gafas de académico infalible y actitud de gran científico social y estadista, poniendo sus temores en manos de un ser superior», pensó. Esa era la clase de pinta que la desarmaba en cuadritos.

—No sabía que rezabas. Yo pensaba que con ese doctorado

en antropología estabas más allá del bien y del mal.

Rafael sonrió, sintiéndose pillado en una pilatuna, por lo que volvió a sacar la camándula y la enredó en sus manos.

—Es lo que ella habría hecho en estos casos —dijo, acariciando las cuentas blancas de la camándula.

—Es una bonita forma de honrar su memoria.

—La fe y mi hija fueron lo único que me quedó de Diana… y el remordimiento de pensar que esperé a que fuera demasiado tarde para seguir la costumbre.

—Para Dios nunca es demasiado tarde —dijo y se sorprendió a sí misma parafraseando a su, ahora, exnovio.

—En mi caso sí, costeña. Nada me costaba hacerlo cuando estaba viva. A veces me da por pensar que ella rezaba por todo el mundo y nadie rezaba por ella, excepto su mamá. ¿Qué tal si yo hubiera hecho mi parte? ¿Qué tal si una sola oración mía hubiera salvado su vida?

—Eso no lo sabrás nunca y tampoco te des tanta importancia, no hay forma de cambiar o controlar lo que está escrito en el destino por la mano de Dios. Lo único que podemos controlar es nuestra actitud a la hora de aceptar su voluntad —le dijo María Paulina, poniendo sus manos sobre las de él, mirándolo a los ojos.

Rafael correspondió el gesto llevándose las manos de María Paulina al rostro y besando cada una de sus falanges. María Paulina se tensionó, era una emoción extraña que nunca había experimentado cerca de él. Temía, por un lado, que el «animal de monte» le saliera con una de esas bromas pesadas que estaba acostumbrado a infligirle y, al mismo tiempo, le encantaban las cosquillas que recorrían la punta de sus dedos y llegaban a su garganta, formando un nudo que ella intentó deshacer con su respiración para poder sentir su perfume que se acercaba cada vez más.

Rafael se inclinó y la besó en los labios.

***

—*Okey*, terminaste con Ignacio y en menos de tres horas te besaste con Rafael… fuera de romper un récord mundial en cambio de novios, me puedes explicar ¿en qué parte de la historia se supone que metiste la pata? —le pregunto, pero María Paulina se toma su tiempo para contestar, prolongando sus dudas en silencio.

—No le pongas tanto misterio que, para nosotras, no es ninguna novedad. Eso se veía venir.

—¿No te gustó el beso? —insisto.

—Al contrario. El *man* besa como baila, espectacular —contesta María Paulina sintiéndose culpable—, pero se me fueron las luces y ahora no sé qué hacer.

—¿Cómo así que no sabes qué hacer? ¡Ese fue el cuadre perfecto!

—¡No! ¡Cuál perfecto!, ¿no se dan cuenta? Rafael y yo peleamos por todo, se la pasa molestándome desde que entro a la oficina hasta que salgo. A él le gusta la salsa y a mí el vallenato; él es más católico que el Papa Francisco y yo, la más cristiana evangélica. Fuera de trabajar en la misma agencia, nosotros no tenemos absolutamente nada en común.

—Tú estás sufriendo porque piensas que Diana los está viendo desde el cielo y se les va a asomar a la habitación cuando estén... —le contesta Dominique, incapaz de retener el nivel de sarcasmo.

—Coge seriedad, *ombe*, que yo no estoy para chistes.

—Mapi, no saques excusas, ustedes lo tienen todo en común. Las peleas y las bromas pesadas son solo un síntoma de que les gusta poner a prueba la superioridad del otro; salsa o vallenato, lo cierto es que ambos llevan la música y el baile en las venas y en cuanto a las religiones, son dogmas; lo importante es que cada uno respete las diferencias del otro —le digo.

—Es Valentina, ¿cierto? —concluye Dominique y la pregunta se le clava a María Paulina en la garganta, haciéndola tragar grueso—. Tú estás sacando todas esas excusas para no hacer quedar mal a la muchachita.

—¿Pasa algo con Valentina? —le pregunto.

—¡Ay, nena! yo no sé qué clase de vitamina les dan a los niños hoy en día que se las pillan en el aire. Anoche, Rafael y yo fuimos a cine con ella para tratar de presentarme como la novia y Valentina esperó muy juiciosa a que el papá le comprara las crispetas en la cafetería para tirármelas en la cara —dice, agachando la cabeza derrotada, mientras Dominique y yo nos miramos preocupadas, sin saber qué decirle para consolarla.

—¿Y qué hizo Rafael?

—La regañó, obvio. Y yo traté de defenderla para que sintiera que estaba de su lado, pero fue peor. Me gritó, en medio del teatro y delante de todo el mundo, que su papá era de ella y que no quería verme nunca más.

María Paulina hace lo posible por mantenerse de buen ánimo a pesar de su decepción y, aunque nosotras intentamos apoyarla, las palabras se nos quedan cortas y los abrazos se tornan engorrosos. El desprecio es el peor de los ataques, en especial si viene de una niña de seis años y medio quien, gracias a la devoción con la que su padre ha conservado la imagen de su mamá, no está dispuesta a ceder un centímetro de ese espacio sagrado en la vida de ambos.

—Yo no me atrevo a opinar sobre tipos con hijos, pero a mí se me ocurre… la Cenicienta —le digo.

—¿Y esa vaina? —me pregunta, extrañada por la comparación.

—Valentina seguramente te ve como la madrastra malvada, pero… ¿qué pasaría si te viera como el hada madrina?

—¿Y en qué parte del cuento el hada madrina se queda con el papá de Cenicienta? —me pregunta sonriendo, la propuesta le hace gracia.

—En tu propia versión del cuento, tú puedes inventarte el final que quieras.

Al terminar su *mani-pedi*, María Paulina decide que no tiene ganas de mandarse a cepillar el pelo. En cambio, prefiere salir y darles un paseo a sus emociones en busca de respuestas.

—Pobre Mapi, la considero. Diana le dejó el estándar demasiado alto —comenta Dominique mientras caminamos de vuelta al apartamento.

—¿Tú no crees que Mapi logre darle la talla?

—No sé, Manu, yo tengo el instinto maternal de una llanta pinchada. Soy la menos indicada para juzgar esas vainas.

—Pero tú… tuviste una madre que no era tu madre biológica y la adorabas.

—Manon fue mi madre adoptiva, no mi madrastra y creo que hay una gran diferencia.

Curiosamente, Dominique también pensó en Diana el día que murió Manon. Pensó en su amabilidad al recibirla en su oficina del Bienestar Familiar con la esperanza de ayudarle a rastrear su pasado. Diana escuchó su historia con atención, tomó nota, le hizo preguntas e intentó, por semanas, conectarse con otras instituciones del Estado que le permitieran ubicar a sus padres. Llegaron a tener esperanzas en el proceso de paz con los grupos armados que empezaron a salir de la selva para reincorporarse a la vida civil y se ilusionaron con que la desmovilización de los combatientes abriera otros caminos que condujeran a Dominique en la dirección correcta. Desafortunadamente, las esperanzas eran demasiadas para la poca información que había; era como tratar de hervir un océano entero con la llama de un par de velas.

De la exhaustiva investigación quedó la amistad y de la amistad, el contacto con Rafael quien ayudó a Dominique a encontrar su primer trabajo en Colombia como coordinadora de tráfico digital en BrandsMedia. En menos de dos años pasó a ser la directora de medios digitales y luego, mi jefe, hasta que decidió irse de la agencia para aceptar la oferta de trabajo en OWD, pavimentándole a Diego el camino de regreso a mi vida.

De la manera más insospechada, Diana fue la artífice de mi amistad con Dominique y mi eventual reencuentro con Diego. Ahora no me queda la menor duda de que llegamos a este mundo con nuestra propia madeja de hilo para tejer amistades, amores, alianzas laborales o negocios. Sea cual sea el diseño, lo importante no es el color del hilo si no la resistencia del entramado.

***

Diego me avisa en un mensaje de texto que no alcanzará a aprobar las hojas de tiempo del equipo ya que debe seguir derecho a un cóctel de negocios en la Cámara de Comercio del Distrito.

Aun así, quiere verme más tarde, cuando salga de la oficina. Y yo me muero por verlo también. Conforme van pasando los días, mi ansiedad por estar con él va en aumento. Quiero besarlo y sentir el calor de su piel; quiero que hagamos el amor y despertar a su lado, pero más que un orgasmo, quiero volver a sentir ese «algo especial» que va más allá de la excitación física y eso es… intimidad. Ese espacio en el que puedes permitirte ser vulnerable en los brazos de la persona que amas porque sabes que no va a traicionarte.

Manuela:
Tengo planes.

Diego:
¿De qué?

Manuela:
De dominar el mundo. Mentiras, voy
a terminar un par de planes de medios
para irme a dormir.

Me despido tan rápido como puedo, reprimiendo las ganas de mandarle un beso virtual para poder concentrarme en lo que tengo frente a la pantalla, el plan de medios de Baby Fígaro que quedé de presentarle a Isabella Buendía esta semana.

De la reunión que tuve con ella salió la oportunidad de probar la efectividad de nuestros servicios y anexarlos como clientes; y clientes es lo que necesitamos, tantos como podamos sumar para compensar una posible salida de Sugarbeat. Una razón más para no distraerme pensando en los surcos que se le marcan a Diego en el abdomen o en el recuento de las canciones que escuché en los últimos cinco años recordando su sonrisa. Y esa cuenta es larga. Las tengo en una lista de reproducción y justo las estoy escuchando mientras reviso las fórmulas en el cuadro de Excel frente a mí.

He caído de nuevo en la mala costumbre de acaparar tareas en vez de delegarlas para mantener mis manos en el teclado y lejos del cuerpo y el rostro de cierto colega que, desde su regreso de Londres, ha estado ocupando demasiado espacio del aceptable en mi mente para ser solo eso, un colega.

Tal vez es hora de remediar la situación, por mi propia salud mental. Antes de seguir con el próximo plan en la lista, aprovecho para revisar y aprobar las hojas de tiempo en ausencia de Diego y, de paso, ver cuál de nuestros pupilos tiene disponibilidad para descargarles parte del trabajo que, de todas formas, deberían estar haciendo.

Connie ha probado ser la ejecutiva eficiente y responsable que necesitábamos. ¡Y es un alivio porque fui yo la que más insistió en contratarla! Seguro no se molestará en recibirme un plan para Seguros Libertad y otro para el Banco de las Américas.

Antonio, el nuevo *trafficker* de Yamile, es el que todavía no da pie con bola, está más perdido que Adán el día de la madre. Por fortuna, Jorge lo sigue entrenando con paciencia y entre Yamile y Connie le están apretando las tuercas, demostrando que no hay fuerza que se doblegue ante el poder del matriarcado consistente y organizado.

—Son las ocho, ¿te quedas o nos vamos? —me pregunta María Paulina con su bolso en la mano, lista para salir.

—Me quedo. ¿De casualidad te sobra una de esas cajitas de *ramen* instantáneo?

—Apenas vamos en mitad de semana y ya te has comido tres; se supone que son solo para casos de emergencia —dice, antes de dirigirse a su escritorio a buscar el *ramen*. En ese instante, Sebastián cruza el pasillo y al vernos a María Paulina y a mí, se acerca.

—¿Hoy hay fiesta de medios? ¿Por qué no me había enterado?

—No, no hay fiesta —digo, mientras le recibo a María Paulina el *ramen*—. ¿Me mandaste los perfiles de consumidor de Cosméticos Façade ajustados?

—No. Quiero revisarlos antes de mandártelos mañana temprano.

—Mándame lo que tengas, no importa. Acabo de terminar el plan de Baby Fígaro y quiero armar la presentación de Façade más tarde.

—*Erda*, esta mujer no puede ver a un pobre reírse sentado porque le ofrece una escoba, yo mejor me pierdo —dice María Paulina, saliendo apresurada.

—¡¡Mapi!! Tú también me debes el reporte de cumplimientos de...

—¡De malas! yo ya cerré mi chuzo. Nos vemos en el apartamento y no llegues tarde, porfa, si no quieres que me vea *Bridgerton* sin ti.

—Tú no harías eso conmigo...

—¡No me tientes! —dice y se apresura a tomar el ascensor.

—¡Deja la intensidad! Apaga ese aparato y salgamos a tomarnos algo. Llevas semanas sin gastarme ni un quesito pera —insiste Sebastián.

—¿No quieres hacerme compañía un ratico más?

—¿Hay vino, al menos?

—No.

—Que te rinda.

—¡Sebastián!

—¡Suerte!

Sebastián se larga y así, poco a poco, me quedo sola en el piso. Incluso Octavio, el último de la camada que ha estado trabajando estos días hasta tarde coordinando la facturación final de televisión y prensa de Sugarbeat, se despide de mí a lo lejos, levantando la mano. Yo le respondo levantando los palitos chinos con los que termino de comerme los últimos *noodles* del *ramen* instantáneo que me dejó María Paulina.

Enciendo la luz del cuarto de impresión y copiado, esperando que la impresora me tenga listo el *email* de Rafael que acabo de recibir con las correcciones de la estrategia que Diego y yo le enviamos. Desde ya siento los nervios colapsados; esa estrategia digital está más difícil de sacar de lo que pensé y sin estrategia no tenemos plan y sin plan, no hay *pitch*.

—No es tan grave como parece —me dice la voz de Diego que me sorprende por la espalda mientras sus manos intentan taparme los ojos.

—¿Qué haces aquí? ¿Así de aburrido estaba el coctel en la Cámara de Comercio?

—Ya terminó y relájate. Acabé de hablar con Rafael, me explicó más o menos lo que necesitamos y no vamos tan mal. ¿Por qué no me dijiste que ibas a trabajar hasta tarde? habría llegado antes —me dice y el *vals* empieza con sus manos rodeando mi cintura mientras las mías intentan ocuparse de los papeles en la impresora. Su pecho cálido se hace sentir a lo largo de mi espalda, despertando el deseo de cada uno de mis músculos de expandirse en sus manos y contraerse en sus labios.

—Precisamente porque la intención es trabajar —le contesto, reuniendo la escasa fuerza de voluntad que me queda para rehuir sus labios que juegan a cazar a los míos.

—*Okey*, trabajemos… después de que comas algo decente. ¿*Ramen* instantáneo otra vez?

—A mí me fascina el *ramen*.

—A mí también, pero ese, en particular, no es muy saludable que digamos —me dice, besándome el cuello.

—No, Diego, en serio, déjame concentrarme en esto para poder irme a dormir temprano —insisto, sintiendo mis convicciones laborales diluirse en las cosquillas que me hace su mentón en la nuca.

—Linda, yo no quiero esperar más. Hagámoslo oficial ya y salimos de eso. Que pase lo que tenga que pasar.

Su brazo izquierdo envuelve mi cintura y me asegura contra su cuerpo mientras su mano derecha retira con suavidad el mechón de pelo sobre mi cuello en donde planta uno de esos besos tibios que desarman mis piernas. ¡Maaadre mía! ¡¿Por qué se siente tan bien algo que está tan mal?!

—¿Por qué más bien… no le echamos cabeza a la estrategia de Sugarbeat? —digo, en un mediocre intento por mantener el control en su sitio.

—*Okey*, pero primero, come algo. Te traje un *poke bowl* de Osaki, te lo dejé sobre el escritorio. La próxima vez que vayas a trabajar hasta tarde, me avisas, así sea solo para traerte merienda.

Hablando de intimidad… y otras mil razones por las cuales él sigue ocupando el podio de mis aspiraciones sentimentales. Importarle a alguien en el momento que más lo necesitas no solo se siente bien, te enamora… y cuando estás enamorada, las razones sobran; solo quieres girar sobre tu eje para abarcarlo con tus brazos, colgarte de su cuello, presionar tus labios en los suyos y robarle hasta el último de sus suspiros.

Los besos de Diego son deliciosamente imponentes; no solo besa con sus labios, Diego besa con todo su cuerpo, con sus manos en mi nuca, en mi pecho, en mi vientre y cobran vida en mis dedos a quienes les estorba su camisa y a los suyos les sobra la correa de mi pantalón. Deshago el nudo de su corbata para abrirme paso entre los botones, mi nariz quiere absorber el aroma de su piel y mi boca quiere comérsela. Sus brazos me levantan y me sientan sobre la mesa en donde las caricias no dan espera. Le quito la camisa en medio de mis besos, él se deshace de mi saco de lana y mi blusa de tiritas, despejando el camino hacia el broche de mi brasier que intenta abrir... hasta que escuchamos el sonido de la impresora que reinicia su trabajo y unos pasos que se interrumpen en *shock* antes de entrar.

—Tranquis, hagan de cuenta que no estoy aquí —dice Sebastián en un tono mucho menos amable que sus palabras. No tengo otra alternativa que clavar mi rostro en el pecho de Diego, en un flaco intento por ocultar mi vergüenza, mientras Sebastián continúa—: Solo vine a imprimir los perfiles que me pediste para la presentación de Façade.

Diego permanece inmóvil, su mentón se posa sobre la cima de mi cabeza, puedo sentir una sonrisita en la que cabe tanto la vergüenza como la picardía. En el fondo, agradece estar de espaldas a Sebastián para librarse de su mirada reprobatoria.

—Listo, te los dejo sobre el escritorio —dice Sebastián, recogiendo los papeles de la impresora—. Ahora sí me voy, nos vemos.

Sebastián sale para que Diego y yo podamos recoger nuestra cara de bochorno del suelo, junto con la ropa que nos alcanzamos a quitar.

—Gracias por los perfiles —le digo a Sebastián, a quien llamo por celular una vez llego al apartamento y me dejo caer sobre la cama.

—No, gracias a ti por arruinar el cuarto de impresión y copiado —me contesta con ironía—. No podré volver a entrar en un año.

—No seas dramático, tampoco nos encontraste haciendo gran cosa. Y lo poco que viste, tampoco desmerece.

—Si lo que querías era presumir la espalda de tu novio, lo lograste. Tengo envidia, ¿contenta?

—Pues no, esa no era la intención y Diego tampoco es mi novio... todavía.

Sebastián hace una pausa y lo puedo imaginar respirando profundo antes de soltarme uno de sus regaños. Esa es la desventaja de ser la menor entre mis amigos, todos se creen con el derecho divino a sermonearme como si su edad fuera un argumento de autoridad moral.

—¿Ya compró los tiquetes para ir a Londres a hablar con Ximena?

—Sebas, no empieces con la cantaleta. Diego prácticamente acaba de llegar de Londres; Roberto y Trudy no van a darle permiso para que se vaya otra vez.

—Para eso están los fines de semana.

—¡Es un viaje de trece horas por trayecto!

—¡Y son cinco años los que ustedes llevan separados por culpa de su familia! ¿Qué está esperando para subirse al primer avión que vaya para Londres? ¡A mí me valdría un rábano la oficina, el jefe, el *pitch* de Sugarbeat, lo que fuera!

—A ver, intrépido ¿qué es lo que me estás queriendo decir? —le pregunto, sin poder evitar un suspiro—, que ¿Diego no quiere terminar con Ximena?

Sebastián vuelve a contenerse y eso me hiere.

—No sé, Manu. Yo no iría tan lejos, pero... para ser honesto, me parece muy extraño que justo ahora, que todo está a su favor, se quede varado por una conversación.

—No es cualquier conversación... la va a terminar por segunda vez. Eso no es fácil —digo, y ahora que me escucho a mí misma, no puedo evitar sentirme avergonzada; pareciera que estuviera justificando a Diego frente a los mismos cuestionamientos que me estoy haciendo por dentro.

—Esa es la tercera vez que me dices lo mismo y cuando uno repite esa clase de frases, corre el riesgo de que se convierta en una excusa.

Me despido de Sebastián con la *excusa* de que estoy cansada y quiero dormir.

No quiero pensar. No quiero dudar. Quiero dormir.

DIEGO

Por segunda vez en la semana, Ximena me deja esperando en la videollamada y no sé qué me enfurece más, el trasnocho inútil al que me está sometiendo o la sospecha de que lo esté haciendo a propósito.

Intento respirar profundo una vez más y enfocarme en lo fundamental. No quiero volcarle la culpa a Ximena, quiero asumir mi responsabilidad, eso es todo.

Llevo meses enteros intentando hacer funcionar mi relación con Ximena a las malas, convenciéndome a mí mismo de que mi deber es estar con ella, de que no me perdonaría jamás terminar nuestra relación y romperle el corazón de nuevo. Válidas o no, las anteriores no son más que excusas disfrazadas de argumentos que me había repetido a mí mismo todos los días para no cometer un crimen del que ya soy culpable. Si de evitar romperle el corazón a Ximena se trata, creo que ya es tarde. Yo mismo me he encargado de hacerlo trizas con el solo hecho de obligarme a estar con ella sin amarla, sin entregarme a ella con la misma intensidad con la que me he entregado de cuerpo y alma a Manuela.

Resisto la tentación de mandarle el lacónico *email* que ya tengo redactado. Solo me detiene… la misma Manuela, quien insiste en darle un final digno y definitivo a mi historia con Ximena, a pesar de nuestro afán de empezar lo nuestro cuanto antes.

—Linda, es ella la que no se conecta a las videollamadas y cuando me contesta el teléfono dice que va de afán y que hablamos a la mañana siguiente. Algo raro está pasando por allá y la verdad, no sé hasta qué punto me convenga pegarme otro viaje a Londres para que termine mentándome la madre, porque eso es lo que va a pasar, me va a insultar hasta la saciedad —me quejo con Manuela a falta de otra vía para desahogarme, mientras vamos en el carro rumbo a la oficina.

—Yo sé, pero ni se te ocurra terminarla por *email*, eso sería el colmo. La videollamada, de por sí, es patética.

—De todas formas, me va a odiar, va a pedir que le compre el resto de las acciones que tiene en Petite Délice, va a maldecir mi nombre… ——digo, pero ya Manuela no me mira, voltea el rostro hacia la ventanilla y respira profundo, señal clara de que está a punto de salirse de casillas——. Esta noche compro los tiquetes para el fin de semana. Salgo el viernes, hablo con ella el sábado y regreso el domingo.

Manuela me responde frunciendo ligeramente los labios. La puedo ver controlando la ira con inhalaciones profundas y un largo silencio.

—Manuela, háblame, no te quedes con nada. Está bien que no seamos novios todavía, pero nuestra relación empezó desde que nos conocimos y esa es la primera regla que acordamos en esta nueva etapa. Vamos a hablar. Siempre. Punto.

—Ya que insistes, ¿tú estás seguro de que quieres terminar con ella? —me pregunta decidida y la impaciencia se me derrama de la copa.

Apenas el carril de girar a la derecha me lo permite, salgo del tráfico de la carrera Séptima y subo por la calle setenta y dos para parquearme en el primer espacio que encuentro libre.

—Maneja tú, por favor —digo y salgo del carro para dar la vuelta y llegar hasta ella.

—No es para que te pongas así. Solo estaba siendo honesta, ¿no era eso lo que querías? —dice, saliendo del carro.

—Lo sé y está bien que me digas lo que sientes, eso es lo que siempre quiero que hagamos, que hablemos y nos digamos todo; pero esta vez y solo por esta vez, te pido que confíes; de lo contrario, vamos a terminar estrellados estando tan cerca del lugar al que queremos llegar —le digo, entregándole las llaves del carro. Ella agarra mis manos al verlas temblar.

—Tienes las manos frías, ¿estás bien?

—Sí, solo necesito que me ayudes con la manejada hasta la oficina.

—Entonces, escúchame. Tú no te has tomado el tiempo para pensarlo bien.

—¡Yo no tengo nada qué pensar! Yo te amo y quiero estar con… —-digo y me detengo al ver que Manuela vuelve a bajar la mirada—. No, espérate un minuto. ¿Tú crees que soy yo el que no quiere terminar con Ximena?

—No sé y tampoco sería absurdo imaginarme esa posibilidad. Tú no pareces darte cuenta de que la historia se está repitiendo, por no hablar de la posición horrible en la que estoy. Esta es la segunda vez que terminarías con ella por mí, prácticamente soy «la otra», «la robamaridos» que viene otra vez a dañar…

—Yo no soy «marido» de nadie.

—Tú entiendes a lo que me refiero.

—Y tú deberías entender que no me estás «robando» de Ximena, porque yo nunca he sido suyo, para comenzar.

—Pero sí has estado en una relación larga con ella en la que ha habido de todo, yo no creo que sea tan simple como tirarla al olvido y decidir, de un momento a otro, que quieres estar conmigo.

—¿De un momento a otro? ¿Después de todo lo que yo he sufrido en estos cinco años tratando de olvidarte? No, eso no lo acepto. Tú no puedes venirme ahora con el cuento de que mi decisión de estar contigo te parece sacada del sombrero. Es contigo con quien me siento conectado, Manuela; contigo soy una persona, no un objeto de utilidad para nadie. Yo no voy a negarte que mi relación con Ximena fue significativa, pero hoy en día vamos por caminos distintos y en esa relación que supuestamente tenemos, están más metidas mi mamá y Eliana que yo. No hay nada que yo pueda construir con Ximena; hoy en día no tenemos ni siquiera un proyecto en común que tenga sentido para ambos.

—Yo entiendo eso, pero ¿Ximena lo entiende? ¿Ximena sabe esto que me estás diciendo? Ella bien podría pedirte una oportunidad para demostrarte que puede deshacer su vínculo con tu mamá y Eliana y construir contigo esa relación que ambos quieren…

—¡Yo no puedo darle una oportunidad a ella cuando soy yo mismo el que te está pidiendo a ti la oportunidad de estar a tu lado! ¿No lo ves? Yo entiendo que esta situación es incómoda para ti, linda; tampoco es la ideal para mí, pero es la realidad que nos tocó para construir una relación. El amor no nace de la nada como en los cuentos de hadas, no es una varita mágica que automáticamente nos hace perfectos. El amor se construye en una relación con las decisiones que tomamos en el día a día, con la voluntad de trabajar juntos para solucionar los problemas que se nos presenten, para superar el miedo a nuestros propios sentimientos... tú misma me lo dijiste en Blue Monkey.

—Pues es precisamente eso, Diego, yo tengo miedo.

—¿Miedo a qué? —le pregunto incrédulo.

—A salir herida de aquí y no me mires así que no es un temor infundado. Yo fui la primera víctima de nuestra separación y a mí nadie me garantiza que eso no va a volver a suceder, ni siquiera tú. Lo que me estás pidiendo, en realidad, es que crea en ti a ciegas y lo estoy intentando porque te amo y tengo la esperanza de que todo va a salir bien, pero eso no significa que no sienta miedo. Eso no significa tampoco que yo no pueda, al menos, tratar de ver con objetividad lo que tuviste con Ximena y entender que algo bueno debió haber traído a tu vida para que quisieras intentarlo con tanta dedicación como para llegar a París a buscarme y decírmelo de frente. ¿Qué tal que sí haya un proyecto en común que puedan sacar adelante? ¿Qué tal que la vida en Barcelona sea mejor para ustedes dos? ¿Qué tal que Ximena logre conectarse de nuevo contigo y demuestre que puede ser la mujer para ti? Yo no puedo evitar hacerme esas preguntas y querer prepararme para lo peor aun esperando lo mejor.

» Lo peor para mí no sería perderte de nuevo porque ya sé por experiencia que de amor no me voy a morir; lo peor para mí sería perder contigo, la última razón que me queda para desear enamorarme de nuevo. Esa es la decisión a la que yo me estoy enfrentando, ese es el riesgo que estoy corriendo por ti así que cuando te diga que no has pensado bien las cosas, tómatelo muy en serio porque no estamos hablando solo de tus sentimientos y tus convicciones.

Con una frase como esa, no me queda otra alternativa que tomar su cara en mis manos y, en vista de que nuestro acuerdo no me permite besarla en los labios, le doy un beso en la frente y la abrazo, deseando que fuera posible resolver con una varita mágica, lo que solo se logra a través de la confianza. Lo irónico es que, tanto la confianza como la fe son lo más parecido a la magia, funcionan para ayudarte a cruzar un puente que ni siquiera puedes ver y lo que le estoy pidiendo a Manuela es más que eso, es un salto de fe ciega hacia mis brazos. Le estoy pidiendo que crea en mí y en mis palabras cuando son los hechos los que deberían hablar por mí.

Antes de retomar nuestro camino a la oficina, decidimos esperar una última semana para ver si logro hablar con Ximena. Dependiendo de cómo se den las cosas, compro los tiquetes para regresar a Londres. Eso, en parte, me conviene porque me da tiempo para reivindicarme y prepararle algo especial a Manuela antes de viajar. Esta vez me iré con lo mejor del repertorio.

—¡Buenos días! ¿Cómo va todo? —me saluda Trudy desde el umbral de la puerta de mi oficina, sacándome de mis abstracciones con un ánimo demasiado festivo para ser mitad de semana.

—Bien, y eso ¿por qué tan sonriente?

—Vengo con dos preguntas, ¿tienes tiempo?

—Por el momento, sí... ¿y la segunda es?

Trudy entra decidida a la oficina y cierra la puerta tras de sí.

—¿Me puedes guardar un secreto?

—Depende del secreto, Trudy. Si es para causarme problemas, tendría que ser uno muy bueno.

—Es buenísimo y lo mejor, te conviene. He decidido tomarme un año sabático para darme la última oportunidad de retomar la profesión que jamás debí abandonar, la fotografía artística.

—¿Un año sabático? Eso quiere decir que...

—Voy a dejar de trabajar por un año… o bueno, seguiré trabajando, pero no aquí sino en el estudio fotográfico que voy a armar en el espacio que me ofreciste… si todavía está disponible.

—¿En serio? ¿No me habías dicho que te parecía un salto demasiado arriesgado?

—Lo es, pero esa es la carrera que siempre quise ejercer y si quiero que me vuelvan a tomar en serio como artista, la primera que tiene que tomarse en serio lo que hace soy yo.

—Si es para eso, cuenta conmigo. El espacio está disponible para cuando quieras empezar. Mañana te traigo las llaves.

—¿Y el contrato?

—Lo podemos sacar mañana también. Y fresca que no te voy a cobrar el primer año, considéralo como mi regalo sabático.

—Tan divino, pero yo sé que no lo estás haciendo desde la bondad de tu corazón; es a ti al que más le conviene que me vaya bien como fotógrafa.

—No sé a qué te refieres —le digo, con falsa modestia.

—Sí sabes a lo que me refiero y yo sería la más feliz de que me reemplazaras como vicepresidente de nuevos negocios y alianzas estratégicas, no solo durante el año que me tome sino de forma permanente.

—Descubriste mi plan diabólico, entonces —le digo, en broma.

—Y me parece un plan fantástico. ¿Qué dices?, ¿te le mides?

—¡Ah, es que la cosa es en serio! ¿Estás segura de que funcionaría? Yo prácticamente acabo de llegar a esta agencia, todavía me falta aprender un montón sobre este negocio.

—Si no fueras capaz, no estaría aquí planteándote la posibilidad.

—¿Y… necesitas que te dé una respuesta ya?

—¿Y es que necesitas pensarlo? —me pregunta Trudy y su mirada dividida entre el desconcierto y la curiosidad me intimida—. ¿Tienes alguna otra propuesta en remojo por ahí en Barcelona? Te lo pregunto por aquello de que tu novia se va a mudar para allá.

—No, no tengo nada en remojo, te lo aseguro —digo, y esta vez trago grueso. Si Manuela escuchara, me mataría—. Estoy pensando más en… tú sabes, la diplomacia del asunto; aquí hay más de uno que mataría por ocupar ese cargo.

—Y esa es una de mis muchas razones para no dejarlo en manos de cualquiera. Tú, mejor que nadie, sabe lo que esto representa para mí, Diego. Más allá de un asunto laboral, es la profesión que amé y a la que renuncié por el espejismo de una vida familiar que no es suficiente para mí. Aun así, tampoco soy tan ingenua como para pensar que todo va a ser color de rosa y va a salir como lo planeo. Yo soy consciente de que hay una probabilidad alta de que fracase como fotógrafa y si eso pasa, tú eres el único en el que puedo confiar para que me devuelva el puesto una vez agotadas todas las opciones.

—No digas eso, todo va a salir bien.

—¿Eso es un «sí»?

Negar que el ofrecimiento me halaga y que el puesto me interesa sería mentir descaradamente, pero en mis condiciones actuales, esta es una decisión que no puedo tomar a la ligera; bastantes dolores de cabeza me he ganado por terco e impulsivo. Esta oportunidad la había contemplado para el futuro, lo que no contemplaba era que el futuro me llegara tan rápido y me agarrara sin estar preparado.

—Hagamos una cosa, Tru. En principio mi respuesta es sí, cuenta conmigo; pero vas a tener que darme un par de meses para ponerme al día con todo porque… para serte sincero, en este momento estoy siendo bombardeado desde varios frentes. Si decido asumir esta responsabilidad, quiero hacerlo bien.

—*Okey*, vale, pero ¿qué es lo que te preocupa? ¿Hay algo en lo que te pueda ayudar?

—Por ahora, lo que necesito es tiempo.

Y tal vez una bolita de cristal que me ayude a ver el futuro o una brújula para saber si el rumbo que le estoy dando a mi vida es el correcto.

***

Bogotá, cinco años atrás.

Ese día no regresé al altar con mi novia en brazos, pero sí con la determinación de lidiar el asunto de la única manera posible, quitándole el micrófono al cura de las manos.

—Mil gracias por su paciencia y de antemano, les pido mil disculpas por los inconvenientes de último minuto. No se preocupen, todo está bajo control. Les tengo una noticia mala y una buena —dije mientras me fijaba en la audiencia a la que me dirigía. La curiosidad con la que todos me miraban era ofensiva, no tardarían en pelar el cobre para humillarme con su lástima e incomodarme con sus preguntas—. No, ¿saben qué? en realidad, las dos son buenas noticias. ¡Me salvé de echarme la soga al cuello! La misa se cancela, lo siento mucho por usted, Padre, pero la fiesta sigue en pie para el que quiera celebrar conmigo mi renovada soltería. Caminen y me acompañan a comer y beber porque esa platica no se va a perder.

No me sorprendió ver a una gran parte de la familia de Manuela quedarse para el festín; la comida y el trago seguían siendo abundantes y, lo mejor de todo, gratis; y a sus primas solo les faltaba sentarse en mis piernas y hundir mi cara entre sus tetas para «consolarme».

—¡¡Me vas a decir aquí y ahora qué fue lo que le dijiste a Manuela anoche!! —le reclamé a mi mamá en voz alta, casi a los gritos, mientras abría de par en par las puertas de la habitación de la hacienda en la que, se suponía, mi esposa y yo pasaríamos nuestra noche de bodas.

—Diego, mi amor, por Dios, cálmate —decía mi mamá nerviosa, entrando detrás de mí, seguida por Eliana y las gemelas.

—Mi mamá ni siquiera habló con Manuela —intervino Eliana, en su defensa.

—¡Le pregunté a ella, no a ti!

—Yo estuve con ella toda la noche y Manuela no apareció en ningún momento por la casa.

—Ella sí entró a la casa, yo la vi, hablé con ella, venía en el mejor de los ánimos. Ustedes debieron haberle dicho algo —increpó Emma.

—Algo como ¿qué? ¡A ver! —la retó Eliana.

—No sé, eso es lo que ustedes tienen que reportar. Manuela salió de la casa como alma que lleva el diablo.

—Bueno, yo no vi ningún «diablo» —contestó Emilia, intentando aterrizar la conversación y calmar los ánimos—. Lo que sí puedo decir es que Manuela casi se lleva por delante la reja del antejardín cuando arrancó el carro para salir a la carretera.

—¡¡Tú le dijiste!! —insistí desesperado, tomando a mi mamá por los hombros—. ¡No te aguantaste las ganas y le dijiste lo que pasó con mi papá!

—¿Lo que pasó con mi papá? ¿Qué tiene que ver eso con esto? —preguntó Emma, confundida.

—Yo no le dije nada, ¡¡hazme el favor y te calmas!! ¡¡Tú eres un hombre hecho y derecho, ten al menos un poco de dignidad!! —respondió mi mamá airada, deshaciéndose de la presión que mis brazos ejercían en los suyos—. Tu novia fue la que salió corriendo de su propia boda, es a ella a quien deberías pedirle explicaciones ¡no a mí! Yo no hice otra cosa que abrirle las puertas de mi casa, ofrecerle cariño y consideración por su situación laboral. No contenta con eso, me empeñé en planearle una boda de cuento de hadas con la que cualquier mujer soñaría sin que tuviera que pagar un peso o levantar un dedo y ¿es así como me agradece?, ¿sometiéndote a ti a semejante humillación?

—Diego, estás pálido, siéntate —insistió Emilia.

—¡Salgan de aquí, todas! ¡¡Salgan!! No quiero ver a nadie —dije, intentando desabrocharme la corbata que empezaba a sentirse como una mano gris cerrándose alrededor de mi cuello, cortándome el aire.

—Yo sabía que algo así iba a pasar —dijo Eliana, sin disimular su satisfacción—, Manuela Franco resultó siendo Manuela «Fraude».

Las saqué a todas de la habitación y me encerré. No

soportaba la corbata, ni el saco, ni la voz de nadie martillando en mi cabeza el nombre de la mujer que amaba para ofenderla.

Manuela había roto mi corazón, pero no lo que yo sentía por ella.

***

Revivo la escena impresa en mi memoria una vez más mientras pinto un mamarracho en el *blog* de notas del celular.

Cuando por fin decido levantar la mirada, veo la figura serena de mi mamá sentada en el sillón del consultorio de la doctora Lopera con las piernas alineadas, no cruzadas como acostumbra normalmente. Sus finos labios se mueven para empezar a hablar, pero se detienen justo antes de pronunciar la primera palabra. Baja su cabeza para clavar la mirada en sus manos entrelazadas sobre sus rodillas. Se toma unos minutos más para meditar, tal vez para reorganizar sus ideas y articular las frases que quiere que escuchemos la doctora y yo.

—Ahora lo veo mucho más claro —dice mi mamá, levantando la mirada—. Cuando los ricos están estresados, le llaman «depresión» y van a terapia. Cuando los pobres estamos estresados dicen que es «falta de iniciativa» y nos mandan a «echar pa'lante» porque la humillación última para nosotros es que nuestros hijos sepan lo que es el hambre. Y digo «nosotros, los pobres» porque, a pesar de las comodidades que tenemos hoy en día, es muy poco lo que yo he cambiado por dentro. Mi nombre sigue siendo Leticia Ospina y el amor por mis hijos sigue siendo el mismo —agrega y hace una pausa para mirarme a los ojos—. Yo sé que no es excusa, pero a mí no me alcanzaba el tiempo para educarlos con paciencia, ni para abrazarlos y demostrarles mi cariño; a duras penas podía alimentarlos, mandarlos al colegio y corregirlos con dureza porque yo sentía que era lo que necesitaba para alejarlos del mal camino, pero con Diego, acepto que se me pasó la mano —dice, manteniendo su mirada fija en mí—. Yo creía que, con el solo hecho de ser hombre, él ya tenía la vida resuelta. A mí me enseñaron que los hombres no tenían una reputación para cuidar ni sentimientos para cultivar. En esta sociedad, ser hombre sigue siendo un privilegio, pero a mí nunca se me ocurrió pensar que el precio que ellos pagan por ese mal llamado «privilegio» son sus propias emociones y sentimientos, además de la capacidad de ser empáticos y vulnerables.

» Lo mínimo que me corresponde como mamá es aceptar mis errores. Acepto que me equivoqué y estoy aquí para pedirte perdón, mi amor. Para mí tú no eres cualquier hombre, ni cualquier persona, tú eres mi hijo.

Mi mamá hace una pausa y respira profundo para desarmar el nudo en la garganta que le impide, de momento, seguir con su discurso.

—Perdóname por todas las veces que no te traté con la misma dignidad con la que traté a tus hermanas y por todas las veces que debí haber sido mejor que tu papá.

—No lo digas. No es necesario que lo menciones para que te perdone porque ya lo hice. Te perdono, mamá, y quiero que sepas que tú no fuiste mejor, tú fuiste mil veces superior a él, en todo sentido —le digo y estiro la mano desde mi lado del sofá para agarrar la suya. No me esperaba su plegaria de perdón, pero me reconforta que haya dado el paso.

La actitud es tan importante como los hechos a la hora de abordar un conflicto como el que tengo con mi mamá. No se trata de destruir con duros reclamos mi relación con la mujer que me ha dado todo, empezando por la vida. Se trata de asumirlo con generosidad, sabiendo que, al final del proceso, la voy a perdonar; porque no me imagino que haya un problema tan grave que no se pueda resolver entre una madre y un hijo.

Si estoy en lo correcto, mi problema con ella debería resolverse en un sitio especial como Matiz, el mismo restaurante en el que celebramos la cena de ensayo de la boda hace cinco años. Un lugar que fue testigo de una amarga discusión que marcó el curso de mi terrible ruptura con Manuela, pero hoy podría marcar un nuevo comienzo.

—Hace rato no venía, me alegra volver. Gerardo sigue superándose a sí mismo con el menú —dice mi mamá complacida, al recibir el plato de ensalada de palmitos que tanto le gusta.

—¿Qué te pareció la sesión?

—Dura y liberadora, al mismo tiempo. Me sirvió mucho para reflexionar.

—Me alegra. Es posible que la próxima sesión sea un poco difícil. No quiero prevenirte ni asustarte, pero quiero que sepas que vamos a hablar de temas complicados en los que ambos tenemos muchas diferencias.

—Y... ¿tú crees que vale la pena someternos a eso? Si dices que va a ser difícil, lo mejor es dejarla así; para mí la sesión de hoy fue suficiente.

—¿Qué quieres decir con «suficiente»? —le pregunto extrañado—. Una sesión no es una cura, es solo el comienzo de un proceso para explorar tus traumas.

—Mi amor, yo no tengo traumas. Lo que sufrí con Federico quedó en el pasado y el único remordimiento que podría tener sería no haber escapado con ustedes antes. Yo no necesito terapia psicológica para superarlo; para mí, Dios ha sido suficiente.

—Eso no era en lo que habíamos quedado —replico, sintiéndome decepcionado—. ¿Qué te hace pensar que soy el único con los traumas en la familia? Los cinco vivimos toda esa miseria juntos.

—Es cierto, como también es cierto que cada uno de nosotros ha encontrado su propia forma de canalizarlos; yo encontré la mía y no es la terapia. Yo hice el intento porque me lo pediste, pero después de probarlo, estoy convencida de que no es para mí.

—Entonces, ¿no vas a volver?

—Mi amor, no me puedes obligar. Puede que lo intente otra vez, pero no ahora.

Si supiera lo que me decepciona. Era demasiado bueno para ser cierto. Bajo la mirada y me concentro en mi ensalada para reprimir la ira que es lo único que me queda.

—¿Cómo van las cosas en la oficina? —me pregunta, intentando cambiar de tema para levantarme el ánimo.

—Bien. A mi regreso de Londres encontré algunas novedades que me impactaron, por decirlo de alguna manera, y tienen que ver contigo.

—¿En serio? ¿Y qué clase de novedades de tu oficina tendrían que ver conmigo? —me pregunta con una sonrisa desprevenida y aquí puedo dar por iniciada la verdadera conversación que esperaba tener en la próxima sesión, con la doctora Lopera como mediadora, pero en vista de que no va a suceder, más me vale adelantarla.

—¿Cuántas copas de vino te habías tomado la noche anterior a mi boda con Manuela? Espero que las suficientes para justificar que fueras capaz de decir en voz alta que yo me casaba con ella queriendo a Ximena.

La sonrisa de mi mamá se diluye en pánico instantáneo.

—¿Esa fue la excusa con la que te salió Manuela?

—¿Lo dijiste o no lo dijiste?

—No... no sé... no me acuerdo —responde de inmediato y el temblor en sus manos tratando de doblar la servilleta de tela sobre la mesa delata sus nervios—. Había tomado algunas copas, eso es verdad, pero de la conversación exacta que tuve con Eliana, no me acuerdo; hablamos de muchas cosas.

—No sé si seas consciente de eso, pero fue por culpa de esa conversación que Manuela me dejó plantado en el altar.

—¿Te dijo que lo hizo porque escuchó a la suegra y a la cuñada hablar babosadas en su propia casa mientras tomaban vino? ¡Ahí está pintada!

—¿Te parece que especular sobre mis sentimientos por Ximena o por Manuela es una babosada? Y ¿de cuándo acá ustedes se arrogan el derecho a definir qué es lo que yo siento por quién?

—No vengas a hacerte el honorable conmigo, tú mismo me dijiste que tenías dudas con respecto a tu matrimonio con Manuela…

—¡Pero no de que la amaba! Eso es algo muy diferente y de todas formas me iba a casar, porque eso era lo que yo quería y ella también. Todo lo que ustedes hablaron desestabilizaron a Manuela en el día más importante de nuestras vidas, revolvieron todas sus inseguridades, ¡por no decir que la humillaron! ¡La volvieron añicos!

—¿Y por qué no te lo dijo ese día? Ella debió habértelo dicho y no esperar cinco años para ponerte las quejas y tratar de recuperarte destruyendo tu relación con Ximena otra vez.

—Esa es la carreta de ustedes siempre. «Ella no dijo», «ella debió», «ella esto y ella lo otro» ¿y ustedes para cuándo, ah? ¿Cuándo van a aceptar sus propios errores y admitir que se les ha ido la mano metiéndose en mi vida, en mi relación con Ximena e incluso en mi relación con Manuela?

—Eliana y yo éramos libres de pensar y decir lo que se nos diera la gana, Diego. Nosotras estábamos en nuestra casa y nada de lo que dijimos era mentira. El problema era de Manuela si no le gustó lo que escuchó.

—¿Cómo puedes hablarme así? ¡Como si mi vida personal fuera un chisme callejero! Manuela y yo llevamos cinco años separados, amándonos aún. ¿Tú no te has preguntado, por simple curiosidad, todo lo que habríamos podido hacer juntos ella y yo en ese tiempo, en vez de sufrir y tachar los días en el calendario a ver si en uno de esos sucedía el milagro de olvidarnos?

—¿Y es que, acaso yo sabía que Manuela nos estaba escuchando? ¿Por qué mejor no me dices de una vez a qué viene todo esto? ¿Volviste con Manuela?

—Yo no vine a discutir contigo mi relación con Manuela o con Ximena, vine a arreglar nuestra relación, la tuya y la mía. Esa es la que, claramente, necesita reparaciones.

—Si por «arreglar nuestra relación» quieres decir culparme a mí de todo para la limpiar la consciencia de Manuela y regresar tranquilamente a sus brazos, me temo que, en eso, no te voy a complacer.

—De eso no se trata…

—Manuela Franco no deja de ser una niñita inmadura y caprichosa que solo quiere las cosas a su manera. Ella no ha tenido que esforzarse por nada, ni ganarse nada a pulso porque todo se lo han dado sus papás, sus amigos, sus contactos… incluso tú.

—Mamá, ¡ya no más! Tú no sabes nada de la vida de Manuela y te repito, esto es entre tú y yo. A Manuela la puedo juzgar yo mismo, si es que me da la gana, ese es un tema aparte. Eres tú la que tiene que responder por tu falta de consideración conmigo, por callarte una verdad que me habría podido ayudar a sanar más rápido. Acabamos de salir de una sesión de terapia en la que me pediste perdón por no tener en cuenta mis sentimientos como persona ¡y mírate!, ¡estás haciendo exactamente lo contrario a lo que predicaste!

—¡Porque yo no concibo que seas capaz de descargarme a mí el dolor que te causó esa mujer! ¡Eso no lo acepto, Diego! —me reclama levantando la voz y arrepintiéndose al instante, al ver a los demás comensales del restaurante dirigir la mirada hacia ella, en desconcierto.

—Dejemos así. No vamos a llegar a ninguna parte —digo.

—No, yo no lo voy a dejar así. Admítelo de una vez por todas y arreglemos esto.

—¿Admitir qué? —le pregunto, cansado.

—En la terapia me dijiste que yo había sido superior a tu papá; que tampoco es un halago, considerando la joyita que fue Federico; pero una cosa es ser superior y otra muy distinta es ser *suficiente*. Yo nunca he sido suficiente para ti y esa es la verdad. Eso explica por qué te dejaste obnubilar por Manuela cuando la conociste, como si fuera la primera mujer que vieras en el planeta. Te pareció que era la gran cosa porque venía de una familia aparentemente feliz, pero en realidad, lo que no quieres admitir es que, en esa familia, encontraste lo que nunca habías visto, lo que jamás pensaste que tendrías, un buen papá. Más que casarte con Manuela, tú querías tener a Milton de suegro y papá sustituto y eso no me ofendería si Manuela hubiera sido recíproca conmigo, si ella hubiera aceptado mi afecto en vez de decirme, en mi cara, que no quería que yo la viera como a una hija porque ella ya tenía una mamá.

—Eso es lo más retorcido que te he escuchado decir. Ahora resulta que, según tú, yo no amé a Manuela y todo lo que sentí por ella me lo inventé para mendigar una figura paterna. ¡Increíble!

—¡Eso no me lo inventé yo! Es precisamente lo que he leído en toda esa psicología que tú mismo me quieres meter. Y de una vez te advierto, si tu plan es acabar tu relación con Ximena para volver con esa mujer, ni se te ocurra llevarla a mi casa de nuevo. Ninguna terapia en el mundo va a sanar la humillación que nos hizo tragar Manuela Franco, por no hablar del ridículo en el que nos dejó y la tragedia de tus depresiones. Esa mujer no merece un lugar en mi mesa, ni en mi familia.

—Está bien. Si esos son tus deseos, soy yo el que no vuelve a tu casa —le digo, levantándome de la mesa—. Y, por último, te aclaro que sí es cierto que a Manuela le han dado todo, porque se lo ha ganado trabajando duro y la gente que la rodea se lo reconoce. Yo sé que ella no es perfecta y ha cometido errores, pero ella nunca me ha clavado la puñalada trapera que tú me acabas de clavar esta noche utilizando mis carencias afectivas como arma para defenderte. Eso me lo esperaría de Eliana, no de ti.

***

—Ay, amor, ¿tú sí crees que esas terapias con Leticia sean necesarias? ¿No sería mejor dejar esas tristezas en el pasado? —me pregunta Ximena cuando por fin se conecta a la videollamada, veinte minutos después de la hora pactada.

A decir verdad, no tenía planeado hablarle a Ximena de la terapia con mi mamá cuando me conecté. Me preocupaba más la conversación que tengo pendiente con ella sobre nuestra relación... o el final de la misma. Ahora me sorprende con estas preguntas sobre mi terapia, demostrando una curiosidad repentina sobre un tema que ella siempre había visto como cosa del pasado, lejos de su cotidianidad.

—De eso se trata, de superar el pasado, no de enterrarlo —digo, haciendo una pausa involuntaria para bostezar. Son casi las cuatro de la mañana en mi lado del planeta mientras en Londres, son casi las nueve.

—Yo sé, amor, pero eso puede ser contraproducente. ¿De qué te sirve sanar un resentimiento si sacas tres a flote?

—Nunca nos vamos a poner de acuerdo. ¿Por qué más bien no cambiamos de tema? Yo... tengo algo que decirte y espero que me escuches con calma...

—¡Y yo te tengo una sorpresa! —exclama, acomodándose sobre la cama mientras abre lentamente la cremallera de su saco ovejero—. ¿Estás listo?

—No. ¿Qué clase de sorpresa es?

Ximena me sonríe seductora, bajando el cierre del saco, revelando la delicada piel blanca de su pecho, entre sus senos. Intento resistirlo, aunque confieso que me atrae, Ximena sigue siendo una mujer hermosa y... llevo semanas sin tener sexo. No puedo más que contemplar con lujuria la imagen de sus dedos marcando el paso por su vientre a través de la fría pantalla del computador.

—¿Y eso, qué es? —le pregunto, al ver una hoja de papel doblada sobre lo que yo esperaba, fuera el encaje de sus tangas.

—¿Qué te imaginas que es? —me pregunta y mi corazón empieza a latir a mil. La primera idea que se me viene a la mente es… el resultado de una prueba de laboratorio.

—No sé… dime tú —susurro nervioso.

—Esta es... ¡la carta de aceptación, gatico! ¡Me salió el internado en el restaurante El Celar de Barcelona!

—¿En serio? ¡Felicitaciones! —exclamo con emoción y admito que… aliviado—. ¿Cuándo te llegó?

—Chelsey la encontró en el buzón ayer, ¡casi me muero de la dicha! ¡No pensé que me fuera a salir tan rápido!

—Para que veas, no todo lo bueno se hace esperar. ¿Cuándo empiezas?

—Todavía no sé, supongo que lo vamos a hablar ahorita más tarde. Estoy esperando que sean las nueve en España para llamarlos. ¿Sí sabes lo que esto significa, cierto?

—Que, además de un excelente bronceado, pronto vas a conseguir tu primera estrella Michelin.

—Bueno, la estrella hay que trabajarla un poquito más. Me refería a que los planes se nos están dando. Lo primero que voy a hacer cuando me instale en Barcelona es ayudarte a conseguir trabajo para que te vengas conmigo.

El momento que temía y que esperaba con ansias esta noche.

—Xime… necesitamos hablar de lo nuestro. Yo no me pienso mover de Bogotá, aquí está mi trabajo, mi familia y… mi… vida entera. A mí me duele decirte esto, pero me llegó la hora de ser honesto contigo…

—La hora de ser honesto te llegó demasiado tarde porque las cosas se están moviendo por mi lado. Habíamos quedado en otra cosa, Diego. Yo no voy a renunciar a esta oportunidad solo porque tú estás muerto de la dicha allá en Bogotá.

—Yo jamás te pediría que renunciaras a nada por mí.

—No, ¡qué va! —exclama irónica—, solo me estás diciendo que si quiero estar contigo tengo que irme para Bogotá porque, como es de esperarse, tú no estás dispuesto a sacrificar absolutamente nada por mí.

—En vez de poner palabras en mi boca que jamás he dicho, ¿por qué no me escuchas primero? Es evidente que nosotros vamos por caminos diferentes; tu vida y tu carrera están en Barcelona, la mía está aquí y antes de que sigamos adelante y nos hagamos daño, lo mejor es que…

—No, ¡olvídate! a mí no me vas a salir con ese chorro de babas a estas alturas. Si quieres hablar de esto te va a tocar pegarte el viaje hasta acá de nuevo. Ni creas que te vas a dar el lujo de zafarme a través la pantalla de un computador y seguir por ahí tan campante, como si nada.

Ximena sale de la videollamada. Quedo yo solo, mirándome la cara en la pantalla.

Detesto manejar en contravía por una carretera que solo se mueve en una dirección, la difícil.

El viaje a Londres es inevitable y puede que esto retrase mis planes, pero no los detiene.

MANUELA

Por mucho tiempo pensé equivocadamente que quedarme trabajando hasta tarde era una medalla de honor que debía portar con orgullo y tal vez lo sea en un país con un porcentaje de desempleo de dos dígitos.

Sin embargo, con los años he aprendido que el problema de trabajar horas extra en un negocio como este es que no las pagan y eso, sumado al hecho de ver, una vez más, a todos mis compañeros de oficina terminar sus labores, apagar sus computadores y salir orondos a sus casas, me hace resentir el esfuerzo que hago por entregar lo mejor de mí a mis clientes y colegas. Resiento incluso la mera idea de haber luchado por conseguir este puesto de trabajo cuando lo fácil y cómodo habría sido casarme con el hombre con plata que quiso poner el mundo a mis pies.

Ya empecé de nuevo con los «hubiera» y los «habría», tengo huevo. Hablo desde el cansancio y el desgaste de mis dedos en el teclado, eso es todo. Haciendo el ejercicio de poner el recorrido de mi carrera en perspectiva, no puedo decir que me arrepienta de nada; sin mi trabajo no tendría el poder de tomar mis propias decisiones, ni vivir bajo mis propias reglas. Sin mi trabajo y mi profesión, estaría efectivamente sola.

—*Quiubo,* Manu, ¡qué bueno encontrarte! Pensé que ya te habías ido para la casa —me dice Felipe, a quien me sorprende ver en la cocina de BrandsMedia por fuera del horario habitual—. ¿Te puedo robar un minuto?

—Hasta dos, si me los pides con cariño —le contesto con una sonrisa y una taza de café en la mano.

—Espero que no te importe que venga a pedirte favores.

—Si el favor tiene que ver con alguna de nuestras cuentas, dime ¿en qué te puedo ayudar?

—Eres la mejor, ¿lo sabías? —dice y no sé si es el cansancio que me está haciendo alucinar o si el aire de coquetería en su pregunta es real.

—Se te están acabando los dos minutos.

—*Okey*, iré al grano. El viernes tengo reunión trimestral con Érica y Jaime en AGM para revisar creatividad y me preguntaba si me podrías compartir algunos de tus reportes para darles un estatus de campaña.

—¿Quieres un reporte de campaña para pasado mañana? ¡No pides nada! —le respondo sarcástica—. Érica y Jaime saben que un reporte toma, por lo menos, una semana, Feli. Diles que me llamen si quieren revisar resultados.

—No tiene que ser nada elaborado, ya te dije, son solo numeritos generales y un par de comentarios...

—Sí, porque eso es tan fácil como inflar y hacer botellas, ¿cierto? —le completo la frase con sarcasmo.

—Lo siento. No fue mi intención asumir que tu trabajo es fácil.

—Yo sé que no, pero me tienes intrigada. Esta conversación habría podido ser un *email*, ¿por qué te tomaste el trabajo de subir hasta acá a esta hora?

Felipe sonríe y baja la mirada con un hilo de vergüenza que me sigue pareciendo atractiva, a pesar de todas las mariposas que revuelan en mi estómago por Diego.

—Merezco el crédito por intentarlo, al menos. La verdad, quería verte y… saber qué hay de tu vida.

—De mi vida no hay mucho que contar, fuera del *pitch* de Sugarbeat.

—Veo. Y… ¿hay alguien especial por ahí?

Si tan solo pudiera decirle que ese «alguien» no es «especial», es el «único».

—Pues… por el momento no estoy recibiendo hojas de vida, Feli y no te preocupes por el reporte de la campaña, si quieres invítame a la reunión con AGM y yo me las arreglo para presentarles algo decente, ¿te parece?

—Soy un idiota.

—¿Idiota, por qué? Me estás poniendo trabajo extra, es cierto, pero en este momento, me interesa mucho más tener contentos a los clientes y mantener claras las reglas de esta relación.

—¿Esta relación? —me pregunta sorprendido.

—Nuestra relación de agencias hermanas. Frente a los clientes, medios no comentan creatividad y los creativos no reportan medios.

—¡Ah!, ¡esa! Debiste haber empezado por ahí.

—¿En qué otra relación estabas pensando?

—Olvídalo. Te voy a reenviar la invitación a la reunión para que no digas que estoy sacándote a codazos —dice mientras saca su celular para abrir su calendario y agregarme a la reunión—. Nos vemos el viernes.

—Vale, gracias.

—Y… yo sé que, por ahora, no estás recibiendo hojas de vida, pero… por si acaso te vuelve a interesar mi perfil, para ti, sigo disponible. Ya sabes en dónde encontrarme.

Felipe se despide de mí con un beso en la mejilla y una sonrisa que deja muy poco a la imaginación; me está haciendo cambio de luces justo ahora que estoy en otro plan muy diferente.

No puedo dejar de pensar en lo distinto que sería todo si no hubiésemos disparado nuestros temores con tanta premura la primera vez que salimos. Yo, por lo menos, no me habría metido con mi ex que ya tiene novia, no desearía recuperarlo con todas las fibras de mi ser, no dependería de la palabra de una extraña que insiste en retener a su lado al hombre que amo porque ella también lo ama y quiere luchar por él; no estaría en esta posición incómoda de lidiar con la animosidad de mi exsuegra quien, prácticamente, excomulgó a su hijo de la familia por mi culpa…

… No estaría conjugando los verbos de mi vida en modo subjuntivo.

«Las oportunidades no tomadas, los momentos no vividos, la vida no contada».

Desde mi celular acepto la invitación a la reunión que me envió Felipe siendo consciente de que me acabo de disparar un tiro en el pie. Como si no tuviera trabajo suficiente con las demás cuentas y el *pitch* de Sugarbeat, ahora debo hacer un reporte para presentarles a mis adorados clientes de AGM.

Otra semana en la que me figuró trabajar hasta «más» tarde, pero esta semana no empezará hoy. Estoy cansada.

Me tomo el último sorbo de café y desecho el resto en el lavaplatos. Apago la luz de la cocina con la intención de ir a mi oficina a recoger mis cosas, no sin antes echarle un vistazo general al piso entero en la soledad de los cubículos vacíos y la quietud del silencio. Me aterra imaginarme la vida sin Diego, pero más me aterra la idea de no volver a este lugar que ha sido mi refugio y mi casa.

Llego a mi oficina y allí, encuentro a Diego.

—Estoy en una carrera contra el tiempo, entonces —me dice, sentado en mi silla.

—¿A qué te refieres?

—Felipe te sigue echando los perros.

—A mí me ha ido muy mal con eso de escuchar conversaciones ajenas a escondidas, no te lo recomiendo y tampoco quiero ese tipo de cosas en nuestra relación. La próxima vez, interrumpe y únete a la charla.

—Si es que tenemos una relación. Dime, ¿por eso no quieres que lo hagamos oficial? ¿Estás contemplando las opciones?

—No me hables así y en caso de que no hayas escuchado la conversación completa, Felipe y yo estábamos hablando de un reporte para presentar a AGM el viernes —le digo con firmeza—. No te voy a aceptar un *show* de celos justo ahora, Diego. Estoy cansada y no me pienso ir a la cama con un problema más encima, mucho menos contigo. Si no confías en mí, estamos a tiempo para decidir si vale la pena intentarlo o si dejamos las cosas así.

Diego se pasa los dedos por su cabello mientras se voltea para mirar por la ventana. Se nota preocupado.

—Lo siento, linda, no quise hablarte así —dice, volteándose de nuevo para mirarme—. Me está ganando el desespero. Estoy trasnochado y me la he pasado en reuniones con Roberto desde las ocho de la mañana, por fuera de la oficina.

—El trasnocho es porque... ¿hablaste con Ximena? —le pregunto y me acerco para tomar sus manos entre las mías—. ¿Cómo te fue?

—Mal. Quiere que vaya a Londres a decírselo en persona, pero yo no tengo nada más qué decirle. Ese viaje no se justifica y yo no puedo permitir que nuestra vida entera dependa de una decisión suya, como si necesitáramos su bendición para estar juntos.

Tiene razón y al mismo tiempo... no. Si yo estuviera en los zapatos de Ximena, también insistiría en terminar mi relación con la mayor dignidad posible; pero yo no soy Ximena, para mí sería ridículo reservarme el derecho a impedir la felicidad de alguien. Lo único que se me ocurre es abrazarlo.

—Estamos juntos y eso es lo que importa. Si sientes que tienes que ir a Londres, ve y habla con ella —digo, poco convencida.

—O... me quedo y empiezo mi vida contigo.

—Diego, tú ya sabes lo que te voy a decir. Yo no conozco a Ximena ni lo que tuviste con ella y por más que me describas lo que ella significa o no para ti, yo no tengo cómo saber qué es lo correcto en este caso. Tú me dijiste que te dejara manejar el asunto a tu manera, así que vas a tener que tomar el timón esta vez. Yo no me voy para ningún lado con absolutamente nadie, si eso es lo que te preocupa.

—Yo solo necesito que me creas cuando te digo que no va a pasar nada entre ella y yo. Voy a regresar de Londres para estar contigo.

—Te creo.

—Voy a reservar los tiquetes. Si quieres, vete para el apartamento a descansar. Yo me quedo adelantando el trabajo que tenemos pendiente.

—Tú también necesitas descansar.

—¿Me estás invitando a descansar contigo? —me pregunta en ese tono seductor que me fascina.

—No te dejaría dormir en toda la noche —le respondo con humor.

—Ni yo a ti —dice, entregándome la llave de su carro—. Me recoges mañana temprano. Cuando termine aquí llamo a Willy para que me lleve al apartamento.

—¿Quieres que me lleve tu carro? —le pregunto, sorprendida.

—*Nuestro* carro. Y… si de casualidad se te atraviesa una gasolinería por ahí… ¿le echas una gotica?

—¡Tramposo! ¡Ya decía yo que era demasiado bueno para que me saliera gratis! —le respondo, dándole un empujoncito en el hombro—. Si vas a llamar a Willy, hazlo de una vez y dale una hora aproximada para que se programe. Yo ya me lo conozco —agrego, acariciando sus dedos, reprimiendo el deseo de ir más allá de la decencia.

—Vale, me llamas cuando llegues al apartamento —me dice, antes de besarme los nudillos de las manos para dejarme ir.

Bajo al parqueadero abanicándome con la mano mis ardientes deseos de estar con él y sufriendo en voz baja la posibilidad de que Ximena lo convenza de quedarse durante el viaje.

No está de más ser precavida, pero tampoco quiero perder la fe así de fácil, no tengo motivos… hasta ahora…

…En el interior del carro los acabo de encontrar para ilusionarme una vez más: una cajita de seis macarrones franceses en forma de tulipanes rojos, nuestras flores preferidas.

«Nunca podrás robarte lo que ya es tuyo, Manuela, mi corazón y todo lo que contiene. Diego»

Sonrío. Cada día estamos más cerca. Paciencia. Mañana será otro día y será mejor que el anterior.

Otro día que llega rápido y sin pedir permiso. Otro día con sus propios afanes y una nueva lista de tareas, campañas e incendios de última hora que no puedo más que maldecir. ¿Por qué se tenía que juntar todo para matonearme en gavilla esta semana?

—Voy de salida, ¿segura que no necesitas nada más? —me pregunta Diego, entrando a la pequeña sala que conocemos en la agencia como el Fish Tank, en donde espero a Connie para nuestra reunión individual semanal.

—Fresco, yo estoy bien —le digo y me doy cuenta de que está vestido formalmente— ¿Corbata? ¡No me digas que Roberto, por fin, se te va a declarar!

—No empieces a joderme si no quieres que te use como pretexto para quedarme —me contesta sin disimular la jartera que le da el prospecto de la salida—. Vamos a un evento pendejo en el Gun Club. Odio ese sitio.

—¿El Gun? *¡Ew!* —exclamo con asco—. ¿Estará planeando meterte a los Illuminati?

—Sería mil veces más interesante. En cambio, voy a tener que lidiar a los «ilustres» cacaos que se comen este país. Gente como esa siempre me mira por encima del hombro porque piensan que, como no nací en cuna de oro ni estudié en el Gimnasio Moderno, no soy más que un pobre venido a más.

—Tú eres mejor que esa gente en todo sentido, empezando por lo guapo.

—No quiero ir, linda. ¡Ayúdame! —me ruega.

—La única cosa que se interpone entre tú y tu próxima quincena es un cliente insatisfecho. Repítelo en tu mente y verás que llegas a bailar la cumbia en ese club.

—Te agradezco el mantra, pero me serviría más que te inventaras algo para hacerme quedar. Tú siempre tienes algún chicharrón por ahí…

—*Touché!* Resiento el comentario. Yo no «siempre tengo chicharrones», a mí me llegan y yo los resuelvo. Y si le dices a Roberto que necesito ayuda, va a pensar que soy una incompetente.

—Tampoco es mentira que necesitas ayuda. Manu, es en serio, tienes que aprender a delegar tareas; la gracia de ser directora y líder de equipo es distribuir el trabajo, no acapararlo.

—Eso estoy tratando de hacer, pero no damos abasto. Lo máximo que puedo hacer por ti es pegarte una timbrada cuando sientas que ya no puedes soportar más la tortura en el Gun para que puedas tener la excusa de salir temprano. ¿Te sirve o no?

—Cualquier cosita es cariño.

Antes de poder seguir la conversación con Diego, Connie se asoma a la puerta del Fish Tank.

—¿Nos reunimos ya o necesitas que lo aplacemos? —me pregunta desde el umbral.

—Tranquila, ya me voy. Que se la gocen en ese *one-on-one* —dice Diego, en broma.

—No seas guache —le respondo, sin poder evitar una sonrisa pícara antes de verlo salir.

—¿Por qué siempre les da risa cuando decimos que tenemos las reuniones *one-on-one*? —me pregunta Connie y su inocencia me saca una sonrisa involuntaria.

—Es un chiste más bien pendejo entre él y yo. Cuando empezó a trabajar aquí en BrandsMedia, lo primero que hizo fue programar las dichosas reuniones *one-on-one* con cada uno de nosotros y una vez se me salió el comentario de que eso sonaba a... —me detengo para tratar de reprimir la risa—, otra cosa. Tú me entiendes.

—Sí, te entiendo y me imagino lo divertidas que eran esas reuniones con él antes de que te ascendieran a directora —comenta, sospechosamente suspicaz.

—Fue un chiste pendejo, dejémoslo ahí. ¿Empezamos con tu lista de pendientes? —le pregunto, intentando cortarle las cuerdas a la imaginación de una Connie que cada día disimula menos la curiosidad por saber lo que hay entre Diego y yo.

Ella cree que no me fijo, pero yo lo veo todo y con mucha claridad veo las babas que chorrea por él.

—Te envié el reporte de AGM para mañana. ¿Era eso lo que necesitabas? También puedo hacerte unas gráficas bien chéveres de alcance, frecuencia y costo-eficiencia. Jorgito me estuvo enseñando a hacer *pivots* en Excel.

—¿Qué es eso tan sexi que tienen los *pivots* que cuando uno aprende a hacerlos no quiere parar? —pregunto, divertida.

—¿Estás hablando de los *pivots* o de otra cosa? —pregunta con malicia.

—De los *pivots* —le respondo seria—. No te preocupes, Connie, lo que me mandaste, me sirve. Más tarde reviso los números y redacto una carreta para pegarla en Power Point.

—¿Quieres que haga el Power Point? Yo no tengo ningún problema.

—Tú estás muy solícita últimamente. ¿Por qué no me dices de una vez qué es lo que quieres?

—Pues... la verdad, yo quiero manejar esa cuenta del todo. Yo creo que he demostrado los méritos suficientes para hacerlo y a ti no te caería mal liberar un poco más de ancho de banda para dedicarte a otras cosas.

La oferta es tentadora, para ser franca y soy fan número uno de la gente con iniciativa, pero AGM es una cuenta muy importante para nuestra agencia, cualquier paso en falso podría ser definitivo.

Mientras pondero las opciones, María Paulina se asoma a la puerta.

—Ya son las siete. En serio ¿te vas a quedar aquí? —me dice, con su bolso en la mano y la firme intención de despegarme de la silla a punta de martillo y cincel, si es necesario.

—Dame un segundo, Mapi. Connie, necesito pensar bien el asunto, pero si quieres, puedes acompañarme a la reunión con el cliente mañana. Es a las nueve, ¿te le mides?

—¡De una! voy por algo de comer y vuelvo a hacer la presentación, ¿qué les traigo?

—Por mí no te preocupes, yo ya me voy —dice María Paulina.

—¿Y por una pizzita no te quedarías, Mapi? si quieren, vayan armando parche en la sala de juntas mientras yo gestiono la pizza por mi lado, Mapi te nombro la *DJ* oficial.

—Ahora sí hablaste en mi idioma. Te esperamos en la sala de juntas, entonces —dice María Paulina, haciéndole señas a Connie para que salga mientras yo llamo a Diego al celular.

—¿Se están incendiando los escritorios? Por favor, dime que sí.

—Estoy en la oficina con María Paulina y Connie y tenemos hambre.

—Eso no es un incendio, es el apocalipsis.

—Más o menos. ¿Será que BrandsMedia nos patrocina la comida esta noche? Yo haría el pedido, pero tú tienes la tarjeta de crédito corporativa.

—¿Las hiciste quedar? ¡Qué malvada!

—Y eso no es todo. Connie me está pidiendo vía con AGM; quiere que se la entregue completa. ¿No te parece que todavía está muy biche para soltársela?

—No saques más excusas, linda. ¿Cuántos años de experiencia tenías tú cuando Dominique te entregó esa cuenta?

—No muchos, la verdad. Pero si tú estás de acuerdo, se la voy a entregar. Queremos pizza, escógela tú... siempre y cuando sea hawaiana.

—¿Me viste cara de domiciliario o qué?

—No, yo sé que te estás divirtiendo con tu gente en el Gun. Mándala con alguien más.

—¿Y con qué me pagarías el favor? —me pregunta y el tono seductor que le imprime a la frase me pone el corazón a latir a mil.

—No es un favor para mí y si te lo tengo que pagar, por ahora te toca conformarte con mi eterno agradecimiento.

—El hecho de que Ximena no quiera terminar no significa que siga atado a ella. Nuestra relación se acabó cuando me vine de Londres…

—Diego… mi amor… yo sé… mejor dicho, hablemos de esto con calma después. Ahorita tengo a dos mujeres en la sala de juntas esperando instrucciones y comida… *¡¡Auxiliééé!!*

Ambos nos reímos del chiste y eso es lo que me encanta de estar en una relación, compartir entre dos algo que nadie más podría tener, los recuerdos con los que tejemos nuestra historia.

Desprendo el portátil de la *docking station* para mudar nuestra improvisada fiesta de trabajo a la sala de juntas, en donde la colisión entre los controversiales gustos musicales *reguetoneros* de Connie y los *vallenateros* de María Paulina están a punto de volarme el coco.

En medio de la contienda musical entre María Paulina y Connie, el olor a pizza recién horneada nos desarma. El mismo Diego, en persona, se toma el trabajo de traernos una salomónica caja de pizza mitad hawaiana, mitad pollo con champiñones y un *six-pack* de cerveza. Definitivamente es el hombre de mis sueños.

—Llegó la pizza y el paquete completo —dice Connie mientras le recibe las cervezas a Diego y… no sé si es mi imaginación, pero le siento un tufo medio coquetón que me raya.

—No tenías que traerlas tú mismo, ¿qué pasó con el domicilio? —le pregunto a Diego tan sonriente como una calabaza de Halloween.

—Se lo comió en el camino —me responde mientras deja las pizzas sobre la mesa—. ¿Necesitan algo más o me puedo ir?

—¿Y no vas a esperar la propina? —le pregunta Connie intentando ser graciosa con un chiste que, claramente, no me hace reír. Por instinto, miro de reojo a María Paulina quien me confirma con su rostro impávido y sus cejas arqueadas que no es mi imaginación la que me engaña. Connie le está coqueteando a Diego de frente y sin pudor.

—Bueno, no se te olvide mandarme el reporte antes de dársela —digo mientras me levanto de la silla y salgo de la sala de juntas rumbo al baño antes de que me salgan serpientes en el pelo y me transforme en una gorgona celosa dispuesta a convertir en piedra a cualquiera que se atreva a mirar a Diego; justo yo, que hace tan solo veinticuatro horas le decía a él que no me aguantaría un *show* de celos. ¡Si seré petarda!

Aquí voy de nuevo con mi bocota indomable, tratando de atravesar el río revuelto de mis emociones saltando de error en error. ¿Cuándo voy a aprender?

La incertidumbre no es la mejor consejera para mí, sin duda, y me molesta la situación vaporosa en la que estoy con Diego. Después de haber dado el paso más difícil contándole la verdad, nada parece avanzar ni retroceder; es como estar atascada en un lodazal cuando lo que quiero es salir corriendo y recuperar el terreno que hemos perdido en todos estos años.

Le doy una vuelta adicional al piso para recomponerme y de paso, buscar servilletas en la cocina antes de regresar a la sala de juntas a dar la cara. ¡Las situaciones incómodas en las que me meto por no controlarme!

—¿Qué se hicieron? —le pregunto a María Paulina, de regreso a la sala de juntas en donde la encuentro sola, comiéndose una rebanada de pizza.

—Connie tampoco es santa de mi devoción, pero yo de ti, les bajaría dos niveles a esos celos.

—No estoy de humor, Mapi.

—Ni en tus cabales, eso se nota. Connie se fue a buscar un vaso en la cocina y Diego se devolvió para el evento ese que tenía en el Gun —me contesta y hace una pausa al ver a Connie entrar de nuevo a la sala de juntas.

—Ya te mandé el reporte —me dice Connie, tomando asiento, rehuyéndome la mirada.

—Yo voy a guardar mi cervecita en la nevera, el viernes me la estreno —dice María Paulina mientras sale rumbo a la cocina, señal inequívoca de que me llegó la hora de expiar mis culpas.

—Gracias, Connie. Antes de revisarlo quiero… pedirte disculpas por lo que dije hace un momento. Fue un comentario inaceptable y de mal gusto. No volverá a pasar.

—No te preocupes. Yo solo estaba tratando de hacer una broma, pero parece que me pasé.

Despacho a Connie con el visto bueno del reporte que, para ser honesta, me dejó satisfecha. Si todo sale bien mañana en la presentación, podré entregarle la cuenta y aliviar mi aplastante carga laboral. Definitivamente, no puedo seguir así.

Una hora después, incluyendo un viaje en taxi repleto de los infumables regaños de María Paulina, llego al apartamento sintiendo el estómago revuelto y la pizza pegada a la garganta. Este día solo podría terminar peor si no logro hablar con Diego y hacer las paces con él.

Diego:

No te puedo contestar las llamadas, linda. Mañana hablamos. Estoy ocupado con esta gente del Gun y me está dando dolor de cabeza. Voy a llegar directo a dormir.

***

En la amplia sala de reuniones de la ensambladora de automóviles AGM, Felipe hace un reporte impecable de su ejecución creativa frente a Érica y Jaime y, luego, me cede la palabra para presentar a Connie quien, a su vez, hace una exposición de los resultados que revisamos anoche.

Malentendidos aparte, no puedo más que sentirme orgullosa de mi pupila. Me atrevería a decir que me veo reflejada en ella; me hace recordar las épocas en las que yo misma estaba en su lugar, buscando una oportunidad para brillar en mi trabajo y armar un proyecto concreto de vida.

—Yo no tengo ningún reparo con los resultados de la campaña; de hecho, creo que el cambio de concepto con las sillas de carros para bebés ha tenido un efecto positivo en la opinión pública, pero nos preocupa que no se vea reflejado en el volumen de ventas que esperábamos —comenta Jaime, luego de nuestra exposición, liderada por Connie.

—Es apenas lógico, una campaña de influenciadores es una táctica de consideración; mover las ventas es responsabilidad de ustedes en los concesionarios —responde Connie y yo me quiero morir de la vergüenza al ver la reacción de Érica y Jaime quienes, en su infinita paciencia, no saben si ofenderse o tomarlo como una broma. No me queda otra opción que intervenir con carácter urgente.

—Es decir, el objetivo de la campaña de influenciadores dentro de toda la estrategia que diseñamos es reforzar la etapa de «consideración» en donde mostramos los beneficios del carro. A partir de ahí, la idea es empujarlos hacia los niveles inferiores con las demás tácticas de respuesta directa que ustedes implementen internamente.

—Además, aquí de lo que se trata es de dominar la conversación en el mercado y mantener la marca *top of mind*. Las ventas van a moverse de un momento a otro —agrega Felipe a mi favor.

—Eso es cierto, Jaime, el mercado está lentísimo. Ya sabemos que la gente no solo no está comprando nuestros carros, tampoco están comprando los de la competencia; por ahora, lo importante es seguir dominando la categoría y sostenernos hasta que la economía vuelva a reactivarse —concluye Érica y con eso, nos salva el trasero. Por ahora.

La que no se salva es Connie.

—Tú siempre has dicho que los resultados no se defienden, se explican, y eso fue exactamente lo que hice, explicar los resultados y decirles la verdad sobre las ventas —me dice Connie al entrar a mi oficina, haciéndome la lista de justificaciones que no quiso ventilar en el carro de Felipe durante nuestro recorrido de vuelta a la agencia.

—Hay mil maneras de decir la verdad y esa *no* es una. Cuando los clientes se quejan del impacto de la campaña sobre las ventas, lo último que quieren es escuchar a la agencia evadir la responsabilidad.

— Está bien, lo siento. No volverá a pasar. Voy a hacerle los ajustes a la presentación para mandárselos —me dice de mala gana, blanqueándome los ojos, cosa que me enfurece. Si yo fuera su mamá, ya se habría ganado una buena zurra por grosera.

—No te preocupes, yo los hago y se los mando.

—¿Cómo así? habíamos quedado en que yo iba a ser el contacto directo con ellos de ahora en adelante…

—Connie, no se trata de ti, se trata de lo que es mejor para el cliente y por ahora, lo mejor para el cliente es que yo siga manejando la cuenta. No te preocupes, tú vas a seguir teniendo visibilidad, yo te voy a ir soltando las riendas poco a poco.

—¿Podemos consultarlo con Diego, al menos?

¡Esto sí era lo que faltaba! La culicagada quiere poner las quejas.

—Diego no tiene nada que ver aquí. Es una decisión de cuentas y estrategia, no de nuevos negocios.

—Sí, pero él *también* es el jefe y su opinión vale, ¿o no?

—No y, en todo caso, eso es algo que yo tendría que hablar con él, no tú.

—¿Y lo vas a hablar con él, en dónde?, ¿aquí en la oficina o en la cama? —dice y tiene la audacia de sostenerme una mirada dizque amenazante.

—¿¿Perdón?? —más que una pregunta, es mi intento más sincero por refrenar las ganas que tengo de voltearle el mascadero.

—No te hagas la inocente. Aquí todo el mundo sabe cuál es la verdadera razón de tu ascenso y por qué esta unidad digital tiene dos cabezas en vez de una, no es muy difícil imaginárselo —dice, e insiste en sostener una supuesta posición de superioridad moral sin ningún fundamento.

—Constanza, ve a tu escritorio y empaca tus cosas. Estás despedida.

—Tú no me puedes echar, así como así.

—Creo que ya lo hice y tiene más reversa un avión en picada que mi decisión.

—¿Ah, sí? vamos a ver qué dice recursos humanos cuando les cuente lo que me dijiste anoche frente a Diego y a María Paulina.

Respetaría sus cojones y admiraría su valor si tuviera un mínimo de sensatez. De todas las frases temerarias que he escuchado en mi vida, esta ha logrado detonar la dictadora que hay en mí, a la que no le tiembla la mano para actuar frente a semejante acto de sublevación.

Decido, entonces, salir de mi oficina y caminar hasta la mitad del piso. Todos levantan la mirada desprevenidos; incluso los que hablan por teléfono se interrumpen para mirarme.

—Ven, Connie. Ven y les cuentas a todos los aquí presentes lo que te dije anoche —la reto en voz alta para asegurarme de que me escuchen, empezando por Diego, quien levanta la mirada con curiosidad al ver el espectáculo que estoy dando—. Aquí tienes a todos los que dices que conocen la verdadera razón de mi ascenso. Espero que sean suficientes para sustentar tus afirmaciones en la oficina de recursos humanos. Los quiero ver, uno a uno, declarando a tu favor.

Connie no lo puede creer y tampoco el resto del equipo que nos miran alarmados. Yo no tengo ninguna intención de bajar la guardia muy a pesar de la mirada desafiante de Connie que sigue de pie en la puerta de mi oficina. Diego se levanta de su silla presintiendo una intervención de emergencia.

Luego de un instante y, después de convencerse de que lleva las de perder, Connie camina hacia su escritorio para empacar sus cosas.

—Yamile, ¿me acompaña, por favor? —digo y vuelvo a mi oficina, en donde me siento a esperar a una aterrada Yamile que entra tan diligente como angustiada.

—Dígame, Manu.

—¿Usted qué le ha dicho a Constanza de mí?

—¿Constanza? —me pregunta extrañada.

—Connie.

—Se lo juro por la vida de mi hijo que yo nunca he abierto mi boca para mencionarlos a ustedes dos. A mí no me consta nada de ustedes, ni tendría por qué meterme en eso.

—Sí, claro, porque a usted no le gusta el chisme —la interrumpo con ironía, intentando presionarla para que me diga la verdad.

—Lo que ella haya dicho es puro invento. Ella era la que venía todos los días a mi puesto a quejarse de que usted no la dejaba hacer nada, que ella quería manejar la cuenta de AGM y tener visibilidad con el cliente.

—Yamile, dígame una cosa y le voy a pedir que sea sincera. ¿Usted cree que a mí me ascendieron por Diego?

—¡Me extraña, Manuela! ¿Usted se deja hacer cosquillas con esa clase de comentarios? Ni que fuera la primera mujer en la historia a la que le pasa.

—Que nos pase a todas no significa que esté bien. A mí no me gusta que la gente piense eso de mí, supongo que a usted tampoco.

—Pues, mientras eso se arregla y el mundo se transforma en un lugar mejor, le toca acostumbrarse. Si quiere, le comparto un poquito de mi aceite de almendras para que se eche en ese cuerpito y le resbalen las opiniones de los demás. Aquí todo el mundo pensaba que Carlos Andrés era el ejecutivo estrella que hacía todo y yo solo venía a buscar marido y vea, al final, la verdad salió a relucir sin que yo moviera un dedo. Las mentiras, cuando han de caer, se caen solitas.

—Gracias, Yami, no se imagina lo que eso significa para mí en este momento. Se supone que somos un equipo y que estamos aquí para trabajar, no para sacarnos a codazos.

—Pues sí, eso mismo pienso yo. ¿Y fue que pasó algo en la reunión con AGM?

—Ni me nombre esa reunión, después le cuento. Por ahora, ayúdeme a desactivar las claves de acceso de Constanza al correo electrónico, al *adserver* y al resto de plataformas, ¿sí?

Yamile sale de mi oficina a cumplir la misión mientras doy media vuelta en mi silla para darle la espalda al resto de los empleados del piso que me siguen mirando con ulcerante curiosidad, en especial Diego, quien no ha dejado de enviarme mensajes por el *chat* de la agencia desde que empezó la tormenta.

Luego de contemplar el calendario de tareas asignadas a cada uno de los integrantes del equipo y de pensar en la nueva estructura de cuentas, concluyo que la única forma de superar esta crisis es restableciendo la moral de la tropa de la manera más efectiva posible: a punta de cerveza en el bar con *happy hour* más cercano.

—¿En serio, tuvo la audacia de preguntarte si lo ibas a discutir conmigo… en la cama? —me pregunta Diego divertido, después de terminar de un tiro el último cuarto de cerveza que le quedaba en el vaso.

—No te rías que no es un chiste —le contesto mortificada—. No es chévere que la gente ponga en tela de juicio nuestras decisiones solo porque sospechen que hay algo más que una relación laboral entre nosotros.

—Esa debería ser la menor de tus preocupaciones porque a nadie le interesa lo que hay entre tú y yo.

—Y se puede saber ¿qué es «lo que hay» entre tú y yo? —le pregunto, encarándolo.

—¿Quieres averiguarlo aquí y ahora?

Ambos nos retamos con la mirada, jugando a ver quién se rinde y pestañea primero. Diego no tiene intenciones de perder, aunque empiezo a notar el suave movimiento de sus dedos sobre la madera rústica de la mesa. Ese gesto lo conozco, quiere hacerme trampa. Es su forma de decirme con disimulo que se muere por acariciar mi piel, tomar mi mano y besar mis falanges.

Y para mi sorpresa, Diego se atreve a ir más allá. En un movimiento suave, levanta su mano derecha y la acerca a mi mentón. Puedo sentir, incluso, el calor de su piel cerca del contorno de mi mandíbula hasta llegar al lóbulo de mi oreja izquierda.

—Se te perdió un arete —me dice con voz suave.

—¿¿Qué?? —pregunto en mi confusión por el cambio repentino de tema. Me toco las orejas y, en efecto, solo tengo uno de mis aretes de plata alargados con incrustaciones doradas que tanto me gustan—. ¡Ay, no! ¡Otra vez no! —exclamo mientras reviso apresurada la bufanda en mis piernas con la esperanza de que el arete se haya enredado allí.

—¿Será que se te cayó en la oficina?

—Entonces, lo perdí. La señora Carmina estaba pasando la aspiradora cuando Mapi y yo salimos —digo mortificada, al ver mi arete solitario en la mano—. ¡Qué piedra me da cuando eso pasa! y lo peor es que…

—No tienes aretes de repuesto —dice, dándoselas de buen conocedor de mis traumas existenciales—. Fresca, por una noche que pases sin aretes no se va a acabar el mundo.

—Yo odio salir a la calle sin aretes —digo, mirándome en el espejito que saco de mi bolso—. Me veo horrible, toda cari-redonda como una mogolla.

Diego suelta una carcajada y yo me debato entre pellizcarlo en un brazo de la rabia o besarlo y sentir de nuevo ese sabor a gloria que sigo extrañando en mis labios.

—¿Esa es tu forma de ayudarme?

—*Okey*, lo siento. ¿Tienes un bolígrafo?

—¿Para qué? —le pregunto, extrañada.

—¿Tienes o no? —insiste y yo no puedo más que abrir mi morral y sacar la cartuchera de mis lápices.

—¿De qué color?

Diego me mira de arriba abajo y, sin dudarlo, mete la mano en mi cartuchera para sacar un Sharpie negro. Por un breve instante, me hace pensar que se acerca para darme uno de sus besos cálidos en el cuello, pero, contrario a lo que mi sobreexcitada imaginación cree, Diego abre el Sharpie para colorear en cada uno de los lóbulos de mis orejas.

—¿Qué estás haciendo? —le pregunto intrigada, conteniendo las cosquillas que el roce de sus dedos me hace sentir detrás de las orejas y a lo largo de mi nuca.

—Un segundito, no te muevas —dice, para luego poner sus dedos en mi mentón y hacerme levantar el rostro hacia él—. Yo creo que así está bien.

Me miro de nuevo en el espejito de mi polvo compacto para descubrir el improvisado *set* de aretes redondos que acaba de hacer para mí. A veces, solo necesitas a tu lado a un hombre maravilloso con un Sharpie que se preocupe por solucionar hasta el más trivial de tus problemas con un simple trazo de su creatividad.

—No quiero esperar más. Quiero estar contigo, Diego —le digo.

Diego me sostiene la mirada y, aunque su sonrisa se contrae ligeramente, sus ojos siguen clavados en los míos, escaneando mis pupilas. Nos quedamos inmóviles, respirando nuestro perfume, conteniendo el aliento, cediendo a la tentación de rozar nuestros dedos sobre la mesa, mientras acercamos nuestros rostros y...

—Con el dolor de mi alma, me despido antes de que me coja la noche por aquí —dice Yamile al acercarse con Jorge, sacándonos de nuestra abstracción *romanticursi*.

—Todavía es temprano, Yami, no son ni las diez —respondo, en un intento por disimular.

—Me encantaría quedarme, Manu, pero soy pobre y vivo lejos. Gracias a los dos por la invitación. Nos vemos el lunes. ¡Que la gocen! —dice Yamile, mientras se aleja.

—Yo también debería irme, tengo un par de asuntos pendientes —dice Diego en otro repentino cambio de actitud que me desconcierta—. Nos vemos mañana, linda.

—¿Cómo así que «nos vemos mañana»?

—Necesito organizar un par de cositas por ahí.

—¿Vas a viajar? ¿Es eso? —le pregunto y admito que estoy a punto de colgarme de la pared.

—No, pero de eso también hablaremos mañana, no te preocupes —me dice, dándome un intrascendente beso en la mejilla—. Y no me preguntes más que me arruinas la sorpresa. Lo único que te puedo decir, por ahora, es que te amo. Eso no lo dudes.

Con esta despedida, me quedo dudando de… absolutamente todo.

18
UNA ETERNIDAD, SUENA BIEN

MANUELA

Con el sigilo de un trío de ninjas en misión secreta, María Paulina, Sebastián y yo entramos al apartamento de Dominique para organizarle un desayuno sorpresa e inundar su habitación de las infaltables chucherías celebratorias: un ramo de narcisos amarillos, sus flores predilectas; globos de colores, gorros puntiagudos de cumpleaños y dos bengalas inmensas sobre el pastel que debilita sus rodillas, el *Black Forest*.

Invadimos en su propia cama a nuestra adorada franchuta al son de una machucadísima versión del *Joyeux anniversaire* que le cantamos los tres al unísono, en nuestro noble intento por hacer de este día, uno especial.

—Este año no ha sido el mejor para mí, pero ustedes han hecho que lo bueno sea increíble. *Merci beaucoup, mes chers amis* —dice complacida, levantando su mimosa para hacer un brindis antes de empezar su desayuno preferido, *pain au chocolat, omelett* con una rodaja de jamón ahumado y un tazón de fresas y arándanos azules con yogur y semillas de chía.

—La torta la dejamos para esta noche con los cócteles, ¿*okey*? No te vas a comprometer con nadie más —le advierte Sebastián mientras me pasa la miel de arce para mis *waffles*.

—No tengo compromisos, pero sí un invitado.

—¡Caramba! Se te alborotó la monogamia a los treinta y seis —comenta María Paulina sin esconder un dejo de burla.

—¿Y quién es el afortunado? ¿O vas a dejar el misterio para el final?

—le pregunta Sebastián.

—No es ningún misterio, les va a parecer un poco *particulier,* eso sí. Lo conocí el domingo pasado en el Siete de Agosto y, aunque al principio fue un desastre, al final se reivindicó —contesta, con aquella satisfacción que ya conocemos, el tipo le hizo gritar el nombre de Dios en la cama, a ella, que dice ser atea.

—¿Y tú, qué hacías en el Siete de Agosto? —le pregunto, extrañada.

—Fui a mandarle a cambiar las pastillas de los frenos al carro. Perdí medio día buscando a alguien confiable que me hiciera el trabajo hasta que lo encontré —dice, suspirando con deseo—. El tipo perfecto, fornido, piel canela, piernas rectas y todos sus dientes completos, ¡una delicia!

—¿Y te hizo el trabajo en el taller? —le pregunta Sebastián, sin pudor alguno.

—El cambio de pastillas sí y el resto, aquí en el apartamento. Le comenté que estaba teniendo problemas con la lavadora y se ofreció a ayudarme.

—Ajá, el viejo truco de la damisela en apuros —agrega María Paulina divertida, mientras nos sirve el café.

—Cuando conviene, hay que utilizarlo. Igual, el tipo sabía a lo que veníamos, el problema fue cuando llegamos. Yo, de boba, quise tener una atención con él así que fui a la cocina a traerle una cerveza, pero cuando salí, no lo encontré en la sala, ni en la habitación, ni en el pasillo del edificio. En ese momento escuché un sonido en el baño y tuve un presentimiento horrible...

—*Ew!,* ¡gas! No hables de esas vainas justo ahora que estamos comiendo —le digo.

—No, no fue el inodoro, fue la ducha.

—Peor… —comenta Sebastián, reprimiendo la risa.

—El tipo intentó pasarse de piña contigo. ¡Ay, Dominique! ¿No te lo he dicho mil veces? Tú tienes que dejar esa costumbre de meter gente extraña al apartamento, un día de estos te lo van a desocupar, por no hablar de lo que te podrían hacer a ti —dice María Paulina, angustiada.

—Yo estoy preparada para esas eventualidades, no te preocupes. Tengo un disfraz de dominatriz y un látigo en el clóset —comenta Dominique con burlona picardía—. Lo que hizo no fue tan grave, pero tampoco me lo esperaba.

—¡Ay, pero habla, nena! ¿Qué fue lo que hizo? —insiste María Paulina.

—¡Se bañó!

María Paulina, Sebastián y yo nos miramos confundidos, tratando de ver si alguno entendió el chiste.

—Se bañó… ¿y? —le pregunta Sebastián, curioso.

—¡Se bañó! Eso fue lo que hizo.

—Y eso es un problema… ¿por? —le pregunto, fuera de base.

—Pues, ¡porque perdió todo el encanto! ¡Yo no lo traje a mi apartamento para que se bañara!

—Nena y es que… ¿tú aspirabas meterlo entre las cobijas oliendo a aceite de carro? —le pregunta María Paulina, sin poder creer del todo lo que escucha.

—No olía a aceite de carro, olía a hombre y…

—¡*Nojoda*, Dominique, tú mandas huevo! —exclama María Paulina con cara de asco.

—¿De qué te sorprendes, Mapi? viene de Francia, ¿tú crees que ese olor a pecueca en los quesos es coincidencia? —agrega Sebastián con sarcasmo.

—Además de anticuados, xenófobos y clasistas, ustedes son unos antisépticos. Ahora me van a decir que aquí todo el mundo se baña antes de hacer el *délicieux* —responde Dominique molesta, al vernos a los tres descuajarnos de la risa.

—Pues no, pero si yo trabajara en un taller de carros y me cayera del cielo una franchuta divina y elegante como tú, probablemente habría hecho lo mismo —agrego.

—Eso es lo mínimo, nena; yo sí le aplaudo el detalle al muchacho de querer presentarse ante la dama como todo un caballero —dice María Paulina.

—¿Y quién te dijo que yo era una dama y quería un caballero? Yo ya tenía mis feromonas alborotadas con toda esa testosterona sudando por todo ese cuerpo divino.

—En defensa de Dominique, creo que tiene su lógica; debe ser por eso que el mañanero es tan rico. Hacerlo con el calorcito de las cobijas y el olor natural de la pareja tiene su encanto, ¿sí o no, Manu? —comenta Sebastián.

—Pues… sí, pero ellos no son pareja, me refiero a Dominique y a… ¿cómo se llama el «cuerpo divino» en cuestión? —le pregunto a Dominique.

—No sé, esta noche le preguntamos cuando llegue a Pravda —dice y se fija en su celular que activa una nueva notificación de mensaje de texto—. *Wow!* mira quién madrugó a felicitarme. ¿Va a venir esta noche? —me pregunta, mostrándome en el celular un *gif* animado que le acaba de mandar Diego de un perro *bulldog* francés con un gorro de cumpleaños en la cabeza, devorando un pastel.

—Me dijo que, de pronto, no alcanzaba. Parece que esta noche viaja a Londres —le contesto, disfrazando de tranquilidad la angustia que siento en el fondo de mi estómago.

—¿Parece? —me pregunta Sebastián, poco convencido—. ¿Va a viajar o no?

—No sé, no me ha confirmado.

—¿Cómo así que no te ha confirmado? —insiste Dominique como si fuera lo más absurdo.

—¡*Ombe*, ya! Dejen de azarar a la pelá que él está planeando una sorpresa —dice María Paulina, en mi defensa.

—¿Tú sabes algo? —le pregunto, más que emocionada, esperanzada.

—No, yo no sé nada, pero me imagino que es eso —me responde con naturalidad—. En ese sentido, Diego nunca se ha quedado corto.

—Bueno, eso suena prometedor, pero… a mí me gustaría saber ¿por qué está más entusiasmada Mapi que tú? —me pregunta Sebastián.

—La verdad, no quiero hablar más de eso. ¿Por qué no descansamos del tema por hoy? Nos estaba yendo bien con el mecánico en la ducha —digo, interrumpiéndolo.

—¿Se pelearon? —me pregunta Dominique.

—No, todo está bien.

—¿Sigues pensando que va a pasar algo entre ellos en Londres y…?

—Niq, no hagas eso, porfa y esto va para todos. Esta vez no empiecen con las conjeturas de lo que pueda pasar o no, van a terminar revolviéndome el estómago.

—Lo único que queremos es tranquilizarte, Mani, nada va a pasar —-insiste María Paulina.

—Puede que sí pase, Mapi, no me creas tan ingenua. Chicos, en serio, se supone que es el cumpleaños de Dominique, vinimos a celebrar su vida, no a hacer predicciones sobre la mía. La verdad, estoy harta de que mi vida siga girando alrededor de Diego, ¿cómo es posible que, de las mil cosas interesantes que tenemos para hablar, todo se reduzca a un nombre con cinco letras? —digo y me levanto de la cama con el plato de *waffles* a medias en la mano.

—Manu, espérate… ¿qué estás haciendo? —insiste Dominique.

—No me estoy sintiendo bien, Niq, voy a recostarme un rato. Nos vemos esta noche en Pravda y porfa, traten de agotar el tema aquí. Esta noche seguramente voy a estar sola, me haría bien hablar de otra cosa que no sea mi jodida vida sentimental.

Salgo del apartamento de Dominique con el remordimiento de pagar con mis amigos la angustia que siento por lo que pueda pasar con Diego.

Anoche no fue capaz de responderme nada cuando le dije que quería estar con él. Quién sabe si todo el rollo de celos con Connie le haya parecido infantil y patético de mi parte; o si su conversación con Ximena haya escalado a su favor; puede que hasta me esté siguiendo el consejo de pensárselo bien y ahora tenga dudas. ¡Qué desgaste!

Si tan solo tuviera visa para entrar al Reino Unido podría irme con él… pero también sería el colmo de mis inseguridades; si no confío en él, ¿qué clase de novia soy?

Ni siquiera soy su novia, debería empezar por ahí; sigue existiendo la posibilidad de que, estando frente a ella, su verdadera novia, Diego decida quedarse. Yo no puedo ser tan boba.

Ni modo. Esa fue la apuesta que hice, es demasiado tarde para retirarla de la mesa. Yo tengo que confiar y mantenerme firme en mi propósito de estar con él. Todo ha salido bien hasta ahora, nada tiene por qué cambiar y si cambia… y las cosas no se dan… saldré adelante, esa siempre será una opción.

Doblo la esquina para llegar a mi edificio y lo veo, al mismísimo Diego, cruzando la puerta para salir de allí.

—¿Qué haces por acá? —me pregunta, al verme cerca.

—Yo vivo aquí. ¿No sabías? —le respondo, bromeando—. ¿Qué haces tú por aquí?

—Vine a hacer un mandado —dice, sintiéndose pillado—. ¿No se supone que el *brunch* se extendía hasta el medio día?

—Hubo un pequeño cambio de planes. Ahora sí me vas a decir ¿qué es lo que te traes? No me dejes con la intriga, mi estómago no la está procesando muy bien últimamente.

—¿Cómo así? ¿Qué tienes?

—No me respondas con una pregunta. ¡No se vale!

—Tranquila, solo vine a dejarte una nota, pero ya que estás aquí, te confirmo que no voy a poder ir al cumpleaños de Dominique.

—¿Te vas para Londres?

—Todavía no. Hoy tengo otros planes… contigo, en caso de que haya algún remoto chance de vernos esta noche antes de que te vayas de rumba con tus amigos.

—*Nuestros* amigos. Y, vernos… ¿para qué?

—Quiero llevarte a cenar esta noche. Quiero que hablemos sin interrupciones, sin ruido, sin distracciones y, sobre todo, sin rodeos. ¿Estás disponible? —me pregunta, demostrando la asertividad que siempre lo ha caracterizado y que lo hace irresistible.

—Pues… —digo, conteniendo la emoción inmensa de entrar en escena y ver la película de mi vida con Diego empezar a rodar, por fin—, quedé a encontrarme con ellos en Pravda a eso de las nueve. Tú y yo podríamos vernos antes, si quieres.

—¿A eso de las siete estaría bien?

—Creo que sí. ¿En dónde va a ser la cena?

—Es una sorpresa.

—Al menos, dime si hay que llevar corbata, como en el Gun.

—Más tarde te confirmo —me dice y se aleja satisfecho, metiendo las manos en los bolsillos de la chaqueta.

—¿No te vas a despedir? —le pregunto con una sonrisa desconcertada, cruzando mis labios con mi dedo índice para hacerle saber que quiero un beso.

—No. Los besos me los reservo para esta noche y todos… serán de bienvenida —dice, mandándome un beso que atrapo en el aire.

Mientras lo veo doblar la esquina y desaparecer de mi vista, su sonrisa coqueta me hace creer por un nanosegundo que algo increíble se trae entre manos. No me quiero ilusionar. No creeré en la magia hasta no verla con mis ojos y sentirla en mi piel.

Entro al edificio con la cabeza clavada en el celular, intentando frenéticamente llamar a María Paulina.

—Señorita Manuela, vea, aquí le dejaron —dice el portero.

Levanto la cabeza y para mi sorpresa, veo un elegante ramo de tulipanes rojos que brotan de sus respectivos bulbos en un jarrón cuadrado de cristal, idéntico al que me envió la primera vez que me invitó a salir, hace cinco años.

Con ellos, viene una caja de macarrones franceses y *canelés*, los dulces de Petite Délice que me gustan. Nuestra historia se repite, en su mejor versión.

—Gracias, don Jaime —digo, reprimiendo una sonrisa ilusa que me golpea desde adentro, pujando por dibujarse en mi cara.

Entro al apartamento dando tumbos, anhelando leer el mensaje escrito de su puño y letra en la tarjeta blanca que cuelga de uno de los tulipanes.

«La del cinco de octubre sigue siendo mi noche favorita, espero que la de hoy la supere. Diego».

Cinco de octubre, la noche en que nos cuadramos oficialmente hace cinco años, en el Teatro Colón. La noche en la que empezamos a escribir con besos nuestra historia, cuando creíamos que éramos el centro del universo y las estrellas giraban alrededor de nuestros planetas y no al revés.

—Bueno, ahí está tu respuesta. El destino no necesita que creas en él para seguir operando —dice María Paulina al contestarme la llamada y enlazar a Dominique en la conversación.

—*Putain!* Diego no pudo haberse escogido un mejor día que mi cumpleaños para volver contigo, pero bueno, le perdono cualquier cosa que haga con tal de verte feliz. Ya vamos para allá a revisar tu clóset… si te vas a perder mi fiesta, al menos que sea por los motivos correctos y luciendo el encaje adecuado —dice Dominique emocionada, cosa que enciende mis sospechas, ¿de cuándo acá se volvió tan romántica?

—Tú sabes que yo no uso ropa interior de encaje.

—Siempre hay una primera vez.

El citófono timbra, por lo que la conversación queda en que las espero en mi apartamento tan pronto como puedan.

—La busca el señor William Manosalva —me dice el portero al citófono.

—¿William Manosalv..? ¿Willy? —pregunto, extrañada.

—Sí. Le manda a decir que viene de parte del señor Diego Ospina, que si puede bajar.

Más que los músculos de mis piernas, me mueve la curiosidad por saber qué tiene que ver Willy, nuestro taxista de confianza de BrandsMedia, en los planes de Diego.

—¿Y esa elegancia, Willy? —le pregunto sin poder disimular la sorpresa que me causa verlo de traje negro y corbata, como todo un galán de oficina.

—Elegancia la de Francia —me contesta, sacudiéndose con orgullo las mangas de la formidable chaqueta—. Ese Diego es un bacán, me lo regaló hace un tiempo para el matrimonio de un primo. Se me ve bien, ¿sí o qué?

—No se lo discuto. Ahora sí, cuénteme, Willy, ¿para qué soy buena? ¿Necesita que lo maquille? —le pregunto con humor.

—No, Manu, yo vengo a recogerla. Diego me pidió el favor de llevarla a hacer unas vueltas. ¿Está bien de tiempo o regreso más tarde?

—¿Cómo así? ¿Qué clase de vueltas?

—Pues... súbase al carro y, en el camino, le voy contando.

Cuando Willy mencionó el carro, supuse que se refería a su taxi, el vehículo en el que más segura me podría sentir aparte de los carros de mi familia y amigos cercanos.

Nope. No llegué ni a «tibia».

Conociendo a Diego, debería saber que su mantra para lograr lo que se propone es llegar a la meta y correr una milla extra y, en este caso, la milla extra es la impecable y lujosa camioneta Mercedes Benz negra que alquiló para la ocasión. Willy abre la puerta con orgullo de galán de telenovelas para permitirme el ingreso a, lo que parece ser, una nave espacial con asientos de lujo y una cojinería de cuero tan fino y suave que deshacen las yemas de mis dedos al primer roce. Juraría que estoy sentada sobre un sedoso *mousse* de chocolate que podría comerme a cucharadas.

El sonido que emana de los parlantes me envuelve, el aroma a menta y limón es, simplemente, arrebatador. Cruzo las piernas y me relajo, cumpliendo mi fantasía de cantante *reguetonera* famosa estrenando «nave» y disfrutando el improvisado paseo por la ciudad en dirección norte, hasta llegar a una de las zonas exclusivas sobre los Cerros Orientales desde donde se ven los edificios de Bogotá en su caótico esplendor.

—Si usted está contenta, yo estoy que saco a bailar al perro. ¡Ni en sueños me había visto manejando un carrazo de estos! —comenta Willy, más que satisfecho, agradecido; y en esos detalles puedo reconocer a Diego, él siempre ha dicho que no podemos pretender salvar el mundo plantando grandes árboles, basta con dejar pequeñas alegrías sembradas en el corazón de los demás.

La alegría de Willy es manejar un carro de alta gama; la mía, unas muy merecidas horitas en un *spa*.

La recepcionista me da la bienvenida con un delicioso té de jazmín y me conduce por el lugar hasta la sala de masajes, en donde me espera un ritual completo de relajación al que me entrego en cuerpo y espíritu.

—Señorita, le voy a parecer michicata y pobretona, pero quiero que sepa que no tengo plata para pagar esto. Cualquier cosa que suceda aquí, va por cuenta de ustedes.

—Corre por cuenta del señor Ospina, no se preocupe.

—En ese caso… ¿podemos encimar una depiladita de urgencia?

Tres horas y un ritual de relajación oriental después –que incluyó aromaterapia, masaje corporal y capilar, relajación térmica en todo el cuerpo, mascarilla de chocolate y un breve recorrido por el circuito hídrico– salgo del *spa* tan liviana que temo volar por los aires como uno de esos globos inflados con helio.

—¿No habías dicho que no querías hablar del tema por el resto del día? Definitivamente, la lengua es el azote del culo —me dice María Paulina al celular, rematando el comentario con una risotada.

—¡Cállate, Mapi! me estás poniendo nerviosa.

—Y deberías estarlo, esta noche te van a cobrar en maratón todos esos regalos —comenta Dominique del otro lado de la línea.

—Eso espero —comento sarcástica, mientras me fijo en la ruta que Willy está tomando—. Willy, ¿por qué no sigue por la Séptima? Si cogemos la once no llegamos a Chapinero nunca.

—No, Manu, todavía no vamos para su apartamento. Vamos a hacer otra parada por aquí en el Chicó.

—Y… ¿para dónde vamos?

María Paulina, Dominique y yo quedamos al borde del derrame cerebral, el infarto y el colapso nervioso simultáneo al escuchar el nombre de Beatriz González Camargo, una de las diseñadoras de moda más importantes de este país, o como yo la llamo: «Su Majestad la Reina BGC», quien me recibe con un caluroso abrazo en su lujosa *boutique*.

—Eres, exactamente, como te imaginaba. Diego me dio tantos detalles que solo faltó que saliera una foto tuya impresa por mi teléfono.

—Señora Beatriz…

—No, yo no me llamo «señora», me llamo Beatriz y para ti, soy Triche —me dice con esa clase de sonrisa dulce y desenfadada que te hace sentir que la conoces de toda la vida—. No te preocupes, ¡te vas a ver espectacular con lo que seleccioné para ti!

—Bueno, «Triche», ¿será que me puedes pellizcar? Todavía me cuesta creer que estoy despierta.

Beatriz se ríe ¡y me pellizca durísimo! Ahora sí puedo creer que mi sueño húmedo de conocer a Beatriz González Camargo, la leyenda que vive y camina sobre este planeta, se hizo realidad.

—Antes de que se me olvide, Diego me pidió que te diera este sobre.

—¿Y qué es?

—Mi vida, lo tienes en las manos, ¿por qué me preguntas a mí?

¡Perfecto! La mujer que admiro piensa que soy una tarada. Abro el sobre y encuentro otra tarjeta, similar a la del ramo de tulipanes.

«Es solo una sugerencia. Para mí, nunca te ves tan hermosa que cuando eres tú misma. Diego»

Por razones como estas, una eternidad no sería suficiente para amar a este hombre. Necesitaría, por lo menos, dos más.

La conversación con mi nueva amiga Triche se hace más amena una vez empieza a mostrarme los cinco vestidos y las tres combinaciones de blusas y pantalones que había preseleccionado para mí desde el día anterior, cuando Diego la llamó para contarle sobre la cena especial que tenía planeada para esta noche.

—Yo insisto. Llévate el enterizo también, puede que en el último minuto cambies de opinión, pero a mí me encanta cómo se te ve. Si es por el precio, tranquila, Diego me puede pagar a cuotas —dice con humor y se sostiene en su posición a pesar de mis objeciones.

Beatriz convierte en un cálido abrazo mi tímido intento por despedirme con el respeto que una mujer talentosa, amable y carismática como ella me inspira. #Esdelasmías

Al final de la tarde, Willy me deja con mis paquetes en el apartamento, en donde María Paulina y Dominique me esperan para empezar el verdadero ritual de belleza, el del chismorreo mientras me maquillan y me peinan.

—Ahora sí es verdad que voy a cambiar el color del bronceado. Me estoy poniendo verde de la cochina envidia, Manuela. Si Diego sigue subiendo el estándar, vas a quedar inalcanzable —comenta María Paulina al ver los dos vestidos, el enterizo azul oscuro y la combinación de pantalón ancho negro con líneas blancas y blusa de flores grandes que exhibo sobre mi cama como si fuera un botín de guerra.

—Yo no me podría decidir por uno solo, Manu. Todos están espectaculares —comenta Dominique—. ¿A dónde van a ir?

—No sé, Willy no me quiso decir. Supuestamente es una sorpresa, pero quién sabe qué tan sorpresa sea; nosotros hemos recorrido todos los restaurantes que tienen algo qué ofrecer en esta ciudad.

—¿Te ha llevado a El Cielo, en Medellín? No te sorprendas si terminas en el último vuelo de esta noche —dice Dominique.

—Marica, ¡eso es! ¡te va a llevar a El Cielo! —exclama María Paulina.

—Tampoco sería novedad, en el cielo he estado muchas veces —comento con doble sentido, mostrándoles un diminuto conjunto de tanga y brasier de encaje negro que compré después de salir del almacén de BGC.

—¡Agárrenla! A ella no hay que darle motivos para presumir, ¡se pone insoportable! —protesta María Paulina con una broma—. Escoge más bien lo que te vas a poner para ver qué te hacemos en ese pelo.

Después de una hora de acalorado debate con Dominique, descarto la pinta de gata salvaje en celo con la que quería disfrazarme y me decido por el *look* casual del enterizo azul oscuro que tanto le gustó a Beatriz y que me hace ver elegante sin sacrificar lo fundamental, sentirme segura de mí misma.

De todo lo que está bien con esta pinta, solo necesito mencionar el escote en «V» que llegaría hasta mi propio ombligo si bajara el cierre invisible un par de centímetros más. El *strapless*, que deja la cantidad de piel justa a la imaginación, viene unido en la cintura a un pantalón ajustado hasta las caderas y de corte recto a lo largo de las piernas hasta los tobillos. María Paulina celebra el buen tino de mi selección y adereza el atuendo con uno de sus collares dorados largos con un dije redondo que llega justo al inicio de mi escote, entre mis senos, por aquello de que…

—En ocasiones como esta, lo casual nunca debe pelear con lo sensual —comenta María Paulina mientras Dominique le hace los últimos ajustes a mi peinado de medio lado.

—Chicas, Willy ya está abajo esperándome.

—Apenas faltan diez minutos para las siete, todavía no te haces esperar —dice María Paulina.

—Lo digo por Willy, el pobre debe estar cansado de andar conmigo para arriba y para abajo todo el día.

—¿Cansado en ese carrazo? Lo dudo. Me lo imagino chicaneando en el barrio y levantando grillitas a la lata después de que te deje en el restaurante —dice Dominique quien se aleja un poco para verme de pies a cabeza—. Manu, tú, definitivamente ¡estás muy buena! si no fuéramos amigas te echaría los perros.

—Yo pensaba que no me los echabas por fea —comento en broma mientras me termino de peinar las cejas—. Lástima que Sebas no haya venido, él sí me daría una opinión imparcial.

—Según sus palabras textuales, se fue a levantarse algún gurre de último minuto para llevar esta noche a Pravda. Él odia ser el número impar del grupo.

Me doy los últimos retoques de maquillaje frente al espejo y no puedo evitar estremecerme de la emoción.

—¿Qué te pasa? —me pregunta María Paulina preocupada, al verme bajar la cabeza y respirar profundo.

—No sé, Mapi. Sentí un mareo repentino. Esta mañana no sabía qué esperar del supuesto viaje de Diego a Londres e incluso, se me había cruzado por la cabeza la estúpida idea de que, estando allá, podría reconciliarse definitivamente con Ximena; y… de un momento a otro… recibo tulipanes rojos de su parte, me manda a un *spa*, me regala ropa y estoy a punto de salir con él a una cena que puede cambiar mi vida. ¿No les parece demasiado bueno para ser cierto? —digo y María Paulina no puede más que poner sus manos a cada lado de mi cara para mirarme a los ojos al ver que las lágrimas empiezan a acumularse.

—¡Ni se te ocurra ponerte a llorar! Esto no es nada comparado con el tamaño del amor que te mereces. Es Diego el afortunado de tener a una mujer como tú en su vida y si está haciendo todo esto es porque lo sabe —me dice.

—Todos te estamos haciendo barra para que las cosas salgan bien —agrega Dominique—, pero… si por alguna razón…

—¡Ándale! ¡Qué cosa contigo, dulce ave negra! Tú como siempre trayendo el mal agüero —dice María Paulina, interrumpiendo a Dominique.

—No es ningún mal agüero, nada me haría más feliz que ver a Manuela y a Diego juntos, si eso es lo que ambos quieren, pero nunca está de más ser realistas o ¿me equivoco, Manu?

—Tienes toda la razón. Como dice el dicho, hay que esperar lo mejor y prepararse para lo peor.

—Ya sabes, Manu, si las cosas no salen como esperas, no es el fin del mundo, es el inicio de un capítulo diferente. Ahí estaremos para apoyarte en lo que sea —concluye Dominique.

Mis amigas son lo máximo. Yo amo a Diego más de lo que las palabras podrían describir, pero a este par de almas, las amo más allá del infinito. Las abrazo a ambas para contagiarme de su alegría antes de que las lágrimas arruinen la pestañina que me acabo de aplicar.

Entro a la habitación para recoger mi cartera, no sin antes sacar del clóset el único detalle que me falta, el anillo de compromiso que seguía refundido en las entrañas del cajón de mis *shorts* olvidados. Intento ponérmelo, pero decido guardarlo en la cartera. El anillo tendrá su momento de brillar esta noche.

Willy me conduce hasta el maravilloso Nero, un restaurante que se trepa en lo alto de mis afectos por ser el lugar en donde celebramos, hace cinco años, nuestro primer mes de novios. En un sitio como este nunca me podría sentir sola, pero la expectativa de ver a Diego al final del pasillo, de sentarme con él a la mesa, de regresar a su lado y perderme en sus brazos, me desarma de emoción.

—Diego no ha llegado, pero podemos empezar con una degustación de nuestra nueva carta de cócteles mientras lo esperas.

—¿Él llamó a avisar que se demoraba?

—No, ¿prefieres esperarlo?

—No, fresca… un cóctel me encantaría.

Nadia, la mesera que se ha esmerado por atenderme esta noche, me habla entusiasmada de cada uno de los fermentados en la medida en que los pruebo, uno a uno. Aunque la carreta suena interesante, admito que me cuesta seguir el hilo; ha pasado media hora desde que llegué, Diego ya debería estar aquí.

—¿Estás segura de que no me ha dejado algún sobrecito? Él se la ha pasado todo el día en estas, sembrando mensajes en el camino.

—La verdad, no.

—No te preocupes, no te voy a hacer quedar mal. Yo soy buenísima haciéndome la sorprendida —digo en broma, con la esperanza de sacarle información.

—Ojalá tuviera algún guardadito por ahí, pero… no; él no nos dio más instrucciones. ¿Quieres probar el vermú del Orinoco? Es el único que te falta.

—Gracias, pero yo creo que debería comer algo; tengo hambre y con estos traguitos me podría poner peligrosa.

—Vale, ya te traigo el menú —dice Nadia y se retira mientras mi celular timbra, como si hubiera llamado a Diego con el pensamiento.

—Mi amor, ¿en dónde estás? ¿No se supone que íbamos a cenar juntos? —le pregunto atropellada, ansiosa por la espera.

—Sí, linda, perdóname. Estoy aquí en La Calera, se me presentó algo urgente, pero no te preocupes que yo resuelvo esto en cinco minutos y bajo. Llego tarde, pero llego —me responde, afanado.

—¿Le pasó algo a tu mamá o a tus hermanas? —le pregunto alarmada.

—No, tranquila, todos estamos bien, es solo que… se presentó algo, yo te cuento allá con calma, ¿sí?

—Diego, ¿tú estás bien?

—Yo estoy bien, linda, no te preocupes. Solo quiero atender esto rápido para poder volver a Bogotá y seguir con nuestro plan.

—*Okey*, aquí te espero.

—Te amo.

—Yo te amo más.

Llegar tarde no es normal en él, pero al menos… va a llegar.

Luego de los cinco minutos que tarda el menú y otros quince alargados que invierto tratando de decidir cuál de estas increíbles obras de arte comestible terminará en mi estómago, vuelvo a sacar el celular con la esperanza de que Diego me haya mandado algún mensaje diciendo que ya viene en camino.

—Este es el primer plato de la noche, es una sopa hecha con… —-dice Nadia, pero debe interrumpirse al ver que yo no me molesto en levantar la cabeza para prestarle atención o responderle la pregunta que me hace sobre la palidez que nota en mi rostro.

Y lo cierto es que… no me llega suficiente sangre al cerebro para procesar respuesta alguna. La tengo toda atascada en el bloqueo masivo en mis arterias carótidas, producto de un mensaje de texto que encontré esperando por mí, avisándome de su paradero.

32X 5XX 49XX:
Por si lo estabas esperando.

Acompañando el inflamatorio texto descriptivo, viene adjunta una foto de Diego sentado en el sofá de la casa de Leticia en La Calera, abrazando a una mujer alta y delgada, de tez increíblemente blanca y un brillante pelo castaño claro con iluminaciones rubias que le llega a la cintura. El rostro de la mujer está escondido en el pecho de Diego, pero no necesito verlo para saber quién es.

—¿Manuela? —insiste Nadia, al verme inmóvil y pálida.

Yo misma no estoy segura de si mis pulmones siguen funcionando.

—Gracias, Nadia, se me quitó el hambre. ¿Me puedes…? —intento decir mientras la agonía de la decepción me inunda el cuerpo a una velocidad tal que hasta la voz me abandona. Me veo obligada a hacer una pausa por un segundo para tomar aire y carraspear, sacudiendo el nudo en mi garganta—, ¿me puedes traer la cuenta de la degustación?

—No te preocupes, esto se carga a la tarjeta de crédito de Diego.

—Vale. No me voy a demorar mucho, solo necesito… un momento antes de salir.

—Claro que sí, tómate tu tiempo. Me avisas si quieres algo más.

«Quiero gritar» digo para mis adentros, dejando correr las lágrimas libremente por mis mejillas.

Debí haberlo anticipado. En el fondo, siempre lo supe… desde el principio.

Él solo vino a vengarse. ¿Qué otra razón habría podido tener para buscarme con tanta insistencia? ¿Qué otra intención tendría para acercarse a mí después de tanto tiempo y una plantada en el altar?

Cierro mis ojos y, en un segundo, veo el montaje de todos nuestros momentos juntos, desde el día de nuestro reencuentro en la oficina hasta hoy. No falta ninguno. El compromiso de olvidar nuestro pasado y trabajar en equipo mientras comíamos hamburguesas. Las campañas en las que trabajamos para presentarles a los clientes. La noche que me perdonó por haberlo dejado plantado en el altar mientras sus manos secaban con una toalla mi pelo mojado por la lluvia… y esa misma noche llegó a mi ventana para entregarme el anillo de compromiso y decirme que seríamos amigos… «y seríamos los mejores». Y luego, aquel beso en París; la noche que fue a buscarme a Blue Monkey e hicimos el amor… una y otra, y otra vez. Y hace tan solo un día… me dijo que me amaba…

…y que me tenía una sorpresa preparada.

No puedo más que sonreír en mi tristeza… y admirarlo.

Fue una ejecución impecable de la venganza perfecta.

DIEGO

Reza el dicho popular con indiscutible sabiduría que a uno no le llegan las cosas cuando quiere sino cuando le tocan y, esta vez, el turno me tocó a mí de saldar las cuentas y organizar mi vida para empezar una nueva al lado de la mujer a la que realmente amo.

Manuela.

Mi tiempo con ella por fin ha llegado; la certeza es tan real que la puedo sentir haciéndome cosquillas en la palma de mis manos.

Me moría por besarla anoche en el *happy hour*, cuando me dijo que me amaba. Habría podido comerme esos labios frente a todos, sin importar lo que pensaran o dijeran en la oficina al día siguiente, pero decidí esperar. En lo que se refiere a reconciliaciones, Manuela y yo tenemos un estándar propio que no se baja de «inolvidable» y no pienso ser yo el primero en traicionarlo.

Mientras Willy me envía las correspondientes notificaciones del desarrollo de la jornada, yo me dedico a limpiar el apartamento, a cambiar las sábanas de la cama e ir al supermercado a abastecerme de los artículos básicos para la celebración posterior, champaña, fresas y… un par de *juguetitos* adicionales. A partir de esta noche, lo único que nos separará será nuestra piel.

Me sigue preocupando Ximena. He intentado comunicarme con ella desde la videollamada, sin ningún resultado. Puede que se le haya dañado el celular, pero lo más probable es que quiera obligarme a viajar a Londres. Y es lo justo. Esta conversación tiene que ser en persona.

Maldecirá mi nombre para siempre y, aunque me duele hacerla sufrir, es peor el daño que ya le hice sosteniendo una relación a punta de un cariño inmenso que jamás se convertirá en amor.

—Diego, ¡de por Dios! te he estado llamando como una loca, ¿por qué no me contestabas? —me reclama mi mamá entre angustiada y molesta, al celular.

—Porque he estado ocupado. ¿Pasó algo? —le pregunto al devolverle la llamada después de entrar al apartamento y dejar las compras en la cocina.

—Tienes que venir a la casa, necesitamos hablar contigo.

—Mamá, lo siento, pero hoy no hay nada tan grave, ni tan urgente, ni tan importante como para…

—Entonces, ¿prefieres que Ximena te llegue al apartamento? ¡Ya no sé qué más excusas inventarme para retenerla aquí!

Y con dos simples frases, mi mamá acaba de abrirme el pecho en dos.

—¿Cómo así? ¿Ximena… está… en tu casa?

—Acaba de llegar del aeropuerto vuelta un mar de lágrimas. La única razón por la que estoy tratando de contenerla aquí es porque no quiero que tenga el disgusto de encontrarse con esa mujer allá. Supongo que estás con ella.

No tengo más remedio que subirme al carro y arrancar para La Calera a menos de una hora de mi cita con Manuela. No debería estar al volante, las manos me tiemblan, me cuesta mantener el control en la carretera.

—Gatico, lo siento… yo sé que debí avisarte, pero no me aguanté. Yo solo quería agarrar el primer avión que encontrara y llegar tan rápido como pudiera —me responde entre estertores, tratando de controlar el llanto.

—¿Te pasó algo?, ¿te hicieron algo? —le pregunto con palabras atropelladas, intentando mantener la calma mientras caminamos hacia el sofá.

—No, yo estoy bien físicamente, lo que me duele es el alma, gatico. ¿En serio, nos vamos a dejar ganar de la distancia?

—¿De qué estás hablando, Ximena? —pregunta mi mamá, trayéndole una taza de té.

—Mamá, por favor, ni se te ocurra intervenir. Esto es entre Ximena y yo —respondo tajante.

—¡Si tú me das la espalda yo me quedo sin nada, gatico! Yo nunca te he pedido nada en la vida, solo que me apoyes en esto, ¿por qué es tan difícil sacrificarte por mí? —me dice, hundiendo su cara en mi pecho y aunque no quisiera darle largas al asunto, su desespero me conmueve; lo único que ella ha querido de mí es que la ame, pero lo máximo que puedo ofrecerle en un momento como este es un abrazo fraternal que atenúe, de alguna forma, su decepción.

—Ya, Xime, no te preocupes, si Diego está aquí es porque le importas —dice Eliana, entrando a la sala—. Hiciste bien en venirte para acá, este sigue siendo tu lugar y nosotros seguimos siendo tu familia. Por ahora, date tiempo para descansar y recuperarte, mañana será otro día —agrega y se voltea para mirarme—. *¡Quiubo*, perdido! hasta que por fin te dignas a aparecer.

—No me busques, Eliana. A mí me sobran motivos para cantarte la tabla —le digo, reprimiendo el impulso de callarla a los gritos—. Ustedes son increíbles. Se pusieron de acuerdo las tres para hacerme la encerrona.

—¡A mí no me metas en esto! Yo estoy tan sorprendida como tú —-responde mi mamá.

—Mami, camine, dejémoslos solos para que hablen.

—Yo no puedo quedarme a hablar por mucho tiempo. Tengo un asunto pendiente en Bogotá —digo y me levanto del sofá—. Xime, si quieres, vamos al estudio y conversamos.

—¿Cómo así que te devuelves para Bogotá?, ¿a qué? —me pregunta Ximena, fuera de sus casillas.

—A resolver un asunto que tengo pendiente —le repito, tratando de no ahondar en detalles frente a mi mamá y a Eliana que, evidentemente, están de su lado… y en mi contra. A veces me pregunto si yo, como persona, soy importante para ellas o solo soy parte del mobiliario de esta casa.

—¡Esto es el colmo! —insiste Ximena, aterrada—. ¿No era esto lo que querías?, ¿qué me viniera para Bogotá para estar contigo? ¡Prácticamente me rogaste! Y, ahora que estoy aquí, ¿me vas a dejar tirada cuando más te necesito?

—Si me necesitabas, ¿por qué llegaste de sorpresa en vez de avisarme? Para complemento, llegas aquí a buscar refuerzos con mi mamá y Eliana en vez de llamarme a mí o contestarme las llamadas que te he hecho toda la semana. ¿Por qué me estás reclamando ahora?

—¿Y cuál es ese asunto tan importante que tienes que resolver que no puedes quedarte conmigo?

—¿Tú crees que yo soy idiota? ¡Me tendiste una emboscada y eso es caer demasiado bajo, Ximena!

—¡No tan bajo como ibas cayendo tú queriendo terminarme por

videollamada!

—Si quieres hablar conmigo, podemos hablar en el estudio, solos. Si no, hablamos más tarde, cuando te calmes.

—¿Sabes qué? ¡Lárgate! Tú siempre haces lo que se te da la gana.

—Ximena, estás cansada y agobiada. No le eches más leña al fuego —interviene mi mamá, llamándole la atención.

—Lo siento, Leti, yo sé que es tu hijo, pero… la verdad… no sé ni qué pensar.

—No te preocupes, Xime, él no se va sin hablar conmigo. Hagamos una cosa, aprovecha y te recuestas un rato. Debes estar rendida —dice Eliana.

—Agradece, al menos, que te ahorré el viaje, Diego. El que debió haber ido a Londres a darme la cara, eras tú —dice Ximena, levantándose del sillón—. Te espero arriba.

—Ximena… si no te importa, ¿te puedes quedar en el cuarto de huéspedes? —le digo y las tres me miran confundidas, diría que indignadas.

—¿Por qué en el cuarto de huéspedes? —me pregunta Ximena, ofendida.

—Porque no quiero que nadie duerma en el mío —insisto con una mirada firme. Ximena no tiene más opción que retirarse enfadada.

—Eso no era necesario —me reprende mi mamá.

—Lo siento, se me olvidaba que esta es tu casa y aquí mandas tú —le contesto, levantándome del sofá para salir al jardín a llamar a Manuela—. Ya vuelvo.

Hablo con Manuela que ya está en el restaurante esperándome. Yo debería estar allá con ella y no aquí, encerrado en una trampa en la que caí por idiota.

—Yo estoy bien, linda, no te preocupes. Solo quiero atender esto rápido para poder volver a Bogotá y seguir con nuestro plan —le digo, intentando controlar mi propia ansiedad que quiere desahogarse, contarle todo y pedirle consejos; estoy seguro de que ella habría manejado esta situación mucho mejor que yo.

—*Okey*, aquí te espero —me contesta.

—Te amo.

—Yo te amo más.

Cuelgo, lamentando no haberla llamado antes para que me esperara en Pravda de una vez, por lo menos allá estaría acompañada. Ni modo, es demasiado tarde para modificar las alternativas, la única que me queda es salir de aquí como sea.

—Ni siquiera intenten fingir que no sabían que Ximena venía en camino —les digo a mi mamá y a Eliana, de vuelta a la sala—. Ustedes planearon esto así que tienen exactamente cinco minutos para hablar. Es en serio.

—Pues, yo creo que cinco minutos no van a ser suficientes, deberías cancelar tu cita de una vez —me dice Eliana.

—Te quedan cuatro minutos —insisto.

—Pues... ya que lo pides por las buenas, aquí va —dice Eliana, bloqueando su celular mientras le hace señas a mi mamá para que se acomode en uno de los sillones—. No sé si te acuerdas de nuestro buen amigo Marino.

—Me acuerdo de Marino, pero no que fuera nuestro amigo, mucho menos que fuera bueno. Me acuerdo de las muchas veces que lo encontramos dormido en el andén de la casa con mi papá al lado, porque la borrachera nunca les alcanzaba para abrir la puerta o tocar el timbre.

—Con que te acuerdes de eso, es suficiente. El tipo, supuestamente, vio a mi mamá en televisión hace cinco años cuando la entrevistaron para hablar del pastel de bodas que estaba diseñando para ti y tu... «exfutura esposa».

—Su nombre es Manuela, por si se te ha olvidado. Y le puedes ir quitando el «ex» al título. Manuela *va a ser* mi esposa, así me deshereden y me quiten el apellido Ospina —digo, mirando a mi mamá quien se limita a bajar la cabeza, cruzando las manos sobre las rodillas.

—Una decisión que lamentaría, pero bueno, no es mía. En fin, el tipo nos rastreó y llegó hasta mí con un... —se detiene y sonríe con sarcasmo—, no sé ni como llamarlo... digamos que un «cuentazo» más bien chistoso.

—Eliana, no tengo idea a qué va esto, pero dudo mucho que la situación sea para chistes; por lo menos yo, no estoy de ánimo para reírme —insisto.

—No, por supuesto y yo tampoco me estoy riendo, pero las ínfulas del mequetrefe ese no daban para más.

—Ya estuvo bueno de comentarios editoriales; vaya al grano Eliana, por favor —dice mi mamá, tan impaciente como yo.

—El tipo me dijo que lo había visto todo. Me dijo que ese día había llegado a la casa a buscar a mi papá justo cuando tú agarraste mi bate de béisbol...

Me levanto del sillón de repente al sentir el hormigueo apoderarse de mis piernas.

—Diego, cálmate. No hay nada de lo que debas preocuparte —me dice mi mamá.

—¿No?, ¿te parece que no tengo nada de qué preocuparme después de saber que alguien me vio pegarle un batazo a mi papá en la cabeza? —digo y ahora son mis manos las que empiezan a sudar—. ¿A qué vino Marino?, ¿a decir que lo maté?

—Y a pedirnos plata para quedarse callado.

La sangre me hierve en todo el cuerpo, especialmente en mis mejillas que están a punto de estallar. El aire empieza a faltar en mis pulmones… y de nuevo… el mareo.

—Tú no mataste a Federico, el batazo fue un accidente… y en todo caso, la única responsable soy yo —se apresura a decir mi mamá, acercándose a mí al verme caminar de un lado a otro como un león enjaulado—. Eliana, ¿por qué no vas a la cocina por un vaso de agua?

—No… ¡que vaso de agua, ni que nada! que me diga de una vez, me importa un carajo irme para la cárcel, pero el mundo entero tiene que saber que no me arrepiento. Él se lo buscó.

—Nadie se va para la cárcel —insiste mi mamá tomando mi cara entre sus manos e intentando mirarme a los ojos—, porque tu papá no está muerto.

Eliana sale en dirección a la cocina a traer el vaso de agua mientras las manos cálidas de mi mamá sostienen mi rostro al tiempo que la serenidad en sus ojos toma el control de mi desesperación, tal y como lo hizo esa noche, la noche en que perdí un diente de leche de una bofetada de mi papá y nuestra vida cambió para siempre.

—Ven, siéntate. Deja que Eliana te explique —continúa mi mamá y yo no tengo más remedio que hacerle caso. Todo mi cuerpo tiembla al punto de hacerme dudar de mi propia habilidad de sostenerme en pie por mi cuenta.

—Le puse unas goticas de valeriana —dice Eliana al volver a la sala y extenderme el vaso de agua.

—Yo no necesito valeriana, necesito que me digas la verdad de una buena vez.

—*Okey*, pero primero cálmate. Le di plata a Marino por unos meses para mantenerlo controlado, pero por detrás, contraté a un investigador para que lo siguiera. Según la versión de Marino, él entró a la casa al día siguiente a ver qué había pasado con mi papá. Para ese entonces nosotros ya habíamos salido rumbo a Bogotá. Marino dice que lo llevó al hospital y allí murió, supuestamente por un derrame cerebral.

—¿Un derrame cerebral? ¿Y es que los médicos no se dieron cuenta del golpe? —pregunto.

—Esa fue la primera inconsistencia del cuento de Marino y por eso empecé a sospechar. Él dice que no le habló al médico sobre el batazo porque le dio miedo que le achacaran el muerto a él y tampoco tenía cómo probar que habías sido tú. Les dijo que se había caído y se había golpeado con el borde de la mesa o algo así.

—¿Al fin qué?, ¿mi papá está muerto o no? —pregunto, tratando de llevar el hilo de la historia en medio de la confusión en mi cabeza.

No puede estar muerto, hasta para eso son de buenas los borrachines como él.

—Con el perdón suyo mamita, ahí sí me va a tocar aterrizarla. No sabemos si está muerto, pero tampoco tenemos la certeza de que esté vivo. Lo que sí sabemos es que no murió como dijo Marino y eso es lo importante.

—¿Por qué estás tan segura de eso? —le pregunto a Eliana.

—No lo digo yo, lo dice mi mamá.

Ambos miramos a mi mamá a quien le cuesta disimular lo intimidada que se siente al ser invitada a comparecer ante nosotros con su testimonio.

—Cuando fuiste a Filadelfia para sacar los papeles de mi matrimonio con Manuela, me dijiste que no habías encontrado nada, que nadie te había dado razón de él.

—Sí y esa es la verdad. Yo fui al hospital, a la registraduría y a la policía a buscar información. Pregunté por algún reporte, una historia clínica o… el acta de defunción; cualquier cosa que indicara su paradero, pero no encontré nada, nadie supo darme razón. Federico pareció haberse evaporado en el ambiente.

—Eso no tiene sentido, mamá; mi papá no pudo haberse «evaporado» simplemente.

—¿Y qué quieres que te diga? Yo hice la debida diligencia y si no encontré nada, no fue por falta de voluntad. La mayoría de la gente con la que hablé pensó que se había ido con nosotros.

—Pero tampoco ha aparecido por ninguna parte y eso es lo primero que debes tener claro, Diego. Yo sé que, en este momento, estás en tu proceso de terapia, pero debes tomarlo con calma y, sobre todo, con cabeza fría. Mejor dicho, haz de cuenta que esto le pasó a otro, no a ti.

—No seas ridícula, Eliana…

—Ridícula o no, deberías estar agradecido conmigo por haber resuelto el tema de Marino.

—¿Y cómo se supone que lo resolviste? ¿Encontraste alguna pista para desmentir a Marino?

—Al menos pude probar que su versión no tenía ningún fundamento. El investigador y yo lo pusimos contra las cuerdas y le sacamos la verdad, él no vio ningún batazo porque no estuvo en la casa en ese momento sino un rato después que fue a buscarlo; ahí fue cuando lo encontró en la sala y vio la herida en la cabeza y el bate. Él dijo que intentó levantarlo y como no pudo, se fue a buscar ayuda, pero se quedó dormido en el camino porque la rasca que tenía no le dio para más. Borracho, al fin y al cabo.

—¿Y qué pasó después?

—No sé, no quiso decirnos más y viéndose acorralado, no encontró una mejor defensa que amenazarme con denunciarnos y mostrarle a la policía una supuesta tumba en donde yacía mi papá. Él no contaba con que yo misma amenazara con mandar a sacar una orden judicial para exhumar el cadáver y que nos hicieran pruebas de ADN a todos para confirmar su identidad. Viéndose perdido, Marino salió corriendo y no volvimos a saber de él hasta hace un par de años que recibimos el reporte de uno de los contactos del investigador diciendo que el tipo se subió borracho a una moto y se estrelló contra un poste.

—Me voy a vomitar… —digo con las manos cerradas en un puño. Mi cabeza es una centrífuga en la que mis pensamientos giran a mil revoluciones por segundo a pesar de todos mis esfuerzos por mantenerlos en su lugar.

—Tranquilo… todo está bien —me dice mi mamá acercándome uno de sus preciados tazones de cristal en caso de que se me dé por trasbocar. Por fortuna, no llego a tanto.

—¿A ti no se te ocurrió pensar que yo era el primero que debía saber? ¡Debiste llamarme en el instante en que Marino te contactó!

—Tú ya estabas en Londres, te acababan de dejar plantado en el altar, ¿cómo querías que te pusiera otro tropel encima?

—Eso no te detuvo antes… —le contesto, molesto.

—No seas desagradecido, ¡lo hice por ti!

—Muchachos, por favor —interviene mi mamá.

—¿Y tú?, ¿cuál es tu excusa? —le pregunto.

—Yo, prácticamente, me acabo de enterar. Y Eliana tiene razón, en esa época tú tenías demasiadas cargas encima como para ponerte una más.

Sin otra alternativa más que el silencio, me limito a mirarlas a la cara con la esperanza de encontrar alguna lógica en lo que me dicen. Esta conversación parece tan irreal que… incluso estoy poniendo en duda mi propia lucidez. Ya no sé si esto está pasando en realidad o si es una de las tantas pesadillas que suelen perturbarme el sueño por las noches.

—¿Por qué me están diciendo esto justo ahora?

—¿Por qué crees? —pregunta Eliana, molesta—. Parece que, otra vez, nos quieres declarar la guerra y apartarte de esta familia…

—No fui yo el que dijo que no quería ver a la mujer que amo ser parte de esta familia y si ella no es bienvenida en este lugar, yo tampoco lo soy.

—Esa es tu decisión y la respetamos, pero si vas a romper relaciones con nosotras, tú y esa mujer tienen que saber lo que se llevan.

—Gracias por tu cooperación, lo tendré en cuenta —le contesto irónico—. ¿Eso es todo?, ¿o hay más equipaje? para llevármelo de una vez.

Ambas se miran sorprendidas por mi pregunta.

—No… como ¿qué? —me pregunta Eliana y debo admitir que se nota incómoda.

—No sé, les estoy preguntando a ustedes. ¿Tienen algo más que decirme o reclamarme? Hablen de una vez.

Las dos niegan y se quedan calladas esperando alguna respuesta mía. Dejo caer mi espalda en el sillón, necesito calmarme, no siento las piernas, ni las manos, no puedo manejar así.

Perdí la cuenta del tiempo que permanecimos en silencio los tres. Solo vuelvo a la realidad después de un rato en el que me limité a contemplar las llamas azules de la chimenea a gas incrustada en una de las paredes de la sala. Se me hace que soy yo el que está incrustado en el sillón, sin saber qué hacer.

El truco de la jarra de agua con arena siempre funcionaba cuando vivía en Londres. Vikram solía agitarla y entregármela cuando me sentía estresado o cuando veía acercarse una de mis crisis de ansiedad. Yo podía pasar horas viendo la arena decantarse poco a poco en el fondo, separándose del agua. A falta de la jarra, cierro los ojos y la imagen que se presenta en mi mente es la de Manuela; la única persona a la que pude alejar lo suficiente de mi pasado, mis problemas, mis secretos y mi vergüenza, para no contaminarla. La mujer con quién tuve la breve ilusión de empezar de cero una vida nueva, lejos de todas las tristezas y privaciones de mi infancia. Una vida nueva llena de todo lo que, hasta ese entonces, me había hecho falta.

¿Cómo se supone que voy a contarle esto a Manuela? ¿Por dónde empiezo?

Siento los labios resecos y la amargura me llega a la lengua. Giro mi cabeza hacia la mesa de centro en donde reposa el vaso de agua que Eliana me trajo hace un rato. Me tomo lo que queda y me levanto del sillón con pesadez, en dirección a mi habitación.

La última vez que dormí aquí, ella dormía en mis brazos. Es increíble que hayan pasado cinco años desde aquel entonces. Me siento en el borde de la cama que da a la ventana y, de un clic en el control remoto, abro las cortinas eléctricas para contemplar el paisaje nocturno que ahora se siente solitario sin ella.

La extraño.

Extraño a la persona que llegué a ser estando con ella. Extraño ver la vida a través de sus ojos curiosos y llenos de preguntas. Extraño el optimismo con el que me hablaba de sus aspiraciones profesionales y sus planes de viajar por el mundo. Extraño ver mi propio reflejo en sus ojos negros, escuchar mi nombre en el eco de su risa y en el tono de su voz. Extraño sus manos intentando enseñarme a tocar guitarra. Extraño sus dedos dibujándose en mi cuerpo, mapeando constelaciones uniendo las pecas en mi espalda. Extraño la vida que imaginé a su lado, los caminos que recorreríamos juntos, los aniversarios de boda que celebraríamos, la clase de amor con la que criaríamos a nuestros hijos.

Extraño imaginarme el buen padre que siempre he querido ser, a imagen y semejanza de Milton, porque hasta eso encontré en ella, la esperanza de ser un hijo amado por un padre ejemplar como el suyo. Mi mamá no estaba equivocada.

Hoy, más que nunca, extraño los diez meses que estuvimos juntos y en los que olvidé lo que se sentía estar roto e incompleto.

¿Qué pensaría de mí en este momento si fuera mi esposa? Si nos hubiéramos casado y estuviéramos juntos, ¿no se horrorizaría al saber la clase de odio que llegué a sentir contra mi padre como para dejarlo inconsciente de un batazo en la cabeza a mis tiernos diez años? ¿Qué pensaría de mí ante la sola insinuación de que pude haberle causado la muerte?

Un par de toques en la puerta me devuelven al presente, a la lujosa vista de mi amplia habitación vacía. Eliana me llama desde el pasillo.

—Entra —le digo, secándome las lágrimas que se habían alcanzado a resbalar por mis mejillas.

Miro el reloj y veo que son casi las nueve de la noche. Manuela se quedó esperándome.

Eliana ingresa con sigilo y se sienta a mi lado.

—Siento no habértelo dicho antes, pero todo pasó muy rápido y… yo sabía que no nos íbamos a poner de acuerdo fácilmente. En esa época, tú y yo no estábamos en la misma página, no como antes.

—Es cierto que no hubiera sido fácil para mí manejarlo en esa época, después de lo que había pasado con Manuela; y aunque no lo creas, agradezco que te hayas ocupado de eso, pero no lo vuelvas a hacer. No vuelvas a ocultarme nada así de delicado, por más capaz que te sientas de manejarlo tú sola.

—*Okey*, trato hecho.

—No, no puede ser un trato —le digo y la miro de frente—, tiene que ser una promesa.

Eliana me mira por un instante y extiende su dedo meñique derecho para sellar la promesa conmigo.

—Ahora no estoy para jugar a los «hermanitos» contigo. Esto no cancela el reclamo que todavía tengo pendiente, pero en este momento, no tengo cabeza para eso.

—Como quieras —dice—. El investigador sigue buscando a mi papá, pero mi mamá dice que no vale la pena seguir con eso, que si él ha de aparecer, el día menos pensado lo veremos aquí mismo en la puerta de la casa. ¿Tú qué dices?

—No sé. Yo preferiría que apareciera para saber de una buena vez si fui el responsable de… lo que sea que haya pasado con él.

—Tú eras un niño y fue en defensa propia. Nadie levantaría un dedo para acusarte y si lo hicieran, tendrían que vérselas conmigo, con Ximena y el resto de las Ospina. Nosotras no vamos a permitir que te pase nada.

—¿Las gemelas saben?

—No, pero si tú quieres que sepan…

—Déjamelas a mí. Yo les cuento todo. ¿El investigador te ha entregado información? Te ha mostrado… no sé, papeles, documentos…

—Tengo dos cajas llenas de fotografías, certificados, mapas… todo está en el estudio.

—Me los voy a llevar. Quiero ver todo antes de tomar una decisión —digo y me levanto de la cama, en dirección a la puerta de la habitación.

—En serio, ¿te vas? ¿No vas a hablar con Ximena?

—Yo entiendo que Ximena sea tu mejor amiga y que la quieras como a una hermana, pero me duele que hayas escogido estar de su lado.

—¿Cómo así que «estar de su lado»? —me pregunta extrañada, casi ofendida—. Yo estoy del lado de la familia y te guste o no, Ximena sigue siendo parte…

—Técnicamente, no es parte de la familia y si lo fuera, sería nuestra hermana. Yo no puedo verla de otra manera, ni forzarme a sentir por ella algo que no nace en mí. Mejor dicho, si de verdad quieres ayudarme y hacerme la vida más fácil, decídete; o eres mi hermana y me apoyas a mí en mis decisiones, o eres la amiga de Ximena y la apoyas a ella, pero eso de andar jugando a dos bandas se tiene que acabar.

—¿Te vas a ver con Manuela, cierto? vas a dejar tirada a Ximena para verte con ella.

—Ese no es asunto tuyo, ya te dije —afirmo tajante e intento salir una vez más, pero Eliana me agarra de un brazo para detenerme.

—Diego, yo estoy de tu lado y siempre lo estaré, pero a ti se te olvida que nadie allá afuera entiende mejor que nosotros mismos lo que hemos vivido. Cuando se acercan a nosotros, siempre terminan haciéndonos daño, Manuela fue una de ellas…

—No te metas con Manuela, te lo he dicho mil veces.

—Te reto a que le cuentes a Manuela todo esto; quiero ver si ella es capaz de amarte y aceptarte sabiendo la verdad. Te juro que yo sería la primera en darle la bienvenida a esta casa, pero ella jamás ha demostrado tener madera para estar a tu lado. Ella salió corriendo al primer problema que encontró y eso que no sabía absolutamente nada de nuestro pasado, ¿qué te hace pensar que tiene la madurez o el coraje para estar a tu lado con todo lo que tendrías que contarle?

—¡¡Ese no es tu maldito problema y más te vale que no intentes meterte porque sería la última vez que cuentas conmigo como hermano!! —le digo y salgo de la habitación rumbo al estudio, en busca de las cajas que recogen, a pedazos, mi pasado.

***

—Linda, fui a buscarte al apartamento y no estabas. Acabo de salir de Nero y tampoco te encontré. Yo sabía que no estabas allá, pero igual pasé por si me habías dejado algún mensaje. Supongo que estás en Pravda, ya voy para allá. Contéstame, necesitamos hablar, necesito contarte muchas cosas… pero lo primero que quiero decirte es… te amo. Desde hoy podemos marcar la fecha en el calendario para celebrar que volvimos a estar juntos. Más tarde hablamos. Devuélveme la llamada apenas escuches esto. Te amo.

Le dejo un mensaje de voz en el quinto intento de comunicarme con ella. Manuela debe estar furiosa y con toda razón, prácticamente la dejé plantada. ¡La ironía!

Empezar una nueva relación pidiendo perdón no es el mejor augurio, pero siendo la primera vez, estoy seguro de que Manuela podrá entenderlo. Lo único que necesito es… encontrarla.

Una cosa es llegar a la Zona T a estas alturas de la noche y de la rumba, y otra es buscar parqueadero. Me siento tentado a dejar el carro en la oficina y volver a pie, pero ni Manuela, ni ninguno del grupo me contesta el celular; temo que hayan decidido irse de Pravda y seguir la fiesta en otra parte y, en ese caso, tendría que esperar hasta mañana. Doy una vuelta más por la carrera quince hasta encontrar uno en el que me reciben el carro dejando la llave. No es mi opción preferida, pero al menos, es una.

Llego corriendo al bar y respiro aliviado al ver a Manuela sentada, de espaldas a la entrada, por lo que no puede verme aún. Sus hermosos hombros descubiertos se recuestan en el espaldar de la silla de donde cuelga su chaqueta blanca de cuero. No solo veo a Manuela, veo también a Dominique que me mira con ojos asesinos; al igual que Sebastián quien se levanta y camina hacia mí en el mismo instante que me ve entrar.

—Ya estuvo bueno, Diego. Ni crea que va a poner un pie a menos de diez metros de Manuela.

—Sebas, conmigo no se vaya de amenazas.

—Salgamos entonces, para arreglar el problema sin tener que amenazarlo.

—¡Ey! muchachos, tranquilos —dice Rafael, acercándose, en tono conciliador—. Diego, camine y hablamos.

—Rafa, con todo respeto, es con Manuela con quien vine a hablar —digo e intento avanzar hacia ella, pero Sebastián me lo impide—. Sebastián, no sé qué se trae usted, pero más le vale que no se meta.

—Más le vale a usted que deje en paz a Manuela.

Sebastián no bien termina la frase cuando veo a Manuela caminar decidida hacia la salida del bar mientras se pone la chaqueta y se cuelga la cartera al hombro, lanzándome una mirada que nunca había dibujado antes en sus ojos, la mirada del desprecio. Les doy la espalda a Sebastián y a Rafael para seguir a Manuela hasta la calle peatonal, en donde se detiene para enfrentarme.

—¿Y ese milagro que no trajiste a Xime? ¿No eres tú el que dice que el trabajo en equipo se celebra en equipo? —me pregunta con furia contenida y mi espalda queda fría en el acto. De todo lo que salió mal el día de hoy, esto es lo peor.

—¿Cómo sabes que Ximena está aquí? —le pregunto confundido, tratando de encontrarle sentido a la conversación.

—¡Además de vengativo, descarado! —me dice y suelta un remedo de sonrisa envenenada de ironía—. Dime, ¿cuál de todas se gozó más la planeación estratégica del asunto; tu hermana Eliana, Ximena o tu mamá? Me las imagino a las tres peleándose el turno de darme la estocada final, porque hacerme tomar de la misma medicina y dejarme plantada en el restaurante no era suficiente; tenían que mandarme la foto de la feliz pareja en el ángulo más doloroso.

—¿De qué foto y de qué venganza me estás hablando? —intento preguntar, pero Manuela sigue su discurso con voz recia, ignorando mis palabras.

—Y no contento con eso, ahora vienes a buscar el cadáver entre los escombros para verlo con tus propios ojos y saber que sufrió. Pues sí, aquí estoy, ¡lo lograste! Ya te desquitaste con la venganza perfecta, ya me humillaste, ¿qué más quieres?

—¡Yo no quería vengarme, mucho menos humillarte! El día que tenía planeado era muy diferente a lo que fue y lo hice para…

—¡Para demostrarle a Ximena lo mucho que la amas! Y en mi concepto, ¡te quedó perfecto! Con semejante monumento al amor que le acabas de hacer, te llevaste por delante al Taj Mahal —dice y su amargura me golpea en el pecho—. Te aplaudiría si no fuera injusto con las demás no darles el crédito que se merecen por el aporte que hicieron en esta obra maestra, pero diles que no se preocupen, que aquí les mando su regalito, el botín de guerra para que se lo repartan entre todas —agrega, abriendo su cartera para sacar el estuche del anillo de compromiso y clavármelo en el pecho.

—No, Manuela… por favor, no me hagas esto… escúchame.

—¡No! Yo ya te escuché y me tragué todas las mentiras que quisiste embutirme, ¡ya tuve suficiente! De ti no quiero nada, ni siquiera el recuerdo, así que ahí te dejo el último que me quedaba y si no sabes qué hacer con él, arrójalo al Támesis para que quede en el mismo lugar que le asignaste al brazalete que te regalé… y al amor que te di.

Manuela me da la espalda para irse y la sola certeza de que la acabo de perder de nuevo contrae mis pulmones, dejándome sin aire. La historia de abandono se repite solo que, esta vez, el peso de la culpa cae sobre mis hombros.

—Manuela por favor déjame explicarte, por lo que más quieras. ¡Fue un error! ¡Todo lo que ha pasado esta noche ha sido un error! —digo y, en medio de mi desesperación, la abrazo por la cintura, aferrándome a ella tanto como mis fuerzas me lo permiten—. Manuela, mi amor, escúchame, yo no sabía que Ximena venía en camino y si fui a La Calera fue para…

—¿¿Qué estás haciendo?? ¡¡¡Suéltame!!! —dice, forcejeando con mis brazos.

—¡Diego! ¡Suelta a Manuela en este mismo instante! —grita Dominique saliendo del bar junto a Sebastián que viene dispuesto a darme en la jeta si es necesario con tal de defender a Manuela.

—¡¡Se te acabó la farsa, Diego Ospina!! —grita Manuela, llorando furiosa—. Yo no voy a permitir que sigas usándome para cumplir tu fantasía, ni la de tu novia y tu familia de vengarse de mí y verme derrotada. ¡Ahora es mi turno de liberarme y olvidarme de ti! A partir de hoy ¡soy yo la que se olvida de ti! —me grita, antes de regresar corriendo al interior del bar en donde la esperan María Paulina y Rafael.

—¡Manuela!, ¡yo nunca quise vengarme! ¡¡¡Ven y habla conmigo!!! —digo, caminando desesperado hacia la entrada de Pravda a pesar de Dominique quien insiste en cortarme el camino una y otra vez—. ¡¡Me puedes culpar de lo que sea menos de querer hacerte daño!! Yo jamás quise arrojar el brazalete al Támesis, yo no estaba bien de la cabeza, ¡¡espero que Vikram te haya dicho eso también!!

—¡Diego, por favor! ¡Ya no más! —dice Dominique poniendo sus brazos en mi pecho, conteniéndome como si yo fuera un muro que se le va a caer encima al tiempo que trata de mantener a raya a Sebastián quien solo espera la mínima oportunidad para golpearme.

—Yo jamás querría deshacerme del amor que hubo entre nosotros porque tu amor ha sido lo único que me ha mantenido vivo, Manuela, ¡¡tienes que creerme!!

—Diego, si no quieres hacerle más daño, vete de aquí, ella no te va a escuchar. ¡¡No la jodas más!!

Quitaría a Dominique de en medio con facilidad si quisiera, pero el cuerpo entero me tiembla, me falta el aire, a pesar de mis esfuerzos por respirar. La historia se repite, yo me estoy repitiendo, haciéndome cada vez más pequeño e insignificante, como me vi en los espejos del Tate.

—Diego, ¿me escuchas?, ¿estás bien? —me pregunta Dominique y más que airada, se nota preocupada—. Vamos, te voy a llevar al apartamento —dice mientras levanta la mano para tomar un taxi, pero yo la detengo y la bajo con gentileza. Lo peor que podía pasar, ya pasó; el golpe más duro, ya lo recibí; lo último que necesito es inspirar lástima.

—Siento… siento haber… arruinado tu cumpleaños, Dominique. Ya me voy —digo con el poco aliento que me queda para mantenerme en pie.

—Tú no puedes manejar así.

—Sí, sí puedo, no te preocupes… voy a estar bien… algún día —digo y me alejo, controlando mi respiración, recogiendo mis pasos de vuelta al mismo lugar solitario en el empecé hace cinco años, cuando regresé a la iglesia para inaugurar una amarga fiesta que aún no termina.

***

En mis planes iniciales, contemplaba la entrada a mi apartamento con Manuela en mis brazos. En su lugar, traigo la pesada carga de mi pasado almacenada en un par de cajas de cartón.

Llegué de milagro. Manejando despacio. Parando cada tanto. Controlando mi respiración.

Me siento en el sofá después de descargar las cajas en el piso. El silencio es absoluto.

Saco del bolsillo de la chaqueta el estuche con el anillo de compromiso de Manuela. Lo pongo sobre la mesa de la sala. No quiero dejar de pensar en ella. La estoy perdiendo de nuevo por culpa de las dos mujeres en las que más confié, quienes me salvaron la vida una vez, quienes jamás pensé, me traicionarían.

¿Qué valor tiene mi vida si… ni siquiera mi mamá tuvo consideración conmigo? ¿Si mi hermana escogió mi momento de mayor vulnerabilidad para descargar esta culpa sobre mis hombros? ¿Si todo lo que intento para darle sentido a mi existencia se desarma en mis manos?

No puedo dejar las cosas así, tengo que hablar con Manuela de lo que pasó, tengo que contarle la historia de mi papá así… no sepa… por dónde empezar.

Cada vez que intento enfocarme en el relato del pasado que planeo contarle, termino con la mirada perdida en el gran ventanal de la sala frente a mí.

Abro la primera de las cajas en busca de una respuesta. Al parecer, tiene demasiadas. Ambas cajas están llenas al tope de papeles, documentos, mapas, fotografías y casi tres cuadernos llenos de anotaciones minuciosas que el investigador escribió con el detalle de una bitácora naviera; indicando fechas, horas, ubicaciones claras y direcciones específicas; describiendo cada uno de los movimientos de Marino, desde la primera vaciada del inodoro que escuchaba en su rancho a las afueras del pueblo, hasta el último de sus eructos antes de caer dormido sobre una estera en el suelo.

Eliana tenía razón, Marino solo intentaba engañarla con la ingenua esperanza de sacarle plata y pagar sus deudas, que eran muchas, según lo documentan las fotografías que el investigador sacó de las cuentas en las tiendas, los billares y las licoreras que le fiaban trago y algo de comida.

El pobre viejo no tenía en qué caerse muerto, literalmente. Se había convertido en el objeto de caridad y burla del pueblo, en un triste alcohólico que comía lo que las personas le ofrecían a cambio de hacerles algún mandado y ahogaba la soledad en una botella de aguardiente casero, mejor conocido en nuestras tierras como el *chirrinchi*; un destilado a base de jugo de caña de azúcar con suficientes grados de alcohol para hacerle recitar poemas de amor al más bravo de los toros. Más que rabia por el intento de extorsionarnos, siento lástima por aquel hombre desahuciado, sin familia, ni amigos, ni parientes lejanos que lo acompañaran a su entierro.

Al parecer, su único amigo era mi papá y quizá, en algún rincón de aquella región del Eje Cafetero en donde nací y que ahora existe en mis recuerdos como un pedazo de papel desgastado, él está perdido, corriendo la misma suerte de su amigo Marino.

Siento lástima por él.

Federico García fue un padre despreciable, es cierto. Nunca nos dio nada, ni siquiera el apellido o el buen ejemplo, que era lo básico. Cada una de nuestras interacciones me dejaba con el sabor a óxido de la sangre en mi boca y deseos de crecer para devolverle, uno a uno, todos los golpes que me daba. Era eso o salir corriendo de mi casa para nunca volver y tal vez lo habría hecho, si mi mamá no me hubiera detenido a tiempo.

Yo no tengo ningún vínculo con él, excepto los genes y, aun así, con todo el odio que llegué a sentir por él, me quiebra el mero hecho de pensar que, en éste preciso instante, «ese señor» podría estar durmiendo sobre una estera en la calle mientras yo disfruto de la comodidad de un mullido sofá de diseño exclusivo, bajo el techo de un multimillonario apartamento ubicado en uno de los sectores más afluentes de Bogotá.

Él no me dio nada, ni siquiera el orgullo de ser su hijo, pero esto va más allá de reafirmar mi inocencia o sanar mis heridas de infancia, es una cuestión mínima de humanidad. Sería demasiada hipocresía de mi parte seguir donando a las causas sociales que apoyo o hablar de los programas con los que ayudamos, desde nuestra empresa, a tantas madres cabezas de hogar si dejo a mi padre morirse alcoholizado y con hambre en algún rincón perdido de este país.

Y, a todas estas, yo también le he hecho daño a dos mujeres valiosas que me han amado, ¿qué me hace pensar que soy mejor que él?

Me estoy mareando, el aire me hace falta de nuevo. Esto no pinta bien. Me levanto del sofá con la intención de movilizar las piernas y estirar los brazos, pero es la falta de aire la que me afecta en mayor medida. Odio estos ataques de pánico, ¿cuándo putas van a terminar?

Llego a la ventana y pongo mis manos sobre el cristal. Cierro los ojos y me concentro en la corriente de aire fresco que se estrella de repente en mi cara y me reconforta. Todo va a salir bien. Tengo el control.

Abro los ojos y veo frente a mí, el vacío que se proyecta en los más de veinte metros que debe haber entre mis ojos y el pavimento de la calle. La altura me abruma y, al mismo tiempo, me fascina; de una manera extraña… me atrae.

¿Qué se sentirá volar? Solo tomaría unos segundos averiguarlo y… sería libre.

Poco a poco y con cada bocanada de aire me hago consciente de que estoy al borde del inmenso ventanal de la sala del apartamento, sucumbiendo de nuevo a la atracción del abismo.

No debería estar solo. Debí haber llamado a alguien antes de abrir ese primer cuaderno y atravesar el dolor de mi pasado triste, sin una persona a mi lado con quién hablarlo en voz alta y procesar las emociones que me generaba, tal y como lo hacía con Vikram; tal y como me lo había aconsejado el doctor Crane.

Me sostengo con la poca fuerza que puedo reunir en mis manos entumecidas. Me agacho con cuidado y regreso a gatas al sofá, mi cuerpo entero tiembla. Mis dedos tardan en responder, pero logro tomar el celular y abrir mi lista de contactos.

Busco en mis llamadas recientes y encuentro a Manuela.

Son casi las dos de la mañana. Es posible que me conteste y… me escuche.

Escuche que la necesito.

Pero… no debería necesitarla… ni extrañarla tanto.

No debería necesitarla y arrastrar mi ruina hacia ella, no sería justo. Manuela no es un remedio, no es una cura, no es mi terapia. Manuela merece que la ame por ser quien es, no por lo que pueda hacer por mí, ni por lo que represente para mí. No es una imagen en un pedestal para idolatrar y pedirle favores, Manuela es… el amor de mi vida. Es el amor que nunca se ha ido ni se irá porque hasta el día que me muera seguiré buscando el aroma de su perfume impregnado en el aire mismo que respiro.

La amo, pero no merezco estar a su lado si me urge su presencia para olvidar mi pasado o hacer más llevadero mi sufrimiento. Estar a su lado implica juntar y coser los pedazos de mi alma, así como la voluntad de ganar esta batalla con mi pasado y conmigo mismo.

Vuelvo a mi celular y oprimo el icono para llamar.

—¿Aló?

—Siento… llamarte a esta hora —digo, intentando controlar el nudo en mi garganta que me impide hablar.

—¿Diego?, ¿qué te pasó? —me pregunta alarmada.

—Emilia… *Milly bear*… —digo y me quiebro. Por más que intento reprimirlo, el llanto ahoga mi voz—, por favor ven… la ventana de la sala está abierta y… yo me quiero morir.

MANUELA

Abro los ojos y veo el color blanco del cielo raso que da vueltas en la habitación de Sebastián. Estoy del lado derecho de la cama, los pies de Dominique del lado izquierdo.

Me duele la cabeza. Tengo sed.

Me levanto con cuidado, Dominique ni se inmuta, está profunda.

Llego al baño, hago chichí. Unto mi dedo con crema dental y me «cepillo» los dientes.

Siento mareo. Vomito. Sabe a cerveza.

Vuelvo a «cepillarme».

Sebastián duerme en el sofá de la sala. Salgo del apartamento y bajo las escaleras del edificio setentero en el barrio La Macarena. La luz del sol me enceguece, me cubro los ojos con las gafas oscuras.

Doy el primer paso en la acera y la voz de mi mejor amiga que me cuida desde el cielo me canta al oído. Es Amy Winehouse dedicándome *Back to black*, ¡qué gran canción! Si tan solo pudiera empacarla y enviárselas, sería un excelente regalo de bodas.

Bajo a la carrera Séptima en donde sigue activa la ciclovía de los domingos. Camino entre los ciclistas, los que patinan, los que pasean en familia, los que sacan al perro, los que venden jugos, los del mango biche y la papaya en trozos; tampoco falta el de los churros y el de los chicharrones con arepa y patacones. No tengo hambre, pero me quiero comer el mundo de un solo mordisco furioso.

—Doña, deme dos —le digo a la señora de cachucha blanca y sonrisa de empanada que, sin vacilar, exprime seis naranjas para sacar los dos vasos de jugo que le pido.

La señora sugiere agregarle dos chorros de miel a cada uno para aclarar la garganta. Estoy completamente ronca. Anoche lloré, me emborraché, bailé sobre una mesa, canté en un bar un montón de canciones que el aguardiente me hizo recordar, entre ellas *Life after love* de Cher. Esa se la dediqué a Sebastián. *Habits* de Tove Lo, la escogí para Dominique; María Paulina me acompañó con *Paint it black* de los Rolling Stones y *Mil pedazos* de Cristina y los Subterráneos la dejé para mí. Esa me la enseñó mi primo Tato cuando era adolescente y no sabía lo que era sufrir.

Me tomo los dos vasos de jugo de naranja a fondo blanco. El sabor es dulce, la sensación es refrescante, quiero repetir.

Quiero recordar a qué sabe la felicidad.

Quiero disfrazar el sabor amargo del desamor, ya que no lo puedo olvidar.

Pido dos vasos más para llevar.

Sigo caminando por la ciclovía, fijándome en las hojas de los árboles frente al Museo Nacional, en la forma de las nubes en el cielo, en el ciclista que por poco me atropella por estarle mirando las nalgas a una vieja en *leggings* blancos.

Mi mente es la que está en blanco. Hacía mucho tiempo no me quedaba tanto espacio para contemplar el mundo, ni pensar en otra cosa que no fuera… Diego; y fue tanto lo que sentí por él que ahora no siento nada. Me liberé de él y con él, desapareció el peso de mi atormentada consciencia queriendo rectificar mis errores cuando lo más fácil habría sido…

Olvidar.

Olvidarlo a él. Olvidar que lo amé.

¡Bendita astilla atravesada en el pecho! ¡Lo que duele cada vez que la intento sacar!

Llego al Parque Nacional, a la altura de la calle treinta y ocho. Podría regar el pasto con el río de lágrimas que sigue corriendo por mi cara. Me siento y recuesto mi espalda contra un árbol. Me quito los tacones para descansar de la presión en los pies. Recorro con los dedos de mi mano la profunda marca que me han dejado en la piel, no puedo más que suspirar en medio de mis propios estertores; es cierto que me hicieron daño, pero los adoro.

Como el amor, volveré a calzarme los zapatos, cuando deje de doler.

Solo es cuestión de esperar el tiempo necesario.

Una eternidad, suena bien.

***

Sé que pasará mucho tiempo antes de que pueda olvidar que la noche del sábado sucedió. La tengo prácticamente tatuada en la frente, cualquiera podría verla como si fuera una película proyectada en la sábana de un autocine. Lo único bueno es que terminó y con ella, la agonía de perseguir un amor que nunca estuvo a mi alcance y no me correspondía.

Es una sensación de liberación extraña. El dolor persiste de manera intermitente. Cuando aparece, la punzada es insoportable, peor que un calambre; pero luego viene el alivio y puedo respirar de nuevo. Vuelvo a la vida, a la realidad y a la reunión de tráfico semanal de todos los lunes con mi equipo de trabajo.

Todos están en mi oficina, esperando que yo abra la boca para hablar sobre las prioridades de la semana. Todos, excepto Diego, que aún no entra por esa puerta. Quién sabe si estará renunciando para devolverse a Londres con la medalla del honor restablecido y vivir el cuento de hadas que tanto soñaba, al lado de su amada.

—Esta semana voy a tratar de estar disponible para cualquier pregunta que tengan, pero de antemano, les aviso que mi prioridad es el *pitch* de Sugarbeat —digo.

—Yo puedo montar las campañas en el *adserver* y mandar los *tags* con las órdenes de compra a los medios —dice María Paulina.

—Yo tengo acceso al correo electrónico de Connie y a las carpetas del servidor; por ahora, me puedo encargar de cualquier requerimiento de sus clientes —agrega Yamile.

—¿Van a buscarle reemplazo a Connie? —me pregunta Jorge—. Si es así, yo puedo ponerlo en Linkedin para que empiece a circular por mi red.

—Sí, porfa, Jorgito, se lo agradecería y esto va para todos. Pónganlo en sus estados de Linkedin, de Instagram, de Tinder, en la puerta de la casa, en el parabrisas del carro… mejor dicho, en donde sea; necesitamos llenar ese puesto rápido.

Una vez socializadas sus listas de pendientes, Yamile, María Paulina,

Antonio y Jorge retornan a sus respectivos escritorios para comenzar su semana de trabajo. Yo intento hacer lo mismo, así que pongo mis dedos sobre el teclado para escribir el primer *email* del día que, justamente, va para Diego; y, de todas las cosas que todavía me quedan por decirle –la mitad no tan buenas–, me limito a confirmarle que el archivo del *forecast* y el calendario de la semana están actualizados.

Enviado el *email*, me levanto de mi puesto con la intención de ir a la cocina por café, pero la visión de un ramo de rosas rojas con un sobre blanco que viene hacia mi oficina me detiene.

—¿La señorita Manuela Franco? —me pregunta el mensajero, sosteniendo el ramo en sus manos.

—Sí, soy yo —contesto, temblando de rabia. Solo espero que no sean de Diego, ni de Ximena, ni de nadie que tenga que ver con esa familia. No quiero empezar la semana armando un escándalo ni sacando a gritos al pobre mensajero que solo está cumpliendo con su trabajo—. ¿Quién manda eso?

—No sé, a mí no me entregan esa información, solo la del destinatario. ¿Me regala una firmita de recibido aquí? —me dice, extendiéndome una planilla con mi nombre y depositando el ramo encima de mi escritorio.

Supongo que no tengo más remedio que firmar para que el mensajero pueda irse a terminar su recorrido.

A través de las paredes de vidrio de mi oficina, miro a María Paulina quien, a su vez, me devuelve la mirada, alistándose para contener mi reacción. Respiro profundo y tomo el sobre blanco que contiene la tarjeta, anticipando el último de aquellos «mensajitos sorpresa» con los que me engañó el sábado, haciéndome creer que la bondad era una de sus cualidades.

«Para el amor de nuestras vidas…» reza el mensaje en la cartulina blanca que saco al abrir el sobre. Respiro aliviada y conmovida; puedo reconocer la hermosa caligrafía de Dominique.

Le doy la vuelta a la cartulina sin poder contener las lágrimas; es una foto en blanco y negro de la última fiesta de Navidad de la agencia en donde estamos los cuatro abrazados y sonrientes, Dominique, María Paulina, Sebastián y yo.

«…de los amores de su vida. Juntos, lo tenemos todo.» dice el resto del mensaje escrito sobre la foto.

Levanto la mirada una vez más y encuentro a Sebastián al lado de María Paulina, ambos me mandan besos desde su cubículo. Yo se los devuelvo, apretando la foto de mis amores contra mi pecho.

¿Quién necesita uno cuando puede tener cuatro?

Llegada la hora del almuerzo y, en vista de que Diego no aparece por la oficina, me decido por la segunda mejor opción, ir hasta el almacén de Beatriz González Camargo con la bolsa de ropa que había sacado de allí.

—Pero… ¿cómo así que me los vas a devolver?, ¿no te habían gustado? —me pregunta una desconcertada Beatriz al verme entregarle la bolsa.

—Sí, todos son hermosos, es solo que… —digo y respiro profundo—, las cosas no se dieron. De los cinco solo me puse el azul oscuro, supongo que no querrás recibirlo así, pero es demasiado costoso para mí. ¿Será que podemos negociar el precio?

—Todos los vestidos están pagos. Diego arregló conmigo…

—No, Beatriz… yo no quiero nada de él. Yo estoy dispuesta a pagarte el enterizo, pero necesitaría que negociáramos el precio o que me des plazo para pagártelo. En este momento, no tengo los medios económicos para costearlo y… no fue idea mía adquirirlo, en primer lugar.

—Dime Triche, por favor y… la verdad… estoy confundida. Cuando Diego habló conmigo, me dijo que eras la mujer de su vida y quería celebrar…

—La mujer de su vida llegó de Londres el sábado —le digo, interrumpiéndola de la forma más respetuosa posible. El *shock* en el rostro de Beatriz es instantáneo—. Mientras yo estaba aquí midiéndome estos maravillosos vestidos, él seguramente estaba recibiendo a su novia en el aeropuerto.

—Manuela… no sé qué decirte… no lo puedo creer —dice, sin salir de su asombro.

—Yo sí lo puedo creer, Triche, pero no voy a agobiarte con los detalles. De mil amores me quedaría con el enterizo, a mí me encantó. Lástima que, además de mi falta de presupuesto, sería un recordatorio diario de lo mucho que confié… y de lo estúpida que fui. Más que una cuestión de orgullo se trata de mi dignidad y eso es algo que tú, como mujer, puedes entender.

Sin más preguntas o explicaciones, Beatriz me recibe los vestidos, incluyendo el enterizo, prometiéndome que no le cobraría un peso por ellos a Diego. Una semana después, llegaría a mi apartamento una elegante caja con las icónicas iniciales «BGC» y en la que encontraría un fascinante traje de la nueva línea ejecutiva que planea lanzar para la temporada otoño/invierno. El traje vendría acompañado de una tarjeta firmada por ella, con un mensaje escrito a mano en su extraordinaria letra cursiva:

«Que este sea un recordatorio de lo mucho que vales y lo increíble que eres. Quiero que lo lleves puesto todos los días; me refiero al amor por ti misma; el traje, lo puedes dejar para las ocasiones especiales. Te quiero, Triche».

Salgo del almacén con la tranquilidad del deber cumplido. Era apenas justo saldar las cuentas y deshacerme de los recuerdos de aquel día, empezando por los materiales. Del dolor, la rabia y la decepción se encargará el tiempo en su infinita sabiduría. Mientras eso sucede, haré lo posible por seguir adelante con mi vida y mis propósitos, empezando por almorzar así sea un combito de hamburguesa, papas a la francesa y malteada de fresa; no es lo más saludable, pero ¡ey! ¿quién tiene ganas de contar calorías con un corazón que late a medias? Además, el olor de las papitas fritas es irresistible, podría decir que lo siento agarrarme del cuello de la camisa y arrastrarme hacia el interior del restaurante en donde me siento desmayar de la ansiedad por comer.

Salgo del restaurante con el almuerzo en la mano y me detengo en la esquina, antes de doblar hacia el edificio de la agencia, pensando que valdría la pena tomarme quince minutos adicionales para sentarme sobre el pasto del Parque de la 93 y comer con calma, pero más tardo en dar el primer paso que en arrepentirme, esta semana es, quizá, la más difícil del año y no empezó precisamente con el pie derecho. Tal vez me rendiría más si me dedico a trabajar de lleno durante estos días antes del *pitch* para pedir vacaciones luego; así podré descansar todo lo que quiera, ojalá en un lugar soleado, frente al mar.

***

La agencia de medios BrandsMedia me salvó hace cinco años cuando la vida sin Diego me parecía insoportable. Si bien, no alivió el dolor por completo, lo hizo más llevadero; dulcificó mis recuerdos para no envenenarme con ellos, transformó el dolor en nostalgia y eso fue más que suficiente para querer salir adelante de cualquier dificultad, por complicada que pareciera.

BrandsMedia me dio un trabajo y en él, encontré una razón para perseguir una meta cuando había perdido la brújula, la fe en mis proyectos, el simple placer de respirar.

Paradójicamente, la misma BrandsMedia lo trajo de vuelta, me lo impuso como colega, me condenó a verlo todos los días de la semana justo cuando pensaba que jamás volvería a saber de él y su imagen solo existía en mis sueños.

Trudy me lo advirtió una vez. «Cuidado con lo que sueñas, porque corres el riesgo de que se te cumpla». Yo soñaba, en aquella época, con ser directora digital y, en el fondo, también soñaba con volver a amar.

Ambas cosas se cumplieron, me ascendieron a directora y me volví a enamorar de Diego; el problema es que... pedí el deseo incompleto. Debí haber incluido en el pedido que mi amor fuera correspondido.

La mañana del miércoles se ha pasado volando, una reunión tras otra y mi lista de pendientes no hace más que crecer junto con la longitud de mis nervios y la sensación de vacío en mi estómago que no se decide entre el hambre o las ganas de comer.

Llego a la dispensadora de chucherías de la cocina, ilusionada con una de esas barritas de cereales y nueces recubiertas de chocolate, solo para estrellarme con la cruel realidad de que la máquina está fuera de servicio.

—Yo te haría el favor de ir a La Tiendita, si no estuviera tan ocupada como tú, Mani. Tengo una pila de órdenes para meter en el sistema que da miedo —me dice María Paulina al confirmarme que su dosis personal de Chocoramos está en su nivel más bajo, es decir, en cero—. ¿Por qué no bajas a McAdams y atracas la máquina de allá? Y de paso me traes algo.

—No, ¡qué pena que me vean por allá gorreando mecato!

—Yo prefiero morirme de pena y no de hambre.

La voluntad de atender los deberes jamás será tan fuerte como un estómago vacío. En contra de mis prevenciones, bajo a la oficina de McAdams, el poderoso brazo creativo de nuestro grupo de agencias y que, además del edificio, comparte con nosotros algunos de los clientes más prestigiosos del país, entre ellos la marca de automóviles AGM y el Banco de las Américas.

La manada de diseñadores gráficos, *copywriters* y directores de arte me ve atravesar el piso entero de su oficina como una bala que llega directo a la cocina, en donde encuentro la tan anhelada máquina dispensadora llena de las barritas de cereal por las que mataría a cualquiera que se atravesara... incluyendo a Felipe.

—¡La falta de educación de esta juventud es increíble! ¡Pasan por el lado y ni saludan! —bromea, haciéndome estrellar contra su pecho en su afán por bloquearme el camino hacia la máquina.

—No me busques que me encuentras. Tengo el hambre alborotada y una reunión en media hora, no respondo por mis actos en estas condiciones —le contesto con humor, tratando de esquivarlo.

—Si tienes hambre, ¿qué haces aquí?, ¿nos viste cara de bodega o qué? —me dice, dejándome pasar hacia la máquina.

—Pues sí, ya que los abastecedores de las máquinas nos han arrojado al pozo del olvido. La nuestra lleva dos semanas dañada mientras a ustedes los consienten con galletitas de quinua y *brownies* veganos de chocolate, ¡qué tal la grosería! como si nuestra plata no valiera —digo, pasando mi tarjeta débito para pagar las barritas de cereal.

—¿Quieres *smoothie*? —me pregunta mientras saca de la nevera una caja de yogur y del congelador, una bolsa de arándanos azules.

—No, gracias. Me tengo que ir —le respondo, mientras me agacho para meter la mano por la ranura y sacar las barritas que acabo de comprar.

—Me toma dos minutos hacer el batido y en dos minutos es mucho lo que podemos chismosear, ¿sí o qué?

—A mí no me gusta el chisme —le digo en broma.

—No te gusta, te fascina —dice, sacando la licuadora y depositando el yogur y los arándanos en el vaso—. ¿Cómo van con el *pitch* de Sugarbeat?, ¿ya casi salen de eso?

—El jueves. Para eso es la reunión que tenemos ahorita, para ensayar la presentación.

—¿El jueves? O sea, mañana —dice Felipe y en seguida siento como si un chorro de agua fría me bajara por la nuca.

—¡Ay, mierda! sí, mañana es jueves. No, Feli, me tengo que ir.

—¡Ey! ¡Espérate! Deja esos afanes, mujer, ¿no has escuchado el dicho? Del afán solo queda el cansancio. Igual, yo sé que te va a ir bien en esa presentación. La vas a sacar del estadio, como siempre —comenta, mientras activa la licuadora para preparar el *smoothie*—. Mañana empieza «Cine al parque», ¿vas a ir?

—No sé. Todavía no he visto la programación y después de la oficina pienso irme, pero a dormir —le contesto, abriendo el empaque de una de las barras de cereal con las que planeaba distraer el hambre de media mañana.

—¿Así de aburrida te has vuelto?

—¡Imagínate! y eso que no has visto el historial de los videos que veo en YouTube; está lleno de tutoriales para aprender a tejer a dos agujas. Estoy a un paso de convertirme en mi abuela.

—Y ¿qué quieres tejer?

—No sé, lo que me sirva para pasar el tiempo y controlar mi adicción a las bufandas. Supongo que, si aprendo a hacerlas, me sale más barato que comprarlas.

—Tú y tus bufandas —comenta Felipe mientras apaga la licuadora y sirve el *smoothie* en dos vasos—. Aquí en el Parque de la 93 van a poner una pantalla. Si te animas... me avisas.

Debería decirle que sí, que saliéramos de la oficina mañana y viéramos una película bajo el cielo y sus estrellas. Debería dejar que me besara otra vez, que me acariciara el pelo y me hiciera reír con otra de sus anécdotas locas como la del día que le ayudó a un amigo a montar un colchón en el techo del carro solo para que se largara a llover tres cuadras después de salir del garaje.

Debería. Pero temo que, tal como les pasa a los tejidos que han sufrido daños irreparables, mi piel ha perdido la sensibilidad, mi corazón se ha vuelto indiferente y ha tomado la decisión ejecutiva de limitarse a cumplir su función básica de bombear sangre al resto de mi cuerpo, que apenas se recupera de la aplanadora sentimental que le pasó por encima el sábado.

—Yo te aviso, Feli. Gracias por el *smoothie*. ¿Te importa si me lo llevo? En serio, tengo que volver a la oficina.

—Te lo puedes llevar si te comprometes a devolver el vaso y… a venir a visitarnos para tener el placer de verte de nuevo —dice, haciendo una broma que remata con un guiño coqueto.

Hasta la parte de devolver el vaso, iba bien.

Computador portátil y *smoothie* en mano, entro a la sala de juntas en donde Rafael y Roberto me esperan impacientes para el ensayo del temido *pitch*, cuya inminencia empieza a remover mis tripas.

—Ya llegó la primera. ¿En dónde está el resto? —me pregunta Roberto.

—No sé, ¿Diego no ha llegado?

—¿Lo ves aquí? —insiste molesto por haberle respondido con otra pregunta.

—Ahí viene Trudy —dice Rafael, mirándome preocupado.

—Que pena la demora. Estaba hablando con la hermana de Diego —dice Trudy tan pronto atraviesa el quicio de la puerta y en un tono que me cuesta interpretar.

—¿Qué le pasó?, ¿se le pegaron las cobijas otra vez? —le pregunta Roberto, escalando la hostilidad.

—No se le pegaron las cobijas, está enfermo —le responde y yo me timbro al instante—. La hermana vino a traer la excusa médica.

—¿Qué tiene? —me apresuro a preguntar con el corazón

hundiéndose en mi estómago.

—Según lo que ella me dijo, cayó en una crisis de depresión el domingo.

—¿Depresión? ¡La excusa que faltaba! —exclama Roberto sin ocultar su escepticismo—. ¿De qué podría deprimirse un tipo como Diego que lo tiene todo?

—¿¡Y qué sabes tú de la vida de Diego para que hables así!? ¡No seas ignorante! —le contesto airada.

—Manuela, este no es el momento —me responde Rafael, con cautela.

—Es cierto, yo no tendría por qué saber de la vida personal de Diego a menos que esté interfiriendo en su trabajo y si ese es el caso, voy a tomar medidas. Si Diego no está en capacidad de ejercer las funciones mínimas de su cargo y liderar los nuevos negocios de esta agencia, allá afuera hay mil personas haciendo fila para reemplazarlo —sentencia Roberto, haciendo sus típicos despliegues de autoridad fascista.

—Eso no es justo, Roberto; Diego ha hecho mucho por…

—Manuela, yo no tengo tiempo para discutir algo que, a la larga, ni siquiera te incumbe. Arranquemos de una vez con el ensayo de la presentación.

Intento concentrarme en la reunión, aunque podría verme la palidez en el rostro si estuviera frente a un espejo. Hago lo que puedo por controlar el temblor en mis manos, las siento frías al explicar las diapositivas proyectadas en la inmensa pantalla que domina la sala de juntas.

Al escucharme, Roberto parece reafirmarse complacido en sus convicciones. Según él, si puedo manejar el *pitch* de mañana yo sola, no necesitamos a Diego; pero si no cumplo con las expectativas, serán dos las cabezas que rueden y ahora me doy cuenta de la verdadera dimensión de nuestros errores. Diego y yo jugamos peligrosamente a dominar el fuego, creyendo que el placer de estar juntos lo justificaba todo y nos ponía por encima del bien y del mal. ¡La arrogancia!

—Trudy, Roberto no puede estar hablando en serio. No es justo que BrandsMedia le dé la espalda a Diego de esta manera, eso lo devastaría.

—Yo sé, Manu, no te preocupes. Yo me encargo —me dice, entrando decidida a su oficina para recoger su bolso.

—¿Para dónde vas? —le pregunto, entre la confusión y los nervios.

—Voy a hablar con Diego, no hay de otra.

—Tru, no… él no está en condiciones de asumir esa carga, lo único que vas a lograr es…

—Tranquila, yo solo voy a visitarlo para saber cómo está y para lo único que le voy a mencionar el *pitch* es para que sepa que nosotras dos lo vamos a presentar, que no tiene nada de qué preocuparse. Confía en mí, yo lo resuelvo.

—En ese caso, yo voy contigo. Recojo mi bolso y salimos.

—Manu, es mejor que te quedes y estudies una vez más la presentación. Yo voy a reemplazarlo en la reunión de mañana, pero tú fuiste la que trabajó esa estrategia con él, vas a tener que asumir el liderazgo esta vez.

Yo asumo lo que sea, pero voy contigo. Es a mí a quien necesita ver.

***

Salgo del carro de Trudy y levanto la mirada hacia el imponente edificio desafiando mi propia decepción, mi rabia, mis ganas de empujarlo una y otra vez y mandarlo a la mierda, no sin antes asegurarme de que… está bien y sigue respirando. Doy un paso al frente y me detengo al ver una camioneta que se parquea cerca de la esquina.

Esa camioneta, la reconozco.

—¿Qué hace Roberto aquí? —le pregunto a Trudy.

—Quiero ver si tiene los pantalones para decirle a Diego, en su cara, lo que nos acaba de decir en la sala de juntas. Yo, por mi parte, no estoy dispuesta a trabajar al lado de alguien que es capaz de articular en palabras tantas estupideces juntas —me responde, mirando a Roberto mientras se acerca y asegurándose de hablar en un volumen alto para que él la escuche.

—Aquí estoy, ¿no estás satisfecha? O ¿también necesitas el *bullying* para sentirte bien contigo misma?

Después de abrir las pesadas puertas de vidrio del edificio, nos acercamos al portero quien, con amabilidad, accede a anunciarnos a través del citófono.

¿De parte de quién?

—De Trudy, Roberto y…

—Señor, ¿usted nos puede decir si hay alguien con él? —me apresuro a intervenir, interrumpiendo a Trudy.

—La mamá se fue hace un rato, pero arriba queda la señorita Emilia y una muchacha alta, a ella todavía no le distingo el nombre.

Si seré idiota.

—Y la muchacha alta… ¿cómo es? Además de alta.

El portero me mira desconcertado, intuyendo que se puede estar metiendo en un lío de faldas sin comerlo, ni beberlo.

—Pues… ¿qué le digo yo? Es… mona, blanca… muy bonita ella.

Mi nivel de estupidez y masoquismo no tiene límites ni conoce fronteras. Solo a mí se me ocurre pensar que su novia no estaría a su lado en una crisis como esta. No contenta con haber caído en la trampa con la que me hirieron el sábado, regreso por más para darles el gusto de verme destruida.

No pasa mucho tiempo para bajar la mirada hacia ese punto de no retorno entre la vergüenza y la derrota. Llegó la hora, para mí, de dejarlo ir.

—¿Sabes qué, Tru? Yo creo que los tres somos multitud, vayan ustedes dos.

—Pero… ¿no dijiste que…?

—Olvídate de lo que dije, tenías razón. Es mejor que me devuelva para la oficina a estudiar bien el *pitch*. Nos vemos allá.

—Manuela, tú no estás bien, te ves pálida. Vete para tu apartamento, necesitas descansar —dice Trudy. Como respuesta, levanto la mirada hacia Roberto, buscando refuerzos.

—Es una orden —me contesta Roberto—. Más tarde te mandamos el computador con Willy. Mañana nos vemos en el *pitch*.

***

De mis épocas de consagrada cantante de Transmilenio y otros buses endemoniados, aprendí que los nervios no se controlan con la respiración, se controlan con el movimiento. Debe ser por eso que llevo media hora caminando de un lado a otro en la sala de juntas, repasando la presentación en mi memoria mientras sostengo un termo con té caliente para ahuyentar el frío en mis manos.

La sola idea de llevar el peso de esta responsabilidad sobre mis hombros me marea. Diego y yo habíamos planeado esta presentación por tanto tiempo que ahora me asalta la duda de poder lograrlo sin él. No solo mis manos están frías, mi espalda se siente fría, a pesar del saco de lana gris que llevo puesto debajo del *blazer*.

—¿Todo bien, Manu? —me pregunta Trudy, entrando a la sala de juntas.

—Sí, claro. ¿Cómo les terminó de ir ayer? —le pregunto, tratando de disimular el mareo.

Trudy se me acerca para mantener la conversación privada, sabiendo perfectamente que mi verdadera pregunta es «¿cómo está Diego?»

—Nos aceptó la visita y, teniendo en cuenta que no ha querido ver a nadie más, supongo que nos fue bien.

—Pero... él no está bien —afirmo, completándole la frase.

Trudy niega con la cabeza, anticipando mi reacción. Me quiero morir.

—Solo te puedo decir que... vi a un hombre muy diferente al que he conocido en estos casi seis meses.

—¿En qué sentido?

—No se parece en nada al tipo sociable, extrovertido y asertivo que hemos conocido en la oficina. Roberto quedó pasmado.

—Y... ¿qué hablaste con Diego?

—Si responderme con monosílabos cuenta como hablar, pues sí. La única frase completa que pronunció fue que vendría a hacer la presentación.

—Esa no era la gracia, Tru. Diego se debe estar sintiendo presionado por no cumplir con las expectativas y eso puede ser peor.

—Él ya planeaba venir, Manu. La hermana me dijo que empezó los antidepresivos el lunes con la intención expresa de venir a hacer la presentación. De todas maneras, ella piensa que no harán efecto sino hasta la otra semana, así que... lo más probable es que no vuelva a la oficina hasta que no se haya estabilizado.

El mareo me gana, debo recostarme a la pared de vidrio de la sala de juntas para sostenerme. No es normal que sienta esta urgencia incontrolable de verlo, de sentarme a su lado, de agarrar sus manos y prometerle que todo estará bien, siendo él mismo el motivo de mi profunda tristeza.

—Fresca, aquí estamos todos en esto. Yo voy a presentar la parte de Diego, tú concéntrate en prenderle fuegos artificiales a esa estrategia, ¿te parece? —me dice Trudy al verme afectada, haciendo mi mejor esfuerzo por seguir de pie a pesar del mareo que se intensifica.

Esto va más allá de unos simples nervios, es como si... me hubiera comido algo podrido, puede que sea mi propio rencor haciéndome indigestión.

—¿Trudy? Los clientes de Sugarbeat ya están aquí, Roberto viene con ellos —dice Celina, nuestra recepcionista, al asomarse a la sala de juntas.

—Vale, gracias, Celi.

—Ya vengo, Tru —digo y, prácticamente, salgo corriendo al baño con la excusa de retocarme el maquillaje frente al espejo.

En realidad, llego a... pegarme una vomitada monumental que había estado reprimiendo desde que salí del apartamento. Mis músculos abdominales no me dan chance de respirar, contraen mis entrañas con tal fuerza que debo sostenerme con ambas manos en las paredes del cubículo para no caerme encima de la taza del inodoro.

Salgo del cubículo cubriéndome la boca con el dorso de mi mano mientras me seco la frente con la otra envuelta en papel higiénico. Me miro al espejo y la palidez en mi rostro podría iluminar la ciudad entera en una noche de apagón.

Y mientras el departamento de mercadeo de nuestro cliente Sugarbeat se reúne en la sala de juntas, yo estoy a punto de desmayarme sobre el lavamanos. Por primera vez en una presentación y en mi carrera… tengo miedo.

Luego de unos minutos, respiro profundo y me cepillo los dientes.

Respiro profundo y me retoco, con manos nerviosas, el maquillaje.

Respiro profundo y salgo del baño rumbo a la sala de juntas en donde los veo a todos sirviéndose café y tomando asiento.

Respiro profundo y lo veo a *él*. A Diego, entrando a la sala de juntas. Un poco más delgado, con los ojos hundidos, la mirada caída y una tímida sonrisa que le cuesta dibujar por la incertidumbre de no saber qué clase de expresión le devolveré.

Alicaído, como nunca lo había visto antes… pero vivo.

Respiro profundo y le devuelvo una mirada compasiva que no me sostiene por más de un par de segundos, con la excusa de darle la bienvenida al grupo y empezar, de manera oficial, la presentación que resulta ser todo un éxito.

A pesar de su visible estado de fragilidad, Diego brilló con su elocuencia.

—Todavía no lo creo. Yo no pensé que fuera a venir. Roberto y yo le insistimos que se enfocara en recuperarse. ¿Qué tal lo viste? —me pregunta Trudy, una vez salimos del edificio para invitarme un café y hablar con tranquilidad.

Luego de la presentación, Roberto y Diego salieron con los clientes para despedirlos en el *lobby* del edificio. Yo esperaba hablar con él cuando regresara, al menos para preguntarle cómo se sentía, pero Celina me confirmó que había salido con Roberto en su camioneta.

—Tenías razón, definitivamente no es el mismo y, aun así, puedo reconocerlo —le contesto.

—Sigues pálida, ¿segura que no quieres irte a descansar? Tú has trabajado mucho todas estas semanas, te lo mereces —me dice, mientras alista su billetera para pagar los dos capuchinos que acabamos de pedir.

—Ganas no me faltan, pero todavía quedan muchos pendientes y no podemos darnos el lujo de tener dos enfermos en la unidad digital. Gracias por el ofrecimiento y por preocuparte por mí, Tru. Todo va a estar bien, te lo aseguro.

Trudy me mira compasiva, al tiempo que hace la transacción en el datáfono.

—Manu, no tienes que responderme esta pregunta si me estoy metiendo en lo que no me importa, pero... ¿pasa algo entre ustedes dos?

—No, nada —le contesto, rehuyéndole la mirada—. Es desafortunado que justo esta semana él haya tenido esa crisis y yo esté sobrecargada y cansada, pero... no está pasando nada. ¿Por qué?

—El solo hecho de que intentes negarlo, me lo confirma.

No me atrevo a mirarla. Fallé miserablemente en el intento de mantener mi vida laboral y personal separadas.

—¿La novia te dijo algo? —le pregunto, mientras recibo el capuchino de manos de la barista.

—No mucho. Nos recibió con amabilidad, eso sí. Nos ofreció café y, en lo poco que hablamos mientras Diego salía de la habitación, nos dijo que él no debió haberse venido de Londres. Prácticamente le echó la culpa de lo que estaba pasando a Bogotá.

—¿A Bogotá? —pregunto extrañada, casi ofendida.

—Según ella, Bogotá está llena de demasiados recuerdos tristes para Diego y, tal vez, lo mejor para él sea vivir en otra parte, en un lugar soleado.

Como Barcelona. Por eso Diego nunca compró los tiquetes para Londres. Ese no era el plan.

—Yo sí lo presentía, ¿sabes? —agrega Trudy.

—¿Qué cosa? —insisto, mientras ella recibe el capuchino y me hace señas para que nos sentemos en la terraza del café.

—Esto es secreto de confesión, Manu. No puedes contárselo a nadie, ni siquiera a María Paulina.

—No te preocupes, Mapi y yo no somos tan amigas —digo con algo de ironía que alivie la pesadez de la profunda decepción que sigo sintiendo.

—Yo le había propuesto a Diego que me reemplazara como vicepresidente de nuevos negocios para poder tomarme un año sabático.

—¿En serio? ¿Y qué pensabas hacer en ese año?

—Fotografía artística —responde y por la decepción que escucho en su voz, no fui la única afectada en esta tormenta—. Iba a darme la oportunidad así fracasara en el intento, pero parece que no voy a poder ni siquiera intentarlo.

—¿Diego te dijo que «no» cuando le hiciste la propuesta?

—Digamos que el «sí» que me dio no fue muy convincente. Al principio, me dijo que necesitaba pensarlo bien. Yo le pregunté de frente si tenía algo en remojo en Barcelona y, aunque me lo negó, ahora me doy cuenta de que solo estaba siendo diplomático.

Trudy se toma el capuchino sin dejar de mirarme y ahora entiendo por qué me trajo hasta acá y me confió ese secreto haciéndome jurar discreción, quiere que me prepare para ser la única directora de la unidad digital.

No debería sorprenderme. Palabras más, palabras menos, eso mismo trató de decirme Diego en París, que no iba a permitir que me quedara sin trabajo y yo de imbécil pensé que lo hacía por sacrificado. ¿De dónde salió ese hombre calculador y frío que ahora desconozco? ¿Estuvo siempre ahí y no me di cuenta?

De regreso a la agencia, me encuentro con Ángela, la coordinadora de recursos humanos, quien me da la noticia de que Diego acaba de llamarla para pedir una semana adicional de incapacidad. Una semana más que tendré que hacer un esfuerzo extra, sin saber si después podré pedir vacaciones, ni descansar. Si no fuera porque lo acabo de ver enfermo, con mis propios ojos, diría que esto raya en sevicia.

Finalizo el día dejando algunas tareas pendientes. No puedo más. Apago mi computador y salgo de la oficina en dirección al restaurante Crepes & Waffles en donde compro una ensalada antes de dirigirme al Parque de la 93, en donde se extiende un amplio lienzo blanco entre dos postes para proyectar la película con la que inauguran la primera temporada de «Cine al Parque» de este año.

Camino despacio entre las *bean bags* que se van ocupando poco a poco por los espectadores frente a la inmensa pantalla y debo admitir que el plan me está empezando a llamar la atención. Lo más probable es que llegue al apartamento a ver pendejadas en alguna de las suscripciones de *streaming* que tengo –y que debería reducir a su mínima expresión por aquello de ahorrar para la pensión en mi vejez–, por lo que valdría la pena quedarme y contemplar alguna obra de arte audiovisual respetable, así sea para presumir de erudita después.

Me acomodo a mis anchas en una de esas *bean bags*; es un milagro que no haya una sola nube en el cielo, se podrían ver las estrellas con mayor nitidez si el resplandor de las luces de la ciudad no las opacara.

Gracias, Dios por mi ciudad que tiene plan hasta para superar una tusa amorosa. Contrario a lo que *otras personas* dicen, mi ciudad es linda, lo tiene todo. Quien no quiera estar aquí, es libre de irse.

—¿Queda espacio o me figuró sentarme en el pasto? —me pregunta Felipe quien llega rato después con su morral en la espalda y dos cafés en la mano.

—Pensé que te había avisado demasiado tarde —le respondo, haciéndole espacio a mi lado y recibiéndole el café cuyo calor me reconforta con solo sostener el vaso portable entre mis manos.

—Que poca fe me tienes —dice mientras se acomoda—. ¿Cómo te fue en el *pitch*?

—Nos fue súper bien. Y ¿a ti?, ¿cómo te fue hoy?

—Todavía me está yendo —dice, sacando de su morral una bolsa plástica un poco abultada.

—¿Tienes que volver a la oficina?

—No, quiero decir que… mi faena aún no termina. Me retrasé un poco porque tuve que ir lejos para conseguir algo que te quería traer —-dice, entregándome la bolsa.

—Y esto ¿qué es? —le pregunto extrañada.

—Averígualo.

Abro la bolsa sin dejar de mirar sus expectantes ojos negros que no quieren perderse ningún detalle de mi reacción.

—¡Eres el colmo!, ¿también te preocupa que gaste demasiada plata en bufandas? —bromeo, al descubrir en la bolsa una madeja de lana roja y dos pares de agujas largas para tejer—. Y ¿por qué cuatro agujas? Solo se necesitan dos.

—Exacto —dice y toma uno de los dos pares de agujas—. Se necesitan dos para empezar a tejer algo juntos, no importa lo que salga. Hasta ahora, tú y yo llevamos una amistad, pero puede ser un suéter, una bufanda… una relación seria, lo que sea, pero empecemos algo. Yo, por mi parte, quiero empezar con que seas mi novia.

Si tan solo supiera.

Si supiera, entendería que no estoy lista, que necesito tiempo para sanar mis heridas y reencontrar la capacidad de ilusionarme, la capacidad de confiar.

Pero… ¿cuándo carajos voy a estar lista?, ¿cuántas horas, días, meses, años me costará olvidar? Y ¿por qué diablos lo tengo que hacer sola?, ¿por qué no dejo que alguien entre a mi corazón y saque a Diego de una vez por todas?

Le sonrío, reteniendo mis lágrimas y me inclino para besarlo.

19
UNA CANCIÓN DE LOS BEATLES

DIEGO

Roberto parquea su lujosa camioneta frente al edificio donde vivo, desprende sus manos del timón y las pone sobre sus piernas, sin saber qué hacer con ellas.

Es normal que tampoco sepa qué decir, pocos hombres de su generación vienen programados para simpatizar con las debilidades de otros hombres, en especial si son jóvenes y, como yo, están esperando el primer chance de reemplazarlos.

—Pensé que la orden había quedado clara, Diego. Trudy y yo queríamos que te quedaras en casa recuperándote, no que llegaras hoy a hacer la presentación.

—Créeme que la presentación me sirve más que el frasco de antidepresivos que me recetaron.

—¿Te los estás tomando?

—Sagradamente, todos los días, según las instrucciones.

—Además de tiempo para descansar, ¿qué necesitas? Lo digo en serio, Diego —insiste. Me lo ha repetido como disco rayado desde que me monté a la camioneta. Si la depresión no me mata, definitivamente lo hará él con su persistencia.

Persistencia de la buena, debo admitirlo. Si algo le agradezco a Roberto es haberme traído, no solo a mi apartamento si no de vuelta a mi país, a mi profesión y a Manuela.

—No te preocupes, yo tengo todo lo que necesito. El lunes vuelvo a la oficina.

—Por primera vez no estoy hablando de la oficina, ni de los clientes o el *forescast*… ¡al carajo el *forecast*! Estoy hablando de ti, de lo que tú necesitas…

—Trudy no debió haberte traído ayer. Estás peor que mi mamá.

—Yo sí le agradezco que me haya traído para darme cuenta de la clase de ignorante que soy. Yo no me estaba tomando en serio tu… —dice y se interrumpe, moviendo las manos en círculos sobre el volante del carro como si quisiera sacar a la fuerza las palabras que no encuentra en su limitado diccionario afectivo.

—Enfermedad. La depresión es una enfermedad y puede llegar a tener consecuencias graves, si no se trata como se debe —intervengo para ayudarlo a completar la frase.

—No quise trivializarla y si lo hice, te pido disculpas. Jamás se me pasó por la mente que un tipo como tú, que lo tiene todo, pudiera sufrir de depresión. Yo pensaba que, para deprimirse, uno necesitaba… no sé, haber sufrido traumas graves, haber sido secuestrado o ir a la guerra.

—Yo sufrí traumas graves en mi infancia que dejaron de notarse cuando los golpes dejaron de hacerme moretones, pero también hay personas sin traumas, aparentemente felices que se deprimen. Cada uno de nosotros libra su propia guerra por dentro, Roberto. El problema es que seguimos siendo pocos los que estamos dispuestos a aceptarlo.

—Gente aparentemente feliz. No me quería dar por aludido. Cuando veo en el celular, el nombre de mi hijo Tomás, me emociono. Pienso que me está llamando para contarme cómo le ha ido, qué materias está viendo en la universidad, si le gusta la carrera que escogió o si, simplemente tuvo un buen día. Pero ¡qué va! El berraco solo me timbra para pedirme tres cosas: plata, el carro o que lo recoja cuando la policía lo agarra manejando borracho.

» A veces me provoca castigarlo y luego, me doy cuenta de que… eso fue lo que yo sembré en él. Yo los crie con esta idea rara que caló en mi generación, de que uno debía esforzarse por darles a los hijos lo que uno nunca tuvo. Yo usé esa mentalidad para llenarlos de todas las cosas materiales que pude, pero rara vez llegaba a la casa para cenar con ellos, para leerles un libro antes de acostarse o ir a sus competencias de natación. Yo me esforcé trabajando para cubrir en la superficie el vacío que terminó colapsando nuestra vida familiar desde adentro —dice y suspira cansado—. No me estoy justificando, solo estoy aceptando lo mucho que debo aprender y lo que me falta hacer por mí mismo.

—Nunca es tarde para empezar y mejor si se arranca de cero.

—No sé, Diego. Yo no creo que pueda comenzar de cero, mis pecados no se borran con mis aciertos. Yo siempre he dicho que la gracia tampoco es amanecer un día convertido en una persona distinta, es actuar distinto a pesar de seguir siendo, en esencia, la misma persona.

Afirmo con la cabeza, cruzando mis manos sobre mis muslos para disimular el temblor en ellas.

—¿La terapia y los medicamentos están funcionando?

—Sí. Pueden demorarse un poco, pero funcionan.

—Tómate la semana de incapacidad completa.

—No puedo, Roberto. No soy capaz de dejar a Manuela engrampada con todo el trabajo que hay, ella también necesita descansar.

—Yo me ocupo de eso, hazme caso —dice y se queda mirándome, inquieto—. Espero que sepas que conmigo puedes contar para lo que sea.

—Yo sé, ¿por qué me lo dices?

Roberto se encoge de hombros, duda por un momento mientras se mira sus propios dedos golpeando suavemente el timón de la camioneta.

—Yo sé que Bogotá no es el lugar ideal para vivir y me imagino lo mucho que te afecta el hecho de estar lejos de tu novia. Créeme que jamás me atrevería a interferir en una decisión de pareja, pero si hay alguna forma de negociar tu permanencia aquí, tú ya sabes que podemos arreglarlo, Diego. Yo no quiero perder un talento como el tuyo en la agencia solo por negligencia mía.

—¿Qué te hace pensar que yo tengo planes de irme?

—La pregunta sería, *quién*. Tu novia nos dijo ayer que Bogotá te sentaba mal y que, probablemente lo mejor para ti era irte a algún lugar soleado.

Perfecto. Como si no tuviera suficientes problemas.

—Pues, empecemos por aclarar que ella ya no es mi novia.

Luego de desmentir las dudas que Ximena sembró en su conversación con ellos ayer, Roberto se despide reiterando su compromiso de ayudarme. Yo le correspondo agradeciéndole y pidiéndole que se ayude a sí mismo y de paso, a su familia.

Salgo del ascensor rumbo a mi apartamento con la corbata en la mano, desabrochándome los botones del cuello de la camisa en mi desespero por respirar. El traje de fino algodón que llevo puesto se parece más a una armadura de hierro macizo de la que me quiero deshacer cuanto antes, a riesgo de ahogarme aplastado bajo su peso.

Manejar la depresión es una lucha constante por moverte cuando lo que tu voluntad te pide es rendirte y limitarte a ver pasar las horas acurrucado en una esquina oscura, con los brazos tendidos en el piso.

La visita a la oficina me hizo bien, no tuve dificultades para hacer la presentación, fue como un sueño. A pesar de esta pequeña victoria, sigo sintiendo como si caminara en los zapatos de otra persona y hablara en un idioma desconocido. Falta mucho tiempo y paciencia –y el efecto de los medicamentos– para salir de este traje incómodo y volver a ser yo mismo.

No hablé con Manuela, ni me despedí de ella; ahí me rajé. La simple acción de saludarla y sostenerle un cruce básico de frases fue difícil. Salí apresurado, asustado de ver el reflejo de mi fragilidad en sus ojos. Jamás habría querido que me viera así, perdido, insignificante, pusilánime. Desafortunadamente, esa será la imagen que recordará de mí de ahora en adelante.

Y para rematar, las rosas rojas en su oficina. Lo nuestro ni siquiera se ha dado por terminado y ya tiene quien le mande flores.

Supongo que esta es la última lección sobre el amor que me faltaba aprender, la famosa renuncia. Aceptar que ninguno de los caminos que he intentado me conduce a la persona por quien entregaría hasta la voluntad de respirar, porque ni siquiera se trata de entregar nada de mí mismo, sino de soltar aquello que una vez quise con todas mis fuerzas, se quedara para siempre.

Abro la puerta de mi apartamento agradeciendo haber llegado completo, solo para encontrar a Ximena discutiendo con Emilia en la sala. De nuevo.

—¡Por Dios, gatico! ¿¡Y esa cara!? —exclama Ximena acercándose a mí, alarmada. Es la primera vez que me ve así. El año pasado, cuando volvimos, yo ya estaba recuperado; hacía muchos años había dejado los medicamentos y las terapias habían terminado.

Sé que ha venido todos estos días al apartamento porque escucho su voz, pero salvo Emilia, la doctora Lopera, Roberto y Trudy, nadie más ha entrado a mi habitación a verme.

—Es la única cara que tengo. ¿Qué haces aquí? —le pregunto, dejándome caer en el sofá que ahora le da la espalda a la ventana de la sala. Emilia lo cambió de lugar con ayuda de la doctora Lopera para bloquearme el camino.

—Te lo he dicho mil veces, Ximena, esto no es un capricho de Diego.

La misma doctora Lopera dijo que él necesitaba responder al tratamiento antes de hablar con ustedes. Nada te cuesta esperar hasta que él esté listo.

—Gracias, Emilia, pero tú no eres nadie para decirme cuándo puedo o no puedo ver a mi novio.

—Que sea la última vez que le hablas así a Emilia —le reclamo a Ximena, tajante—. Yo no quiero ver a nadie, ¿qué tan difícil puede ser entender eso? —agrego, odiando mis palabras y lo mucho que me cuesta abrir la boca para articularlas.

—Muy difícil, para que sepas. Estoy preocupada por ti y si estás enfermo, la que debería estar aquí cuidándote, soy yo.

—Claro, porque lo único que te importa es imponer tu voluntad. Lo que él quiera es irrelevante a menos que sirva para tus intereses.

Ximena frunce los labios justo antes de contestarle a Emilia, reprimiendo una respuesta airada que la meta en problemas conmigo.

—Diego, yo estoy sacrificando una oportunidad única en mi vida profesional para estar contigo y ahora que estoy aquí, dispuesta a jugármela a tu lado, no me quieres ni ver. Yo lo siento mucho por ti, pero una cosa es que estés pasando por una crisis de depresión y otra muy distinta es que quieras deshacerte de mí… ¡otra vez!… y si eso es así, vas a tener que darme una buena razón para que me largue. Es lo mínimo que merezco.

Escucho las palabras de Ximena fijándome en la pared y eso la saca de casillas; ella cree que no la miro a propósito cuando lo único que intento es controlar mi respiración y reprimir el fuerte impulso de levantarme del sofá y tirarme a un precipicio. Hubo un tiempo en el que Ximena era mi soporte, mi superficie estabilizante, mi apoyo; pero ahora, es ella la que me empuja al vacío.

Emilia me trae un vaso de agua como excusa para situarse frente a mí y preguntarme con la mirada si quiere que saque a Ximena de un empellón. Ahí está pintada mi hermana. En su estado natural, Emilia es tan apacible como un estanque de ranas en un día nublado; el peligro es que la provoquen para que las ranas se conviertan en pirañas hambrientas.

Emilia y Vikram han sido los únicos que me han acompañado desinteresadamente desde que la pesadilla empezó, hace cinco años. Emilia parece entenderme y conectarse conmigo de una forma especial. Como yo, ella siente el peso de ser el bicho incomprendido de la familia. Ambos cabemos en el molde del apellido, pero no nos ajustamos del todo.

Emilia optó por el camino de la academia y la ciencia, una decisión que nunca caló del todo en mi mamá por considerarla «aburrida» y de ñapa, «masculina». Mi pobre hermanita menor resistió con estoicismo las frecuentes comparaciones con Eliana y su instinto natural de liderazgo empresarial; o con su gemela Emma quien, gracias a su pasión por la moda, el maquillaje y las redes sociales, se convirtió en el último grito de la «feminidad» al que mi mamá aspiró para sus hijas.

Gracias a su fuerza interior, Emilia nunca cedió. Ella sacó adelante el tipo de mujer que siempre quiso ser, desarrollando una sensibilidad única que ha sido mi salvación.

Solo a ella puedo mirar a los ojos en un momento como este, mientras le recibo el vaso de agua que me ofrece, dándole a entender que estoy bien; ningún reclamo de Ximena podría ser superior a mi voluntad de hacer lo correcto esta vez.

Emilia entiende el mensaje, aunque blanquea los ojos y suspira en desaprobación.

—Voy por un café —dice resignada, tomando su chaqueta y cruzando su cartera a lo largo del torso—. Ahora vuelvo —agrega y más que una afirmación, suena a una advertencia hacia Ximena, a quien le dedica una mirada desafiante antes de salir.

—Lo primero que quiero saber es… ¿de quién fue la grandiosa idea de mandarle esa foto a Manuela? —pregunto y Ximena se tensa al instante. Podría ver la hilera de sus perfectamente alineados dientes presionarse unos con otros a través de la piel en sus mejillas.

—¿Cuál foto?

—Tú debes saber. No te hagas la tonta a estas alturas.

—¡No seas cínico, Diego! ¿Eso es lo que te duele?, ¿que Manuela te haya visto abrazando *a tu novia*? Dime, ¿se lo ocultaste todo este tiempo o es de las que les importa un pito meterse con alguien que ya está en una relación seria?

—Y supongo que eso justifica que te hayas tomado el trabajo de averiguar el celular de Manuela para mandarle una foto en vez de confrontarme a mí.

—¡No me cambies el tema, Diego! Aquí no estamos hablando de…

—No, yo no estoy cambiando el tema, eres tú la que se está yendo por las ramas. Todavía no me has respondido ¿quién carajos le mandó esa foto a Manuela?

—¿Perdón?, ¿de cuándo acá ella es la víctima? ¡Lo que faltaba! Que le saliéramos a deber.

—«Le saliéramos», entonces fue un crimen colectivo, entre Eliana y tú, supongo.

—Si lo que querías era volver con Manuela ¿por qué no me lo dijiste? ¿Por qué no me terminaste y me mandaste pa'l carajo cuando estabas en Londres en vez de jugar conmigo!

—Yo no estaba jugando contigo, yo intenté construir de nuevo una relación, quise enamorarme de ti, pero eso no funciona así y tú lo sabes.

—¡Eres tú el que nunca ha querido amarme! Y no me vengas con ese cuento con el que siempre sales, que el amor no es meritocrático, porque cualquiera enterraría en el olvido a una mujer que hizo lo que te hizo Manuela.

Intento responderle, pero en ese punto, no me queda otra opción que guardar silencio y reconocer mi derrota. No hay excusa que defienda lo indefendible y tampoco tengo fuerzas ni ánimos para contradecirla o buscar un argumento que tenga sentido para ella.

—¿Vas a seguir mirando a la pared e ignorándome? Eso no te va a funcionar. De aquí no me voy sin que me digas ¿qué es lo que a mí me ha faltado para que seas feliz a mi lado?

—No te ha faltado nada, tienes razón, es culpa mía. Yo ni siquiera sé lo que quiero y lo único que he logrado tratando de averiguarlo es hacerte daño con mis desaciertos. Sigo siendo el único culpable de todos mis errores y tal vez la solución sea esa, terminar con todo y quedarme solo.

—Nada de esto estaría pasando si no insistieras en tu maldita obsesión con la vieja esa que, a la larga, nunca ha hecho nada por ti. Dime, ¿en dónde está ella en este momento? Si ella te amara estaría aquí a tu lado, luchando por ti, mereciéndose su lugar en ese pedestal tan alto en el que la has puesto, correspondiendo ese amor inmenso que tú sientes por ella. Si ella te amara y estuviera aquí, yo no tendría ningún problema con quitarme de en medio y desaparecer. Yo sobreviví perderte una vez, lo podría hacer de nuevo; pero esa es la diferencia entre ella y yo, mientras ella te abandona, incluso en el día más importante de tu vida, yo estoy aquí, contigo, dispuesta a ayudarte a salir de cualquier situación difícil que estés atravesando, como siempre lo he hecho.

—No hables así que no tienes idea de lo que estás diciendo. Tú siempre has ayudado a mi familia, no a mí. Yo he salido de mis depresiones por mis propios medios y con el apoyo de Emilia y Vikram, tú nunca has estado ahí y si quisieras ayudarme a salir de esta oscuridad, no estarías aquí pasándome la lista de reclamos.

—¡¿Cómo quieres que te ayude si ni siquiera me dejas?! Eres tú el que piensa que a mí solo me interesa casarme contigo cuando lo único que te he pedido es que me trates con un poquito de dignidad y me abras tu corazón. Yo a ti nunca te he fallado, Diego. Yo nunca te he herido, jamás he roto una promesa y, salvo la vez que me acosté con Keneth por despecho, nunca te he sido infiel y jamás, ¡jamás! habría salido corriendo en el hipotético día de nuestra boda.

—¿Esa es tu mejor defensa?, ¿hacerme la lista de todas las cosas en las que eres mejor que Manuela? Con señalar y juzgar los errores de Manuela no vas a lograr que yo la ame menos a ella y te quiera más a ti. El único consuelo que te puedo dar, en este momento, es aceptar mi responsabilidad por lo que ha pasado, aceptar que soy yo el que no sirve para un carajo, el que se desprecia por no hacer lo correcto desde el principio. Fue a mí al que traicionaron las personas que decían amarme y querer lo mejor para mí, mi propia familia. Fui yo el que no supo entregarse por completo para tener una segunda oportunidad contigo o con Manuela, el que se quedó paralizado en la indecisión por miedo a perderlas, el que no supo definir sus sentimientos a tiempo, el que olvidó el principio básico de la lealtad y ahora soy yo el que está pagando las consecuencias.

» Al menos tú puedes salir de este apartamento con tu frente en alto señalando el rostro del culpable. Puedes volver a Londres o a Barcelona a seguir con tus planes de vida y con tu carrera; puedes encontrar a alguien que te ame porque sigues siendo hermosa, maravillosa y admirable. Yo, en cambio, soy el que se queda aquí encerrado en la oscuridad, solo, luchando cada minuto por su vida, sin razones para reír. Soy yo el que se queda tomando pastillas para dormir, para comer, para no sucumbir ante el deseo de morir… porque eso es lo único que quiero en este momento. ¡¡Yo me quiero morir!!

En una labor titánica, logro despegarme del sofá y caminar hacia mi habitación cerrando la puerta tras de mí. Ximena se queda en el apartamento hasta que Emilia vuelve; lo sé porque alcanzo a escuchar a Emilia entrar después de un rato y cruzar un par de frases con Ximena antes de quedarme dormido, bajo el efecto de los medicamentos que, a juzgar por los resultados del día de hoy, se han convertido en mi única esperanza de volver a ver la luz… algún día.

***

La alarma del celular suena, son las siete de la mañana. Da lo mismo abrir los ojos o mantenerlos cerrados, la habitación sigue tan oscura como el fondo de una caverna.

Con dificultad, estiro la mano hacia la mesa de noche para apagar la alarma y encender la luz. Sigue siendo una tarea ardua, aun cuando solo implica mover los dedos en la pantalla del celular.

—¿Qué haces despierto tan temprano? —me pregunta Emilia al verme salir de la habitación hacia el baño.

—Necesito cambio de pañal —bromeo y Emilia se ríe genuinamente, desplegando en sus mejillas el par de hoyuelos que los cuatro le heredamos a mi mamá. La marca de los Ospina.

Su risa me hace sonreír a mí también y esa es otra buena señal; poco a poco regreso a la vida, gracias a ella, mi hermanita menor.

Aquella horrible madrugada, Emilia sacó su carro del garaje y llegó a mi apartamento tan pronto como pudo, aún en pijama y con los pies descalzos. Se me enfría la espalda de solo pensar en los semáforos en rojo que tuvo que haberse volado para llegar a tiempo. Mientras manejaba, insistió en continuar la llamada. Me pedía constantemente que hablara, que contara hasta cien, que cantara lo que fuera con tal de sacar de mi mente la idea de acercarme a la ventana.

Me encontró acurrucado en el piso de la sala, con la espalda contra el sofá y los brazos alrededor de mis piernas. El sudor frío bajaba a chorros por mi frente, mezclándose con las lágrimas que corrían por mis mejillas.

Por fortuna, me quedaban algunos medicamentos en mi mesita de noche, de los que me había prescrito el doctor Crane durante mi viaje a Londres. No logré pegar el ojo hasta el lunes, aunque tampoco se podía decir que estuviera despierto. Permanecí acostado en mi cama, envuelto en las cobijas, mirando a ninguna parte, pensando en nada.

El martes desperté con dolor de cabeza y la voz de Emilia anunciándome que la doctora Lopera estaba en la sala. No recuerdo muy bien lo que hablé con ella, pero sé que repetí demasiadas veces el nombre de Manuela.

—Ya hablé con tu mamá, tu hermana Eliana y tu novia para que no vengan a visitarte, por ahora. Yo creo que con la prescripción que te mandé es suficiente; lo único que me faltaría sería hacerte una nueva incapacidad por una semana más, pero te la mando con el mensajero apenas llegue al consultorio. El estrés del trabajo anularía todo lo que estamos intentando...

—¿Incapacidad? —pregunté con pesadez, como si fuera la primera vez que escuchara dicha palabra.

—Sí, para que en la agencia sepan que no vas a ir esta semana

—intentó decir Emilia.

—Yo tengo una presentación el jueves... ¿Qué día es hoy?

—Diego, tú no estás en condiciones de presentar... —replicó Emilia.

—¿Qué día es hoy? —insistí con la mirada autocrática que ella, mejor que nadie, conoce.

—Hoy es martes, pero la doctora dice que...

—Doctora, ¿no tiene algo más fuertecito por ahí que me recete?

—No, Diego, lo siento. Yo no estoy aquí para avalarte un comportamiento que considero inadecuado para tu recuperación. Mi recomendación es que sigas el tratamiento que te mandé y te quedes en casa descansando.

—Gracias, doctora. *Milly bear*, ¿me ayudas a poner la alarma? Necesito despertarme el jueves a las seis de la mañana.

Era cierto, yo no estaba listo para salir a la calle, pero tampoco podría vivir conmigo mismo defraudando a mi equipo, mucho menos a Manuela. Si algo me quedaba de autoestima, estaba empeñado en utilizarlo para salir de la cama el jueves y llegar a la oficina para hacer la presentación a la que tantas horas le habíamos dedicado y de la que dependía la permanencia de ambos en la agencia. Al menos, la de ella.

Y lo logré. A punta de querer lo mejor para ella, lo logré.

Esta semana tampoco ha sido fácil para Emilia, pero su voluntad silenciosa es tan firme como una columna de mármol. Ella, como jefe de investigación y procesos, debería estar en su oficina con su equipo de trabajo, sacando adelante el prototipo de la próxima revolución tecnológica para el tratamiento de agua potable; un proyecto que mejoraría la vida de muchas comunidades en el mundo que sufren de su escasez. En cambio, está aquí conmigo, trabajando remotamente sobre el improvisado escritorio que ha armado en la isla de mi cocina y, más que vigilar mis movimientos para que no intente cortarme las venas con una cuchara de palo, envenenarme con queso podrido o dinamitarme la cabeza con una maratón de chistes flojos de Sábados Felices, espera con paciencia el momento en el que yo me sienta listo para hablar.

Y a veces, es lo único que necesito, hablar y ser escuchado; no que me digan qué hacer con mi vida, ni que me echen en cara los supuestos sacrificios que han hecho por mí.

—Emma acaba de aterrizar en Los Ángeles desde Tokio. Va a tomar el primer avión que sale mañana. Me está preguntando si viene directamente acá cuando llegue.

Afirmo con la cabeza. Llevo meses sin ver a Emma; ahora más que nunca, necesito el colorido de su alegría.

—¿Qué estaban discutiendo Ximena y tú ayer, cuando llegué de la oficina? —le pregunto. Emilia me mira impasible mientras se toma un sorbo de café en su taza favorita de Rick and Morty.

—Nada en especial. No se quería dejar echar por las buenas y… tú ya sabes cómo me pongo cuando me inspiro.

—De las aguas mansas, líbranos, señor.

—Te mandó a decir que este fin de semana va a estar en la casa de mi mamá, por si quieres hablar con ella. Dijo que estaba arrepentida, que se dejó llevar por el despecho, la rabia, la angustia y un largo etcétera.

En algún momento tendré que subir a hablar con ella. La peor diligencia es la que no se hace —concluyo mientras me concentro en las dos cajas con los cuadernos que el investigador le entregó a Eliana, y que aún yacen al lado del sofá.

—¿Quieres que las guarde?

—¿Has leído algo de ahí?

—No. ¿Hay algo que deba leer?

—Sí. Emma y tú, pero todavía no estoy listo.

—Cuando lo estés. No hay afán —dice y se toma otro sorbo de café antes de seguir tipeando en su computador portátil.

Vuelvo a la cama y no salgo de allí hasta la hora de la cena. Emilia me espera en el comedor con una lasaña que no me pasa de la garganta y una invitación a caminar que no me apetece aceptar. Me acuesto de nuevo, sin anhelos de despertar.

—Diego, mi amor —dice la voz de mi mamá, antes de posar su mano cálida sobre mi frente, haciéndome sentir, por un instante, que el tiempo ha retrocedido y soy de nuevo un niño al que le chequean la fiebre.

La habitación sigue oscura y mi mente, en blanco. Me duele la cabeza.

—¿Qué quieres? —le pregunto mientras reviso la hora en mi celular. Ya es mediodía del sábado.

—Que comas. Necesitas hidratarte, al menos —dice y caigo en cuenta de que he dormido más de quince horas seguidas y aún no siento hambre.

—¿Dónde está Emilia?

—La mandé a su apartamento, mi amor. Ella también necesita descansar.

Sigo inmóvil en la cama, mirando al vacío de la oscuridad. Mi mamá sale de la habitación y vuelve al poco rato con un plato de caldo de pollo en una bandeja. El aroma me seduce, por lo que me siento y tomo la cuchara de la mano de mi mamá quien estaba lista para paladearme.

Empiezo a comer en silencio. Mi mamá se levanta de la cama y camina hacia la ventana para abrir las cortinas.

—Ni se te ocurra…

—Pero hijo…

—No.

Ella desiste y regresa a mi lado mientras yo enciendo las luces de la habitación y gradúo la intensidad a través del celular.

—¿Cómo te sientes? —me pregunta con cautela.

—Por ahora, creo que necesito un analgésico para el dolor de cabeza —le contesto, después de tomarme las tres últimas cucharadas de caldo que me caben en el estómago.

—Ya te lo traigo. ¿No vas a terminarte el caldito?

Niego con la cabeza. Mi mamá suspira resignada y sale de la habitación con la bandeja en la mano, para regresar luego con un vaso de agua y una cápsula de ibuprofeno.

—¿Emma llegó? —le pregunto.

—El vuelo se retrasó y perdió la conexión. Se va a quedar en Houston esta noche para tomar el próximo avión, mañana por la mañana.

—Todo ese esfuerzo de regresar… solo por mí —digo, después de tomarme el ibuprofeno.

—En este momento, no hay nadie más importante en esta familia que tú, mi amor. Todas estamos aquí, para ti.

—¿Puedes hacerme el favor de dejar de intentar arreglar mi vida? Cada vez que lo haces, me hundes más.

—No estoy aquí para arreglar tu vida, sino para sacarte de la oscuridad y asumir mi responsabilidad en todo esto. Todo lo que ha pasado es mi culpa, ahora lo sé.

***

La Calera. Cinco semanas atrás.

Con indignación escuchó el memorial de agravios; primero de Ximena, quien la llamó para desahogar su decepción por mi viaje a París; y luego de Eliana que, airada, culpaba a Manuela de todos mis males. De atrevida, buscona y descarada no la bajaba.

—Ella lo único que quiere es engatusar a Diego de nuevo y no va a descansar hasta no verlo vuelto añicos. Esa vieja lo que necesita es un buen escarmiento.

—Ninguna de nosotras va a rebajarse a hablar con Manuela Franco. Con el que voy a hablar es con Diego para recordarle que tiene novia, por si acaso se le ha olvidado.

—De eso que se encargue Ximena, mami, ella es la que tiene que defender su relación con él; pero a Manuela, esa déjemela a mí.

—Ni se le ocurra acercársele. Olvídese de que Manuela existe y atienda usted misma su propio consejo, deje que Ximena resuelva su relación con él —le dijo, pero a último minuto decidió no hablar conmigo y dejar las cosas así. Pensó que lo único que conseguiría sería triangular el problema entre ella misma, Eliana, Ximena y yo.

Tarde se daría cuenta de que «no hacer nada» en una situación de conflicto, no necesariamente significa su resolución. Al contrario, lo que hizo fue ceder el espacio para que alguien más actuara movida por la ira y su muy particular instinto sobreprotector.

Confiada en que Eliana le haría caso una vez más, como siempre lo había hecho, mi mamá dejó el asunto en las manos de Dios y siguió buscando y consultando referencias de psicólogos en la ciudad para empezar nuestras terapias a mi regreso de Londres. Cuando entrevistó a la doctora Lopera, sintió que había dado con la persona correcta y le pidió recomendaciones de libros y páginas de internet para conocer más a fondo la depresión y la ansiedad.

Las lecturas parecían resonar con ella, pero no de la forma que esperaba. No le gustó darse por aludida cuando veía que las raíces de dichos problemas siempre parecían apuntar a las mismas personas, a los padres y en especial, a las madres. Se sintió confundida, atacada, frustrada. Convencida de que había hecho lo correcto siempre, de que su lucha constante por sacarnos adelante había sido suficiente, decidió que iría a la primera sesión solo para probar y allí hablaría lo que estimara razonable, pero no permitiría que la juzgaran por no ser la madre perfecta.

No se imaginó, sin embargo, que nuestra terapia terminaría en confrontación al destaparse su responsabilidad en mi boda fallida con Manuela. Ella no estaba preparada para enfrentar mis reclamos y, al tratar de defenderse, terminó zanjando una brecha aún más profunda entre nosotros.

Terminada nuestra discusión, llamó a la doctora Lopera

para agendar una cita más, esta vez, sin mí. Necesitaba respuestas.

Aquel sábado, mientras yo preparaba mi sorpresa para Manuela, mi mamá leía en el estudio de su casa uno de los libros que la doctora Lopera le había recomendado, pero sería interrumpida por Eliana quien llegó con las dos cajas de información que el investigador le había entregado y acompañada de Ximena.

—Mami, tenemos que hablar. Si lo que Diego quiere es apartarse de esta familia, va a tener que asumir la responsabilidad y las consecuencias que le corresponden. Yo ya me cansé de cargar sola con todo esto.

***

—Y con relación a Manuela, parece que Eliana le consiguió una entrevista de trabajo «a ciegas» con uno de sus amigos que ahora es gerente de marca de Sugarbeat.

—Gabriel —digo, sin necesidad de pensarlo demasiado.

—Creo que es él. En todo caso, el escarmiento que resolvió darle era alejarla de ti con una propuesta demasiado buena para rechazar; pero Manuela, que no tiene un pelo de boba, se dio cuenta y la buscó para reclamarle. Según lo que Eliana me contó, le dijo que te dejara en paz porque era a Ximena a quien amabas —dice mi mamá a quien me cuesta reconocer en ese rostro y en esa voz que me habla. Es como si la viera por primera vez.

Mi mamá hace una pausa larga esperando alguna respuesta mía, algún gesto, pero yo solo puedo clavar mis ojos en los suyos, como si esperara que sangraran. De todas las preguntas que tengo para hacerle, la única que puedo articular es la que más le va a doler en lo profundo de su inconmensurable amor de madre.

—Yo… ¿qué le hice a Eliana para que me traicionara de esa manera?

—Mi amor, yo sé que estuvo mal, pero tu hermana jamás lo hizo con la intención de hacerte daño…

—No, pues, dile que gracias por sus intenciones —le respondo, sin reprimirme un solo gramo de ironía—. Con que le hiciera daño a Manuela era suficiente y así yo no sintiera nada por ella, eso no se le hace a nadie. ¡¿Cómo vienes aquí a tratar de justificar algo que, a todas luces, está mal?!

—Diego… hijo… yo no sé qué decirte. Yo siempre traté de criarlos a ustedes para que fueran unidos, para que se cuidaran los unos a los otros, para que pusieran a la familia primero, por encima de cualquier cosa o de cualquier persona y esa ha sido la motivación de Eliana en todo esto, protegerte.

—El fin no justifica los medios, mamá. Tú no puedes esperar que yo acepte eso como un argumento para perdonar a Eliana.

—No digas eso, mi amor, yo jamás me imaginé verme en esta situación, dividida entre dos de mis hijos.

—Tú no estás dividida entre tus hijos, tú tomaste partido por Eliana desde el principio y ahora vienes acá a confesarme todo cuando el daño está hecho y no hay nada que hacer.

—¡Eso no es así! Yo misma le advertí que no fuera a hablar con Manuela.

—¡Tú no me dijiste a mí lo que Eliana estaba tramando! ¡Ahora ni siquiera me puedo sentir traicionado sin sentirme, al mismo, un imbécil al que todo el mundo le manipula la vida sin darse cuenta!

El llanto agobia a mi mamá antes de que pueda responderme. Quisiera tener algo amable para decirle, quisiera ser generoso y abrirle los brazos si no tuviera tantos reclamos pujando en fila para salir a la superficie.

—Avísame cuando puedas hablar. Todavía no he terminado.

Mi mama me confirma con la cabeza, haciendo un esfuerzo enorme por recomponerse mientras se seca las lágrimas.

—La llegada de Ximena no fue coincidencia.

Mi mamá asiente y se mete la mano al bolsillo para sacar un par de pañitos faciales con los que termina de secarse las lágrimas que siguen corriendo por sus mejillas. Yo la espero con paciencia hasta que respira profundo y me mira a los ojos, lista para seguir.

—No quiero volver a ver a Eliana, a menos que le pida perdón a Manuela.

—Yo, personalmente, hablaré con Manuela.

—Si vas a hablar con ella, que sea para responder por lo tuyo, pero Eliana debe hacer su propio acto de contrición.

—Eliana no lo va a hacer. Yo me encargo.

—¿Te das cuenta? Hasta en eso estás de su lado. Prefieres seguir poniendo la cara por Eliana antes que exigirle que haga lo correcto.

—Yo no puedo obligar a Eliana a hacer algo que no quiere.

—Entonces no hagan nada, ninguna de las dos. Dejen en paz a Manuela y a mí también. Hagan de cuenta que no existo o que esto le pasó a otro, no a mí, como dijo Eliana en tu casa.

—Diego, por favor, escúchame. En este momento, lo que más necesitamos es…

—No, ya no *necesitamos*; no me metas a mí en ese plural. De ahora en adelante, lo que yo *necesito* es que me dejen quieto, por lo menos hasta que sepa qué rumbo le voy a dar a mi vida. Tanto hicieron por recuperar a Ximena que lograron perderme a mí y mientras Eliana solo quería desquitarse de Manuela, a ti te ganó la arrogancia de creer que, porque eras mi mamá, sabías mejor que yo lo que me convenía y en ese intento, por poco me destruyes —le digo con la amargura de la decepción.

—No me digas eso, Diego. Tú eres mi hijo. Si a ti te pasa algo, yo me muero.

—Yo no voy a ser la causa de tu muerte, no te preocupes. Tú eres mi mamá y yo te sigo amando, pero voy a seguir vivo por y para mí mismo. Quiero vivir y ser la persona que siempre he querido ser, no «el hombre de la casa» que siempre viste en mí y para eso, voy a tener que alejarme de ti por un buen tiempo.

Mi mamá cubre sus lágrimas con ambas manos. Una vez más, la someto al peor de los castigos que podría recibir de un hijo, la distancia y la indiferencia.

No tenía planeado ir a su casa hoy, pero decido pedirle que me lleve una última vez con la condición de que me traiga a Bogotá al día siguiente, en vista de que todavía no me siento seguro para manejar.

Además del aire puro del campo, necesito cerrar una conversación que todavía me queda pendiente.

✳✳✳

«A nadie le hace falta lo que nunca ha tenido» solía decir mi mamá cuando le pedíamos algo que estuviera lejos de nuestro alcance. Y por mucho tiempo esa fue mi filosofía. El desapego.

Ese mismo desapego me llevó lejos, es innegable. Nada que considerara significativo sucedía porque no me imaginaba que mis días se pudieran llenar de algo más que de ocupaciones relacionadas con la empresa familiar y una que otra distracción pasajera. Mi relación con Ximena funcionaba más como una simbiosis, ambos intercambiábamos beneficios y los sentimientos que nos unían estaban mediados por el interés de sacar adelante una empresa. Los amigos iban y venían sin sentimentalismos y, salvo la tía Rosario, a quien sigo recordando como si la hubiera enterrado ayer, nadie más me resultaba indispensable, hasta que llegó Manuela.

Me engañé fácil al principio, pensando que ese fuego que Manuela encendía en mí era solo lujuria; después de todo, con ella he disfrutado el mejor sexo de mi vida. Una vez más, volví a subestimar mis propios sentimientos por no conocerlos bien, por pensar que jamás podría volver a confiar en ella o sentir lo que sentí por ella antes de faltar a su promesa de llegar al altar.

Solo hasta hace poco, durante una de las tantas sesiones de lluvia de ideas que hicimos en la agencia para la presentación de Sugarbeat, me di cuenta de lo equivocado que estaba y de lo simplista que había sido mi visión hasta entonces. En esa sesión, Rafael habló de la palabra «hogar», que viene del latín *focus* que significa «fuego», y explicó que tenía que ver con «el lugar alrededor del cual la familia se reúne». Ese día entendí que mi mamá y mis hermanas eran mi familia, pero con Manuela experimenté algo distinto por primera vez, la calidez de lo que nunca tuve realmente, un «hogar».

No era el fuego de la lujuria lo que Manuela encendió en mí, era el fuego del hogar y después de haberlo sentido, no quise dejarlo apagar, ni alejarme de allí.

Ahora que la perdí, la calidez de su alma me seguirá faltando siempre y aunque la sensación de estar incompleto persista, al menos ya soy consciente de lo que me falta, sé con exactitud qué es, lo puedo llamar por su nombre.

Yo quiero vivir, pero voy a tener que aprender a aceptarme así, con mis vacíos, mis grietas y mis costuras, porque ellos hacen parte de lo que soy, tanto como mis aciertos y mis fortalezas.

***

Una corriente de aire frío atraviesa el *gazebo* en el jardín de la casa de mi mamá, arrastrándome al presente. Permanezco sentado allí, viendo el sol que se oculta en el horizonte, pintando el cielo en un degradé de rojos, naranjas y amarillos, como si fuera la última de sus despedidas.

Fue esa misma visión la que nos animó a los cinco a comprar esta casa y, por ende, a darle la bienvenida a una nueva vida. Por primera vez, en mucho tiempo, mi mamá, mis hermanas y yo vimos, en ese horizonte colorido, nuestros sueños realizados.

La pesadilla de la pobreza había terminado.

—¿Quieres que te prepare un Chai? —me pregunta Ximena, quien entra al *gazebo* abrazándose a un chal gris de lana para resguardarse del frío.

—No. Así estoy bien, gracias. Ya casi entro a la casa.

Ximena se sienta a mi lado y pone su mano sobre la mía.

—¿Está bien si me siento aquí contigo o… prefieres que me vaya?

Respiro profundo, tratando de robarle a este aire fresco, un poco de serenidad.

—Ximena, yo no tengo autoridad moral para reclamarte lo que pasó con Keneth o el haber planeado con Eliana desquitarte de Manuela, en mi nombre.

—Gatico, yo sé que me equivoqué y lo siento. Yo solo lo hice por…

—Por favor, déjame hablar, puede que esta sea la última vez que quieras que te dirija la palabra —insisto con calma—. Yo no tengo autoridad moral para hablarte de honestidad y lealtad porque fui yo el primero en traicionar ese acuerdo básico de cualquier relación entre dos personas. Yo te fui infiel física y emocionalmente y me arrepiento de haberlo hecho. Lamento no haber manejado las circunstancias para honrar todo lo bueno que sí hubo entre nosotros. Por eso y por todas las veces que me escondí como un cobarde detrás de mis confusiones e indecisiones, te pido perdón.

—Todo está perdonado. Yo también me dejé llevar con Keneth por rabia, por celos, por querer desahogarme. No debí haberlo hecho, yo debí confiar. Yo también aprendí mi lección y te prometo que no volverá a suceder. Lo importante es que sigamos adelante con un acuerdo nuevo.

—No, Xime… yo no vengo a acordar nada, ni puedo seguir contigo en una relación que no va para ninguna parte. Yo no voy a poder darte lo que quieres y lo que te mereces como pareja, cualquier intento… sería uno más para hacernos daño.

—Tú dices que no vamos para ninguna parte y míranos, por fin, estamos abriendo nuestro corazón y hablando de nuestros verdaderos sentimientos; para mí, eso es llegar lejos. Aunque no lo creas, yo entiendo lo que sientes por Manuela porque es exactamente lo que me pasa a mí contigo. Yo no he podido dejar de amarte, a pesar de todo. Contigo no tengo que fingir nada que no soy, no necesito ocultar mis flaquezas, ni mis temores y tampoco tengo necesidad de inventarme una historia de mis orígenes que no me avergüence. Tú conoces mi vida, tú me haces sentir segura en todo sentido.

—Hacerte sentir segura no es una razón para que me ames, Xime, al contrario, es una excusa para necesitarme, para huir del miedo que te da enfrentarte a la vida sola o darte la oportunidad de conocer y confiar en alguien más. Probablemente, ni siquiera me ames; puede que solo estés apegada a mí y a lo que mi familia representa para ti.

—¿Cómo puedes decirme eso? —me reclama resentida, mientras retira su mano de la mía para guardarla debajo de su chal.

—Tienes razón, yo no soy quién para especular sobre tus sentimientos ni pretendo saber mejor que tú lo que hay en ti; pero, Xime, admitamos que nosotros volvimos más por el deseo de repetir el pasado que por cualquier otra cosa. Tú y yo nos sentíamos tan heridos, tan decepcionados de las expectativas que no se cumplieron en nuestras vidas, que quisimos volver a estar juntos con la esperanza de retroceder el tiempo y regresar a los días en los que fuimos felices.

» Desafortunadamente, esta vez tampoco funcionó porque el ayer jamás se repetirá, aunque haya sido el mejor de los días. Y no es que no sienta nada por ti, yo te quiero y te admiro, eso no lo dudes. Tú siempre has tenido y tendrás un lugar especial en mi vida, Ximena, contigo sentí la confianza y la seguridad de lo que ya conocía, pero tener en común una infancia dolorosa que preferimos no recordar o haber sacado adelante una empresa, no es suficiente para llevarnos a donde queremos. Los dos vamos por caminos diferentes y no vale la pena para ninguno de los dos renunciar a lo que cada uno quiere o sacrificarlo en nombre de un sentimiento a medias.

Ximena permanece en silencio, observando las nubes que arrastra el viento a través del cielo oscuro mientras seca las lágrimas en el contorno de sus ojos.

Las lamparitas LED se van encendiendo a medida que cae la noche, marcando el sendero hacia la casa. Ximena sigue sentada en esa misma dirección, con las piernas cruzadas y las manos debajo del chal. Las luces tenues del *gazebo* se encienden también e iluminan el perfil de su rostro, acentuando su silueta delicada. En condiciones normales, la abrazaría y ambos nos protegeríamos del frío.

—¿De qué sirvió todo esto si solo fue para dejar dos corazones rotos? Tú no estás con Manuela y yo me quedo sin ti —me dice, mirando hacia el horizonte—. Es evidente que nunca tendré lo que encontraste en Manuela, pero creo que puedo vivir con eso porque yo sí quiero lo nuestro, aunque no sea perfecto. Por lo menos es algo bueno sobre lo que podemos construir algo mejor, si nos lo proponemos; y, aunque me esté arriesgando una vez más a que me hieras, de todo lo que podría sentir por ti, seguiré escogiendo el amor, porque para odiarte necesitaría motivos; para amarte, no necesito ninguno.

—Xime, por favor —le digo y, esta vez, soy yo el que toma su mano, por encima del chal. Ella se quiebra en medio de un suspiro, dejando salir las lágrimas que intentaba retener en una demostración de valentía.

—No… por favor, gatico, no me digas adiós. Por lo que más quieras… no aquí, no ahora —me suplica, sin poder reprimir el llanto.

—Tú eres muchas cosas, Xime, eres fuerte. No me necesitas a mí, ni a mi familia para averiguarlo, porque ya lo eres. Inténtalo otra vez en Barcelona o en donde quieras y si no te sale, sigue intentándolo las veces que sean necesarias hasta que salga. No temas sacar tus sueños adelante porque, con tu talento, nunca va a faltar quien se ponga la camiseta por ti, siempre vas a tener a alguien de tu lado, nunca vas a estar sola. Yo me ofrecería, pero no voy a insultarte con una amistad que no querrías de mí y que probablemente sea insignificante, pero si algún día puedo hacer algo por ti, no dudes en llamarme, ahí estaré.

—Gatico, yo no puedo. Ustedes son la única familia que yo he tenido y sin ti… sin ustedes… vuelvo a estar a la deriva. No sabes lo duro que fue para mi luchar sola en esos cuatro años sin ti; te juro que traté de ser valiente, quise dar lo mejor de mí en la escuela culinaria y… en Barren Land llegué tan lejos como pude para sentirme orgullosa de mí misma, pero nada de eso fue suficiente porque no estaban ustedes ahí para darme ánimo y verme triunfar.

—Date a ti misma la oportunidad de brillar con tu propia luz, tú te la mereces. Desde donde yo esté, sé que voy a ver tu resplandor y créeme que te haré saber lo orgulloso que estaré de ti, pero no me escojas a mí, Xime, escoge lo que hay en ti misma que te haga brillar y te haga feliz, porque es a ti misma a la que nunca vas a renunciar. Yo acabo de aprender esa lección con el dolor más grande que te puedas imaginar y casi me muero en el intento. No sigas mi ejemplo, Xime, te lo pido. No te rindas… como yo estuve a punto de hacerlo.

Ximena retira su mano de la mía y sale del *gazebo* negándose a escuchar una palabra más de lo que ella considera mi última declaración de desamor.

Al día siguiente, montaría su maleta en un taxi y regresaría a Londres, decidida a dejarnos atrás. Incluso a su mejor amiga, Eliana.

***

Confieso que nunca me enganchó Pink Floyd. La primera canción de la banda que Manuela interpretó para mí en su guitarra me pareció demasiado triste y lejana. En aquella época, *Wish you were here* no tenía nada que ver conmigo o con mi realidad. Estábamos juntos y nos amábamos, ¿cómo diablos me iba a imaginar que un día anhelaría tenerla a mi lado, si ni siquiera me imaginaba su ausencia?

Cierro los ojos y me concentro en ella; en su cara, su cuerpo, su piel, sus besos; puedo oler el durazno y las rosas en el recuerdo de su perfume. Escucho la canción una vez más para ver su rostro en mi mente y grabar su voz en mi pecho.

Pero esa canción no se parece a Manuela. Su banda favorita son los Rolling Stones, pero desde que nos separamos la primera vez, a mí me sigue sonando a una canción de los Beatles.

Yesterday. El ayer siempre será el mejor de los días.

20
RESPUESTAS DE GOOGLE

MANUELA

El vacío se nota cada día más y no solo en la silla desocupada de su oficina, también se nota en los *emails* que le copian y no contesta. Se siente en las preguntas sobre su regreso que me hacen los demás integrantes del equipo que no sé cómo responder.

Se siente en mi pecho, al que le falta espacio para respirar su ausencia y tiempo para absorber las lágrimas que aún derramo por dentro.

Entro a mi oficina y enciendo el computador mientras me debato entre devolverle a Dominique las tres llamadas perdidas que encuentro en mi celular o seguirlas ignorando. No quiero hablar con nadie, me fastidia abrir la boca.

El computador apenas inicia y lo primero que aparece en la pantalla es la burbuja del *chat* de Sebastián, preguntándome por los detalles de mi cuadre con Felipe, la noche anterior.

—¿Nos viste? —le pregunto.

—Yo estaba dos sillas detrás de ustedes y me tuve que mover; ya van dos veces que te veo en esas, me vas a traumatizar.

Y ahora mi celular timbra. Los amores de mi vida me van a enloquecer.

—Dominique, son las diez y media de la mañana y no he empezado el día. Me van a echar —le advierto una vez contesto la llamada.

—En serio, ¿te cuadraste con Felipe?

—Definitivamente, Sebastián se pasa de *comechismes* —le respondo irritada.

—*Chérie*, ¿estás bien?

No puedo evitar un suspiro de cansancio.

—Tú... ¿al fin, borraste el mensaje de voz que él me dejó esa noche?

—Sí.

—De casualidad ¿lo escuchaste antes de borrarlo?

—No, ¿por qué? —me pregunta y puedo escuchar el sonido de sus uñas contra el escritorio, señal de que la conversación le choca.

—Por nada —contesto resignada—. Hablamos después, tengo un montón de cosas por hacer.

—Manu —se apresura a decir antes de que le cuelgue—, tú sabes que a mí, Diego me vale tres pitos, pero... sería la peor amiga del mundo si no admitiera que alcanzó a preocuparme esa noche. Él no se veía bien; ahora me pesa no haber insistido en llevarlo a su apartamento.

—Y ¿por qué no lo llevaste?

—Por ti. Fue a ti a la que hirieron y, como tu amiga, a mí me correspondía estar a tu lado en ese momento.

Guardo silencio en un intento por acallar los cuestionamientos que me grita mi cabeza para no dejarse ablandar por mi corazón. ¿Por qué diablos sigo pensando en él?

—Manuela, *chérie*... háblame, dime ¿qué tienes?

—Yo sé que él no se merece nada de mí, ni siquiera el tiempo que gaste en maldecirlo, pero... si es cierto lo que yo supongo, que solo quería vengarse de mí, ¿no te parece demasiado raro que se haya deprimido? Eso no tiene sentido.

—Lo que no tiene sentido es que haya sacado la valentía de ir a la oficina a hacer la presentación de Sugarbeat, pero a la hora de darte explicaciones se haga el cobarde y el deprimido. Si lo que pasó esa noche fue un error, como él decía, ¿por qué no te ha buscado para aclararlo todo?

—No sé, Niq, yo no sé cómo funcionan sus depresiones —digo y suspiro con tristeza—. Puede que... él sí haya pensado volver conmigo. Es posible que el plan del *spa*, la ropa y la cena haya sido genuino hasta que... la vio llegar, la miró a los ojos, escuchó su voz... —agrego, a pesar del quiebre en mi garganta—. Seguro se dio cuenta en ese instante de que prefería estar con ella, en realidad. Seguro reflexionó y decidió que su familia era lo más importante y el rechazo de su mamá y su hermana era un precio demasiado alto que no estaba dispuesto a pagar por mí.

Dominique me escucha reprimir el llanto en silencio y espera con paciencia que yo respire profundo para recuperar el aliento que el desconsuelo me roba con cada recuento de los hechos.

—Lo siento mucho, *chérie*. No te imaginas lo que daría porque no sintieras lo que estás sintiendo. Haría lo que fuera por aliviarte ese dolor. Lo único que puedo decirte es… date tiempo, esto no va a ser para siempre. Me preocupa la presión que tienes en la oficina, tú misma te estás exigiendo más de lo que deberías y, con esto… te vas a reventar. Es hora de que pienses en tu bienestar y en olvidar.

—Eso es lo que he intentado desde hace cinco años.

—No tienes otra alternativa que seguir intentándolo. Yo sé que no es fácil, pero por algo debes empezar. Claro que, para serte sincera, no pensé que fueras a empezar por cuadrarte con Felipe. ¿Estás segura de que eso es lo que quieres?

—No, Niq. Ni siquiera empecé.

***

Parque de la 93, Bogotá. La noche anterior.
La ternura del beso que le di a Felipe escaló rápidamente hacia el deseo y por un momento, quise seguir adelante, hasta donde me alcanzara el hilo de la madeja.

No fue el *piercing* en su lengua lo que me obligó a detenerme. De hecho, me estaba haciendo sentir un nuevo tipo de cosquillas en los lugares más insospechados de mi cuerpo con solo besarme el cuello. Me encantaba todo lo que sus caricias despertaban en mí y la seguridad con la que sus manos se deslizaban sobre mi piel sin pedir perdón ni permiso. Sin embargo, llegó el momento en el que, sin explicación alguna, dejé de sentir y empecé a pensar.

—¿Qué pasa? —me preguntó.

—¿Tienes una menta por ahí?

—¡No me jodas! ¿Tengo mal aliento?

—¡No! No, para nada, te lo juro. De hecho, creo que soy yo. Siento el sabor de la vinagreta de la ensalada en la boca y me molesta un poco.

—Estás de suerte —me dijo, mientras sacaba un cuadrito de Halls del bolsillo de sus *jeans*—, este es el último que me queda. De todas formas, dejo constancia de que tus besos son deliciosos.

Y los besos de Felipe eran cálidos, ligeros; su barba me hacía cosquillas en el cuello.

—¿Te parece si solo… vemos la película? —le pregunté y él aceptó, acomodándose en la *bean bag* para dejarme descansar sobre su pecho.

Me quedé en silencio por un largo rato con el oído atento a sus latidos, aunque los míos no parecían seguirles el ritmo.

Los dedos de Felipe recorrían mi brazo izquierdo hasta llegar a mi mano que entrelacé con la suya. Seguía sin sentir nada, excepto la amargura de comprobar lo que le vaticiné a Diego hace poco: «Lo peor para mí sería perder contigo, la última razón que me queda para para desear enamorarme de nuevo». Se lo dije sabiendo que era cierto y anhelando, al mismo tiempo, equivocarme.

Me acomodé para detallar el dragón tatuado en el brazo derecho de Felipe. Viendo la figura con más detalle, pude reconocerla.

—A mis primos también les gustaban Los Caballeros del Zodiaco —dije con una sonrisa nostálgica—. ¿No se siente raro tener estas marcas para siempre en tu piel?

—Al principio sí, se siente raro, pero con el tiempo uno se acostumbra.

—¿Alguna vez te has arrepentido de habértelos hecho?

—No —me contestó y siguió acariciándome los brazos con sus dedos, como si fueran lápices bocetando su próxima historia sobre mi piel—. ¿Tú te arrepentirías de los tuyos?

—¿De los míos? —le pregunto extrañada—. Yo no tengo tatuajes.

—Hay tatuajes que las personas dejan en nosotros que ni siquiera se ven, pero se notan a leguas.

Lo miré una vez más y me levanté de la *bean bag*.

—¿Qué pasó? ¿Dije algo malo?

—Esto es un error, Felipe. Lo siento.

—Manuela, ¿cómo así que un error? Dime, ¿de qué estás huyendo?

—No estoy huyendo, he intentado liberarme, que es diferente; pero nada me resulta —le dije, respirando profundo para tragarme la tristeza—. No sé por qué creí que lo lograría con alguien más sabiendo que eso sería tratar de borrar un tatuaje pintando otro encima, y lo peor es que ni siquiera está en mi piel. Mi tatuaje está en el alma, Felipe, y lo hizo Diego; y pasará mucho tiempo antes de que pueda deshacerme de él… si es que lo logro.

Le pedí disculpas una vez más antes de despedirme y volver a mi apartamento sin la madeja de hilo y con mi corazón igualmente roto.

****

Una semana más que marco en el calendario como un milagro que ha sobrevivido. Sabía que lo iba a resistir, solo me duele que el amor haya escogido justo mi corazón para hacer su nido y morir allí.

Y era un corazón bonito, optimista, esperanzado, que se había llenado de tantas ilusiones.

Cada día que pasa es un testigo de lo que no fue. Del mensaje de texto que esperé y nunca llegó, de la llamada que nunca timbró, de la visita que no se acercó a mi puerta para darme una explicación o una respuesta.

¿Por qué me duele si me había preparado tanto? ¿Por qué me sorprende si de eso se trataba? De hacerme probar mi propia medicina, pero su premeditación la convirtió en veneno y eso fue lo que él me obligó a beber.

Mi victoria es sobrevivir.

Cada día que pasa es uno más que resisto.

Sin ilusiones, pero respiro.

A golpes, pero despierto. Y los golpes son de María Paulina quien, paniqueada por la falta de una respuesta de mi parte, por poco tumba la puerta de mi habitación.

—¡Ya voy! —contesto en voz alta.

—Mani, ¡no me pegues esos sustos! Me tocó irme sin ti, te dejé el desayuno servido. Come, por favor.

Habría podido evitarlos si me hubiera levantado de la cama al escuchar la alarma del celular como lo haría cualquier persona razonable. En cambio, me rendí a la tentación de tomarme los engañosos «cinco minuticos más» que, en un abrir y cerrar de ojos, se convirtieron en cuarenta y cinco.

Llego pasadas las nueve a la oficina con mi desayuno en la mano: café en mi *mug* portátil y una arepa de queso envuelta en una bolsa de papel. Me sostengo la frente con mis manos para no dejarla caer sobre el escritorio y de paso, disimular un bostezo épico. Con hambre no puedo dormir, pero con sueño no puedo comer. Tremendo dilema. Lo resuelvo dándole un buen mordisco a la arepa, estirando deliciosamente el queso doble-crema derretido, tanto como me lo permite la longitud de mi brazo.

Ahora el problema es... deglutirla. Por alguna razón no me pasa de la garganta y es una pena porque me estoy muriendo de hambre. Esta tusa amorosa ha despertado un nivel de voracidad en mí que no conocía. El hambre es constante y terrible, pero a la hora de comer, lo único que se me antoja es devolverlo todo.

Es apenas comprensible, mi vida emocional se ha convertido en una montaña rusa y mi cuerpo me está pasando la factura por las cantidades industriales de adrenalina que se ha visto obligado a producir.

En un solo día, pasé de la ilusión extrema de volver con el hombre que amaba a la profunda decepción de perderlo en los brazos de otra; o debería decir, en los brazos de la misma, de la que siempre ha sido y la que probablemente será. Si a eso le sumo la presión de presentar un plan del que dependía mi propia estabilidad laboral y el hecho de manejar sola un equipo digital incompleto, es un milagro que los órganos de mi perineo sigan intactos y en su sitio. Para rematar, mi cuadre con Felipe y posterior «descuadre» en menos de veinte minutos; eso se pareció más a un postre delicioso que me comí demasiado rápido sin tener la insulina suficiente para procesar el exceso de azúcar en tan corto tiempo.

El timbre del teléfono me obliga a bajar la arepa de un empujón hacia el esófago y contestar la llamada.

—¿A qué santo le prendo la velita para agradecerle el milagro de tu llamada?

—Para que veas, como tú nunca llamas me tocó a mí regresar a rastras —me contesta Marco Antonio del otro lado de la línea.

—Cuéntame, ¿cómo te ha tratado Miami?

—Bien, aunque cambié de color. Nunca había usado tanto protector solar en mi vida. Y tú ¿qué cuentas?, ¿sí estás cuidando a Elver González o ya lo dejaste morir?

Sonrío al mirar a Elver, el mini cactus que le heredé a Marco Antonio junto con la oficina y cuyo nombre está inspirado en su forma particular, un tallo alargado que se erige entre dos protuberancias redondas que nacieron tiempo después de que él lo trajera, convirtiéndolo de manera automática en la celebridad más apreciada de la agencia.

—Mientras yo esté en esta oficina, a Elver jamás le faltarán razones para seguir en pie, con la frente en alto.

—Eso me alegra, por eso te estoy llamando, porque sé que cuando tú te comprometes con algo, lo cumples.

—Esa clase de halagos solo significan una cosa, me vas a pedir un favor.

—Los favores son inversiones a futuro, Manu. Si me ayudas con esto, te lo pago con intereses. Se trata de Pisos y Paredes, no sé si te acuerdes de ese cliente.

—Me acuerdo como si fuera ayer de la estrategia buenísima que hice hace unos meses y todo para que ustedes, la oficina de Miami, se lo llevaran y me dejaran viendo un chispero. Todavía estoy esperando que me den las gracias —le respondo, haciéndome la resentida.

—Yo no participé en ese robo así que no me doy por aludido, pero sí fui testigo de lo duro que trabajaste con Diego para sacar esa estrategia y por eso te estoy llamando. Hemos tenido mil problemas en la ejecución del plan táctico y te juro que estoy al borde del desespero aquí con esta gente.

—¿Por qué? Nosotros entregamos todo desmenuzado, casi listo; prácticamente lo único que tenían que hacer era presionar un botón.

—Para que veas lo peligrosa que puede ser la negligencia. Aquí entre nos, en esta oficina solo le corren a los clientes grandes, a Jey&Jey y a AGM regional; los clientes chiquitos no tienen prioridad y eso a mí me enerva. Esa no es la clase de servicio al cliente que yo estoy acostumbrado a dar.

—Sé lo que es eso. Yo tampoco podría dejar a un cliente tirado; para mí, todos son iguales. Y ¿cómo quieres que te ayude?

—¿Te le medirías a recibir a Pisos y Paredes por un tiempo mientras organizamos el equipo aquí en Miami? Me acaban de aprobar el presupuesto para armar una unidad que se dedique solo a los clientes pequeños, pero mientras contrato a la gente, necesito que alguien me dé una mano.

—Pues... ¿qué te digo? Tú sabes que yo trato de colaborar en todo lo que puedo, pero aquí tampoco damos abasto, Marco. Estoy buscándole reemplazo a una de mis ejecutivas que se tuvo que ir y para colmo... Diego se enfermó y tengo que cubrirlo. Odiaría comprometerme contigo para quedarte mal.

—Pero Diego se reintegra la próxima semana, ¿no? Eso fue lo que me dijo Roberto.

Guardo silencio por un instante. La ausencia de Diego es tan real, tan literal, tan evidente que mi inconsciente la da por definitiva. Ya ni siquiera siento emoción, angustia o apatía. Podría decir que es... indiferencia; como si, en el fondo de mi ser, me diera lo mismo que regresara o no.

—Eso creo, pero no hay nada confirmado —digo sin darle demasiada importancia al asunto.

—Manuela, yo sé que tú tienes tu cargo y tus responsabilidades allá en BM Colombia y tampoco quiero sobrecargarte de trabajo, pero si nos colaboramos, podría funcionar. Solo necesitaría que me ayudaras a coordinar el montaje de la campaña con los medios, yo le sigo reportando al cliente.

—¿Les facturaríamos a ustedes para justificar las horas que le dedique mi equipo a Pisos y Paredes? Y por equipo, me refiero a mí porque no creo que pueda confiárselo a alguien más.

—Yo no tengo ningún problema con eso, me parece perfecto. Entonces ¿qué?, ¿cuento contigo?

—Digamos que... no es mala idea invertir en mi futuro.

Me despido de Marco Antonio quien se compromete a enviarme un *email* con los detalles del plan de acción. A decir verdad, acepté el trabajo extra más por inercia que por interés, ni siquiera por solidaridad. No es un reto nuevo o un prospecto interesante para aprender, es solo una campaña más para ejecutar, una tarea adicional en una lista que no tiene fin.

Le doy la espalda a la oficina para contemplar el horizonte de la ciudad a través de la ventana. ¿Esto es todo lo que hay? ¿Esto es lo que recibo a cambio del esfuerzo que he hecho por salir adelante? Recibo un salario, eso está bien, pero ¿he crecido realmente con respecto al cargo de ejecutiva que tenía antes? ¿En dónde han quedado mis metas, mis propósitos y mis resoluciones?

¿No me estoy defraudando a mí misma?

Una notificación del calendario me recuerda que en quince minutos tengo una reunión con otro de mis clientes. Es hora de empezar mi día.

Dejo la arepa con queso por la mitad sobre mi escritorio y decido ir al cuarto de impresión y copiado a recoger un plan de medios, con la esperanza de que la caminada le dé a mi estómago el impulso que necesita para abrir espacio.

Pongo una resma nueva de papel en la bandeja y mientras espero que la impresora haga lo suyo, se me viene en cascada el recuerdo de las caricias y los besos que Diego me dio en este mismo sitio.

«¡Cómo pude haber caído! ¡¿Por qué fui tan imbécil?!»

Doy una mirada desprevenida al cielo raso y veo la cámara de seguridad disimulada en una esquina; siento mis orejas enfriarse y mis mejillas encenderse en vergüenza, solo falta que don Nebardo, el vigilante, nos haya visto. A la pesadilla, se le suma el horror.

Me apresuro a recoger los papeles de la impresora como si quisiera huir de la cámara y su mirada acusadora, echándome en cara los errores que me vio cometer.

Antes de salir, no puedo evitar fijarme en una hoja de vida que se coló entre mis documentos, tomándome por sorpresa.

—¡*Quiubo*, Manu! ¿Cómo va? —me saluda Octavio, entrando al cuarto de impresión.

—¡Tavio! ¡Me asustó! —exclamo alarmada—. Yo vine por unos planes, pero se me enredó esto —agrego, entregándole la hoja de vida—. No me diga que lo pillé buscando trabajo.

—Pues… sí, lo voy a intentar, aunque, a mi edad, la veo grave. No soy tan joven para que me contraten, ni tan viejo para pensionarme.

—Yo la veo fácil, no salga a buscar trabajo y quédese aquí con nosotros —le contesto, como si fuera lo más obvio del mundo.

—¡Ay, Manu! De mil amores me quedaría —comenta y me mira intrigado—. Es que ¿usted no sabe?

—Evidentemente, no.

—A mí ya me «renunciaron».

—¿Cómo así?, ¿perdimos Sugarbeat? —pregunto, sintiendo el peso de una montaña sobre mis hombros. Se me hace increíble que todo el esfuerzo y el tiempo que invertimos en esa presentación haya sido en vano.

—No, el resultado del *pitch* no se sabe todavía, pero como yo no hago parte del equipo digital, tengo que salir. A partir de hoy, empieza mi cuenta regresiva.

—Eso no es justo Octavio, usted es de los publicistas más experimentados de esta agencia y del medio, ¿cómo así que lo van a dejar a la deriva habiendo tanto trabajo aquí? Yo no me imagino esta agencia sin usted.

—Yo tampoco me imaginaba mi vida por fuera de esta agencia, Manu. Yo juraba que me iba a jubilar aquí y vea, nada está escrito en piedra. Lo último que me imaginaba era que, a mis cincuenta y seis años, tendría que salir a buscar trabajo como un principiante. Mi edad y mi experiencia no parecen interesarle a nadie en estos tiempos.

—No diga eso, usted es un tesoro ambulante, cualquier agencia sería privilegiada de…

—Gracias, Manu, yo sé que usted lo dice por buena gente, pero es mucho más práctico ser realista —concluye y suspira cansado—. Con su permiso, voy a trabajarle a esto a ver si sale algo.

—Tavio… antes de que se vaya, ¿a usted no le interesaría aprender de digital?

—Claro que me interesaría, otra cosa es que me entre, especialmente eso de las redes sociales, yo todavía me pierdo en Facebook. ¿Por qué?, ¿me va a poner a reemplazar a Connie? —me pregunta con humor.

—Por supuesto que no, yo sé que ese cargo está muy por debajo de su nivel y su experiencia, Tavio, espero no haberlo ofendido con mi pregunta.

—Nada de lo que usted diga me podría ofender, pero para responderle, yo me le mido a cualquier cosa que no implique quitarme la ropa, vender droga o lamerle las suelas de los zapatos a un político.

—*Okey*, por ese lado, vamos bien. Vea, Tavio, yo no le prometo nada, pero si usted quiere y se le mide, yo podría averiguar un par de cositas por ahí. Uno nunca sabe qué oportunidades pueden aparecer hasta que las busca.

—Hágale, Manu. Le agradecería cualquier cosita que pueda hacer por mí y por los dos muchachos que todavía tengo en la universidad.

Veo a Octavio seguir su camino hacia su oficina y algo en él me recuerda a mi papá. Diría que es su tenacidad a la hora de asegurar el futuro de sus hijos y eso es algo que conmueve a cualquiera que haya portado un cordón umbilical en su vida.

Y hablando de futuros, vuelvo a la oficina y me siento frente al computador, calculando el posible beneficio de la inversión que estoy a punto de hacer en el mío.

Abro el *email* que Marco Antonio me acaba de mandar sobre Pisos y Paredes y empiezo a escribir:

«*Quiubo*, Marco A. Confirmo recibido y gracias por tenerme en cuenta.

En la conversación telefónica, dijiste que te habían aprobado el presupuesto para armar un equipo en Miami para los clientes pequeños. De casualidad… ¿te interesaría revisar mi hoja de vida?

Me cuentas.

Un saludo,

Manu F».

Leo un par de veces el *email* para asegurarme de que las palabras, la intención, el tono, los puntos, las mayúsculas y las comas sean las correctas. Es una decisión que cambiaría mi vida, no puedo tomarla a la ligera.

Pero sí quiero cambiar mi vida. De alguna manera, la que sea.

Antes de presionar el botón «Enviar», miro la arepa con queso frente a mí. Mi boca empieza a salivar de nuevo y el malestar en mi estómago vuelve a manifestarse.

Guardo el *email* para enviarlo más tarde. Primero, necesito consultarle un par de cosas a Google.

***

Me pregunto qué tipo de información querían encontrar Larry Page y Sergey Brin cuando se inventaron el buscador más visitado del mundo. Quizá pensaban en el precioso tiempo que podrían ahorrarles a aquellos investigadores de la NASA tratando de encontrar la hamburguesería más cercana abierta las veinticuatro horas del día; o se compadecieron de aquellos estudiantes de bachillerato queriendo resolver una integral para el examen del día siguiente. O tal vez lo harían para democratizar el buen porno.

¿Se imaginarían la clase de monstruo que crearían que, con cuatro síntomas que uno escriba en la barra de búsqueda, entrega más de dos millones de resultados de posibles enfermedades que van desde un cáncer terminal hasta una gripa común? ¿Cuántas condiciones y dolencias podrían retrasar el período por casi dos semanas?

La culpa sigue siendo mía por querer buscar una respuesta que sería mucho más fácil encontrar en una simple muestra de orina.

En la seguridad del baño de mi apartamento, me cuesta despegar la espalda de la puerta; temo desvanecerme en el piso gracias al par de espaguetis hervidos *al dente* en el que se han convertido mis piernas.

Cuando por fin reúno la valentía suficiente, saco de mi bolso la caja que acabo de comprar en el supermercado en donde intenté, en medio de tantos colores, marcas y porcentajes de efectividad, escoger la más confiable.

Termino el último cuarto de agua en el vaso antes de sentarme en el inodoro, calzones abajo, resistiendo la urgencia por orinar mientras mis manos intentan abrir la caja a pesar del temblor y los nervios. Por algún extraño fenómeno paranormal, los objetos huelen los afanes y se burlan de uno haciendo cosas raras como caerse al piso justo cuando las uñas rasgan la última pestaña del cartón.

La prueba sale disparada tan lejos de mí como puede. ¡Gracias de nuevo, universo! Ahora me veo en la penosa necesidad de apretar el esfínter para estirar mi brazo hacia la puerta, hasta rozarla con mis dedos…

—¿Mani? Mi vida, ¿estás aquí? —pregunta María Paulina a todo pulmón al entrar al apartamento, asustándome de tal forma que se me alcanza a escapar un chorrito de mi «preciado líquido». ¡Solo esto me faltaba!

—¡Aquí estoy, mi *ciela*!, ¡ya salgo! —le contesto, debatiéndome entre aplazar la diligencia y salir a disimular o inventarme alguna excusa para seguir en el baño y conocer el resultado que me indicará de una vez por todas, en qué dirección va a cambiar mi vida.

Porque es evidente que mi historia está a punto de dividirse en dos.

Decido seguir adelante con el plan y recoger la muestra en el pequeño recipiente que viene en la prueba y organizarme la ropa de nuevo.

—Mani, ¿estás bien?

—Sí, Mapi. ¿Necesitas el baño? Me demoro un poquito, pero no te preocupes, yo enciendo la velita antes de salir —le digo y respiro profundo al tiempo que intento seguir las instrucciones en el empaque para asegurarme de manejar la muestra de la manera correcta.

—No. No es que te quiera azarar, es solo que… Diego te manda a preguntar si este es un buen momento para hablar.

Es el mejor de los momentos. Es el peor de los momentos.

Solo quería que esta noticia, positiva o negativa, fuera mía y solo mía, tan solo por cinco minutos.

Quería disfrutarla o aceptarla, yo sola. Quería protegerla o dejarla ir, en mis propios términos.

Ahora tendré que sufrirla, en cualquiera de sus versiones.

—¿Mani? —insiste.

—¿En dónde está?

—Abajo, esperando en la portería. ¿Qué quieres que le diga?

Me tomo unos minutos para respirar profundo y mirarme al espejo buscando una respuesta que no está en Google, ni allá afuera en la portería o en el mundo exterior. Esa respuesta está aquí, dentro de mí, reflejada en mis propios ojos.

—Dile que suba.

QUERIDO LECTOR,

¡Gracias por leer «La última vez que hablamos de amor, Parte 2»!

De corazón, espero que haya sido una experiencia satisfactoria para ti. Si esta historia te gustó y quisieras apoyarme dándola a conocer, te invito a dejar una reseña en Amazon, Goodreads o en tu plataforma favorita.

Si aún no has leído la primera parte de la trilogía, te invito a conocerla:

La última vez que hablamos de amor, Parte 1

¿Qué pasaría si el hombre al que dejaste plantado en el altar regresara a tu vida convertido en tu jefe?
adrianasantiago.ca/la-ultima-vez-uno/

¿Quieres saber cómo va a terminar esta historia en la tercera parte? Suscríbete a mi lista de correos en mi página web adrianasantiago.ca o escríbeme directamente a mi correo digital@adrianasantiago.ca para mantenerte informado/a.

Un abrazo,
Adriana Santiago.

ACERCA DE LA AUTORA

Después de graduarse como Comunicadora Social de la Pontificia Universidad Javeriana en el 2003, Adriana Santiago (Valledupar, Colombia, 1981) empezó su carrera en el mundo del marketing digital como editora de contenido web en la agencia digital Ariadna Interactive Marketing y luego como ejecutiva de medios digitales de importantes agencias de medios como Universal McCann en Colombia y M5 Marketing Communications y Time+Space Media en Canadá. No debe sorprender pues que su primera saga romántica *La última vez que hablamos de amor* esté ambientada en el apasionante universo de la publicidad, más concretamente, en los medios digitales.

Como escritora, Adriana hizo parte del equipo creativo de la productora Colombiana de Televisión, con quienes escribió más de 200 episodios para las series Padres e Hijos (2007), Oye Bonita (2008), Amor de Carnaval (2011) y Mujeres al límite (2010-2016) emitidas por Caracol Televisión, Colombia.

Actualmente, con 15 años de experiencia en marketing digital y 10 como escritora de televisión, Adriana trabaja como estratega digital en una agencia de medios en Halifax, Canadá e invierte el resto de su tiempo entre su familia y su gran pasión, la narrativa en todas sus formas.

Para conocer más de su trabajo y un poco de su vida, visita:
www.adrianasantiago.ca
En Instagram: @digitalbyadriana